安小利 万 佳 著

争奇斗艳 浩如烟海

——中国古代小说探赜

山西出版传媒集团

山西经济出版社

图书在版编目（CIP）数据

争奇斗艳，浩如烟海：中国古代小说探赜 / 安小利，万佳著 . — 太原：山西经济出版社，2019.12

ISBN 978-7-5577-0619-7

Ⅰ . ①争… Ⅱ . ①安… ②万… Ⅲ . ①古典小说—小说研究—中国 Ⅳ . ① I207.41

中国版本图书馆 CIP 数据核字（2019）第 285590 号

争奇斗艳，浩如烟海：中国古代小说探赜
ZHENGQI DOUYAN HAORU YANHAI ZHONGGUO GUDAI XIAOSHUO TANZE

著　　者：安小利　万　佳
责任编辑：司　元
特约编辑：张素琴　张玲花　许　琪　庄凌玲
装帧设计：崔　蕾

出 版 者：山西出版传媒集团·山西经济出版社
地　　址：太原市建设南路 21 号
邮　　编：030012
电　　话：0351-4922133（市场部）
　　　　　0351-4922085（总编室）
E—mail：scb@sxjjcb.com（市场部）
　　　　　zbs@sxjjcb.com（总编室）
网　　址：www.sxjjcb.com

经 销 者：山西出版传媒集团·山西经济出版社
承 印 者：北京亚吉飞数码科技有限公司

开　　本：787mm×1092mm　1/16
印　　张：16
字　　数：287 千字
版　　次：2020 年 3 月　第 1 版
印　　次：2020 年 3 月　第 1 次印刷
书　　号：ISBN 978-7-5577-0619-7
定　　价：98.00 元

前　言

中国是举世闻名的文明古国,在漫长的发展历程中,勤劳智慧的劳动人民创造了丰富多彩、绚丽多姿的中华文明。而在中华文明的构成中,中国古代文学是不容忽视的一个重要组成部分。中国古代文学源远流长、博大精深,杰出作家和优秀作品不计其数,还出现了多姿多彩的体裁、题材、风格与流派等,呈现出无比鲜明的独特风貌。

在中国古代文学中,各种形式的小说作品是十分重要的一项。中国古代小说相比诗歌、散文来说,出现时间是比较晚的。可是,在中国这样一个历史悠久的国度里,小说即使产生较晚,从"粗陈梗概"的魏晋南北朝小说算起,至今也有 1700 多年的历史了,可以说几乎纵贯了整个中国古代社会。而且,中国古代小说在发展的过程中,诞生了大约 4000 种作品,无论是文言白话、短制长篇,都佳作如林,不胜枚举,在中国文学甚至是世界文学中占有重要的地位。对中国古代文学这份丰厚的文化遗产进行整理与总结,既可以帮助人们全面地了解中国古代小说,进一步丰富自己的文学与文化素养;也可以帮助人们感受中国文化的深厚底蕴,继而增强对民族文化的认同感,提高民族自信心,自觉地传承与弘扬民族优秀传统;还可以促进中国特色社会主义文化的建设。基于此,作者在参阅大量相关著作文献的基础上,结合中国古代小说的发展与创作状况,精心撰写了《争奇斗艳,浩如烟海:中国古代小说探赜》一书。

本书包括九章内容。第一章作为全书开篇,着重探讨了中国古代小说的艺术,涉及中国古代小说的功能、特点、叙事角度、叙事结构、情节结构的艺术技巧、语言发展与运用等内容,从而为下述章节的展开做好了理论铺垫。第二章至第十章是本书的重点内容,分别对具有独特精神风貌的中国古代文言小说、开辟崭新天地的中国古代白话短篇小说、塑造传奇式人物的中国古代英雄传奇小说、敷演史传的中国古代历史演义小说、以神魔怪异为题材的中国古代神魔小说、揭露时弊的中国古代讽刺谴责小说、类型多样的中国古代公案侠义小说、描写人情世态的中国古代世情小说进行了详细分析。

本书在吸收前人研究成果的基础上,尽可能对中国古代小说的发展脉络以及创作特点等予以清晰的阐述。同时,本书尝试打破时代分期,以具体的题材为中心，对中国古代小说的发展进行探究。概言之，本书有以下几个鲜明的特色。

第一，选材合理。本书所分析的各类小说都涉及很广的范围，而且尽可能确保具体阐释的小说作品都有着较高的思想和文学性，以便在开阔读者视野的同时，引导读者形成自己的思想观与价值观等。

第二，创新性。本书打破了具体的时代分期，对中国古代小说进行了分门别类的研究，以便读者能够对不同类型的中国古代小说形成清晰的认知。与此同时，本书在对每一类型的中国古代小说进行研究时，尽可能遵循其在时间上的发展顺序，以便读者能够了解每类小说演变的原因与历程。当然，本书对中国古代小说的类型划分并非是完美的，但这在中国古代小说的研究方面，确实是一种有益的尝试。

第三，体系完整。本书章与章、节与节之间有机联系，一环扣一环，从而在内容上形成了较为完整的理论体系，有助于读者更容易、更全面地把握中国古代小说的全貌。

第四，规范性强。本书在论述过程中，力求逻辑清晰、脉络分明、阐述充分、语言准确规范，以确保本书的学术性和准确性。

总的来说，两千多年来，中国古代小说从无到有、从小到大、从幼稚到成熟、从不登大雅之堂到雄踞文坛，为后人留下了极为珍贵的文化和文学遗产。本书紧密结合中国古代的政治、经济、文化等状况，对中国古代小说的形成与演变进行了全面而深入的探讨，以便读者在全面认知中国古代小说的同时，将伟大的中国古代文化传承下去。

在本书的撰写过程中，作者不仅参阅、引用了很多国内外相关文献资料，而且得到了同事亲朋的鼎力相助，在此一并表示衷心的感谢。由于作者水平有限，书中疏漏之处在所难免，恳请同行专家以及广大读者批评指正。

作　者

2019 年 2 月

目 录

第一章 中国古代小说的艺术分析

中国古代小说在其产生与发展的漫长历史过程中,逐渐形成了自身鲜明的艺术特色。分析中国古代小说的艺术,掌握中国古代小说的艺术规律,能够帮助人们从中国古代小说中获得更多、更细致的美感体验。在本章中,将对中国小说艺术的相关内容进行详细阐述。

第一节 中国古代小说的功能与特点

中国古代小说从产生到成熟的过程中,既发挥着多样化的功能,也形成了自身鲜明的特点。

一、中国古代小说的功能

中国古代小说的功能,概括来说主要有以下几个。

(一)娱乐功能

中国古代小说的主要功能,可以说是娱乐功能。中国古代小说具有多样化的体式,既满足了精英阶层的娱乐需要,也满足了大众的娱乐需要。而对大众娱乐需要的满足,自宋代开始得到了日益强化。这是因为,自宋代开始,商品经济获得了快速发展。在其影响下,小说的创作呈现出注重自由意志的特点,同时人们越来越重视物质享受,唤起了精神消费的欲望。重要的是,精神消费的群体不再局限于社会上层,普通民众日益成为市井文化的消费主体。由于普通民众在阅读小说时,主要是为了满足自己的娱乐需要。于是,小说在创作的过程中,越来越注重体现其娱乐性。而当小说被视为一种娱乐化的文体,它就摆脱了外在的思想束缚,也不再简单地依附于史传,而有了独立发展的可能。

（二）艺术功能

中国古代小说在刚刚出现时，艺术功能并不明确或者说突出，只是被用来传播某种思想或观念。魏晋南北朝时期，小说的创作以志怪小说为主，且这类主要用于"发明神道之不诬"。不过，对这类小说进行深入分析，可以发现其呈现出十分明显的文学性。到了唐代，小说创作以唐传奇为主，且大都表达了对道教的尊崇。但是，唐传奇的作者在描写神仙怪异之事、表现道教思想的同时，也充分发挥了小说家的艺术思维，积极探讨了小说的形象构成方式，极大地促进了小说文本的独立。自此，中国古代小说家在创作过程中，都注重发挥自己的艺术思维，构筑了丰富的形象，形成了多样化的创作形式与手法，从而使中国古代小说呈现出多彩的艺术世界。

（三）道德教化功能

中国古代小说在发展的过程中，形成了日益突出的道德教化功能。在中国古代小说刚刚出现时，其道德教育意义主要是通过题材表现出来的。到了唐宋以后，小说家们越来越重视小说的道德教育功能，并将其作为小说的基本思想价值。不过，小说作为道德教化的手段，不同于一般的道德教化，它是通过对道德问题的思考，引导人们树立正确的道德观念，形成道德的行为。

二、中国古代小说的特点

中国古代小说的特点是多方面的，表现了我们民族在审美观念和艺术思维方面的特征。具体而言，中国古代小说的特点主要有以下几个。

（一）中国古代小说有写、说（读、听）两大类

从创作角度而言，中国古代小说可以分为写和说（读、听）两大类。其中，文言小说、明清章回小说和拟话本都是作者写作的，而说话人世代口耳相传、集体创作的小说则是以"说"的形式表现的。在此影响下，中国古代小说的接受者便也分成了两类，即"读者"和听众，并呈现出以下几个独有的特色。

第一，段落性，即无论说者或听众每次都不能超过三个小时左右，否则精力将难以为继。这就是白话短篇小说的篇幅限度，也是长篇小说章

回划分的依据。

第二，表现手段与部分语言的程式化。比如，在正文之前常常先说一个情节与主题与正文都有类似之处的简短故事；"说经"与"讲史"之外的"小说"一般都先引几首以至十几首诗词做"得胜头回"；而在故事中紧要处及每篇末尾引用两句或四句诗，叫作"留文"；叙述中又常用"话说""却说""花开两朵，各表一枝""按下……不表，且说……""欲知后事如何，且听下回分解"等，这类程式化的语言还是不少的。

第三，说话人常以表情、动作等态势语代替语言进行细节描写，因而在我们看到的书面作品形成中就出现了细节描写相对少，也没有长段的心理描写的特点。

第四，在小说中，故事情节的叙述往往与议论、诗歌相结合，这与小说作者要在主考或文坛势面前显示自己的诗才、史识与议论能力有着密切的关系。

第五，章回小说的章回衔接处常常造成悬念或用两句诗暗示将要发生的情节的性质。比如，在《三国演义》《西游记》等著作中，引用了大量诗词或运用大段四六骈体的韵语来渲染气氛、形容作品中新出现的人物或事物。

（二）中国古代小说有着曲折的情节和完整的故事

通常而言，中国古代小说都有着曲折的情节和完整的故事。比如，唐传奇布局宏伟、严谨巧妙，情节发展有戏剧性，头尾完整，复杂矛盾冲突始终围绕一条主线；《水浒传》等明清长篇小说往往虚实、详略结合，巧用多种叙事方法，波澜起伏、曲折有致，摇曳多姿。

（三）中国古代小说有着丰富、复杂、反传统的思想内容

中国传统思想是主张"太上有立德，其次有立功，其次有立言"的，在此影响下，文学创作就形成了"兴观群怨""温柔敦厚"的诗教和"文以载道""经世致用"的主张。由于中国古代小说的内容不言大道，不登大雅之堂，为"子"所"不语"，这正是小说从一开始就为正统派所贬抑、摈斥的原因。实际上，中国古代小说的思想内容是丰富而复杂的，且呈现出一定的反传统性质。

中国古代小说是以六朝小说作为开端的，而这一时期的小说就以"子不语"的"怪力乱神"始，除了宣扬道家、神仙家的无稽之言外，又有"干将莫邪"等离经叛道、以下犯上的内容。《世说新语》一书分列门类，涉及

世族社会生活的所有角角落落、方方面面。另外，《世说新语》虽然以伦理道德相标榜，但名人轶事中，"不拘细行"颇有悖于礼教，为道学先生皱眉者，亦复不少，就连"韩寿偷香""温公镜台自献""王右军东床祖腹"竟作为美谈。中国古代小说在发展到唐代时，由于文化政策的宽松、文化思想的解放，加之经济发展、国力强盛、城市繁荣、与境外交往多，思想内容简直无所禁忌。至于明代小说，由于商业经济的发展与城市的繁荣、市民阶层的壮大、资本主义生产方式的萌芽，市民阶层的生活和思想在小说中得到了大量的反映，歌颂经商发财，肯定金钱崇拜，追求个性解放，不顾门当户对，追求爱情自由、个人幸福等与当时的理学、礼教相背的思想，像是一面鲜明的时代旗帜，使封建统治者及其卫道士感到震惊，特别是歌颂农民起义的《水浒传》，提倡个性解放、反对仕途经济、揭示封建社会崩溃必然趋势的《红楼梦》等名著，都列为"诲盗""诲淫"之作而予以严禁。如果把"三言""二拍"与当时西欧文艺复兴时期的小说对比来读，就不难发现东西方同步前进的脚步声。因此，被封建统治者视如洪水猛兽的"禁书"中，小说特别多。比如，清代《钦定续文献通考》特别删去了《经籍考》中的小说，而以收录古籍最全著称的《四库全书》也不收任何小说。

（四）中国古代小说注重展示人物形象

中国古代小说在创作中，非常注重从多方面、借助于多种方法来展现人物形象。比如，注重在矛盾冲突中展示人物形象，《三国演义》中的张飞的忠勇，《灌园叟晚逢仙女》中的秋先的勤劳、反抗精神，都是通过描写人物在矛盾冲突中的言行表现出来的；通过刻画人物的行动、语言和有典型意义的细节来塑造人物形象，这在《林教头风雪山神庙》中对林冲形象的描写中得到了充分体现。

不过，中国古代小说所展示的人物形象的性格单一，缺少变化。这可以说是中国古代小说的一大缺陷。

（五）中国古代小说有着复杂、多样且个性化的语言

中国古代小说从语言形式上来看，可以大致分为两大类，即文言小说和白话小说。

在文言小说中，以散文形式写的短篇小说占多数，但也有全书用骈文的，如陈球以骈文著的《燕山外史》八卷；也有全书用韵文的，如李桂玉的诗体小说《榴花梦》360卷。唐传奇小说在叙事之中间以诗赋议论，是

其语言形式特点,而如《游仙窟》《灵应传》等篇,人物对话用骈文,也并不少见。文言短篇小说中的佳作,语言的生动、优美是一大特点,清代的《聊斋志异》《池北偶谈》《阅微草堂笔记》与《子不语》都可作为代表,其中《聊斋志异》尤为突出,许多篇的语言都优美、生动,简直可以与好诗相媲美。

在白话小说中,以《大唐三藏取经诗话》为代表的说经、以《五代史平话》为代表的讲史以及以《碾玉观音》为代表的小说,都各有自己的特色,《大唐三藏取经诗话》及一些变文都带有讲唱文学的语言特点,《蒋淑真刎颈鸳鸯会》的语言,还留着一人说、一人唱,说用散文、唱用韵文共同完成一个故事的讲述的痕迹。至于明代拟话本,虽然模仿说话的形式,但仍有知识分子书面语言的明显特点。《三国演义》等名著的语言更是各具特色,《三国演义》的一般情节叙述用白话、人物对话用文言,形成了一种文白间杂风搅雪的语言风格;《水浒传》运用了使主要人物都能如见其人、如闻其声的个性化语言,而且这种语言通俗生动、十分精纯;《西游记》的语言诙谐、风趣,而且常用大段骈文形容人物或事物;《红楼梦》的语言是专业作家创作的小说语言的艺术典范,它的丰富性、个性化、绘声绘色,都达到十分完善的程度……《儒林外史》《金瓶梅》等语言特点也都极为突出。

第二节　中国古代小说的叙事角度与叙事结构

对中国古代小说进行深入分析,可以发现其有着独特的叙事角度和叙事结构,本节即对此进行详细论述。

一、中国古代小说的叙事角度

纵观中国古代小说的发展演变,发现其存在叙事角度方面,主要存在中立型全知视角、第一人称叙事视角、戏剧式叙事视角、编辑型全知视角、多重选择全知视角和选择全知视角等类型。

（一）中立型全知视角

中国古代小说的叙事视角,基本上都是全知视角。其中,有一种全知视角是中立型全知视角,即叙述者置身故事之外,不对故事进行干预,不会在故事中发表自己的议论，不会在故事中公开表明自己的观点。也就是说，叙述者并非故事中的人物，其在进行叙述时不是通过人物的角度，而是非人物性格的某一焦点出发来进行叙述。

在中国古代小说中，魏晋南北朝时期的小说便主要采用这种叙事视角。比如，《列异传·宋定伯捉鬼》的故事主要是由宋定伯与鬼的对话组成的，但在故事中也有一些叙述成分。虽然说故事中叙述的句子很少，但叙述者在叙述时并未直接站出来发表自己的看法，而是引用当时人所说的话，以证明宋定伯捉鬼这一故事的真实性。因此，这篇小说的叙事视角便是中立型全知视角。此外，魏晋南北朝时期的小说由于对中立型全知视角的运用，意外地造成了某种神秘怪异、言近意远的效果。比如，《世说新语·假谲》篇中的"愍度道人过江讲义"，叙述者对愍度道人的"新义"并没有做任何评价，而是仅仅叙述了两句话，一句是愍度与另一和尚商量过江时说的话，另一句是数年后另一和尚捎给愍度的话。这两句话虽不长，却告诉人们一个事实，即名噪一时的高僧愍度抛弃旧义另创新义，实际上只不过是为了谋生而已。这对当时流行的佛教教义给予了尖锐的讽刺，在佛教盛行的六朝时期不啻是一声当头棒喝。

（二）第一人称叙事视角

第一人称叙事视角的基本特征是，"叙述者存在于虚构的小说世界中。第一人称叙述者就像其他人物一样，也是这个虚构的小说世界中的一个人物，人物的世界与叙述者的世界完全是统一的"[①]。在中国古代小说中，也有一些作品采用了第一人称叙事视角，最为著名的便是唐传奇以及《聊斋志异》中的部分篇章。

中国古代小说在运用第一人称叙事视角时，最常见的形式是叙述者为事件的目击者，是小说中的次要人物。比如，王度创作的唐传奇《古镜记》就运用了第一人称叙事视角，只不过其第一人称不是用"我"，而是以"度"代之，而且这个叙述者是以目击者和知情者的身份进行讲述的。

中国古代小说在运用第一人称叙事视角时，还有一种形式值得关注，即叙述者为故事的主人公，处在小说的中心位置。唐传奇《游仙窟》便是这样一篇作品。这篇小说的故事情节非常简单，但描写却十分细腻周匝，因而篇幅较长。另外，全篇自始至终都运用"余""仆"或"下官"等第一人称叙事视角，且叙述者便是故事中的主要人物。

---

① 王平．中国古代小说叙事研究 [M]．石家庄：河北人民出版社，2003：77．

（三）戏剧式叙事视角

所谓戏剧式叙事视角，就是叙述者隐藏在故事中人物和事件的背后，其存在几乎无法被读者所感知到。中国古代小说在采用这种叙事视角时，叙述者的叙述严格限制在人物的对话、行动上，基本上不涉及人物的所思所感及其内心世界，并且会在叙述中加入非常简练的描写与叙述报道，以构成某种戏剧性场面。

在中国古代小说中，宋元话本小说就主要运用了这种叙事视角。比如，《简帖和尚》这篇小说的叙述者在开头先讲述了主人公皇甫松的身世、年龄及家庭状况，又讲述了巷口王二开的茶坊，然后叙述者便基本上隐藏起来，主要通过人物的对话和行为来展开情节。其次更为重要的是，叙述者所传达的信息少于人物所知道的情形。我们可以发现，下简帖的这位和尚是全部事情的策划者和知情者，只有他明白一切内幕，无论是皇甫松、娘子，还是钱大尹、山定，都被蒙在鼓里。叙述者有意不将这些内情透露给读者，不直接说出人物的动机和身份。因此，能够使悬念保持到最后，极大地增强了小说的吸引力。反之，假如叙述者采用全知视角，一览无余地把所有人物的身份、动机统统说出，就绝不会产生如此强烈的艺术效果。

《警世通言·三现身包龙图断冤》这篇小说，就采用了戏剧式叙事视角。具体来看，首先，这篇小说的叙述者只是从外部来写人物的对话和行动，几乎没有细致的心理描写。比如，孙押司将卖卦人的预言告诉给押司娘后，押司娘不相信，只见她"柳眉剔竖，星眼圆睁，问道：'怎地平白一个人，今夜便教死！如何不摔他去县里官司？'"至于她内心深处的真实思想，一点儿也未透露。其次，这篇小说的叙述者所透露出的信息远远少于小说人物所掌握的内情。孙押司被害的真相，押司娘和小孙押司心中非常清楚。然而在包龙图审案之前，叙述者却始终没有显露出这一点，以至于读者也被蒙在鼓中。只有这样，才能烘托出包龙图的机智聪明。最后，这篇小说的叙述者有时也做些议论和解释，但始终持一种比较客观的语气，尽量与戏剧式叙事视角保持一致。比如，当押司娘与迎儿扶押司上床睡觉时，叙述者说道："若还是说话的同年生，并肩长，拦腰抱住，把臂拖回，孙押司只吃着酒消遣一夜，千不合万不合上床去睡。却教孙押司，只就当年当月当日当夜，死得不如《五代史》李存孝、《汉书》里彭越。"插入这样一段议论，使读者预感到孙押司面临着某种危险，但究竟事态将如何发展，叙述者并未透露。这显然都是叙述者故意为之，以求得与戏剧式叙事视角的一致。

总之，戏剧式叙事视角的叙述者所提供的信息，可以小于或等于小说中人物所知道的情况，但不能够大于小说中人物所知道的情况。一旦叙述者提供的信息大于了小说中人物所知道的情况，那就不再是戏剧式叙事视角，而是全知叙事视角了。中国古代长篇章回小说，自始至终都运用戏剧式叙事视角的情形几乎没有，但某一局部情节运用戏剧式叙事视角却较常见，从而与其他形式的叙事视角构成了流动的小说叙事视角。

（四）编辑型全知视角

所谓编辑型全知视角，就是小说的叙述者在讲述故事时，既可以置身故事之外，以旁观者的身份进行讲述；也可以从某一人物的视角出发进行讲述；还可以模仿故事中某一人物进行对话；还可以深入到人物内心揭示其观念和情感；甚至可以自由地发表种种议论，表达自己的爱憎褒贬，以及对人生、历史、社会的看法。

在中国古代小说中，宋元话本以及明代章回小说、拟话本小说，很多都采用了这种叙事角度。其中，《三国演义》便典型地采用了这种叙事角度。这部小说讲的是三国之事，因而其叙事焦点必须要经常变换。在三国鼎足之势未成之前，其叙事焦点变化就更为明显，甚至给人以眼花缭乱之感。在刘、关、张战黄巾军时，忽然夹叙曹操和孙坚；在董卓传中又带写吕布、袁绍、王允、陶谦等人。第二十五回至二十八回以关羽为叙事焦点，第三十回至第三十三回以曹操为叙事焦点，中间第二十九回却插入孙策、孙坚之事。整个赤壁大战，叙事焦点虽主要在吴蜀一边，但变化又非常灵活。第四十七回阚泽献诈降书，庞统授连环计，将敌对双方并写。第四十八回写曹操宴长江赋诗，第四十九回写诸葛祭风，周瑜纵火。接下来的几回，每回回目都相对仗：第五十一回是"曹仁大战东吴兵，孔明一气周公谨"，第五十二回是"诸葛亮智辞鲁肃，赵子龙计取桂阳"，第五十三回是"关云长义释黄汉升，孙仲谋大战张文远"。但细加分析，同一回中所叙述的这两件事，又无直接的关联。在三足鼎立既成之后，每用一次"却说"都意味着叙事焦点的转换。粗略统计一下，便可发现，每回之中的"却说"，多则十几次、少则五六次，可见其叙事焦点变化的频率非常之快。

（五）多重选择全知视角

所谓多重选择全知视角，就是叙述者在采用全知视角进行叙事的同时，不断地对内在角度进行改变。这里所说的"内在角度"，就是主要运用人物的内视角进行讲述。而不断改变内在视角，就是视角并非固定在一个人物身上。不过，多重选择全知视角并不意味着叙述者完全摒弃了外视角，而是说叙述者对外视角的运用相比内视角来说要少很多。

在中国古代小说中，《儒林外史》是运用多重选择全知视角最为典型的一部作品。在这部小说中，叙述者以每一个出场人物的视角作为叙事角度，并随着人物的来去而转换，以此构成了全书的多重选择全知视角。

《儒林外史》在运用多重选择全知视角时，首先表现为以人物的视角作为叙事角度，对景物进行描写。比如，第二回以周进的视角来写乡村的景象："不觉两个多月，天气渐暖。周进吃过午饭，开了后门出来，河沿上望望。虽是乡村地方，河边却也有几树桃花柳树，红红绿绿，间杂好看。看了一回，只见蒙蒙的细雨下将起来。周进见下雨，转入门内，望着雨下在河里，烟笼远树，景致更妙。"生机勃勃的自然风光偏偏从周进眼中看出，更衬托出了周进的孤苦凄凉。

《儒林外史》在运用多重选择全知视角时，其次表现为在人物出场时经常运用内视角，即在已出场的人物眼中引出另一个人物。这里需要注意的是，《儒林外史》在运用内视角引出人物时，往往先对此人作一番肖像描写，然后再通过对话的方式道出人物姓名。比如，第二回在周进眼中便引出了两个人物，一个是王举人，另一个是范进。这两个人物都是先通过肖像描写，再借助于对话道出了姓名。此外，对于周进引出的这两个人物，叙述者采取了两种不同的处理方式。王举人从周进视角中出场，又从周进视角中退场；范进则不然，他从周进视角中出场后，便替代了周进的位置，周进反而退场了。尤为巧妙的是，周进的退场又在范进视角中写出："范进立着，直望见门枪影子抹过前山，看不见了，方才回到下处，谢了房主人。"接下来便从范进这一视角引出了张静斋，在第四回中又从范进、张静斋两人的视角中引出了严贡生和汤知县，在第七回中又从范进的视角中引出了荀玫和梅玖。

（六）选择全知视角

所谓选择全知视角，就是叙述者外在于故事，在以某一人物为叙事聚焦的同时又相对固定地以这一人物的视点作为叙事视角。

在中国古代小说中，刘鹗的《老残游记》是运用这种叙事视角最为典型的一部作品。叙述者在小说开头交代出老残这一人物后，便基本上以老残的视角来传达所有的信息。尽管运用的是人物的内视角，但叙述者却依然站在故事之外。也就是说，叙述者并不是故事中的人物；或者说，老残并不是叙述者。叙述者是全知的，只不过将叙述的视角放在了老残身上而已。

二、中国古代小说的叙事结构

中国古代小说的叙事结构的方式方法是多种多样的，但总体而言主要有以下几种。

（一）单线式叙事结构

所谓单线式叙事结构，就是一部小说中只有一条主线、有一个或几个中心人物贯彻始终。在中国古代小说中，短篇小说大体上都是单线式的。但也有不少的长篇小说，也采用了单线式的叙事结构。其中，《西游记》是典型的单线式叙事结构。它以唐僧赴天竺取经为主要线索，以唐僧师徒四人为主要人物，其中又以孙悟空为贯穿全书的中心人物。第一至七回，写孙悟空的出身经历，至大闹天宫达到高峰，突出地表现了这个美猴王天不怕地不怕的叛逆精神和高超的本领。第八至十二回主要写了唐僧的出身经历和奉诏西行。接下来，用大量篇幅写了八十一难。这八十一难都是为了表现取经的主题，为了表现和烘托主要人物尤其是中心人物的性格。由此可以知道，这部小说的主线和脉络是非常清晰的。在《西游记》影响下产生的神魔小说，如《三宝太监西洋记》《东游记》《济公传》等；后世一些侠义公案小说、谴责小说，如《施公案》《彭公案》《二十年目睹之怪现状》《老残游记》等，都是由主要人物贯穿起许多相对独立的情节单元，其情节结构方式和《西游记》有类似之处。

除了《西游记》，还有很多小说都采用了单线式叙事结构。比如，《水浒传》基本上也是单线式的，它前面写的林冲、鲁智深、武松、宋江等几个主要人物的故事，采用了主要人物依次出场的连环结构，或曰接力赛跑式的结构，即某几个相连的回目，以一个或一组有关联的梁山义军的重要人物作为主角，把这一个或一组人物上山前的有关事迹基本写完后，再引出另外一个或一组人物连写几回，原来曾在某些回目作为主角的人物虽然还会出现，但已退居为次要角色了。梁山义军中较次要的人物，则在主要人物的连环结构中附带写出。这些故事都有一个主角，一条主线。后来，一步步写出了"众虎同心归水泊"，一百零八将殊途同归，四面八方的英雄汇集梁山，形成一支气势豪壮的农民起义队伍，而且这支队伍成了作品的主线。这支部队或被打，或打人，虽然打与被打的双方都还有许多矛盾纠葛，但主线是很清晰的。那么，小说前面所写的各个独立的故事是怎样联结成一个有机的整体？作者主要是用"官逼民反"这一思想加以联结的，即所有的情节单元都由从逼上梁山到效力朝廷这根总的结构线索贯穿成整体。

（二）多线式叙事结构

所谓多线式叙事结构，就是一部小说中除了主线还有副线，但是这种副线是引起或配合主线的，是附属于主线的，在结构中处于从属的地位。在中国古代小说中，《儒林外史》和《三国演义》最为典型地运用了多线式叙事结构。

关于《儒林外史》的叙事结构，鲁迅曾说："全书无主干，仅驱使各种人物，行列而来，事与其来俱起，一亦与其去俱讫，虽云长篇，颇同短制多但如集诸碎锦，合为帖子，虽非巨幅，而时见珍异，因亦娱心，使人刮目矣。"《儒林外史》虽然全书无主干，虽然很像各个短篇凑起来的，但它仍然是一部长篇小说。因为它是以一种思想（反对科举制度）为主干统率全书的，而且短篇之间有交错、有呼应。前后的故事不是孤立的，作者应用多种方法，巧妙地把各个故事勾联起来。有的在前一回是主要人物，到后一回退居为次要人物。也有的在前面的故事中是次要人物，到后面成了主要人物。由于主、次交错得自然，彼此勾联得巧妙，就使得全书虽然头绪纷纭，却能形成一个有机的整体。从这里，我们正可以看出作者在结构上特有的匠心。而清末谴责小说《官场现形记》，完全仿照了《儒林外史》的叙事结构。

《三国演义》写了两个最著名的大战役，即官渡之战和赤壁之战。在官渡之战以前，天下大乱，群雄角逐，头绪纷繁。官渡之战以后，头绪才减少了一些。到赤壁之战以后，从形势上说是确立了三国鼎立的局面，实际上仍不止三国。就是后来仅仅剩下了三国，在《三国演义》中也还有三条并列的线索，直到最后西晋统一。作者以蜀汉为中心，纵横交错而又有条不紊地展开情节。有宾有主，有伏笔有照应，一把纷繁无比的多种头绪构成一个相当完美的有机的艺术整体。小说开头提出的"分久必合，合久必分"这一思想，则是一个带全局性的指导思想，对统一这个艺术整体也有一定的作用。

（三）交叉式叙事结构

所谓交叉式叙事结构，就是一部小说中有多条矛盾线索扭结交错在一起，齐头并进，并且在进行具体的叙事时纵横穿插着很多具体事件的情节结构。

在中国古代小说中，运用交叉式叙事结构最为典型的作品是《红楼梦》。它按照日常生活的本来面目，将许多条矛盾冲突的线索纵横交织地穿插在一起。它描写了贾府由盛到衰的历史过程，描写了贾宝玉、林黛玉、薛宝钗的爱情纠葛和悲剧结局，除此之外，还交织着许多各有起讫、自成系统的矛盾线索，如王熙凤从春风得意、大权在握到众叛亲离、托孤村媪的矛盾纠葛和悲惨结局，众小姐的悲剧命运，尤三姐的爱情悲剧，贾雨村的宦海浮沉等。这些矛盾线索中的任何一条都不是一叙到底，而是时断时续，此隐彼现，交叉扭结，齐头并进。

具体来看，《红楼梦》的结构主线是贾府由"烈火烹油、鲜花着锦之盛"到"落了个白茫茫大地"真干净的衰败过程。其他矛盾线索所反映的矛盾冲突、人物命运，都发生在贾府由盛到衰这个大的过程之中，都是与贾府的兴衰休戚相关的。此外，《红楼梦》的多条线索之间的纵横交织和《三国演义》中魏、蜀、吴三条叙事线索的相互交叉在性质上是不同的：《三国演义》中的三条叙事线索共处于三国争雄这同一个矛盾体中，是一个矛盾统一体中的三个矛盾方面，贯穿全书的矛盾主线只有从群雄并起到三国争雄这一条，除此之外只有从属于它而没有和它并行的矛盾线索；而《红楼梦》中的诸多矛盾线索则不是从属关系而是并行关系，也不是一个矛盾过程的几个矛盾方面，而是各代表着一个相对独立的矛盾系统，各构成一个情节系列。

第三节　中国古代小说情节结构的艺术技巧

中国古代小说在进行创作时，为了保证情节结构的整体性，往往会借助于一些具体的艺术技巧。具体而言，中国古代小说常用的情节结构的艺术技巧主要有以下几个。

一、偷笔

偷笔又称"脱卸"，戏称"狡兔死、走狗烹之法"，是中国古代小说常用的一个情节结构艺术技巧。所谓偷笔，就是通过暗换主角，由此一人物的故事自然地过渡到彼一人物的故事。也就是说，偷笔主要是对分属两个情节系列或情节单元的人物的衔接、转换问题进行解决的。

清代金圣叹在《第五才子书施耐庵水浒传》（四十三回）中概括出此法："子弟小时读书，最要知古人出笔有无数方法：有正笔、有反笔、有过笔、有沓笔、有转笔、有偷笔。上五法易解，所谓偷笔则如此文是也。"该回写戴宗奉命访公孙胜，一路上遇杨林，又在饮马川收服了裴宣、孟康、邓飞三筹好汉，至此，皆以戴宗作为正面描写的主角。到蓟州城中，偶见杨雄遇劫，石秀解救。这以后石杨便取而代之成为主角，戴宗则悄然隐去。《水浒传》运用这种暗换主角的办法，把各自相对独立的故事联结起来，形成连环式结构。其间转换、联结契合无垠，有"鬼神搬运""移云接月"之妙。

金圣叹在五十一回开头的批语中，更明确地提出了偷笔之法。这一回是写柴进上山的过程，而前一回写的是雷横、朱仝上山。二者如何衔接转换？方法就是偷笔。第五十回叙雷横打死了知县的婊子白秀英，让朱仝将雷横解到济州问罪。朱仝放走了雷横，自己却被发配沧州。七月十五日朱仝抱着沧州横海郡知府的小衙内看河灯，吴用、雷横等人为赚朱仝上山，将他叫到一边说话，让李逵乘机杀死了小衙内。朱仝追李逵追到柴进庄上，众头领与朱仝赔话，请其上山，朱仝说："若要我上山时，你只杀了黑旋风，与我出了这口气，我便罢！"为避免二人的冲突，柴进提出让朱仝随雷横等人上山，把李逵暂时留在庄上。于是下面便自然地转到以李逵打死殷天锡开始的柴进上山的情节。在五十一回开头，金圣叹批道："文章妙处，全在脱卸。脱卸之法，千变万化，而总以使人读之，如鬼神搬运，全无踪迹，为绝技也。只如上回已赚得朱仝，则其文已毕，入此回，正是失陷柴进之正传，今看他不更别起事端，而便留李逵作一关捩，却又更借朱仝之怨气顺手带下，遂令读者深叹美髯之忠，而竟不知耐庵之巧。真乃文坛中拔赵帜、立赤帜之材也。"朱仝属于前一个情节系列中的主角，李逵则是后一个情节系列的重要角色。让他们同处于一个矛盾冲突之中，完成二者的衔接，然后转写李逵随柴进去高唐州打死殷天锡的事情，很自然地过渡到失陷柴进的正传。

除了《水浒传》，《儒林外史》《官场现形记》等作品，主角不断变换，因而更常运用这种方法。

二、鸾胶续弦

鸾胶续弦就是粘合两条叙事线索，使二者的遇合自然合理不露痕迹的结构方法。它典出六朝《十洲记》：汉武帝用西王母以凤凰骨髓熬成的胶粘接断弓弦，牢固如天成。用一个插曲把两条本不相连的故事线索衔接起来。

清代金圣叹在《读第五才子书法》中概括出此法。《水浒传》第六十一回中，梁山派石秀、杨雄下山探听卢俊义的消息，燕青救卢俊义不得，投奔梁山。这是两条本不相连的故事情节，为了将之联结起来，作者安排了一个插曲：燕青射鹊求卦，巧遇石秀、杨雄，相斗而相认，于是两条故事线索妙合无垠，笔墨自然地由燕青转向石秀，演导出石秀单身劫法场一幕。对此处的结构处理，金圣叹评论道："有鸾胶续弦法。如燕青往梁山泊报信，路遇杨雄、石秀，彼此须互不相识，且由梁山泊至大名府，彼此既同取小径，又岂有止径之理。看他便顺手借如意子打鹊求卦，先斗出巧来，然后用一拳打倒石秀，逗出姓名来等是也。"（《读第五才子书法》）的确如金圣叹所说，燕青与杨雄、石秀的相遇是十分偶然的。但作者从燕青所处的特殊境况、特殊心理和他善于射箭的特殊本领出发，让他去打喜鹊，夺包裹，又让杨、石从燕青手腕上的花纹认出了他，这样，偶然性的巧合就有了自然合理的前因，有了一定的必然性，从而变得真实可信了。因此，鸾胶续弦的实质是解决小说情节演进中巧合与情理之间的矛盾。

《水浒传》中运用鸾胶续弦这种情节结构的艺术方法的地方不止一处。比如，第三十回武松杀了张都监等人后，到了十字坡张青、孙二娘那里，张青对武松说："我哥哥鲁智深。和甚么青面兽好汉杨志，在那里（宝珠寺）打家劫舍，霸着一方落草。……贤弟只除那里去安身，方才免得。"这样，又以张青夫妇作为续弦之鸾胶，将武松与鲁、杨两条叙事线索粘合在一起了。但对张青与鲁智深的"兄弟"关系，在第十六回就作了埋伏，鲁智深与杨志初次见面时，便说到他曾被张青夫妇麻翻过，救醒后"结义洒家作了兄弟"。金圣叹在这里批道："乃今作者胸中，已预欲为武松作地，夫武松之于鲁达，亦复千里二龙，遥遥奔赴，今欲锁之，则仗何人锁之，复用何法锁之乎？预藏下张青夫妇，以为贯索之蛮奴。"

除了《水浒传》，中国古代小说中还有不少作品在情节结构方面运用了鸾胶续弦之法。比如，长篇小说《儿女英雄传》中十三妹与安公子初不相识，以后成了夫妻。悦来店搬石顶门的小插曲使两条叙事线索合在一起，也是鸾胶续弦。《红楼梦》也没有完全排除情节中的偶然性巧合，因而也可以找到这种情节结构方法。比如，在第四十七回中，写的是柳湘莲将薛蟠痛打一顿后，远走他乡；在第四十八回中，写薛蟠在挨打后，因羞于见人便跟随张德辉到外地做买卖去了。按理说，柳湘莲和薛蟠是仇人，又天各一方，走到一起几乎是不可能的。但是，在第六十六回中，二人竟是亲兄弟一般，一起回来了。原因是薛蟠中途遇盗，柳湘莲也恰恰走到那里，赶散了贼人，夺回了货物，救了薛蟠一伙人的性命。在这里，就运用了鸾胶续弦，遇盗便是使两条叙事线索粘合一起的鸾胶。

三、重作轻抹

所谓重作轻抹,就是着力描写非中心情节的生活画面,并以情理中的小事轻巧收束,自然地转换到中心情节上来。它解决的是众多的生活场面或具体事件之间的衔接转换问题。

重作轻抹这种情节结构的艺术方法,在《红楼梦》这部小说中的运用最为典型。《红楼梦》由一个场面过渡到另一个场面、由一个事件过渡到另一个事件的常用的方法,脂砚斋称之为"重作轻抹"。庚辰本、己卯本第二十回的总批都指出:"此回文字重作轻抹。"庚辰本和甲戌本第二十七回的眉批又提出了这种方法:"《石头记》用截法、岔法、突然法、伏线法、由近渐远法、将繁改简法、重作轻抹法、虚敲实应法,种种诸法,总在人意料之外,且不曾见一丝牵强,所谓'信手拈来无不是'是也。"不过,将此种方法说得最清楚的,是三十八回开头的总批:"题曰'菊花诗''螃蟹咏',偏自太君前阿凤若许诙谐中不失体、鸳鸯平儿宠婢中多少放肆之迎合取乐写来,似难入题,却轻轻用弄水戏鱼看花等游玩事,及王夫人'这里风大'一句收住入题,并无纤毫牵强。此重作轻抹法也,妙极,好看煞。"①

这里细分析一下《红楼梦》第三十八回:"林潇湘魁夺菊花诗,薛蘅芜讽和螃蟹咏"。在这一回中,"吃蟹"与中心情节没多大关系,但作者却用浓墨重笔加认渲染,绘声绘色地展现出这一生活画面,并于其中表现出人物各自的身份、性格、心理,这就是"重作"。接着,作者用王夫人请贾母回房休息数语,结束这段热闹文字,转入中心情节——诗社和诗,这便是"轻抹"。这种方法,一洗巧合法的雕琢痕迹,使内容开阔、丰富、绚丽。

除了第三十八回,第二十回"王熙凤正言弹妒意,林黛玉俏语谑娇音"中也运用了这种情节结构的艺术技巧。该回写了三个发生在不同地点的具体事件:一是在贾宝玉房里,宝玉的奶妈李嬷嬷数落、责难正在生病的袭人,奶妈走后,宝玉安慰袭人,袭人睡后又为麝月梳头,招来了晴雯的讥刺;二是次日在薛姨妈那里,贾环玩围棋输钱后耍赖,宝玉规劝他"既不能取乐,就往别处再寻乐顽去",贾环回去后赵姨娘骂他"谁叫你上高台盘去了,下流没脸的东西",恰被凤姐在窗外听见,凤姐便斥责赵姨娘,"正言弹妒意";三是贾宝玉听说史湘云来了,便往贾母那里去,未见湘云先和黛玉发生了口角,史湘云责备他们"也不理我一理儿",林黛玉拿史湘云说话咬舌子开玩笑,也就是"俏语谑娇音"。这三个事件虽有宝玉贯穿,

---

① 张稔穰.中国古代小说艺术教程[M].济南:山东教育出版社,1991:526.

但不是沿着一条矛盾线索顺流而下，而是每个事件都有不同的人物、不同的矛盾，各具相对独立性，是三个较小的情节单元。虽然本回的题目只点到了其中的两个，但作者对三者都做了具体详细的描写。在第一个事件结束时作者写道："这里宝玉通了头，命麝月悄悄服侍他睡下，不肯惊动袭人，一徒无话。"第二个事件一开始又这么写："至次日清晨起来，袭人已是夜间发了汗，觉得轻省了些，只吃些米汤静养。宝玉放了心，因饭后走到薛姨妈这边来闲逛。"这样就了无痕迹地"抹"去了前者，过渡到了对第二件事的叙写。在第二个事件里，反姐申斥了赵姨娘，又教训贾环："亏你还是爷，输了一二百钱就这样！"回头叫丰儿："去取一吊钱来，姑娘们都在后头顽呢，把他送了顽去……""贾环诺诺地跟了丰儿，得了钱，自己和迎春等顽去，不在话下。"这样又悄悄"抹"去了第二件事，开始了第三件事的叙述。

四、横云断山

横云断山原为图画的一种画法：用云雾横抹山岭，于尺素之间显示出峰岭的远近高低，造成一种寓无限于有限之中的美感。运用小说领域，就是小说在叙述较长的故事情节时，为了避免行文的呆板，追求叙事的节奏和波澜，有意插入表面似乎阻止情节发展的某些事件、情况或场面。如此一来，由于叙述节奏的变化，读者就能常常保持较高的阅读兴趣，使小说产生最大的接受效果。

清金圣叹在《读五才子书法》中概括出此法："有横云断山法，如两打祝家庄后，忽插出解珍解宝争虎越狱事；又正打大名府时，忽插出截江鬼油里鳅谋财倾命事等址也。只为文字太长了，使恐累赘，故从半腰间暂时闪出，以间隔之。"作品中打祝家庄是一个重要情节，它涉及三章，如一打、二打、三打连续叙述下来，不免节奏平板、缺少变化。于是在二打况家庄之后，为了不使这一情节叙述太长"累赘"，加进了"解珍解宝双越狱"一回，叙述解氏兄弟的家世、遭遇，并引出连襟乐和，孙立等人，经过孙立等人劫牢投奔梁山，之后才续上主干情节，接写"宋公明三打祝家庄"。这就是金圣叹所说的"从半腰间暂时闪出，以间隔之"。它丰富了小说情节，使之变化无常，增加了故事的可读性。正如金圣叹第四十九回总评中所说："千军万马后忽然飏去，别作澶悍娟致之文，令读者目不暇易。"又如第六十五回"托塔天王梦中显圣"，写到宋江攻打大名府不成暂时退军时，就加入了张顺被截江鬼张旺、油里鳅孙三谋财害命的一段情节，以及张顺请来名医安道全为末江治背疮等事，然后下一回"吴用智取大名府"才回到主干情节上来。

除了《水浒传》,《西游记》中也运用了横云断山之法。在叙述"孙悟空三调芭蕉扇"这一故事时,由于情节较长,在写完芭蕉扇后,忽然插入牛魔王与玉面大王纠葛的情节,就是运用这种手法。

总的来说,运用横云断山之法,可以使情节结构富于变化,波澜叠起,又能多侧面地表现主题,显示生活的丰富多彩、纷纭复杂。不过,在运用这种手法时,也要注意突出中心,使主线明晰。

五、伏应

在中国古代小说中,为了使结构严谨细密,非常重视情节的前后照应。所谓伏应,就是在小说中后边出现的人物和事件前边要有伏线,前边出现的人物和事件后边要有交代,有呼应。对于这种情节结构的艺术技巧,毛宗岗形象地将其称为"隔年下种,先时伏著"。比如,《三国演义》第十九回,曾写到晁盖等人捉住了围剿水泊的济州团练史黄安,宋江在郓城县从公文上知道了此事。黄安是一个十分次要的人物,但到第四十回,宋江上山后,提到拒官军一事,宋江问道:"黄安那厮,如今在那里?"晁盖道:"那厮住不够两三个月,便病死了。"金圣叹在此批曰:"已隔数卷,至此忽问,可见此书一笔不漏。"

中国古代小说运用的伏应,有明暗之分。所谓明伏,就是前面将与后文有关的事物明确点出、将与后文有关的情节明确交代;所谓暗伏,就是前面对与后文有关的事物、情节仅仅加以暗示。汪尧峰《与陈霭公论文书》说:"伏笔苟使人知,亦不称妙;无意阅过,当是闲笔,后经点明,方知是有用者",这样的伏笔最堪称道。从这个角度,有些评点家认为暗伏之笔最好。比如,在《聊斋志异》中的《花姑子》一篇,开头写安公子路经华岳时在山谷迷路,忽见灯火便以为是山村,想要前往投宿。这时,恰好有一位老者出现,告诉他那里"此非安乐乡",不是可以投宿的地方,并且邀请他到自己的茅庐暂住。从后文可以知道,安公子所看到的有灯火处正是蛇精的家,而且在他到山中找花姑子时曾误入此处,差点被害死。可见,"此非安乐乡"一句毫无痕迹地为后面情节的展开暗中埋下了伏线。

第四节　中国古代小说的语言发展与运用

小说同其他文学样式一样，也是语言的艺术。它要用语言去创造形象、塑造典型，要用语言去表现现实事件、自然现象和思维过程。因此，语言是构成小说作品的第一要素，是建筑小说大厦的基本材料。中国古代许多优秀的小说作品，都是作者匠心独运的宝贵成果。作者的艺术匠心，粗看起来，是花费在人物、故事上面，即花费在如何把人物写活，把故事写得生动感人上面。实际上，功夫还是用在语言上面，即用什么语言去把人物写活，用什么语言把故事写得生动感人上面。因此，伴随着人物、故事的语言，总是经过作者的心血浸润过、挑选过或加工过的。

一、中国古代小说的语言发展

纵观中国古代小说的语言，可以发现其大致沿着两条线索向前发展，即文言语言的生活化和白话语言的文学化。

（一）文言语言的生活化

中国古代小说很多是用文言写成的，而且中国古代小说中运用的文言，越是上溯历史，越和口语趋于一致，即文言和生活的距离是比较小的。但后来，口语随着时代的发展有了很大的变化，而文言却借助于书本相对凝固下来，这样，文言和口语的差距就越来越大。加上一些文言小说作家或受古文家的影响，或因本身就是古文家，大多崇尚简古，鄙视口语，写作时又缺乏追求生活实感的自觉意识，因而文言小说的语言越来越远离生活，缺乏生气。还有一些作家，不顾及人物身份，动辄让人物吟诗作赋，如唐代小说《李章武传》中的王氏子妇，是一个以"夫室"为"传舍"的下层市民，竟多次赠诗李章武；宋代小说《谭意哥传》中的谭意哥，8 岁时即父母双亡，寄养于编竹器的小工张文家里，而作妓女之后，竟工于作诗，长于对句；明初至明中叶以前的文言小说，竟至于诗词连篇，成为"诗文小说"。这些都表明，自唐代以后的文言小说在语言方面越来越远离生活。这也是唐代以后文言小说趋于衰微的一个重要原因。

不过，自明代后期开始，这种情况发生了改变。此时，话本、拟话本等白话短篇小说已风靡天下，《水浒传》也已是家喻户晓。这些作品中生活气息浓郁的语言,不能不影响到文言小说。因此,这个时期的文言小说创作,注重在语言方面更为接近生活。比如,明末李清的小说《鬼母传》,叙述某商人之妻,随夫外出贸易,怀孕后未及生产而死。过了一段时间,"肆有鬻饼者,每闻鸡起。即见一妇人把钱俟,轻步纤音,意态皇皇,盖无日不与星月伴者。店人问故,妇人怆然曰:'吾夫去,身单;又无乳,每饥儿啼夜,辄心中如剁,母子恩深,故不避行露,急持啖儿耳'。"店人发现其是鬼后,"起柩视,衣骨烬矣,独见儿生。儿初见人时,犹手持饼啖,了无怖畏。及观者蝟集,语嘈嘈然,方惊啼。或左顾作投怀状,或右顾作攀衣势,盖犹认死母为生母,而呱呱若觅所依也。"官府"驰召其父,父到,抚儿哭曰:'似而母!'是夜,儿梦中趣趣咿喔不成寐,若有人呜呜抱持者。明旦,视儿衣半濡,宛然未燥,诀痕也"。很明显,这篇小说的情节是虚幻的,但不论是描写鬼母爱子的感情,还是描写小儿见人后的情状,追求的都是富有生活实感,语言亦浅近易读。显然,这篇小说已经有意在语言方面缩小与生活的距离。

到了清代时,文言小说的创作更为注重语言的生活化。对此,《聊斋志异》中有着鲜明的体现。这部小说虽然是用文言写成的,但它所蕴含的生活情味绝不在话本、拟话本小说之下,可以说做到了文言体式与生活神髓的高度统一。事实上,坚持从生活出发正是《聊斋志异》的语言能够具有生活神髓的根本原因。比如,在《邵女》一篇中,蒲松龄写到了一个媒婆,柴廷宾看上了邵氏之女,托媒婆贾媪前去说媒。而贾媪在前去说媒时,说了一段十分精彩的话。她所说的话,从词语到句式,都保持了文言的体式,赵飞燕、赵合德典故的运用,更增强了文言的特色。在现实生活中,一个农村媒婆不会满口之乎者也的,也不会以大量的文言词语、文言句式表达自己的思想,如果仅从语言形式上看,贾媪所说的话无疑与现实生活大相径庭。但细味其神髓,却又酷似生活,读了之后,一股浓郁的生活气息扑面而来。面对一桩难说的婚事,贾媪似有意,似无意,从闲话轻轻步入正题,纵、擒、挑、剔,利动财熏,一步步窥探对方的心思,一步步诱人入其彀中,这绝不是硬加在人物口中的作者的语言,而是生活中那种善于察言观色、蛊动人心的媒婆所特有的"辞令妙品",借此,作者向我们托出了生活一角的本来面貌。在《聊斋志异》中,如此精彩的人物语言是比比皆是的。

总的来说,中国古代文言小说的语言在经历了日渐远离生活的路程之后终于实现了向生活化的回归。而且,从明代后期明显出现的小说创作中文言语言的生活化趋向,表现了在白话小说影响下文言小说的自我调节,它使文言小说重新焕发出了生机,并最终达到了它的顶峰。

（二）白话语言的文学化

中国古代小说是以文言小说为起点发展起来的，但其发展过程中，并非始终都是沿着文言小说的道路发展，而是出现了白话小说的分支。在唐宋之际，由于文言小说的创作出现了衰微之势，白话小说应运而生，且成为不可逆转的历史趋势。而纵观中国古代的白话小说，可以发现白话的运用是由自然形态的口头语言逐渐发展为精心加工的优美的文学语言的。

在宋元时期，话本小说的正话部分主要是用白话写成的，但在多数作品里，白话基本上只承担着叙述故事的功能，一旦需要对景物或人物进行描写时，便要借用诗词或韵语。这表明了诗词对小说的巨大影响，同时也表明话本作者还不善于用白话来描写。就对故事的叙述而言，大多数作品所运用的白话也只是达意而已，缺乏必要的文学色彩（说话艺人讲述时，因借助于表演和口气，容或比较生动，但这里说的只是语言）。

到了明代，白话小说的语言开始出现明显的文学化倾向。比如，《水浒传》除个别地方还可见到少量浅近的文言，全书的叙述语言和人物语言大都是采用的质朴、自然的口语，而且作者对口语进行了提炼、加工，一些人物的语言达到了高度的个性化，作者的许多叙述语言也都生动传神，特别是对一些市井人物的描写，更具有浓郁的生活气息。但这部小说的语言也有明显的不足之处：一是作者的语言也像话本那样，多是用于叙述故事，一遇到需要描写的地方，便往往非常简括，不少地方仍然借助于诗词、韵语，如第六十五回叙述张顺到南京去请安道全时写到了长江，但作者的描写语言却只有"虽是景物凄凉，江内别是几般清致"一句，下边紧接着便是"有《西江月》为证"了；二是对话达到高度个性化的，多是那些表层性格比较鲜明的人物的语言，如李逵、鲁智深、武松、宋江、阎婆惜等人的语言，但这些人物的说话方式、语言色彩都比较单一，只具有和表层性格的简单一致性，没有做到多种语态的对立统一，有时人物的语言半文半白，这些半文半白的语言，只有极少数是与人物个性的表现紧密结合在一起的，但在多数情况下只是一些官话，缺乏个性内涵。因此，《水浒传》虽然在白话语言的文学化方面取得了非凡的成就，但还没有达到古代小说白话语言文学化的顶峰。

进入清代后，中国古代白话小说在语言的文学化方面取得了最高成就，代表性作品便是长篇小说《红楼梦》。清人诸联评论它的语言说："全部一百二十回书，吾以三字概之：曰真，曰新，曰文。"（《红楼评梦》）诸联的意思是，《红楼梦》的语言不仅真切自然，而且具有新意，同时又是高度文学化的语言,他的评论可以说是对《红楼梦》语言的一个精辟概括。

具体来看《红楼梦》这部小说的语言,其基本上是用北京口语写成的,但它对口语进行了提炼、加工,同时又熔铸了文言优美典雅、节奏鲜明、富有韵味的长处,适当采用了一些文言词语和句式,该白则白,该文则文,从而形成了既有生活情致、又有文学意味,既让读者感到亲切、又让读者感到新颖的优美的文学语言。比如,《红楼梦》对人物心理、行动的叙述、描写,对生活事件、场面的叙述、描写,都以白话为主而又根据不同情况采用灵活多变的语言体式,也大都简洁细密,生动传神。又如,《红楼梦》的人物语言以纯粹的口语体为主,但也不是偏执一隅,而是根据描写特定人物、特定场合的需要,时而采用浅近的文言体,或在口语中稍带文言成分。

总的来说,中国古代白话小说到了《红楼梦》,已在很高的水平上实现了小说白话语言的文学化。以后虽有某些作品在语言运用方面有了一些新的特点,但从整体上对小说白话语言的文学化并没有太大的发展。此外,这里需要特别指出的一点是,白话语言的文学化并不等于口语化,文学化的程度也不与口语化的程度成正比。小说创作如果恰当地从口语中吸取语言营养,肯定会增强艺术魅力;而如果完全照搬口语,它的文学意味也必将受到极大的损伤。

二、中国古代小说的语言运用

中国古代小说在创作中都十分重视语言的运用,具体表现在以下几个方面。

(一)注重"为情而造文"

在小说创作中,语言是表达内容的工具,因此运用语言的根本原则应当是"为情而造文",而不可"为文而造情"(《文心雕龙·情采》),即遣词造句应以精微尽致地表现生活和作者的真实感情为目的,而不应为炫耀辞采而制造出虚假造作的感情。

事实上,中国古代小说在发展的过程中,越来越注重"为情而造文"。唐代小说作者为显示自己多方面的才能,往往使小说"诸体咸备",习惯于离开表现生活的需要加进去一些诗歌、典实,流风所及,后代文言小说中的主人公动辄以诗词赠答,叙述、描写的语言也往往只追求语言本身的典雅而不顾及能否传达出生活的情致。这不能不影响到小说语言的生活实感。比起前代作者,蒲松龄运用语言的目的性是更加明确的,那就是务求惟妙惟肖地表现出对象固有的形、神,绝不离开表现生活的需要徒呈辞采。从这一目的出发，他不仅摒弃了游离于小说情节的诗、词、颂、赞，基本上清除了小说创作史上散韵夹杂的积习，而且在一词一语的细微之处，也努力做到切近生活。比如，在《辛十四娘》一篇中，叙述狐女辛十四娘在与冯生夫妻相处时，有余钱，辄投扑满（一种储钱用的瓦器）。后来辛十四娘别去，冯生家境日衰，与其后妻生活无计，对影长愁。他们想到辛十四娘平日储钱的扑满，便将它打碎，得到了许多金钱。对此，手稿最初这样写：扑而碎之，"阿堵物倾注而出"，后改为"金钱溢出"。"阿堵物"与"钱"意义相同，而比"钱"字典雅。但从王衍这一典故上看，它却含有鄙视金钱的清高色彩。此时的冯生夫妇，衣食无着，求钱不得，在他们眼里，"钱"怎能会不是"钱"而成了"阿堵物"呢？"钱"字虽俗而不雅，但它却更符合作者此处所描绘的生活实际。将"倾注而出"改为"溢出"，也更准确地表现了金钱出自扑满的情状。

（二）注重语言与特定内容相适应

语言是人们在交际中指称事物和现象的声音符号系统。在小说创作中，语言是物化作家的思想感情和作家在生活基础上所酿成的各种意象的手段，而且语言只有与表现对象相适应，才能真正成为"明象""存意"的工具。为此，中国古代小说在运用语言时，十分注意使其与特定内容相适应。

从中国古代小说的创作实践来看，虽然绝大多数小说作品的语言并没有达到尽善尽美，但许多优秀之作的语言，从整体上说，都是与它们的特定内容相适应的。比如，《三国演义》和《水浒传》产生于相同的时代，而且，有的记载还说《三国演义》的作者罗贯中也同时是《水浒传》的作者，或者是参与了《水浒传》的创作。但这两部小说的语言风格、体式是很不相同的。原因就在于它们所塑造的形象、所表达的感情内容很不相同。《三国演义》写的是往古时代的圣君贤相和千古奸雄，借以寄托作者和读者对理想化君主、理想化政治和理想化道德的渴求、向往。时代的久远性、寄托的崇高性和对象固有的君、相身份，必定使作者营造的艺术形象罩着理想主义的光晕，具有神秘的色彩。这样的艺术形象如果用作者时代的口语来描绘，无疑是一种亵渎，会大大削弱形象的理想性、神秘性，因而作者才采用了半文半白的近文言。而《水浒传》写的多是出于贩夫走卒的草莽英雄，作者借他们的行为发泄对世道不公的满腔愤慨，因而这部小说的语言便采用了与之适应的粗犷遒劲的口语，也正是在"说时迟，那时快"以及"这汉子莫不是山东及时雨宋江"一类的语言中，塑造出了武松、李逵等人的生动形象。正因为适应，它们才都成功地托出了各有特色的艺术形象,使语言发挥出最大的魅力。又如,《聊斋志异》虽然是用文言创作的,但它的语言却是最为人们称道的。这部小说问世的时候,虽然白话小说已经风靡了三四百年,虽然文言早已成为小说创作中过时的语言形式,但它的语言竟然难以用白话来替代。即使再好的白话翻译,也必定会丧失掉原作的一部分意境和韵味。之所以产生这种现象,就因为它所使用的文言体式与生活神髓相统一的语言,和它塑造的艺术形象是高度适应的。《聊斋志异》写的是鬼狐仙怪,畸人异行。鬼狐仙怪就其本质来说,乃是社会的人;畸人异行也没有同世间的普通人隔着一条鸿沟,实际上是对生活中某些典型性格、典型事件的夸张放大,或者说是某些典型性格、典型事件的极致状态。但鬼狐仙怪又不完全等同于世人,他们除具有人的社会性外,又具有"物"的灵性,他们既是现实的,又是神秘的;畸人异行也与世间常人有相当大的距离,像孙子楚那样因一片痴情而化作鹦鹉飞到情人的身边(《阿宝》),是生活中不可能出现的,像郎玉柱那样除了读书对世事一无所知的书呆子(《书痴》),在现实中也并不常见。这种与现实生活本质相通又在许多地方不同的艺术形象,加上作者灌注其中的深刻思想和真、善、美的感情,就形成了《聊斋志异》特定的艺术氛围:它所描写的人物、事件既是真切如见的,又是虚幻迷离的;它既呈现出具体可感的生活画面,又蕴含着极耐品味的深邃的意境。《聊斋志异》的生活神髓与文言体式对立统一的语言,恰恰适宜于创造这种以真实与虚幻的对立统一为主要特征的艺术氛围。它所蕴含的生活神髓,有助于增强《聊斋志异》的现实真实感;而文言体式与生活语言的差距,则又与艺术形象的神秘性特点适应。这样,《聊斋志异》的语言就和它的内容熔铸成了一个和谐统一、不可分割的整体,这就是无论怎样好的白话翻译都不能与原作比拟的奥秘所在。

(三)注重扩大语言的张力

中国古代小说家在运用语言时,十分注重扩大语言的张力,即扩大语言的所指量,以适应"明象""存意"的需要。具体来看,中国古代小说家在扩大语言的张力时,主要借助于三种方法:一是炼字炼句,力争语言生动传神,意味深长;二是讲究语言的含蓄;三是巧用各种修辞手法。

中国古代小说创作与诗歌创作一样,也是十分重视字句锤炼的。以《聊斋志异》的《辛十四娘》一篇来说,该篇叙述冯生闯入与他邂逅相遇的红衣少女的家中,向女父贸然求婚,而女父商之于老妻之后,与冯生"相对默然",意若不许。这时,作者写道:"闻房内嘤嘤腻语,生乘醉搴帘曰:'伉俪既不可得,当一见颜色,以消吾憾。'内闻钩动,群立愕顾。果有红衣人，振袖倾鬟，亭亭拈带。"在这段话的"嘤嘤腻语"句后，原有"依稀有一红衣人在"八字，被涂去。"果有红衣人"，原为"果有女子衣淡红者"。"亭亭拈带"，原为"娟娟都雅"。短短几句话，便有三处改动，而每处改动，都是为了使语句更真实自然，更有张力。房内的"嘤嘤腻语"是冯生在外室听到的，他不可能看到是何人在那里"腻语"；他从未和红衣少女交谈过，也不可能辨出红衣少女的声音。因此，"依稀有一红衣人在"便不够真实自然。更重要的是，删去这八个字可以大大增强后面几句话的张力，从而使其更有意味。冯生为何要搴帘而入？作者虽然只写了他的行动、语言，但又暗示出了他的心理，那就是他心里想着红衣人必定也在房内。"果有红衣人"，一个"果"字，更暗示出他上述心理活动的存在。这样，在人物的行动、语言和作者的叙述中，又暗含着人物的心理形象，语言的所指量大大超出了能指。如果保留着上述八个字，则冯生是直扑红衣人而去，他的行动、语言中暗含的心理形象没有了，语言的所指量与能指完全相等，意味也就大大减弱了。"娟娟都雅"只是对红衣少女美丽容貌的静态陈述，没有写出她的神情，而在一陌生男子猝然入室的情境中，她不可能没有任何神态反应，她的神态反应也不可能不被冯生锐敏地看到。而且，前边已写过她"容色娟好"，此处再写她"娟娟都雅"也与前文重复。改为"亭亭拈带"，则不但写出了她苗条修美的身材，而且又写出了她的动作神态，"拈带"的动作又暗示出她此时不知所措的羞怩心理。这里的改动也增强了语言的张力，扩大了所指量，从而更好地发挥了"明象""存意"的作用。对"果有女子衣淡红者"一句的改动，也同样增加了语言的意味。

中国古代小说不仅注重字句锤炼，而且讲究语言的含蓄，《文心雕龙》就提倡语言的含蓄美，它把含蓄的语言风格称为"隐"，指出这类语言的特点是有"文外之重旨""以复意为工""深文隐蔚，余味曲包"（《隐秀》）。中国古代小说中的话本及受话本影响较大的作品，为适应讲说的需要，不大注意语言的含蓄性，而一些供人案头阅读的优秀作品，则继承了诗歌的传统，追求语言的含蓄不露，余味曲包。它们或者严格控制向读者输送的信息量，以有限的信息引起读者无限的想象，使语言的运用做到一以当十；或者利用事物之间的关系，注彼而写此，做到一石二鸟，一笔作数十笔用。比如，《儒林外史》第四回，严贡生在范举人、张乡绅面前自我介绍说："实不相瞒，小弟只是一个为人率真，在乡里之间，从不晓得占人寸丝半粟的便宜"，话音未落，一个蓬头赤足的小厮走了进来，望着他说："早上关的那口猪，那人来讨了，在家里吵哩。"作者不加任何评论，不作另外的介绍，只以严贡生将别人的猪强行关在自己家里这一有限的信息，揭穿他言语与行为的矛盾，让读者去想象他的为人，语言也是十分含蓄的。

中国古代小说还注重对比喻、象征、借代等各种修辞手法的巧妙运用,以达到使语言生动形象、唤起读者的想象、增强语言的表现力的目的。比如,《红楼梦》第二十二回叙述元宵节制灯谜时,贾母打发走了前来承欢的贾政,对孙女孙子们说:"你们可自在乐一乐罢。""一言未了,早见宝玉跑至围屏灯前,指手画脚,满口批评,这个这一句不好,那一个破的不恰当,如同开了锁的猴子一般。"后一句是一个比喻,它将此时的贾宝玉与开了锁的猴子联系在一起,不仅使贾宝玉指手画脚的行动依附于具体的形象,还可以使人想到他在贾政离去后内心的舒畅,他在贾政在场时行为的拘谨。由此一来,便将封建时代父子之间的森严关系形象得展现了出来。

(四)注重发挥汉语的优势

中国古代小说都是用汉语写成的,而且在运用汉语时,注重发挥汉语汉字独有的特点,使汉语这种语言更富有美感、更有表现力。

词的音节不多(多是单音词和双音词),一个音节一个方块汉字,汉字的声调又有平仄的不同,这是汉语最为突出的一个特点。这一特点使得文学作品的语言既可以显示出整齐之美,又可以做到变化错落,还可以通过平仄声调的科学配搭,使语言音韵和谐,具有音乐性。中国古代小说在语言方面,虽不像古代诗歌那样刻意追求语言的整齐美和音乐性,但许多优秀作品也尽力利用汉语的这一特点,使语言在变化错落中显示出整齐,或在整齐中显示出变化,并十分注意语句的声调和谐,抑扬有致。比如,《红楼梦》第十七至十八回在描写贾政等人游览大观园的行踪和景物时,用了"穿""度""抚""依""过""越""入""出"等动词,它们有的带了附加成分(过了、再入),有的没有附加成分;它们的宾语,有的是一个字,有的是三个字;它们所在句子的结构形式,有的是"动宾动宾",有的是"动宾"。这样,就形成了三组形式各不相同的骈句("穿花——""抚石——"为一组,"过了——""再入——"为一组,"越——""度——""入——""出——"为一组),于整齐之美中又显示出变化错落之美。这三组形式各异而又都短小急促的骈句,以句式和节奏形象地再现了贾政等人匆匆的脚步以及连续而来、各自独立、各有特点的自然景观,读了之后真如百鸟乱鸣,万花齐落。

拥有大量的典故,是汉语的另一个重要特点。这些典故多是由一定的故事演化而来,是一个个故事的凝聚形态,大都包含着一定的哲理内涵或美感内涵。由于汉语中的典故是那样众多,许多典故的原型故事又是那样精辟生动,为人们喜闻乐见,因而中国古代小说也常常使用一些典故来增强语言的张力，丰富语言的内涵。比如，《聊斋志异》的《凤仙》篇，写刘赤水发现一狐女醉卧于自己的床榻，便上前狎抱，"女嫌肤冰，微笑曰：'今夕何夕，见此凉人！'"《诗经·唐风·绸缪》有"今夕何夕，见此良人"之句，是丈夫庆幸得到了美妻，以后辗转沿用，"良人"又成了妻子对丈夫的称谓。此处狐女凤仙将"良人"改作"凉人"，不仅反映出刘赤水肤凉如冰的实际情状，而且表现了闺房戏谑的雅趣。可以说，中国古代小说中那些用得恰到好处的典故，像一颗颗闪耀在字里行间的明珠，增加了语义的层次，也显示着中华民族悠久的文化传统，使语言具有了富赡、华贵、高雅的气派。

第二章　具有独特精神风貌的
中国古代文言小说

在中国古代小说中,文言小说是一个十分重要的类型。中国古代文言小说相对于朗朗上口,通俗易懂,明白晓畅,毫无幽奥之语、生僻之字的白话小说而言,虽有佶屈聱牙、艰涩隐晦、深奥难明之弊,但也有言简意赅、简约含蓄、朴素隽永、优雅传神的特色,具有诗化的语言特色,这使得中国古代文言小说形成了自身独特的精神风貌。

第一节　中国古代文言小说的发展历程

中国古代文言小说作为中国传统小说的主要文体,有其自身的发展规律和演变轨迹。总体而言,中国古代文言小说的发展经历了以下几个时期。

一、中国古代文言小说的萌芽期

中国古代小说相比诗歌、散文来说,出现的时间要晚很多。关于中国小说的起源,自古以来即见仁见智,众说纷纭,或云"出于街谈巷议所造",或云"出于稗官",或云为"史氏流别",或云为"子书流也"。近世以来,鲁迅先生首倡源于"神话与传说",但也有人论及了历史散文、诸子散文对小说的启发和影响。不过,就"小说"一词最早见于《庄子》这一客观事实看,定先秦为中国小说的萌芽时期,是较为恰当的。

由于先秦时期的小说都是文言小说,因此可以将先秦时期确定为中国古代文言小说的萌芽期。事实上,在先秦的文学作品中,都孕育着小说这一文体的某些因素。比如,《诗经》中的许多史诗和祭歌,在追述先王神灵功业的同时,往往也保存了一些史迹和传说,而且不少叙事诗既有故事情节、人物形象，也有典型环境；先秦的史籍里载有大量的神话传说、迷信故事、地理博物传说；先秦诸子在游说论辩中，为说明事理，编写了不少寓言故事；《左传》《战国策》和一些野史杂传包含了很多小说的因素，等等。

二、中国古代文言小说的形成期

中国古代文言小说的形成期，大致是在两汉时期。在这一时期，不但已经出现了独立的不附庸于任何其他文体的小说作品，而且这些作品已经引起了文人们的注意，于图书目录中单列小说一类，或者在自己的作品中有所论及。班固《汉书·艺文志》所列小说虽已散佚，不足为证，但流传至今、独立成篇的《燕丹子》却很能说明问题。它被认为是现存的唯一的一部比较完整的汉人小说，胡应麟说"它是'古今小说杂传之祖'，倒是比较恰当的评价"[①]。因此，《燕丹子》可以说是两汉时期文言小说取得独立的文体地位的有力证据。另外，根据李剑国《唐前志怪小说史》的考证，假名东方朔的《神异经》、陈寔的《异闻记》等亦为汉人作品。这也从另一个方面证实了文言小说在两汉时期已经形成。而刘向《七略》、班固《汉书·艺文志》等目录已单列"小说家"一类，也是不争的事实（尽管仍为诸子附庸）。因此，认为两汉时期是中国古代文言小说的形成期是比较恰当的。

此外，在两汉时期，志怪和志人小说的分野也已现端倪，而且志怪小说的三种体式都已出现，如地理博物体的《山海经》《神异经》和《十洲记》等；杂史杂传体的《穆天子传》《汲冢琐语》《列仙传》《汉武故事》《汉武内传》《汉武洞冥记》等；杂记体的《异闻记》等。不过，志人小说的三种体式，在两汉时期才出现了杂记体的《燕丹子》《飞燕外传》，而琐言和笑话都还没有产生。

三、中国古代文言小说的成长期

中国古代文言小说的成长期，是在魏晋南北朝时期。东汉末到隋统一全国前，国家分裂，战乱频仍；儒学独尊的局面被打破，佛、道、玄兴起，谈玄说怪，弘扬佛法道术，蔚然成风。在这样的社会背景下，志怪小说和志人小说逐渐成长，到魏晋南北朝文言小说达到鼎盛时期。

魏晋南北朝时期文言小说的发达，主要表现在两个方面。一方面，作

① 程毅中.燕丹子校点说明 [M].北京：中华书局，1985：6.

家、作品急剧增多。在为数众多的作家中,包括不少当权者和知名之士,如魏文帝曹丕、梁元帝萧绎,刘宋大臣刘义庆,著名学者文人干宝、陶渊明、祖冲之、颜之推、任昉、吴均等。这种情况无疑提高了小说的地位和声望。关于作品的数量与种类,这一时期出现了志怪类笔记小说七八十种,俎杂类笔记小说二十余种,志人类笔记小说二三十种,另外还有堪称传奇小说先驱的史传小说多种,与两汉小说相比,堪称丰收。另一方面,以《搜神记》《博物志》《拾遗记》《幽明录》等为代表的志怪小说,以《世说新语》《笑林》等为代表的志人小说,现实感和时代感大大增强,艺术想象力和表现力得到提高,而且情节生动、人物传神、语言简约隽永,对后代的文言小说创作产生了重大影响。此外,在史传小说方面,现存题为汉人小说的《汉武帝故事》《汉武帝内传》《赵飞燕外传》等多种,后人虽认定伪托,但伪托的时间,如今学界多认为当在此时。这些作品大都篇幅较长,情节曲折,辞藻丰富,已经具备了传奇小说的基本要素。

不过,这一时期的文言小说的创作多数仍属于自觉或半自觉的状态,艺术上总的看是多叙事而少描写,对人物性格的刻画注意不够,只满足于讲故事,以情节取胜,但情节又往往简单。这表明,文言小说还需要进一步成长与发展。

四、中国古代文言小说的高潮期

中国古代文言小说创作的高潮时期,是在隋唐五代时期,更确切地说是在唐代。唐代是中国封建社会的鼎盛期,农业、手工业、商业空前发展,促进了城市经济和文化的繁荣,人们不再满足于以往志怪作品的简短故事。在这种情况下,唐代文人们开始有意识地创作小说,他们从六朝志怪小说、史传文学、唐代变文俗讲及其他各类文体中汲取丰富的营养,融会各家之长,创造出唐传奇这种新的文言小说体裁,从而奠定了中国文言短篇小说的典型形态。绝大多数学者都认为,唐传奇是中国古代小说史上的一座辉煌的丰碑。

在唐代时,创作唐传奇的作家群星灿烂,且名篇迭出,艺术成就较高。比如,《任氏传》《李娃传》《长恨歌传》《虬髯客传》等不但摆脱"粗陈梗概"的状态,篇幅普遍增长,而且内容丰富,题材扩大,从神怪转向现实生活,普通百姓成为作品的主人公;情节曲折,构思精巧;人物形象生动鲜明;语言文字华丽优美。此外,这一时期的传奇小说多以集子的形式出现,这可以说是中国古代文言小说史上的一种新情况。具体分析这一时期的传奇小说集,可以发现大量集子中都夹杂笔记小说,这明显的表现出传奇小说与笔记小说的相互影响、相互融合。后世以《聊斋志异》为代表的许多文言小说集既收传奇小说，也收笔记小说，显然是受这一阶段文言小说集的影响。从艺术方面讲，有唐一代文言小说的进士化特征则确如宋人赵彦卫所说："盖此等文备众体，可以见史才、诗笔、议论。"此外，唐传奇形成了以诗歌与散文结合、抒情与叙事结合的独特风格：既有美妙的意境，又有细致的刻画，既有丰富的想象，又有如实的描绘，因此无论就现实意义或美感价值来看，唐代传奇都超过了六朝志怪小说。

总的来说，唐传奇的兴起，给中国文言小说注入了新的生机，传奇体从此成为文言小说的主要形式。志怪、轶事小说唐以后虽然不断有人创作，而且数量甚多，但由于它们都是一些短书杂记的"丛残小语"，在宋以后白话小说勃兴的背景下，作为小说的特征更显得苍白微弱，而一些较好的志怪、轶事小说，也都带有传奇笔意。因此，唐以后传奇小说实际上代表了文言小说的主流。

五、中国古代文言小说的转折期

中国古代文言小说的转折期，是在宋元时期。宋王朝结束了晚唐五代混乱、分裂的局面，重新建立了统一的国家。虽然宋元王朝不及汉唐强盛，但经济发展，城市繁荣，尤其是在文化方面成就辉煌。此外，宋元时期的文言小说相比前代来说有了明显的转变，具体表现在以下几个方面。

第一，宋元时期的文言小说多辑集出版，如《太平广记》《类说》等书的出版，不但汇集了宋以前的文言小说，有利于小说的传播，而且通过选择和分类，提高和深化了对小说文体的认识，对文言小说的发展是有益的。

第二，宋元时期的文言小说不再是一统天下的局面，而是进入以白话小说为主流的时期。在宋元时期，随着商品经济和城市等的发展，白话小说获得了快速发展，并逐渐成为中国古代小说创作的主流。而文言小说则呈现出衰退之势，未出现影响较大、艺术成就较高的文言小说作品。

第三，宋元时期的文言小说和白话小说，产生了相互影响。说书艺人"幼习《太平广记》"，熟读《夷坚志》，从文言小说里吸收故事素材，学习艺术表现方法。而文言小说也接受了白话小说的影响，志怪小说集《夷坚志》、隋炀帝系列传奇小说以及中篇传奇《娇红记》的出现都是有力的证明。此外，宋元时期文言小说和白话小说的互相影响，也表明这一时期的文言小说明显受步步趋俗的社会风气、受通俗文学的影响，开始向世俗化方向转变。明胡应麟《少室山房笔丛·九流绪论》云："小说，唐人以前，纪述多虚,而藻绘可观;宋人以后,论次多实,而彩艳殊乏。盖唐以前出文人才士之手,而宋以后率俚儒野老之谈故也。"这段话,可以说准确地概括了文言小说在转折时期的通俗化特征。

六、中国古代文言小说的复兴与终结期

经过了宋金元时期四百余年的发展后,文言小说在明清时期进入了复兴与终结期。

明代的前中期,传奇小说在经历了宋以后相对的萧条之后,又有了新的转机。这一时期出现了像瞿佑的《剪灯新话》、李祯的《剪灯余话》等比较好的传奇专集。还出现了一些较好的单篇传奇,如《中山狼传》《辽阳海神传》等。到了明末,文人创作传奇之风又盛,一大批造诣较高的诗文作家积极参与了传奇小说的写作,特别是在当时思想解放思潮的影响下,不少作品除了传统的反封建主题外,还表现出一定程度的人道主义和个性解放的色彩,艺术上也更趋完美。明末传奇小说大昌之势为清初《聊斋志异》的出现创造了良好的条件。

进入清代后,蒲松龄的《聊斋志异》的出现,把志怪传奇小说的创作推向思想和艺术的高峰。《聊斋志异》问世后,曾风行一时,模拟之作纷纷出现。《聊斋志异》的出现,还从对峙的意义上刺激了笔记体志怪小说的繁荣。如纪昀从六朝志怪小说朴素的记事观念出发,认为《聊斋志异》为才子之笔,不应崇尚。因此,他写《阅微草堂笔记》时,就努力追踪晋宋志怪笔法,"尚质黜华",记事简要,而且议论颇多。由于它文笔清雅,"隽思妙语,时足解颐;间杂考辨,亦有灼见",同时也由于作者地位高,文名大,因此在当时文坛上影响也很大。仿效之作亦纷纷出现,但后继者功力都不及纪昀。

到了晚清时期,报刊上虽还出现大量单篇的传奇小说,然而质量每况愈下。此外,在19世纪末20世纪初时,由于资产阶级改良主义倡导"小说界革命",以改良小说为改良政治的重要手段。于是,梁启超便在"小说界革命"的纲领《论小说与群治之关系》一文中明确提出:"在文字中,则文言不如其俗语,庄论不如其寓言。"这明确地将文言与白话对立起来,并在不久后在政治和权力的干预下退出了历史舞台。至此,中国古代文言小说发展的历史便归于终结了。

第二节　博富庞杂的志怪小说

　　志怪小说指的是那些记载各种神话传说、异闻怪谈、宗教故事等内容的小说。一般来说，这类小说会宣传一定的宗教思想，但也会对当时社会生活的某些方面进行反映，因而具有一定的历史价值。从起源方面来看，上古神话传说、先秦历史著作与诸子散文中引述的带有神奇色彩的寓言故事和民间传说都是志怪小说的渊源。到了两汉时期，出现了一些初具规模的志怪小说。但这些志怪小说仅仅是具备了小说的某些形式特征，严格地说还不能称为完全意义上的志怪小说，还带有草创期的粗糙、幼稚、不成熟的特点。直到进入魏晋南北朝后，志怪小说在各种条件的作用下有了长足的发展，不仅作家多、作品多，而且形式上更趋于成熟，不仅有了一定规模的故事情节，而且也有了某种程度的人物形象描写，同时现实性和时代感也大大增强了。在此之后，各个朝代都有志怪小说的创作，从而使中国古代志怪小说呈现出博富庞杂的局面。

一、魏晋南北朝时期的志怪小说

　　魏晋南北朝是中国历史上最为动荡混乱的时期之一，这不仅是因为长期的分裂和连年的战争，更是由于传统思想被颠覆，"独尊儒术"格局被打破。这一时期，受社会政治的影响，思想文化也异常活跃和丰富，诸种思想学说相互交融，碰撞出新的更符合时代特征的新思想，从而达到了哲学、思想、精神、文化的空前解放，而这种新的变化随之带来了文学的大繁荣。就小说领域而言，志怪小说的创作取得了重要成就。而且，魏晋南北朝时期可以说是志怪小说的鼎盛时期。

　　魏晋南北朝时期的志怪小说，从数量看是相当可观的，见于各种著录的作品多达百种以上，现在保存下来的完整与不完整的尚有三十余种。魏晋时期较著名的志怪小说有题为魏文帝曹丕的《列异传》、晋张华的《博物志》、郭璞撰的《玄中记》、干宝的《搜神记》、葛洪的《神仙传》、王嘉的《拾遗记》、祖台之的《志怪》、戴祚的《甄异传》等。南北朝时期较著名的有署名陶渊明的《搜神后记》、刘义庆的《幽明录》《宣验记》、刘敬叔的《异苑》、东阳无疑的《齐谐记》、祖冲之的《述异记》、任昉的《述异记》、吴均的《续齐谐记》、颜之推的《冤魂志》等。不过，这些志怪小说未能都流传下来，当前保存较为完整的只有《博物志》《搜神记》《拾遗记》《搜神后记》《续齐谐记》《异苑》等几种。这里着重分析一下《博物志》《搜神记》。

《博物志》的作者是张华,字茂先,范阳方城(今河北固安西南)人。他自幼嗜书博学,在当时是像汉代东方朔一样的传奇式人物,也是一个精于数术方伎的方术家。《博物志》是一部地理博物体志怪作品,今存十卷。这部著作深受《山海经》的影响,内容驳杂,包括山川地理知识、草木鸟兽虫鱼、奇物异事、神话传说等,亦有涉及社会风俗、民族、自然现象的材料。由于它的地理博物体的特点,因此书中记叙的杂考杂说杂物,毫无故事性可言,这部分文字当然不能视为志怪小说。而我们认可它为小说,主要是根据它另一方面也记载许多故事性很强的非地理博物性的传说,突破了地理博物体志怪专记山川动植、殊方异族的范围,这也是它作为志怪小说的价值所在。

《搜神记》的作者是干宝,字令升,原籍汝南郡新蔡县(今属河南)人,后定居海盐(今浙江海盐),遂为海盐人。他著作颇多,但都散佚。最有影响的是《晋纪》二十卷,《搜神记》三十卷,今传本二十卷。他搜集了许多古今神怪故事编成《搜神记》,目的就是要证明世上真的有鬼神,所谓"发明神道之不诬"(《自序》),这也是当时一般志怪小说作者的主观意图。《搜神记》被认为是志怪小说已经成熟的标志,这不仅是因为它内容丰富,凡神话传说、鬼神精怪、奇闻逸事、地理博物传说等无所不包,且已有理性的分类编排,也不仅仅是因为它揭露了统治阶级的荒淫残暴,如《三王冢》《韩凭妻》等,歌颂了人民的反抗精神和高尚品质,如李寄东海考妇等,描绘了人民的理想和爱情如《董永》《紫玉》等,更重要的是因为它在创作动机、艺术形式、编排体例、艺术技巧诸方面均已趋向成熟,为后世志怪小说的创作树立了榜样。总之,《搜神记》可以说是魏晋南北朝志怪小说的上乘之作。

魏晋南北朝时期的志怪小说,从思想内容来看,是十分庞杂且良莠不齐的。魏晋南北朝志怪小说是在当时社会土壤中发展起来的,一方面,它多从现实取材,因而它具有极其深厚的时代感和现实感,蕴含着极其丰富的社会内容。另一方面,由于六朝文人普遍接受佛道思想,宗教迷信观念极大地支配着他们的写作,他们主观上是为了"发明神道之不诬",因此鼓吹服药求仙、肉体成仙、灵魂不灭、轮回报应等落后的思想意识也大量地渗透在作品中。在这里,我们主要论述一下魏晋南北朝时期的志怪小说所呈现出来的进步思想。

第一,魏晋南北朝时期的志怪小说真实地反映了当时社会现实的黑暗和人民遭受的苦难,鞭挞了封建统治阶级的凶残暴虐和荒淫无耻,表现了人民英勇顽强的反抗精神。比如，《搜神记》中的《干将莫邪》是写善铸宝剑的巧匠干将莫邪被楚王杀害后，他的儿子赤不惜牺牲自己，在山中侠客的帮助下，替父报了大仇。这个故事情节离奇，悲壮动人，它不仅鞭挞楚王的凶恶残暴，而且高度赞颂赤至死不移的复仇精神和山中侠客不吝生命、见义勇为的无私无畏的英雄气概。又如，《冤魂志》中的《弘氏》比较直接地表现了人民反抗昏官酷吏的斗争。小说写的是南津县尉孟少卿为了强取弘氏的木料给梁武帝盖庙，便将弘氏诬为强盗，判处死刑，夺去了木料。弘氏的冤魂不仅使孟少卿呕血而死，而且使经办该案的官吏们也一一受到惩罚。通过这一故事，作者揭露和抨击了昏暗的封建吏治，生动地表现了下层人民对昏庸官吏颠倒黑白、草菅人命的愤怒控诉和反抗。

第二，魏晋南北朝时期的志怪小说表现了人民群众对和平幸福生活的渴求与憧憬。魏晋南北朝是中国历史上少有的动乱时代，阶级矛盾、民族矛盾以及统治阶级内部的矛盾斗争都异常尖锐。从三国到隋，三个多世纪，社会陷入分裂混乱的状态，三十多个朝代和小国交相更替，各统治集团之间的争权夺利、豪征巧夺，使人民蒙受兵荒马乱的巨大灾难。在这种情况下，人们就幻想能够生活在一个无官民之分、无征战之苦、无压迫剥削，人们自耕自食、和睦相处的理想社会。对此，魏晋南北朝时期的志怪小说也有鲜明的表现。比如，《搜神后记》中的《韶舞》一篇，写荥阳人何某看见一个大人跳舞而来，那人自己说跳的是韶舞，一边舞一边走。何某跟他走入一个山穴，发现了很宽阔的地方，而且有良田数十顷，于是留下来开垦种地，后代子孙也就在这里生活。这个故事就生动地表达了乱世中的人民渴望安居乐业的生活愿望。

第三，魏晋南北朝时期的志怪小说以超现实的虚构艺术，写了人神之爱、人鬼之爱、魂体分离之爱、起死回生之爱，从而有力地冲击了封建婚姻制度，热情地歌颂了美好纯真的爱情，并表达了人民对婚姻自由的强烈追求。比如，《幽明录》中的《庞阿》一篇，写一个石氏女子一次在家看到男青年庞阿，一见钟情，精诚所至，竟然几次魂离躯体，前往庞家，与庞阿相会，并矢志不嫁他人，终为庞妻。这个故事通过离魂这个离奇美妙的情节，表达了少女对自由爱情的强烈向往与追求。又如，《搜神记》中的《紫玉韩重》一篇写吴王夫差的小女紫玉与平民青年韩重相爱，私订婚约，遭到吴王的极力反对，紫玉郁闷而死。韩重游学归来，到紫玉坟上痛哭，紫玉显魂与韩重相见，并约韩重到墓中"与之饮宴，留三日三夜，尽夫妇之礼"，临别时还赠给韩重一颗明珠。后来韩重去见吴王，吴王认为他是"发冢取物"，要处治他，紫玉的灵魂又出现，为他解释。故事生动地描写了紫玉真挚的生死不渝的爱情,表现出作者对封建势力破坏青年男女自由婚姻的强烈控诉。

魏晋南北朝时期的志怪小说不仅在思想内容方面存在很多精华,在艺术方面也有很多可取之处。虽然说魏晋南北朝志怪小说处于小说发展的初期,在艺术形式方面一般还是粗陈梗概,且还不是有意识的文学创作,总的来看是多叙事少描写,并不专意于人物形象的刻画。此外,一些故事虽以离奇取胜,但情节又往往简单,和后来的短篇小说相比还有很大的距离。但是,一些优秀作品在艺术上也取得了相当的成就,具体表现在以下几个方面。

第一,一些魏晋南北朝时期的志怪小说十分注重故事的完整性和丰富性,并有着曲折多变的情节。比如,在《李寄斩蛇》一篇中,作者先用官吏的无能、九女的懦弱对李寄的勇敢进行了反衬,再通过铺写李寄斩蛇的过程对李寄沉着机智的性格进行了刻画,最后写李寄斩蛇后"缓步而归",再一次渲染了她的勇敢沉着。整个故事总体而言写得委曲多姿,引人入胜,同时成功地塑造了一个象征人民战胜灾害的智慧与勇敢的少女形象。

第二,一些魏晋南北朝时期的志怪小说常常赋予被描述对象以人性和可感的面貌,用写人的手法来写鬼神妖魅,从而使作品和人物都富于人情味和生活情趣。比如,《幽明录》中的《刘俊》一篇,写三个在雨中争夺瓠壶的小孩,行为诡异,显系鬼魅,但举止动作、声音性情完全是三个顽童,并不使人感到阴森可怕,反而感到活泼有趣。这表明,这篇志怪小说有着十分明显的世俗性和人情味。

第三,一些魏晋南北朝时期的志怪小说注意到借助于对场面、人物动作、人物语言进行细节性的描写渲染来对人物的性格进行塑造。比如,《韩凭夫妇》写何氏跳台前"阴腐其衣",表现她的机智、细心和"视死如归"的殉情精神。

总的来说,魏晋南北朝时期的志怪小说在中国古代小说史上有着十分重要的地位,不仅影响了后世唐传奇的创作,而且标志着小说的形态更加高级。

二、唐代的志怪小说

在唐代时,小说的创作以传奇为主,但志怪小说的创作并未停止,并以更完善的形态继续发展。同时,唐代的志怪小说相比魏晋南北朝的志怪小说而言,出现了一些新的特点,如狐魅故事增强;注重通过交代时间、地点、姓氏等内容来增加故事的可信度;艺术描写有了一定的进步。

张说的《梁四公记》、唐临的《冥报记》、戴孚的《广异记》、段成式的《酉阳杂俎》和温庭筠的《乾䐉子》等是唐代较为重要的志怪小说。这里着重分析一下《冥报记》和《酉阳杂俎》。

《冥报记》共有三卷，意在劝善惩恶，宣扬佛家报应之说，如《陆怀素》篇说大火焚烧之后，唯佛经独存。《冥报记》中也有一些作品写得趣味盎然，如《兖州人》叙兖州人张某到泰山祈福，见庙里府君第四子的神像秀美，希望和他交友，后来四郎果然成为他的朋友，把他从强盗手中救出，又让他妻子还魂。总体上而言，《冥报记》不论在思想方面还是在艺术方面，价值不太大。

《酉阳杂俎》包括前集二十卷、续集十卷，全书计二十多万字。书名"杂俎"，可知其内容驳杂。其中有传说、神话、故事、传奇、志怪、杂记，珍异杂陈、五彩缤纷。所述内容，既有自然科学，也有人文科学，举凡天文、地理、生物、化学、矿藏、交通、习俗、外事等方面，无所不包，甚至秘闻趣事、志怪传奇也多有记叙。清代纪晓岚曾称，《酉阳杂俎》为"志怪笔记之翘楚"。由于段成式深受佛道思想影响，以仁爱慈悲之心，以闲放自适、娱悦性情的心态来写作。因此，《酉阳杂俎》中的鬼怪异物大多善良，少阴森恐怖的景象；人与动植物、与自然界和谐相处。比如，《丘濡》中飞天夜叉化为美丈夫，把一个女子摄到古塔上，共同生活了好几年。他对女子很好，"日两返，下取食，有时炙饵犹热"。而女子知道他是夜叉后，也不讨厌他："我既为君妻，岂有恶乎？"后来缘分已尽，夜叉与女泣别，还送她一块宝石，让她回家为母亲治病。此外，《酉阳杂俎》中不少作品的情节曲折生动，人物性格比较鲜明，有向"用传奇法以志怪"过渡的趋势。比如，可以称为中国版"灰姑娘"故事的《叶限》，讲的是叶限父亲有两个妻子，她的生母已死，后来父亲也死了，后母虐待她。她得到一条鱼，将它从两寸多长一直养到一丈多长，而鱼也只认叶限一人，"女至池，鱼必露首枕岸，他人至不复出"。然而，这样一条与弱女子亲密无间的神鱼，却被其后母残忍地杀害，并且"膳其肉"，"藏其骨于郁栖之下"。后来，经神灵提示藏在粪堆下的鱼骨终于被叶限领回家中。她要什么，鱼骨就给她弄来什么。终于在一次"洞节"上，叶限"衣翠纺上衣，蹑金履"，被后母和她的女儿认出，赶快跑回家，慌乱中丢了一只鞋，被洞人拾到，给了国王。国王"乃令一国妇人履之，竟无一称者"。故事的结局，当然找到了叶限，她被国王娶为"上妇"。故事曲折生动，叶限的善良、纯洁和后母的残酷、狡猾形成鲜明的对比。

三、宋元时期的志怪小说

宋元时期的志怪小说继承了唐五代的创作题材和艺术表现方法，又呈现出一些新的特点，如以道教为主，巫、道、释融合渗透，而儒家忠孝节义却是其核心的价值观；受唐传奇影响，"有意为小说"，情节曲折，显示出"传奇化"的特征；多在作品结尾，注明事情是听谁说的以证明故事的真实性。

徐铉的《稽神录》、吴淑的《江淮异人录》、张师正的《括异志》、刘斧《青琐高议》、李献民《云斋广录》、洪迈的《夷坚志》等是宋元时期成就较大的志怪小说。这里具体分析一下《括异志》《青琐高议》和《夷坚志》。

《括异志》以怪异形式反映了宋代社会的历史真相，所讲述的故事多为道士成仙和因果报应。比如，《钟离发运》写的是钟离瑾在德化当县令，为嫁女于许氏，要买个婢女作陪嫁，结果买来的却是前任县官的女儿。他于是写信给许家，要求推迟女儿婚期，先嫁前县令之女，"吾将辍吾女之资以嫁焉"。许家很感动，说他有两个儿子，于是就"以二女归许氏"。后来，钟离得到了好报。《醒世恒言》中的《两县令竞义婚孤女》，便是以这个故事为基础创作的。

《青琐高议》是一部宋代志怪、传奇小说总集，现存前集十卷、后集十卷、别集七卷，共计作品146篇。其中署作者名的仅有13篇，其余多为前人著作，或为刘斧改写而成。集中作品大致按题材分类编排，内容庞杂，涉及社会生活的诸多方面。从志怪小说来看，有一些写得较好的作品。比如，《远烟记》讲述了一对青年男女的爱情婚姻悲剧，十分悲切感人。筠州人戴敷，娶都下酒肆女为妇。后家庭败落，妻为其父夺归。敷"日夜号泣"，妻王氏亦然，发誓绝不改嫁，要以死报敷。后来大病，家人都劝王父让她回到丈夫身边。但王父说："吾头可断，女不可归敷！"王氏终于病死，敷取其骨归筠州，钓鱼自给。"敷行数里外，隐约烟波中亭亭有人望焉。数日，钓无鱼，只见烟波人。岁余则似近。又半岁，愈近焉。经月，则相去不逾五十步。熟视，乃其妻王氏也。敷号泣，妻亦然，道离索之恨。更旬日，不过数步。敷乃题诗于壁。诗曰：'湖中烟水平天远，波上佳人恨未休。收拾鸳鸯好归去，满船明月洞庭秋。'一日，敷乃别主人，具道其事。主人不甚信，乃遣子与敷翌日往焉。敷移舟入湖，俄有妇人相近，与敷执手曰：'自子持吾骨归筠，我即随子于道途间。子阳旺，不敢见子。子钓湖上，相望者二载，以岁月未合，莫可相近，今其时矣。'乃引敷入水中。主人子大惊而回。后数日，尸出水上。"

《夷坚志》是宋代著名的笔记体志怪小说集，全书原分初志、支志、三志、四志，共四百二十卷，内容既有诸多的梦幻杂艺、冤对报应、仙鬼神怪等虚幻荒诞之事，也涉及不少宋代的城市生活、人文掌故、奇闻趣事、诗词杂著、风俗习尚等。从总体上来看，这部作品有着较高的思想价值，具体表现在以下几个方面。

第一，反映了宋代的社会黑暗。在《夷坚志》中，表现这一内容的作品有很多。比如，《毛烈阴狱》写陈祈怕兄弟分产，暗中将部分田产典当给"不义起富"的毛烈。分家后拿钱赎回，却没有把券证取回，钱被毛烈吞没了。陈祈告到县里，县吏受贿，反说陈祈诬告，遭到杖责。"诉于州、于转运使，皆不得直"。后来到东岳行宫告状，才惩治了毛烈等恶人。通过这个故事，作者对豪强和官府勾结迫害老百姓的行为进行了强烈谴责。类似的作品还有反映当时吏治的黑暗残酷的《袁州狱》、写家主虐杀妾婢的《杨政姬妾》等。

第二，表现了宋金战争期间人民的苦难和北方人民对故国的怀念。比如，《太原意娘》写王意娘和丈夫韩师厚逃难到淮阴一带，被金兵掳去，金酋"欲相逼"，"义不受辱，引刀自刎"。做了鬼，还"每念念"已在江南做官的丈夫。后王意娘的丈夫出使金国，把她的尸骨带回江南，誓不再娶。但韩师厚后来又另娶了，她在梦中谴责韩违背誓言，要他同死。这个故事既对金人南犯给人民带来的灾难和沦陷区人民对故国的思念进行了深刻的反映，也进一步对南宋官员忘却沦陷区亲人，不图恢复的苟安逸乐心态进行了深刻批判。

第三，反映了宋代人的恋爱与婚姻。在《夷坚志》中，这类作品是较为出色的。比如，《西湖女子》写的是江西某官员到杭州，游西湖，"因独行疲倦，小憩道旁民家"，与其家女子相爱。后男主角离都城临安赴任时，向女子父母求婚，被拒绝，两人只好离别。五年后男主角再来，在途中遇见女子，她说已经嫁人，却跟男主角到旅舍同居了半年，男子要带她同走时，她才吐露真情说自己因相思而亡，幽魂难跟男子一起走。"但阴气侵君已深，势当暴泻，惟宜服平胃散以补安精血"。两人"恸哭而别"。这一对恋人的故事颇为动人，西湖女子形象鲜明，不但对爱情大胆追求，而且对爱人关心体贴，永别之时，要他服药以保平安，这结尾一笔颇有新意。又如，《满少卿》写了一个负心汉的故事。满少卿在流落他乡时，"穷冬雪寒，饥饿寓舍"，得到焦大郎的周济，又娶了他的女儿。满少卿中进士做官后，回到故乡，他叔父做主，给他娶了富家朱氏女，就遗弃了焦氏。二十年后，焦氏找到门上，自己说愿当侧室。一天，满少卿死在她的房里，焦氏却不见了。朱氏梦见她说："满生受我家厚恩而负心若此，自其去后，吾抱恨而死,我父相继沦没。年移岁迁,方获报怨,此已(此处似有脱误)幽府伸诉逮证矣。"洪迈在篇末加按断说:"此事略类王魁,至今百余年,人罕有知者。"这篇作品的叙事是比较有特色的,如焦氏找到满生时,不说她为他而死,只说:"吾父已死,兄弟不肖,乡里无所依,千里相投。前一日方至,为阍者所拒,恳祈再三,仅得托足。今一身孤单,茫无栖泊。汝既有嘉耦,吾得备侧室,竟此余生,以奉事君子及尊夫人足矣,前事不复校也。"话说得很恳切也很合情理,都想不到她是鬼,最后才揭开真相,让读者感到震撼。

四、明清时期的志怪小说

在明代时,志怪小说继承六朝以来志怪小说的传统题材与创作手法,以写鬼神、怪异为主,但篇幅简短,描写粗略,虽亦不乏佳作,但既不如它之前的《夷坚志》,也不如它之后的《阅微草堂笔记》。因此,从总体上而言,明代志怪小说承上启下,是个过渡性的阶段,为清代志怪小说的繁荣作了准备。

祝允明是明代较为著名的志怪小说家,著有志怪小说《语怪》《九朝野记》《前闻记》等。祝允明相信鬼神,所写志怪小说多取材于元明时期的传闻异事,如幽冥鬼怪故事,动物化为精怪或美女害人的故事。这类作品是六朝以来传统题材的延续,并无新意。不过,也有一些作品也写得较为出色。比如,《九朝野记》的《王臣》一篇写成化年间一个妖人王臣,精通房中术,结缘太监,被皇帝赏为"千户",以采药炼丹为名,出使江南,掠夺民财,引起士民反抗。通过作者故事,作者对当时社会的黑暗进行了揭露。又如,《前闻记》的《义虎传》一篇写弘治年间荆溪有两人贫富不同,但是自幼相交的好友。富子为图婆(贫)妻,骗至山中,以镰砍婆,又假哭下山,骗其妻夫为虎食。又引她到山上找其夫,至山欲奸淫婆妻,为虎所噬。妇在神人引导下,遇到其夫。悲喜交集,深感虎义。通过这个故事,作者批判了为富不仁、道德沦丧的恶人。

除了祝允明,陆粲撰也是明代值得关注的一个志怪小说家。他的《庚巳编》亦是明代较为重要的一部志怪小说集。《庚巳编》仍不出志怪小说传统,很多篇章仍属"丛残小语",但多取材当代,反映明代的社会习俗和思想意识,是其可取之处。另外,《庚巳编》中的一些故事有着完整的情节,且描写细腻,极具可读性。比如,《张御使神政记》记明初"性格刚明,善于治狱"的张昺,写他任铅山知县时,在土地神启发下平反了乡夫之妻谋杀亲夫的冤狱;又不顾阴报,砍伐巨树,开拓为良田,消灭了妖孽,救出树颠巨巢中的三个妇人；以毁祠相胁，令城隍擒获吃人之虎。张曷的政绩被神化了，但也反映了宋代政治的黑暗以及老百姓对清官的渴望。又如，《梁泽》讥刺了怕妖畏死行为，强调了人能胜妖的真理，写得生动活泼，是志怪小说中的上乘之作。

清代在志怪小说的创作方面，出现了复兴的局面。而《阅微草堂笔记》是清代最有代表性的志怪小说，在它前后，特别是它之后，涌现不少仿作，使得志怪小说再次繁荣。《阅微草堂笔记》在本章第六节中会进行专门论述，因此这里不再赘述。

第三节　简约传神的志人小说

志人小说是中国古代小说中的一个重要类型，其与记"异闻"的志怪小说不同，主要是记载历史人物传奇轶事、奇异青行的一种杂录体小说。因此，这种小说也被称为"轶事小说"。志人小说的产生，是决定于从汉末清议到魏晋清谈这一时代风尚的。也就是说，志人小说是在魏晋南北朝时期真正产生的，并呈现出繁荣之事。此后各代虽有志人小说的创作，但总体成就不高。

一、魏晋南北朝的志人小说

魏晋南北朝是个大动荡、大变化的时期，全国长期处于分裂，政权更迭频繁，战争连年，社会动荡不安，人们的生命朝不保夕。由于政权更迭频繁，统治集团之间常常发生争夺权力的斗争，朝中时刻充满着杀气。许多文人也因此莫名其妙地被卷入政治斗争而遭到杀戮，还有一些死于战乱之中。在这种形势下，当时的许多文人都采取了逃避现实的消极态度，他们隐居山林、纵情山水、不务世事。同时，面对无情的杀戮、战争及脆弱的生命，人们的思想意识也发生了巨大的变化，他们对宇宙、社会、生命、人生等方面的问题进行了新的思考，特别是对自身的价值有了新的看法，追求人格的独立与完美，这就是"自我意识的觉醒"。自我意识的觉醒使得许多文人名士冲破儒家传统礼教的束缚，崇尚潇洒疏放的生活态度，随心所欲、纵情任性，他们或行为狂放，或言语机趣，形成了清谈之风。而清谈之风的盛行，就推动了以描写士大夫生活和精神风貌为主的志人小说的兴起和发展。

"清谈"是相对于俗事之谈而言的,也叫"清言"。当时,文人名士们把见面即谈如何治理国家、如何强兵富民、何人政绩显著等谈话贬讥为俗事之谈,他们专谈老庄、周易、佛道玄理、逸闻趣事,及品评人物等。在当时人们把这种言谈称为"清言"。当时清谈之风非常盛行,人们尤其是文人名士的言谈举止、行为风尚、琐闻逸事也成为他们谈论的内容。这时,就有人把那些人物的言行事迹记述下来了,也就有了我们今天所说的"志人小说"。

魏晋南北朝的志人小说有着非常繁多的品类,可惜流传至今的很少。按照内容来说,魏晋南北朝的志人小说可以简单分为三类:第一类是笑话,代表作是邯郸淳的《笑林》,这是我国第一部笑话集;第二类是野史,代表作是葛洪伪托刘歆所作的《西京杂记》和殷芸的《小说》;第三类就是逸闻逸事,这是志人小说的主要部分,代表作有裴启的《语林》、郭澄之的《郭子》、刘义庆的《世说新语》等。在这里,将着重分析一下《语林》和《世说新语》这两部作品。

《语林》又名《裴子语林》,作者裴启,字荣期,东晋人。少有才,好古今人物,著名小说家。《语林》原为十卷,记汉魏至东晋著名人物的传闻逸事,尤以东晋为多,曾盛行当时,后以记谢安语失实而被废。今存为后人所辑佚文,散见于《初学记》《北堂书钞》《艺文类聚》《太平御览》《太平广记》等。从思想内容方面来看,《语林》揭示了达官贵人的骄奢靡费的生活,如"石崇厕常有十余婢侍列,皆佳丽藻饰,置甲煎沈香,无不毕备";表明了社会的黑暗以及人们对清廉、爱民的官吏的呼唤,如"魏郡太守陈异尝诣郡民尹方,方被头以水洗盘,抱小儿出,更无余言。异曰:'被头者,欲吾治民如理发;洗盘者,欲使吾清如水;抱小儿者,欲吾爱民如赤子也。'"陈异从郡民的行为中,体会到百姓对官吏的期望;表现了魏晋时期士人的怪诞言行,让人们看到所谓的"魏晋风度",如"刘伶字伯伦。饮酒一石,至醒,复饮五斗。其妻责之,伶曰:'卿可致酒五斗,吾当断之。'妻如其言。伶咒曰:'天生刘伶,以酒为名。一饮一石,五斗解醒。妇人之言,慎不可听。'"从艺术方面来看,《语林》的文字简洁传神,人物性格鲜明。比如,在写曹操这个人物时,既写了他的奸诈、狡猾,又写出他英气逼人的形象。

《世说新语》是《语林》之后又一部重要的志人小说集,对《语林》中的很多内容进行了袭用。比如,"王子猷尝暂寄人空宅住,便令种竹。或问:'暂住何烦尔?'王啸咏良久,直指竹曰:'何可一日无此君?'"这条就一字不差地搬到《世说新语》的《任诞篇》里。

《世说新语》的作者是南朝刘义庆,彭城(今江苏徐州)人,宋武帝刘裕之侄，袭封临川王，官至尚书左仆射、中书令。除了刘义庆，可能有些文人也参加了《世说新语》的编撰，不过起主导作用的还是刘义庆本人。因此，一般认为刘义庆便是本书的作者。

《世说新语》原八卷，刘孝标注本分为十卷，今传本皆作三卷，分为《德行》《言语》《政事》《文学》等三十六篇，每篇收有若干则故事，每则故事文字长短不一，有的数行，有的三言两语，由此可见笔记小说"随手而记"的特点。本书主要记载了东汉后期到晋宋间一些名士贵族的言行与遗闻逸事，展现了当时的社会风貌与文人的精神层面、行为思想等，并且对这些的人行为有赞誉亦有贬驳。书中所载均属历史上实有的人物，虽然个别事实不尽确切，但大部分反映了门阀世族的思想风貌，保存了社会、政治、思想、文学、语言等方面的史料，因而有着很高的价值。总体而言，该书主要表现了以下几方面的思想内容。

第一，通过描写王公贵族、朝廷重臣的逸事琐言，对魏晋南北朝时期的重大变故和大政方针进行了展现。比如，《方正篇》中写道，晋室南渡以后，东晋政权如何处理与江南大姓士族的关系，决定了其能否在江南站稳脚跟，政权能否巩固的问题。作为朝廷重臣的王导作了正确的战略决策，表现出政治家的风度。需要注意的是，《世说新语》中并没有重大事件和历史人物一生的完整叙述，而是通过事件和人物的相当细密的特写镜头。即使这样，我们也能够窥见魏晋政治军事斗争的相关史实。

第二，借助于对众多人物的描写，表现了魏晋南北朝时期玄学清谈的风气。汉末有清议的风气，名士议论朝政，臧否人物，使当权者受到舆论的制约。但到了魏晋时期，有的士大夫却因议政触犯统治者而遭杀身之祸，为避免卷入朝廷政治斗争的旋涡，名士们再不敢议论政事，清议就变成了清谈玄理。玄学是对《老子》《庄子》《周易》的研究和解说，后来又有佛理的渗入，体现了魏晋时代对人生的新思考，理论的新发展。这里试举《文学篇》中的一个故事，看看当时清谈的情景：

> 孙安国往殷中军许共论，往反精苦，客主无间。左右进食，冷而复暖者数四。彼我奋掷麈尾，悉满餐饭中，宾主遂至莫忘食。
> 殷乃语孙曰："卿莫作强口马，我当穿卿鼻！"孙曰："卿不见决鼻牛，人当穿卿颊！"

第三，表现了魏晋风度。魏晋风度就体现为不畏权势、蔑视礼法、洒脱飘逸等方面。《世说新语》中的很多故事，都表现了当时的魏晋风度。以阮籍来说，《任诞篇》中写道："阮籍遭母丧，在晋文王坐，进酒肉。司隶何曾亦在坐,曰:'明公方以孝治天下,而阮籍以重丧显于公坐饮酒食肉,宜流之海外,以正风教。'文王曰:'嗣宗毁顿如此,君不能共忧之,何谓?且有疾而饮酒食肉,固丧礼也。'籍饮啖不辍,神色自若。"这则故事表明,阮籍并不是不要礼教,而是反对在形式上弄虚作假、沽名钓誉的伪礼教。

第四,赞扬了人们的优良品德。《世说新语》三十六篇,以德行为第一篇。它注重赞扬了有道德的人物以及他们的优良品德,如认为陈蕃的言语是读书人的准则,行为是当世的典范,"有澄清天下之志"。他到豫章当太守,未进衙署,先去拜访隐居不仕的贤人徐孺子,体现了敬贤礼士的好作风。荀巨伯远道去看望生病的朋友,正赶上胡人攻城,友人让他赶快离开,他说:"远来相视,子令吾去,败义以求生,岂荀巨伯所行邪!"胡人到了,对巨伯说,大军到了,全城人都跑光了,你竟敢还留在这里?巨伯说:"朋友生病,我不忍心丢下他离去,宁愿用我的生命换取他的生命。"胡人听了,互相说道:"我们这些无道义的人,进了有道义的国家啊!"于是撤军而回,全城都得以保全。除了《德行篇》,《贤媛篇》对德才兼备的妇女及其德行进行了赞扬,如描写陶侃母亲湛氏的贤德才能,其中一条写陶侃家境贫困,于冰雪积日之时来了范逵,还带来许多仆人和马匹,湛氏嘱咐陶侃出面应酬,而自己剪下头发卖掉,买米招待客人,铡碎草垫喂马,使陶侃"大获美誉"。

第五,表现了魏晋时期的社会习俗。社会习俗方面最主要的表现是门第观念和南北文化习俗的差异。魏晋时代门阀制度森严,他们之间联络有亲,势力强大。他们看不起寒门素族,拒绝与之交往。比如,《方正篇》中写道,刘惔等人出门在途,天黑了还饿着肚子,有与他认识的平民特地做好丰盛肴席给他,却被拒绝。别人不解,刘惔回答说:"小人都不可与作缘。"此外,在婚姻问题上,门第观念也有极为深刻的体现。比如,《方正篇》中写到桓温是晋室重臣,想要娶桓公长史王文度的女儿。对此,王文度咨询王蓝田。王蓝田认为桓温是一个暴发户、一介武夫,没有资格娶王家的女儿。但是,在当时,贵族可以娶寒门之女,所以"后桓女遂嫁文度儿"。

《世说新语》不仅在思想内容方面有很多可取之处,在艺术方面也有一些可借鉴之处。具体而言,《世说新语》在艺术上最主要的成就,就是通过轶事琐言、言谈举止,写出了人物独特性格和风采神韵。比如,《德行篇》中的一则写到管宁和华歆原来是同窗共读的好友,有一天在锄地时,管宁看到了一锭金子,他就像没看见一样继续做事,而华歆则将金子拾起来扔掉了。事情虽小,却反映了两个人思想境界有高下之分。后来有一天,两人在一起读书,窗外传来达官贵人出行的声音,管宁不受任何影响,而华歆却跑去看。通过这两个人物的对比，就可以看出管宁、华歆人品的高下。

此外，《世说新语》的语言很有特色，即《世说新语》的文字，一般都是很质朴的散文，有时简直等同口语，但却意味隽永，在晋宋人文章中也颇具特色，因此历来为人们所喜读；《世说新语》中的许多故事和人物话语已经凝固成为典故、成语，直到今天还在广泛使用，如"登龙门""七步成诗""难兄难弟""割席断交""吴牛喘月""山阴道上，应接不暇""坦腹东床""颊上三毛"之类。

二、唐代的志人小说

在唐代时，编撰史书风气很盛，士大夫成为一个神圣的事业。但是，并非每个人都可以参与编撰史书，再加上私人编修史书不是轻而易举之事以及《世说新语》的影响，有的人就记载轶事琐闻，以补正史之遗，促进了志人小说的发展。由于唐代时小说创作以传奇为主，因而志人小说的创作也是"以传奇为骨"的，即志人小说中所记载的轶事琐闻有更多的渲染附会成分，且故事性更强。

唐代的志人小说相比魏晋南北朝来说，要逊色不少。但是，也有一些作品是值得关注的。比如，刘𫗧的《隋唐嘉话》、刘肃的《大唐新语》、李肇的《唐代国史补》、郑处诲的《明皇杂录》、胡璩的《谭宾录》等。这里着重介绍一下《大唐新语》《唐代国史补》和《谭宾录》。

《大唐新语》仿《世说新语》，记唐初至大历间事，凡十三卷，分三十门。书以儒家入世思想为主，强调仁义政教的作用。作者对唐太宗和其臣下褒多于贬；对武则天和周兴、来俊臣等多有批判。褒扬唐太宗善于识别人才、重用人才；与贤臣们互相信任的亲密关系；能够接受臣下的"规谏"。立《忠烈》《节义》《孝行》《友悌》等表彰李勣、魏徵、褚遂良以及许多正直贤良的官吏。其中一些故事颇有借鉴意义，如唐太宗问褚遂良，你负责"起居注"，难道"朕有不善"，你也要记吗？褚遂良说，这是我的职责，当然要记。刘洎说："设令遂良不记，天下之人皆记之矣！"有的故事也令人感动。侍御使王义方要告权臣李义府，但有顾虑。他对母亲说："奸臣当路，怀禄而旷官，不忠；老母在堂，犯难以危身，不孝。进退惶惑，不知所从。"其母曰："吾闻王陵母杀身以成子之义。汝若事君以忠，立名千载，吾死不恨焉！"书中还有不少文坛轶闻掌故，如关于"王、杨、卢、骆"并称，杨炯"耻在王后，愧在卢前"的议论；画家阎立本忍辱侍宴，告诫他儿子不要走他的老路等。由于此书叙述多于描写，因此相比于文学价值来说,其史料价值更高。

《唐代国史补》共三卷,三百零八节,每节均用五节标目。该书记开元至长庆一百多年间轶事琐闻,涉及面广,几乎包罗万象;所记人物在朝在野,政坛文坛,多为著名人物。比如,《李廪有清德》载刘晏见妻兄李虞门帘破旧,用粗竹做了门帘,想送给他,但"三携至门,不敢发言而去"。写李庚的清廉,虽然他没有出场,但以侧写正,以虚写实,非常精彩。此外,在这部著作中,还记了不少广泛流传的文坛掌故,如《李白脱靴事》《张旭得笔法》《王摩诘辨画》《唐衢惟善哭》《得草圣三昧》等。

《谭宾录》,原书已佚,《太平广记》辑得一百二十余条。书名"谭宾"是因为以史实为谈资,应对宾客。从内容上来看,书中所反映的是唐代社会生活,写到众多的文臣武将、名医画家、诗人乐师,写出了盛唐人才济济的图景,在追忆中寄托兴亡的感慨,如《郭子仪》描写了"富贵寿考,繁衍安泰"的郭子仪的一生。除此之外,书中也对唐代的一些佞臣叛贼进行了揭露,如大阴谋家安禄山、口蜜腹剑的李林甫、笑里藏刀的李义府等。从艺术上来看,《谭宾录》受传奇的影响,刻画人物细腻生动,颇具小说情趣。因此,《谭宾录》是一本写得较好的轶事小说。

三、宋元时期的志人小说

在宋元时期,由于修史之风的盛行,官修、私修史书成绩斐然。在这种风气影响下,士大夫文人多喜欢辑录历史和现实的传闻逸事,因此宋代的志人小说呈现出繁荣的局面。据粗略统计,宋元时期的志人小说有350多种,这些作品,从作者的主观动机来说主要是"补史之遗";从写作态度来说多回忆,重纪实;从风格来说,多智慧少浪漫,戒虚张浮夸,多简约冲淡。

张齐贤的《洛阳缙绅旧闻记》、欧阳修的《归田录》、司马光的《涑水纪闻》、文莹的《湘山野录》、魏泰的《东轩笔录》、周密的《齐东野语》、杨瑀的《山居新语》、陶宗仪的《辍耕录》等都是宋元时期文学性较强的志人小说作品,下面具体分析一下《洛阳缙绅旧闻记》《归田录》和《辍耕录》。

《洛阳缙绅旧闻记》记"洛阳缙绅旧老"所说"唐梁以还五代间事"及"亲所见闻",共有五卷二十一篇。这是一部有着生动曲折的故事情节、善于铺陈渲染、文采绮丽、注重选择典型事例和细节来突出描写人物的性格和神态的以人物为主而独具特色的小说集,有着很强的文学性。比如,《张夫人始否终泰》写张继恩的继室有容色,多技艺。在战乱中,被军人凌辱、霸占、遗弃、掠夺,但最终当了夫人,得了封赠。通过这个故事,作者意在说明一个人富贵穷通乃命中注定，但客观上深刻揭示了战乱给人民尤其是妇女带来的灾难。

《归田录》是大文豪欧阳修（1007—1072）决意归田后所作。关于这部作品的写作，欧阳修在自序中写道"《归田录》者，朝廷之遗事，史官之所不记，与士大夫笑谈之余而可录者，录之以备闲居之览也。"在这部作品中，写得较好且文学性较强的是那些记载士大夫的嘉言懿行、从仕政绩和诗文名篇的文章。比如，《卖油翁》记陈尧咨善射，自矜天下无双。遇一卖油翁从钱孔中酌油而钱不湿。翁曰："我亦无他，惟手熟尔。"这个故事写得十分生动，在后世广为传诵。

《辍耕录》共三十卷，体例颇杂，朝野遗闻、元典章制度、宋末掌故诗文等各载其中。由于作者身处元末乱世，又位居下层，对民间疾苦有更多了解，因而有不少作品对百姓的生活进行了生动反映。比如，《贤妻致贵》写程鹏举在宋末被掳，于张万户家为奴，张某把掳来的某女给鹏举做妻子。结婚第三天妻子就劝鹏举逃回南宋，但鹏举以为是奉主人之命来试探自己，就报告主人，使妻子被痛打一顿。过了三天，其妻又劝他逃走。鹏举仍然报告主人，妻子被主人卖给一市民。临行时，妻子将所穿的一只绣花鞋，交换鹏举的一只鞋，以期后会。于是鹏举感悟奔宋。入元后，鹏举为陕西行省参知政事，派人到原地找妻子，从尼姑庵迎回，夫妻团圆。在这部作品中，作者塑造了一个坚贞不屈的妇女形象。她被掳为奴，为了使丈夫摆脱当奴隶的困境，做出了最大的牺牲；被卖后始终保持贞洁，出家为尼。鹏举与妻别后，也誓不另娶。通过这对苦难夫妻的遭遇，作者反映了战乱中人民的痛苦，歌颂了人民的美好美德。

四、明清时期的志人小说

在明代时，志人小说获得了进一步发展，无论是品种还是数量都超过了唐代元失时代。此外，这一时期的志人小说纪实性增强，注重对市民阶层的生活和心态进行反映，呈现出通俗化的趋向。

何良俊的《何氏语林》、李绍文的《明世说新语》、曹臣的《舌华录》、焦竑的《玉堂丛语》、陆容的《菽园杂记》、冯梦龙的《笑府》等这一时期较值得关注的几部作品。这里着重分析一下《何氏语林》《菽园杂记》和《笑府》。

《何氏语林》简称《语林》，共有三十卷。此书模仿裴启《语林》的书名，体例完全依从《世说》三十六门之旧，又另增《言志》《博识》二门，共三十八门。全书辑录了从西汉到宋元之间文人官僚的轶事、言行凡二千七百余条。又仿刘孝标注《世说新语》的做法，在每条之后亦引书作注，介绍人物生平和故事。同时每门各有自序，以释篇目含义、编辑意图；有的故事后面还有作者议论，表达作者自己的观点。

《菽园杂记》共十五卷，从政治、经济、民俗等方面记述明初以来的社会状况。对统治阶级人物多有讥刺，可以说时此书最为重要的一个特点。比如，对巴结太监王振的官僚进行了讽刺："正统间，工部侍郎王某出入太监王振之门。某貌美而无须，善伺候振颜色，振甚眷之。一日问某曰：'王侍郎，尔何无须？'某对云：'公无须，儿子岂敢有须？'人传以为笑。"此外，书中对明代的风俗民情进行了生动叙述，可以窥探当时下层社会的生活层面，这也是此书值得重视的一个地方。

《笑府》共有十三卷，以嘲笑为目的，因而笑话味道十分纯正。总体而言，书中的题材广泛，涉及社会各阶层人物，富有民间色彩。比如，《土地》一则说："一官贪甚，任满归家，见家属中多一老叟，问何人，答曰：'某县土地也。'问何为来此，答曰：'地皮都被你刮来了，教我如何不随来？'"通过这篇文章，作者对贪官进行了入木三分的讽刺。

进入清代后，志人小说的创作仍很繁盛，也不乏优秀之作。但是，这一时期的传奇小说和志怪小说取得的成就更大，因而志人小说的影响是比较有限的。吴肃公的《明语林》、李清的《女世说》、王晫的《今世说》、余怀的《板桥杂记》、褚人获的《坚瓠集》等是这一时期写得较好的作品，这里着重分析一下《今世说》和《坚瓠集》。

《今世说》共八卷四百五十条，其体例全仿《世说新语》，但删去"自新""黜免""俭啬""谗险""纰漏""仇隙"六类，以免因贬词而开罪于时人。总体来看，书中主要记录了清初官僚缙绅、学者名流、山林隐逸等的嘉言懿行，对于人们了解清初文人心态和社会生活有重要的意义。同时，该书继承和保持了《世说新语》"言约旨远"的叙事风格。不过，该书有夸大其词、自我标榜之嫌，这是其遭到世人诟病的一个地方。

《坚瓠集》共有六十六卷，多摘录前人著述而成。同时，书中涉及的明代事较多，并涉及历代典制、名人逸事、风俗民情、神鬼怪异，乃至诗文评论等内容。应该说，该书的内容是略显芜杂，而且风格亦不甚统一。不过，书中有些作品揭露了政治的黑暗，歌颂了人们的坚贞爱情的，表现了文人名流的品德，都具有一定的价值。此外，书中的故事生动，语言流畅，能够给人审美的愉悦。

第四节　传录奇闻的传奇小说

　　传奇小说的出现，是中国文言小说全面成熟的标志。传奇小说多具有相当的长度，情节相对曲折，形象相对生动，文辞华艳而结构完整。用宋人赵彦卫的话说，就是"文备众体。可以见史才、诗笔、议论"。用我们今天的话说就是既有美妙的意境，又有细致的刻画；既有丰富的想象，又有如实的描绘，具有诗歌与散文结合，叙事与抒情、议论结合的独特风格。传奇小说开始出现于文坛，是在唐代，并以其优美的艺术形式和广阔的社会生活内容，与唐诗同被誉为"一代之奇"。此后，各代都有传奇小说的创作，但总体成就比不上唐传奇。

一、唐代的传奇小说

　　唐代的传奇小说既是唐代文人思想感情、审美情趣的流露，也是可以供人游心寓目、陶冶性情的优秀文学作品，在中国文言小说史上独树一帜。鲁迅曾说："小说亦如诗，至唐代而一变，虽尚不离于搜奇记逸，然叙述婉转，文辞华艳，与六朝之粗陈梗概者较，演进之迹甚明，而尤显者在是时则始有意为小说。"鲁迅的这段话，精确而概括地指出了唐传奇在小说史上所起的变革作用：首先，唐传奇"始有意为小说"，也就是说，唐传奇的作者能比较自觉地借助小说的形式，通过故事情节和人物形象反映现实、抒写理想，这标志着中国古代小说创作进入了一个新的阶段；其次，唐传奇在艺术形式方面有了极大的改进，无论构思布局、人物描写、语言艺术，都达到了一个新的水平，它在艺术上的成就，已经超过了六朝小说，标志着中国古代小说的成熟。

　　唐传奇的产生与发展并不是偶然的，而是中国古代小说发展的一个必然趋势。从时间上来看，唐传奇主要经历了三个发展阶段。第一阶段是初唐、盛唐时期的发展，这一时期还处于从六朝志怪小说向传奇转变时期，不仅数量少，而且艺术成就也不高，但已经有了一些新的发展迹象。这一时期的传奇小说的代表作是《古镜记》和《游仙窟》。《古镜记》是现存唐传奇最早的一篇，作者王度（585？—625？）是初唐诗人王绩之兄。小说主要是写一面有灵性的神奇古镜到处降妖伏怪、治病驱邪的故事。《游仙窟》的作者张鷟（660？—740？），字文成，在当时颇有文名。小说所讲的故事是作者自叙一次偶入仙窟的艳遇，这显然是封建文人纵酒狎妓的浪荡生活的自叙。另外，小说具有较浓重的色情成分，同时宣扬了"欢乐尽情，死无所恨"的及时行乐思想，格调较低。不过，《游仙窟》在写作时运用了韵散相间的形式，在简单的情节中穿插大量的诗歌骈语，并以此作为全篇的主体。这对后来传奇小说通过赋诗言志来交流人物感情的写法，产生了重要影响。

唐传奇发展的第二阶段是中唐鼎盛期，这一时期许多文人都投身于传奇的创作，借用诗歌、散文、辞赋等其他文学题材的艺术表现技巧，极大提高了传奇的地位，扩大了传奇的影响。此外，这一时期的传奇在内容上已从前期的以志怪为主转为以反映现实生活为主，即使一些涉及神怪的篇章，也往往具有社会现实内容，而且反映的生活面较广，触及社会的某些本质方面，具有较高的认识价值；在艺术上更加成熟，想象丰富，构思精巧，情节曲折动人，注意人物形象的描摹和刻画，生活气息很浓，完全具备了唐传奇特征的典型形态。现存的中唐时期的传奇有近40种，涉及爱情、历史、政治、神仙、豪侠等方面，代表作有《莺莺传》《李娃传》《霍小玉传》《长恨歌传》《枕中记》《南柯太守传》《离魂记》《任氏传》《柳毅传》等。

唐传奇发展的第三阶段是晚唐衰退期，这一时期传奇虽然衰退，但仍出现了很多优秀的作家和作品，如袁郊的《片泽谣》、皇甫枚的《三水小牍》、薛用弱的《集异记》、李复言的《续玄怪录》等。这一时期传奇最主要的特点就是以豪侠为内容的作品大量涌现，代表作有袁郊的《红线传》、裴铏的《聂隐娘》《昆仑奴》、杜光庭的《虬髯客传》等。此外，这一时期的传奇小说浪漫主义倾向较为突出，刻意追求故事情节的离奇，向往虚无缥缈的幻境，与现实生活逐渐疏远；篇幅一般都比较短小，内容也单薄，对人物性格也缺乏深刻细致的描绘。因此，在此之后传奇小说的创作逐渐衰落了。

从思想内容来说，唐传奇体现出极为丰富的思想内容，且大都具有积极的意义。第一，唐传奇揭露了封建政治的腐败以及封建统治者的骄奢淫逸生活。深刻揭露封建社会官场的黑暗、政治的险恶以及封建统治者的骄奢淫逸生活，是唐传奇创作值得注意的一个内容。这类作品主要有沈既济的《枕中记》、李公佐的《南柯太守传》、陈鸿的《长恨歌传》、柳理的《上清传》等。其中，《枕中记》和《南柯太守传》以南朝宋刘义庆《幽明录》中《杨林入梦》的故事为蓝本，融合了志怪和寓言的表现手法，借梦境来影射现实，集中而深刻地写出了封建官场的险恶和统治阶级内部人物盛衰无常的悲剧，具有较强的现实意义。此外，这两篇小说都充满了厌世无常和浮生若梦的消极情绪，这固然表现了作者在佛道思想影响下的思想局限，但也反映了作者对政治现实愤懑和对当权者的讽刺。第二，唐传奇赞颂了自主的爱情和婚姻。以爱情婚姻为题材的作品，在唐传奇中显得格外突出，而且这一类作品代表着唐传奇的最高成就。这些作品大都通过塑造一系列具有一定反抗精神的女性形象，表现了广大妇女在婚姻爱情问题上所受的迫害以及她们的反抗斗争，继而歌颂了坚贞不渝的爱情，猛烈抨击了封建礼教和门阀制度对妇女的罪恶。蒋防的《霍小玉传》、白行简的《李娃传》、元稹的《莺莺传》、沈既济的《任氏传》、李朝威的《柳毅传》、许尧佐的《柳氏传》、陈玄佑的《离魂记》、李景亮的《李章武传》等都是这类传奇的代表作。其中，《霍小玉传》是一篇描写妓女与士子恋爱而以悲剧结局的传奇小说，作者以极大的同情把霍小玉塑造成一个美丽痴情而又坚韧刚烈的悲剧形象。作为一个妓女，霍小玉渴望跳出火坑，她同李益相爱，就是要争取真正的爱情生活，摆脱倚门卖笑、被人蹂躏的悲惨命运。但是在那个无情的社会里，她是不可能实现这一愿望的。从表面来看，霍小玉的悲剧，是由于李益的"负心"。但值得注意的是，小说中的李益并不是那种喜新厌旧的纨绔恶少，他的负心也不能简单地归结为玩弄女性，事实上是森严的门阀制度使他最终选择门当户对的封建婚姻。因此，作者在这部小说中不仅反映了封建社会妇女被侮辱被损害的悲苦命运，同时也有力地揭露了封建门阀制度的罪恶。《莺莺传》是写张生与崔莺莺相爱，后来又负心背弃的故事。女主角崔莺莺是一个出身贵族家庭的封建礼教叛逆者的典型，她深受封建礼教的熏陶，有着强烈的爱情追求。在经历了封建意识和爱情要求间的深刻斗争后，崔莺莺不顾一切后果地与张生私自结合，这一行为，无疑是对封建礼教的最大的叛逆。可是，张生最后抛弃了崔莺莺，使她无可挽回地陷入悲惨的境地。崔莺莺的悲剧，无疑概括了历史上许多纯情女子被负心男子遗弃的共同命运。不过，小说中作者对张生却抱着肯定的态度，并把他抛弃莺莺、另娶新人的行为誉为"善补过"，这反映了作者思想中存在着浓厚的封建意识，以至于大大削弱了作品的思想意义。《柳毅传》在以婚姻爱情为题材的传奇中，是一篇独具特色、值得注意的上乘之作。它把当时人们所喜闻乐道的爱情、灵怪、侠义三方面的内容结合在一起，构成了一个美丽、动人的传奇故事。另外，这篇小说的爱情描写与同时代的爱情婚姻小说不同之处在于它描写柳毅与龙女的结合，不是出于什么郎才女貌，一见钟情，而是有着更深一层的道德理想做基础。第三，唐传奇对除暴安良的豪侠进行了赞颂。袁郊的《红线传》、杜光庭的《虬髯客传》、裴铏的《聂隐娘》等是这一类型的代表作。其中，《红线传》写身为女奴的豪侠红线，运用盗取金盒的特殊手段，及时制止了藩镇田承嗣和薛嵩之间的一场血腥斗争。小说中虽然夹杂着封建报恩观念和因果轮回、遁身隐迹等佛道思想，但也在一定程度上揭露了唐代末期藩镇割据、互谋吞并的黑暗现实,反映了劳动人民反对藩镇战争,渴望安居乐业的思想。《虬髯客传》以杨素宠妓红拂大胆私奔李靖的爱情故事为线索,描写隋末有志图王、豪放慷慨、仗义助人、有远见卓识而行动诡秘的侠客的虬髯客在"真命天子"李世民面前折服,出海自立的故事。这篇小说一方面重在宣扬李唐王朝的神圣和永恒性,另一方面又维护统一,反对分裂,这在晚唐群雄割据、社会动乱不安的特定历史时期,又具有一定的合理性。

从艺术方面来说,唐传奇取得了较高的成就。第一,唐传奇继承和发扬了史传文学现实主义传统,也汲取了神话传说、志怪小说的浪漫主义精神,使传奇小说在创作方法上发展到一个新的水平。从现实主义精神这方面来看,唐传奇中的一些代表作品,比较注意对于人和人的生活环境作真实的、不加粉饰的描写。从作品所反映出来的社会生活的深度和广度来看,唐传奇的作家对生活是抱着积极干预的态度的,他们对生活的观察相当深刻、细致。此外,唐传奇在描写现实人生时,不再拘泥于生活中的真人真事,打破了"纪实研理,足资考核"的旧传统,开始以它那特有的风貌在文坛上独树一帜了。第二,唐传奇在情节结构上都达到了一个新的水平。唐传奇的故事情节一般都能做到构思精巧新颖,结构严谨完整,波澜起伏,曲折有致,富于悬念,具有较强的艺术吸引力。比如,《柳毅传》从柳毅落第返湘,在泾河之滨与龙女相遇写起,通过倒叙交代了龙女在夫家受虐待的不幸遭遇,暗示了包办婚姻的不合理;接着又铺叙柳毅去洞庭龙宫送信的场面,然后引出了性格暴躁的钱塘君,救回了龙女。在传书故事已经完结,柳毅即将离开龙宫的时候,突然又出现了钱塘君硬要做媒,柳毅正色拒绝的情节。柳毅回家后,两次娶妻都夭折了,最后终于与龙女化身的卢氏结婚。整个故事结构十分严整,富有浪漫色彩的情节安排得十分巧妙,一波未平,一波又起,跌宕起伏,引人入胜。第三,唐传奇充分运用了浪漫主义的表现手法,特别是一些描写婚姻爱情的作品,反映了人民积极向上的、进步的理想,赞颂了某种高尚的道德情操,具有鲜明的积极浪漫主义的倾向。比如,《任氏传》《柳毅传》《李章武传》《离魂记》等,它们或写神鬼狐妖与凡人的缠绵悱恻的爱情故事,或写少女因爱恋相思而魂离躯体、离家私奔的大胆举动,都充满了奇异美妙的幻想。第四,唐传奇在人物塑造方面取得了重要成绩。唐传奇塑造了一系列性格比较鲜明的人物形象,而且描写的对象涉及社会生活的各个阶层,有落第书生、纨绔子弟,有大家闺秀、风尘妓女,有帝王后妃、官僚贵族,有豪侠之士、商贾艺人,他们代表着不同的社会阶层和思想倾向。传奇作者善于通过不同人物所处的社会环境和生活经历,来揭示他们的心理,刻画他们的性格。同时，唐传奇善于根据表现主题的需要，截取人物经历的某一方面和某一阶段，或突出一两个中心事件来刻画人物。此外，唐传奇在对人物进行刻画时，开始注重对人物的进行肖像描写、心理描写和细节描写等。比如，《李卫公靖》用无声描摹来刻画李靖代龙降雨前的心理活动："吾扰此村多矣，方德其人，计无以报。今久旱苗稼将悴，而雨在我手，宁复惜之？"第五，唐传奇的语言具有精练准确、文辞雅洁的特点。叙述性的语言，一般都很精练，要言不烦，如《枕中记》全文不过千余字，写尽人生仕宦风波，荣辱得失，语言的精练准确，可谓达到了炉火纯青的地步。而描写性的语言也具有形象鲜明、描摹生动的特点，如《李娃传》中描写东西两肆比赛唱挽歌的场面，作者用绘声绘色、惟妙惟肖的语言，把唱挽歌的神态举止、声调表情乃至客观效果，都逼真地刻画出来，使读者有耳闻目睹之感。

总的来说，唐传奇不但扩大了小说的题材，而且提高了小说创作的艺术水平，把处于雏形状态的六朝"粗陈梗概"的小说发展到了比较成熟的阶段，使小说形成了自己的规模和特点。

二、宋元时期的传奇小说

宋代的传奇小说直接承袭唐传奇而来，但其成就远不如唐传奇。此外，宋代的传奇小说深受市民小说的影响。宋代是市民小说繁荣发展的时代，它对传奇小说有很大影响。首先是作家服务对象和创作目的的变化，从以上层文人为读者对象，转向为普通百姓的娱乐服务。其次，受市人小说影响，语言通俗化；诗文相间，骈散杂糅，散文用以叙事，骈体用以描写，与市人小说的特点一致。当然，影响是双向的，传奇小说也促进了市人小说的繁荣。

从总体上来看，侧重描写历史上帝王后妃的事迹，揭露了封建统治者的荒淫腐朽、昏庸误国的传奇作品，是宋代的传奇小说中写得较好的一类。这类作品主要是以隋炀帝和唐玄宗这两个帝王为描写对象。写隋炀帝的有伪托颜师古作的《隋遗录》、无名氏的《隋炀帝海山记》《迷楼记》《开河记》等，这些作品大部分是记述隋炀帝的奢侈淫乐生活，揭露了隋炀帝的荒淫专断和奸官佞臣们的助淫助虐、残忍贪婪，也反映了广大人民的悲苦命运。写唐玄宗的有乐史的《杨太真外传》、秦醇的《骊山记》《温泉记》、无名氏的《梅妃传》等，这些作品在一定程度上揭露了唐玄宗荒淫误国以至酿成天下大乱的史实。但作者在批判的同时，对唐玄宗与杨贵妃的爱情悲剧却抱以同情，使作品的主题复杂化了。不过，这类作品在艺术上成就不高,多数只是一般的客观叙述,内容芜杂,结构松散,缺乏组织剪裁,有猎奇堆砌之嫌。

此外,取材现实,主要描写男女恋情和妓女生活的传奇作品,也是宋代的传奇小说中值得关注的一个类型。这一类作品写得较好的有张实的《流红记》、柳师尹的《王幼玉传》、秦醇的《谭意哥传》、无名氏《李师师外传》等。其中,《王幼玉传》写的是妓女王幼玉的爱情悲剧,作品表现了一个被侮辱、被损害的少女不甘心卖笑的屈辱生活和争取获得做人的尊严的强烈愿望,深刻揭露了封建社会对下层妇女的残害。

元代的传奇继宋传奇后更趋衰微,但《娇红记》是这一时期值得关注的一部传奇作品。《娇红记》写的是北宋宣和年间,申纯虽有文名但科场不遇,到母舅王通判家遇到表妹王娇,两情相悦。从传诗递简到幽会盟誓,二人终于未婚私通。但申家遣媒求婚,王父以法律不许表兄妹结婚为由拒绝。后有王通判的侍妾飞红拨弄其间,使二人不得不暂时分别。申生去后科场得意,回来却不能见面。王娇不得已屈事飞红,使之感动并促成二人婚姻。但此时帅府之子前来求婚,威逼利诱,王通判不得已许之。王娇坚守与申生之盟誓,哀伤愤恨而死;申生亦忠于爱情,得娇娘噩耗,痛不欲生,自缢身亡。双方父母得知真相,追悔莫及,将他们合葬在濯锦江边。第二年亲人在祭祀时看见一对鸳鸯交颈飞翔,因此人称其坟为"鸳鸯冢"。很明显,王娇和申纯的悲剧是因为父母包办造成的,据此作者对封建包办婚姻进行了强烈谴责。

三、明清时期的传奇小说

在经过宋元两代的衰微冷落后,传奇小说在明初出现了新的转机,主要标志是瞿佑的《剪灯新话》、李祯的《剪灯余话》的出现。由于《剪灯余话》是《剪灯新话》的模仿之作,许多作品题材命意、艺术构思都与《剪灯新话》相近,而且其思想、艺术成就比《剪灯新话》稍差,因此这里主要分析一下《剪灯新话》。

《剪灯新话》共四卷二十二篇,绝大多数作品都是以元末明初时的社会大动荡为背景的,且基本上取材于作者当代的社会生活,可以称得上是一部"时事小说"。《剪灯新话》反映现实不仅非常及时,而且由于作品明显的侧重点各不相同,各篇作品组合起来又能比较全面地反映当时的社会生活。由于作者瞿佑是一个封建知识分子,他最熟悉本阶层的人物,因此小说的主人公以书生为主,也涉及官僚、地主、道士、军官、妓女等人物。但是,即便是这些别类的形象,对他们的描述也是从书生这一视角出发的，这可以说是本书的一个重要特点。因此，这部短篇小说集可以说比较集中地、真实而细腻地表现了士人阶层在战乱期间的经历遭遇、价值取向和他们的感情生活。

《剪灯新话》在思想内容方面，首先真实地描写了广大人民在战乱年代的不幸遭遇，表现了青年男女的爱情悲剧。比如，《翠翠传》写金定和翠翠这对士人夫妻因战乱而被活活拆散，后虽相见却又不得相聚的悲惨故事。通过这篇作品，作者深刻地反映了战乱给人民带来的沉重苦难以及自己对战争的厌恶态度。其次表现了士人在战乱期间的心态和幻想，寄托了他们的虚幻理想。比如，《三山福地志》通过写一个不通诗书而家境殷实的老实人元自实好心没好报的故事，展现了当时社会的人情世态，谴责了道德沦丧、忘恩负义的无耻行径。小说主旨虽主要表现因果报应思想，但客观上也表达了当时人民对元朝统治者的愤恨，具有一定的现实意义。《水宫庆会录》写潮州文士余善文白昼在家闲坐（"白日做梦"），忽见来了两位使者，说是奉南海龙王之命请他龙宫赴会。来到龙宫后，龙王以很高的规格热情接待，请他为新修建的灵德殿作"上梁文"。"善文俯首听命，一挥而就，文不加点"。龙王阅后大加赞赏，遂在龙宫举行盛大的欢庆宴会，余善文乘机又献《水宫庆会诗》二十韵，龙王更加高兴。临行，龙王以珍宝相酬，余善文遂成巨富。这篇小说反映了在乱世中文人幻想能有一展才华的机会，并希望能得到重用的心态。

《剪灯新话》在艺术上有意追踪唐人传奇的作风，在讲述一个奇异故事的同时，较注意对人物形象和社会生活的刻画描摹，故事情节比较委婉曲折，描写也比较细腻，语言华艳典雅。但喜用诗词骈语，形成一种韵散相间、骈散相间的格局，影响了小说的精练集中。

总的来说，《剪灯新话》和《剪灯余话》的出现，使传奇这一体裁在宋元两代的衰落后又重新振作，使传奇小说的创作进入了一个新的阶段。

自明代中叶开始至清代，随着资本主义生产关系的萌芽，商业、手工业的发展，城市经济的繁荣，市民阶层的扩大，思想文化领域也发生了重大的变化。在此影响下，传奇小说的创作也发生了一些改变。具体来看，自明代中叶开始至清代的传奇小说，主要反映了以下几方面的思想内容。一是揭露了封建社会末期政治的腐败黑暗，具有强烈的政治倾向性。比如，董王己的《东游记异》用隐喻手法，把宦官比为狐狸，把支持他们的人比作老虎，指出由于这些"兽类"盘踞在宫廷近侧，使得京城"雾塞昼冥"。这篇小说是影射明正德年间大奸臣、大权宦刘瑾的，作者的政治勇气是值得钦佩的。邵景瞻的《贞烈墓记》揭露了封建社会的军官衙役为霸占民妻而为非作歹，草菅人命，描写了下层人民的生命财产、妻子儿女毫无保障的悲惨境遇,可以帮助人们认识封建社会的黑暗腐朽。二是抨击了封建制度对妇女的压迫,描写了被压迫妇女追求人格平等的斗争,鲜明地体现了那个时代市民阶层的新的婚姻观和道德观。比如,宋懋澄的《珍珠衫》写的是蒋兴哥重会珍珠衫的故事,这个故事通过楚人夫妇悲欢离合的奇特命运,鲜明地体现了那个时代市民阶层的家庭婚姻、思想感情和道德观念。楚人休妻后又对原妻藕断丝连的爱情以及最后又重修旧好,并不嫌弃她二度失身于人,这反映了封建贞节观念在市民阶层中已经逐渐淡薄。作品写楚人妻一方面因无法忍受分居的痛苦而犯下失贞的错误,另一方面在内心又不失对丈夫的爱情,这揭示了生活中人的性格的复杂性,同时也是作者对人的自然要求的矫枉过正的肯定,体现了一种与封建传统观念相对立的生活原则。三是反映了商品经济的发展以及对人们意识的影响。比如,《辽阳海神传》通过描写徽商程士贤与海神的爱情故事,反映了当时商人的商业活动和他们的思想意识,并揭示了金钱对传统道德观念的巨大冲击。四是表现了明中叶以后,在思想解放的思潮影响下知识分子的苦闷、追求和生活态度。比如,宋懋澄的《顾思思传》中的顾思思愤世嫉俗,鄙弃仕进,性情豪放,狂荡不羁,但在他狂颠的后面,却包藏着深深的忧愤和感伤。其有崇高的政治理想或爱情追求,但腐败的社会使他怀才不遇,一筹莫展,只能借酒浇愁,借发疯作狂,自暴自弃来抗议那个黑暗的社会。

　　自明代中叶开始至清代的传奇小说从艺术方面来看,也取得了一些成就。它更注重人物形象的刻画,塑造了一些生动的富有典型意义的正反人物形象,如杜十娘、楚人夫妇、冯小青、顾思思、张灵、桂迁、贾似道等,而且都富有鲜明的时代特色。在手法上十分注意细节描写和心理描写,在情节结构上也更为严整曲折。在表现形式上,已基本上抛弃了散漫拖沓的韵散相间的格局,代之而起的是朴素平实的散文形式,这种形式一直持续到传奇小说的历史终结为止。

第五节　文言小说的登峰造极——《聊斋志异》

　　《聊斋志异》是我国文言小说的压卷之作,也是我国古代志怪小说的扛鼎压卷之作。其不论在思想性方面还是在艺术性方面,都达到了我国文言志怪小说的最高成就。

　　《聊斋志异》的作者是蒲松龄(1640—1715),字留仙,一字剑臣,别号柳泉居士，山东淄川（今淄博）人。他出生于一个世代书香、功名不显的家族，在其祖父以前，先祖都是元、明两朝的官吏，到他父亲一代，家道中落，不得不放弃仕途，转而经商。但蒲松龄自幼就接受了正统的儒家教育，而且他的一生可谓科考人生。他 19 岁时即以县、府、道三第一补博士弟子员。他满以为功名已经唾手可得，但命运之神却和他开了一辈子的玩笑，此后却屡试不中。31 岁时，蒲松龄迫于生计，应聘为宝应县幕宾。但是，他十分厌恶官场，因而次年辞官回乡。此后四十年间，他主要一面教书，一面应考，"数卷残书，半窗寒烛，冷落荒斋里"（《大江东去·寄王如水》）。直到 71 岁，蒲松龄才"援例出贡"，成为"岁贡生"，四年后与世长辞。

蒲松龄坎坷的一生和特殊的生活经历，使他有可能广泛接触社会各阶层人物，上至官僚缙绅、举子名士，下至农夫村妇、婢妾娼妓、赌徒恶棍、僧道术士等。这种丰富的生活阅历对他写作《聊斋志异》无疑有重大的影响，而科场的失意和生活的贫困，更使他在思想上对科举制度的腐朽、封建政治黑暗有深刻的认识和体会。同时，蒲松龄生活上的困境使他和广大农民的命运有共同之处，因此农民的灾难和痛苦能激起他广泛的共鸣，他敢于把批判的笔触指向封建官吏。这种憎恶社会黑暗，同情下层人民的思想感情，反映了蒲松龄世界观中进步的一面。不过，由于阶级立场、封建思想与生活道路的影响，蒲松龄的思想中也有他的局限。如他同情人民疾苦，却反对农民革命；他痛恨贪官污吏、土豪劣绅，但对最高统治者却存有幻想。此外，封建迷信的宿命论、因果报应思想以及陈腐的封建道德观念也在一定程度上影响了他的创作。

蒲松龄的一生著述颇多，但以《聊斋志异》最为著名。他从 20 岁左右开始创作，到 40 岁左右完成，以后又几经修改、增补，可以说是他毕生心血的结晶。《聊斋志异》现存的版本主要有手稿本，仅存上半部；乾隆十六年（1752）铸雪斋抄本；乾隆三十一年（1766）青柯亭刻本；1962 年中华书局出版的会校会注会评本采录最为完备，共收作品四百九十一篇。近五百篇作品的《聊斋志异》，大部分是故事完整、人物形象鲜明的短篇小说，小部分是篇幅短小、具有素描和特写性质的笔记，内容多是幽冥幻域之境、鬼孤花妖之事，曲折地反映了明末清初广阔的社会生活，提出了许多重要的社会问题。

《聊斋志异》在思想方面取得了十分重要的成就，具体来说表现在以下几个方面。

第一，《聊斋志异》尖锐地暴露了当时政治的黑暗、窳败，深刻地鞭挞了贪官污吏和土豪劣绅的无恶不作、为虎作伥，同情被压迫的善良人民的种种痛苦遭遇。在这类作品中，作者根据自己的亲身见闻和深切感受，以犀利的笔锋,触及封建政治的各个方面,从而深刻地反映了封建社会的根本矛盾,表达了对人民疾苦的深切同情。《促织》《席方平》《梅女》《红玉》《梦狼》《崔猛》《窦氏》等都是这类作品的代表作。其中,《席方平》通过描写席方平魂赴阴司代父伸冤而惨遭非人折磨的故事,影射了现实社会中整个官僚机构的腐败与黑暗,揭露了封建官吏草菅人命、贪赃枉法的倒行逆施。《红玉》写广平冯生因妻卫氏貌美受到地方豪绅宋氏的抢掠经过,刻画出封建社会中政权的本质和封建阶级的狰狞面目:冯生因妻卫氏貌美,被地方豪绅宋氏在青天白日下抢劫了去,自己被打,他父亲也被殴吐血而死,妻子不屈自尽,他抱着幼子四处告状,从地方到督抚,也无人为他伸冤。《梦狼》借助超现实的梦幻世界,更直接、更形象地写出封建社会衙门里的官吏都是吃人的虎狼。白翁在梦中来到其长子白甲的衙门,只见"堂上、堂下、坐者、卧者,皆狼也,又视墀中,白骨如山"。白甲不仅以死人为饭食招待父亲,而且"扑地化为虎,牙齿巉巉"。这幅骨肉阴森的吃人景象,尖锐地揭示了封建官府残政害民的阶级本质。不过,蒲松龄虽然针砭时弊不留情面,但这一切都是以不触动封建制度为前提的。他揭露了坏皇帝,却把希望寄托在好皇帝身上;他鞭挞贪官污吏,却"惟翘白首望清官"。这一切都反映了他思想上的矛盾,并表明封建时代的知识分子是不可能摆脱时代和阶级局限的。

第二,《聊斋志异》热情地歌颂了被压迫者的反抗斗争,塑造了一系列富有反抗性的人物形象。比如,《席方平》中的席方平为了替父伸冤,在地府里身受毒打、炮烙、锯解种种酷刑,但决不屈服;冥王许诺"予以千金之产,期颐之寿",以期换得他的屈服,结果又以失败告终。但是,他一直坚持斗争到冤屈昭雪为止。席方平这种不畏强暴、百折不挠的斗争精神,是当时人民反抗意志的体现,也是现实生活中人民群众与封建官府矛盾尖锐化的艺术再现。《向杲》写向杲在其兄被杀,而仇人"广行贿赂,使其理不得伸"的情况下,竟化为猛虎,咬死仇人。作者在小说的结尾指出:"然天下事足发指者多矣,使怨者常为人,恨不令暂作虎。"由此,作者宣泄了自己对官绅相互勾结残害人民的深恶痛绝的感情。

第三,《聊斋志异》揭露了科举制度的腐朽和埋没人才、摧残人才罪恶,尤其是对科场积弊和试官不公进行了猛烈抨击。蒲松龄一生失意于科场,本身就是一个科举制度的牺牲者,因此他对科举制度的腐朽性有极其深刻的切身感受。同时,由于蒲松龄对科场的黑暗、试官的昏聩、士子的心理等均十分熟悉,因此写起来能够切中要害,力透纸背。《司文郎》《叶生》《王子安》《素秋》《褚生》《阿宝》《神女》《考弊司》《贾奉雉》等都是这类作品的代表作。其中,《王子安》写失第秀才热衷科举,爱慕功名,醉后发疯，乃至为狐所笑弄，显示出种种虚妄而又可笑的丑态。通过这个故事，作者以较为冷峻的眼光和心态，透视舍身忘命的追求功名富贵的封建士子那可怜而又可悲的心理和神情。《贾奉雉》中的贾奉雉"才名冠一时"，但总也考不取，一次他遇到一个仙人告诉他，如果想考取的话，就必须学习那些狗屁不通的文章。起初他不屑于这样做，于是再次落榜。当下一次考试到来时，他想起了仙人的话，于是把自己最拙劣的句子连缀成文，结果居然高中。借此故事，蒲松龄强烈地批判了考官昏庸给读书人带来的科场悲剧。

第四，《聊斋志异》批判了封建礼教，歌颂了自由幸福的爱情婚姻。描写爱情主题的作品，在《聊斋志异》中数量最多。作者出于对遭受封建礼教压迫的青年男女的同情，在作品中赞颂了青年男女对婚姻幸福生活的热烈追求，抨击了封建婚姻制度，体现了强烈的反封建礼教的精神。这方面的代表作有《阿宝》《竹青》《连城》《娇娜》《瑞云》《乔女》《婴宁》等。其中，《阿宝》写出身贫困、不善言辞又特别老实，人称"孙痴"的孙子楚不自量力地请媒人去向富商小姐阿宝求亲，因为女方嫌他骈指，遂不顾疼痛，以刀砍去一指。不久以后，他在清明节出游，路遇阿宝，不觉痴立，魂随阿宝而去，同居三天，才被女巫招回。他的深情终于感动了阿宝，却始终无缘再面。在强烈的思念驱使下，孙子楚竟化作鹦鹉飞去见心上人，其情痴同于《红楼梦》中的宝玉。这个故事歌颂了可以超越生死的真挚爱情。《连城》写连城与乔生互相倾爱，两意缠绵，但遭到了父母的反对。他们为了爱情，不惜割却心头肉，不惜以死来反抗封建恶势力的阻挠破坏，他们爱情的力量又可以战胜死神，死而复生，终于在人间获得美满的婚姻。这篇小说突破了郎才女貌式的传统观念，抒写了以"知己之爱"为特征的爱情理想，初步具有现代爱情的色彩。《瑞云》写的是瑞云身为名妓，不以贺生贫穷为念，两人心心相照，彼此倾慕。而当瑞云由美变丑，沦为贱奴时，贺生毫不改变初衷，坦然与她结为夫妇。通过这个故事，作者强调了爱情应以双方的志趣相投、互相尊重、患难相扶为基础。《小翠》中的小翠，憨跳贪玩，顾长幼尊卑的名分，把丈夫的脸涂成花面，把球儿踢到公公的头上，甚至还把痴呆的丈夫打扮成皇帝模样。通过这个天真纯洁、性格自由奔放的人物，作者批判了束约妇女心性行为的封建礼教。总的来看，蒲松龄在爱情婚姻问题上有反封建的民主思想，这是值得肯定的。但是，在当时的历史条件下，蒲松龄的思想不可能完全超越封建思想体系的范畴，这就决定了他对封建婚姻制度的批判是不可能彻底的，他在婚姻观和妇女观上存在一定的局限。

第五，《聊斋志异》抨击了科举制度所造成的浅薄的社会风气，歌颂了高尚的道德情操。蒲松龄虽未能科举及第，但多年的应试，他自然深谙四书，并被其中传达的儒家伦理道德观念潜移默化。其思想意识中秉持的这些儒家伦理道德观念，促使他对社会道德、家庭伦理及其相关问题进行关注，并在《聊斋志异》的创作中表现出来。比如，《胡四娘》篇写胡四娘嫁给穷书生程孝思，程生应试不第，寄人篱下时，四娘备受家中姐妹的奚落和冷遇。而当程生一日"高捷南宫"，四娘顿时也身价百倍，"申贺者，捉坐者，寒暄者，喧杂满屋。耳有听，听四娘；目有视，视四娘；口有道，道四娘也。"中举前后两种完全相反的人情世态，形象地说明了科举制度是怎样毒化了社会风气。《邵女》中的邵女，能力敌十余盗贼，却甘为人妾，备受大妇欺凌以至于炮烙，依然"以分自守"。对邵女在为人处世上表现出的符合儒家伦理道德观念的美好德行，作者流露出由衷的赞扬。

通过上面的论述可以知道，《聊斋志异》在思想内容方面有很多可取之处，但也存在一些局限，如过分强调孝道，拥护宗法社会；尽管描写女性的多情，聪明智慧，还是以男性为中心，男尊女卑的思想在蒲松龄灵魂深处存在着；没有摆脱功名观念和封妻荫子的思想；相信宗教、轮回、因果报应，把希望和理想寄托在虚无缥缈的世界等。这些局限，在一定程度上制约了《聊斋志异》的思想性。

《聊斋志异》之所以能成为不朽的传世之作，除了它丰富深刻的思想内容，与它精湛独到的艺术造诣也是分不开的。具体来看，《聊斋志异》的艺术成就主要表现在以下几个方面。

首先，《聊斋志异》"用传奇法，而以志怪"，体现出真幻结合、亦真亦幻的美学风格。鲁迅在《中国小说史略》中指出："《聊斋志异》虽亦如当时同类之书，不外记神仙狐鬼精魅故事，然描写委曲，叙次井然，用传奇法，而以志怪，变幻之状，如在目前；又或易调改弦，别叙畸人异行，出于幻域，顿入人间；偶述所闻，亦多简洁，故读者耳目，为之一新。"从内容上看，志怪记录的是非常人所能见的非常之人、非常之事、非常之象，而传奇不但包括志怪的内容，还有一些平常人就可以见到、发生在时人身边的一些故事。艺术表现上，所谓"用传奇法，而以志怪"，就是吸收六朝志怪和唐宋传奇之兼长，一方面在描写真实的现实生活外，还描绘神、灵、妖、狐的生活；另一方面借着人神花妖狐魅的悲欢离合故事，宛转细腻地刻画人间种种美与丑的形象，把真挚强烈的爱憎感情、鲜明的政治态度、独特的社会见解、奇异的生活幻想一并融入超现实的题材中，常常是"出于幻域，顿入人间"，变化多端，丰富多彩。《聊斋志异》包括400多篇小说，绝大多数叙写的是狐鬼花妖与精魅故事，既有人入幻境，也有异类幻化进入人间。比如，《翩翩》中罗子浮进入洞天福地，过着悠闲无忧的神仙生活；

《婴宁》中的婴宁爱花爱笑，天性纯真，本是生活在山野中的狐女等。《聊斋志异》在具备六朝志怪的奇幻诡谲的同时，又有唐传奇的细实缠绵，大都情节离奇曲折，引人入胜，反映了现实生活的多样性和复杂性。比如，《胭脂》有着十分复杂的情节，可谓案中有案，冤外有冤。先是东昌邑宰执鄂秋隼，判定他是杀死胭脂之父的凶手，"论死"；接着济南府吴南岱复审，又拘宿介，"以待秋决"；最后学使施愚山没巧计，迫使真正的凶手毛大供认罪行。整个故事情节波澜起伏，从一件普通的桃色案件中，充分反映出当时社会的混乱和复杂。《促织》的整个情节随着"促织"的忽得忽失，忽隐忽现，大起大落的展开，而成名一家也随着情节的发展，忽喜忽悲，忽安忽危，处于摇摆颠簸的危急状态之中。悲极复喜的多次反复，深刻地展示了作品的主题。总的来说，《聊斋志异》的艺术世界，人鬼相杂，现实情境与奇幻世界相融，既反映了现实矛盾，又充分利用花妖狐魅等超现实的力量，表现理想的人物和生活，并惩恶扬善，具有以虚写实、幻中见真的基本风格。同时，《聊斋志异》在题材内容以及创作方法上都超过了六朝小说和唐宋传奇，开辟了一个新的天地。

其次，《聊斋志异》成功塑造了众多优美动人、色彩特异的人物形象。而在那千姿百态的人物画廊里，最令人难忘的是那些由花妖狐魅幻化的女子形象。蒲松龄塑造这些形象时，主要采用了浪漫主义的创作方法，即运用想象和拟人化手法，托物写人，使这些由花妖狐魅幻化的女子既有作为动物的自然属性、精怪的神性，又具有人的思想感情和性格特征。她们不受生活环境的限制，不受时空的束缚，拥有超越凡人的神力。她们往往是人性、物性以及超现实的神性、妖性的嵌合体。同时，蒲松龄在这些女子身上，饱含着深沉的挚爱之情，体现了作者美好的理想和愿望。比如，《绿衣女》中绿衣女言行举动、生活习惯，与人无异，具有社会性。而其"绿衣长裙""腰细殆不盈掬""声细如蝇"等特点，则是绿蜂独有的特征。《辛十四娘》中的狐女辛十四娘，言谈话语显示出人间女子的人情练达、聪明智慧。当冯生的鬼舅祖母为她做媒时，她要冯生明媒正娶，以示诚意："郡君之命，父母不敢违。然此草草，婢子即死，不敢奉命。"这表现了辛十四娘冰清玉洁、不可夺志的凛然正气。但作者并没有忘记她的狐仙身份，当冯生遇难后，她为了替夫伸冤，遣婢至京华。又旋即到大同，伪作流妓，以其狐媚妖态，迷惑天子，终于解救了丈夫。辛十四娘神通广大，人间、仙境、冥府，她可以自由奔驰，不论平民还是皇帝，她都可上下斡旋，显示了她的特异力量。

《聊斋志异》在对人物进行塑造时，还特别注意运用多样化的手法来突出人物的性格。因此，作者笔下的众多人物，大都具有自己独特鲜明的个性特征。比如,通过对比的手法来刻画人物。在《鸦头》中,正是姐姐妮子的冷酷、薄幸、麻木不仁、甘于堕落,使妹妹鸦头感情纯洁、渴望自由、意志坚强、勇于反抗的性格,显得更加鲜明突出,难能可贵。又如,通过细节描写的手法来刻画人物。《花姑子》在刻画花姑子这一形象时,有这样一个细节:花姑子正在煨酒,而安生却粗鲁地向她求爱。女厉声呵斥,颤声痴呼,使安生张皇失措,殊切愧惧。但当她父亲匆匆赶来,诘问何故时,女却从容对父曰:"酒复涌沸,非郎君来,壶子融化矣。"这一别有情趣的细节,把花姑子这样一个矜持、庄重而又多情的少女的心理活动,惟妙惟肖地表现出来了。《聊斋志异》中类似这样精彩的细节描写,可以说俯拾皆是。

最后,《聊斋志异》的语言简练雅洁、丰富多彩、生动传神。《聊斋志异》的语言以浅显简练的文言为主,同时吸收一些方言俚语,因此全书语言既有儒雅的书卷气,又有生动活泼的天然意趣,具有很强的表现力,给渐趋僵化的文言小说注进了新的血液。比如,《红玉》写贫士冯相如与狐女红玉第一次相见:"一夜,相如坐月下,忽见东邻女自墙上来窥。视之,美。近之,微笑。招以手,不来亦不去。固请之,乃梯而过,遂共寝处。"这里仅用39个字,就将青年男女初次会面的过程叙述得层次极其分明,而且无论是冯生的动态还是红玉的情态都十分传神。又如,《聂小倩》中的一段对话,除个别词汇外,几乎都是与口语接近的语言:"媪笑曰:'背地不言人。我两个正谈道,小妖婢悄来无迹响,幸不訾着短处。'又曰:'小娘子端好是画中人,遮莫老身是男子,也被摄魂去。'女曰:'姥姥不相誉,更阿谁道好?'"

总的来说,《聊斋志异》是我国文言小说发展的高峰,它继承并发展了我国志怪、传奇小说的艺术传统,创作出了完美的文言短篇小说。因此,它在我国文言小说发展史上的地位可以说是空前绝后的。

第六节　风格独特的文言小说——《阅微草堂笔记》

《阅微草堂笔记》是清代能自创特色的短篇志怪小说集,鲁迅先生在《中国小说史略》对此书予以极高评价:"惟纪昀本长文笔,多见秘书,又襟怀夷旷,故凡测鬼神之情状,发人间之幽微,托狐鬼以抒己见者,隽思妙语,时足解颐;间杂考辨,亦有灼见。叙述复雍容淡雅,天趣盎然,故后来无人能夺其席,固非仅借位高望重以传者矣。"

《阅微草堂笔记》的作者是纪昀（1724—1805），字晓岚，也字春帆，自号石云，又号观弈道人，直隶献县（今河北）人。他出生于封建官僚家庭，2岁顺天乡试中解元，但之后不顺，直到31岁，即乾隆十九年（1755）方考中进士，入翰林院，历任乡试考官、会试同考官，后为侍读学士。期间曾被贬乌鲁木齐，遇大赦回京。乾隆三十八年，任四库全书观总纂官，累迁礼部尚书、协办大学士、加太子太保衔，逝后谥号文达。

《阅微草堂笔记》是纪昀晚年的作品，大约从乾隆五十四年到嘉庆三年之间陆续写成，前后历时十年。全书共二十四卷，计一千一百余则，包括《滦阳消夏录》六卷、《如是我闻》四卷、《槐西杂志》四卷、《姑妄听之》四卷、《滦阳续录》六卷。

从体制上来看，《阅微草堂笔记》属于笔记小说一系，大都篇幅短小，记事简要。作者有意追摹魏晋六朝志怪小说质朴简淡的文风，而对《聊斋志异》用传奇法而以志怪的创作方法却不以为然，认为《聊斋志异》合传奇志怪二体，体例不纯，是"才子之笔，非著书者之笔也"，于是作《阅微草堂笔记》。作者这种欲使小说回到古代笔记小说水平上去的观点，显然是保守和落后的，这也说明他对文学创作需要丰富的想象虚构和集中概括的艺术手段缺乏起码的认识。而他那种实录而少铺陈、质朴而少文饰的写法，则导致了他的作品存在议论说教过多、结构松散、人物形象苍白等弱点。因此，他的作品多数还只能算是杂记或小说的素材，其艺术成就远逊于《聊斋志异》。

从思想内容上来看，《阅微草堂笔记》主要搜辑当时流传的各种狐鬼神仙、因果报应、劝善惩恶等乡野怪事或者作者亲身听闻的奇情逸事，并借此揭露官场腐朽堕落之百态，且对处于下层的广大百姓的悲惨生活予以了深切同情。但是，纪昀对黑暗现实的批判是温和而有所保留，这与蒲松龄寄托孤愤、志在鞭挞的《聊斋志异》相比，还是有很大距离的。但是，作为一个比较正直的文人，他毕竟透过那封建"盛世"的帷幕，看到了某些社会矛盾。同时，作者在叙述故事时，又采用了写实的手法，真实地记录和揭露了当时社会的一些丑恶现象。因此，这部作品是有一定的进步意义和认识价值的。具体来说，《阅微草堂笔记》的思想内容主要有以下几个。

第一，《阅微草堂笔记》对社会的黑暗腐朽进行了深刻揭露，并表达了对劳动人民悲惨遭遇的深切同情。比如，卷二十五一则记某侍郎夫人"凡买女奴，成券入门后，必引使长跪，先告诫数百语，谓之教导，教导后即褫衣反接，挞百鞭，谓之试刑。或转侧，或呼号，挞弥甚。挞至不言不动，格格然如击木石，始谓之知畏，然后驱使"。通过这则故事，作者暴露了封建官僚地主的残暴,以及当时人民的悲惨遭遇。

第二,《阅微草堂笔记》对人情世态进行了广泛描摹,并进一步揭露、讽刺了当时社会生活中的丑恶现象。比如,卷三的一则写一个老儒为了贱价买人房宅,竟唆使强盗暗中闹鬼,搞得人家不敢住,他便乘机"以贱价得之"。通过这一故事,作者表现了当时一些世人的狡诈行为。此外,《阅微草堂笔记》在对人情世态进行了描摹时,还借助了一些狐妖鬼怪。作者谈狐说鬼,不仅仅是因为好奇,而是借狐鬼来反映人生,寄托感情。作者笔下的狐鬼大致可分为正反两种类型,其中以正面形象出现的狐鬼大多正直善良,珍视友谊,笃于爱情,资助弱者,严惩恶人,具有美好的心灵。比如,卷十二的一则写一狐与柳某交友,常以衣食周济柳某,后柳某贪图富室百金之赏,企图毒死此狐。狐已知之,当众揭露了柳某的阴谋,表示自己不忍与柳某反目为仇,又以布一匹、棉一束自檐掷下,说:"昨日尔幼儿号寒苦,许为作被,不可失信于孺子也。"然后叹息而去。作者在这里通过鲜明的对比,极写狐的厚道热诚,更显得柳某忘恩负义、卖友求荣的可耻可恶。通过这一故事,可以深深感到作者对正直善良、助人为乐的赞颂和对世情险恶的喟叹。以反面形象出现的狐鬼常常兴妖作祟、扰世害民。不过,作者进一步指出,狐鬼作祟皆因人的心怀鬼胎,即"妖由人兴",因而只要人的"气盛",鬼怪即无所施其术而自行消亡。基于这种思想,作者写下了一些含意深刻、给人启迪的不怕鬼的故事。比如,卷六的一则写一个有胆量的许南金先生,某夜与一友共榻,半夜见一妖怪的脸从墙壁上出现,双目明如火炬,那个朋友吓得"股栗欲死",而许却借着妖怪的目光从容读书。妖怪无计可施,只好退去。通过这个生动而奇特情节,作者告诉人们在邪恶势力面前要勇于斗争。

第三,《阅微草堂笔记》抨击了"存理灭欲"的宋明理学,揭露了道学家的迂腐虚伪。纪昀对道学的抨击和讽刺是不留情面的,如卷四有一则故事揭露了两个道学家在学生面前"辩论性天,剖析理欲",严词正色,道貌岸然,背地里却合谋密商夺取一个寡妇的田产,阴私被当场揭穿,弄得丑态百出。通过对这两个道学家毕妙毕肖的描画,作者表达了对道学家的深恶痛绝。又如,卷二十三有一则写某公以气节严正自许,曾以小奴配小婢,一日,因为奴婢偶然相遇笑语,即斥为"淫奔",并"杖则几殆"。这致使这对情窦初开的少男少女,"渐郁悒成疾,不半载内先后死"。通过这个故事,作者尖锐地抨击了"禁欲存理"的理学家以理杀人的罪恶。

《阅微草堂笔记》不仅在思想内容方面有重要的价值,在艺术方面也取得了重要成就。首先,《阅微草堂笔记》在语言方面取得的成就最高。作者记言叙事,简洁流畅,平易自然,却能于平淡中暗藏机锋,饱含情致。

比如，卷十一的一则写一位"须发皓然，时咯咯作嗽"的老翁打虎的经过："老翁手一短柄斧，纵八九寸，横半之，奋臂屹立。虎扑至，侧首让之。虎自顶上跃过，已血流仆地。视之，自颔下至尾闾，皆触斧裂矣。"这一段描写简洁老练、平淡冷静的语言中饱含着作者对打虎老翁惊人的勇敢和技艺的钦服和赞颂之情。其次，《阅微草堂笔记》的议论精当，鞭辟入里。不过，作品存在着议论说教过多的不足，而且作者的不少议论确属于迂腐说教的封建糟粕。但是，由于作者有意识地把议论与作品的内容融为一体，加之他经历丰富，阅世较深，知识渊博，论事又每每注意入情入理，因而许多议论亦能深入浅出，不仅能起到开掘题材、加深主题的作用，而且也能给人以哲理的启迪。

总的来说，《阅微草堂笔记》是一部极富表现力和感染力的作品，不论从文化史、风俗史的层面还是从文学层面去关照它，都有着极高的价值。

第三章　开辟崭新天地的中国古代白话短篇小说

中国古代白话小说，即在中国古代以白话散文为主写成的、以故事为中心的叙事文学作品，其涵盖范围主要包括宋元以来的白话短篇小说和长篇章回小说。在本章中，将着重论述一下中国古代的白话短篇小说，中国古代白话短篇小说的产生，使中国小说从内容到形式都更加面向社会、面向大众，同时又是中国小说走向艺术高峰的一座桥梁。此外，白话短篇小说的出现为中国古代小说的发展开辟了一个崭新的天地，标志着中国古代小说的发展进入了一个新的阶段。

第一节　中国古代白话短篇小说的产生与发展

中国古代白话短篇小说产生于宋元话本小说，总体而言主要经历了以下几个发展阶段。

一、中国古代白话短篇小说的产生

中国古代小说发展到宋元时代，又出现了新的飞跃。随着社会政治、经济的发展变化和"说话"艺术的兴盛，出现了一种新型的小说——"话本小说"，这也是我国古代最早的白话小说。对于白话小说的产生，鲁迅在《中国小说的历史变迁》中所说："至于创作方面，则宋之士大夫实在并没有什么贡献。但其时社会上却另有一种平民底小说，代之而兴了。这类作品，不但体裁不同，文章上也起了改革，用的是白话，所以实在是小说史上的一大变迁。"

话本小说既是当时社会生活的艺术反映，也是文学自身发展的必然结果，还是蕴蓄已久的一种历史产物。同时，话本小说的产生与发展，经过了一个较长的时间过程。在唐代繁荣的社会经济基础上，宋代城市繁荣，市民阶层空前壮大，形成了一股强大的社会力量。市民们不仅需要物质生活，也需要文化生活，因而文化娱乐活动越来越多，其中"说话"伎艺非常受市民的欢迎。"说话"就是讲说故事的意思，话本就是"说话"艺人讲唱故事时所依据的底本。

"说话"发展到宋代时，出现了空前繁盛的局面。这当然有着政治、经济、文化等多方面的原因，但主要是宋代工商业的发达和城市经济的繁荣促成的。宋统一全国后，生产力逐渐得到恢复和发展。随着农业的发展，手工业、商业也逐步发展到更高的水平，造成城市经济的繁荣。伴随着城市经济的繁荣，以手工业工人、商人和小业主为主的市民阶层也逐渐壮大起来。他们的物质生活水平有了显著的提高，相应地对适合他们文化程度和生活情趣的文化娱乐的要求也不断提高，于是各种民间技艺应运而生，一时繁盛起来。当时的城市中还出现了许多专门表演各种民间技艺的瓦舍勾栏，专门供各种民间技艺演出。在这里上演的除"说话"外，还有杂剧、傀儡戏、诸宫调等。不过，最受市民喜爱的是"说话"。在此影响下，宋代出现了相当数量的说话艺人，而且说话艺人之间的分工愈来愈细，有小说、说铁骑儿、说经、讲史之分，其中影响最大的是小说和讲史，尤以小说家最有势力。因为小说基本上是取材于城市平民各阶层的生活，它对现实的反映最为直接及时，故事的内容是市民听众熟悉的，并且又能真切地反映市民们的思想感情、理想与追求，因此在当时最受欢迎。在艺术技巧上，它也有超越其他家的优点。《都城纪胜》就曾指出，讲史书的"最畏小说人，盖小说者，能以一朝一代故事，顷刻间提破"。"顷刻间提破"就是当场把结局点破，一次讲完。《梦粱录》里也指出小说具有"捏合"的特点，所谓"捏合"，一是指小说可以把当时的社会新闻同说话的内容融合在一起，二是指虚构编造。这里就说出了小说在艺术上具有短小精悍和可以自由虚构的特点。而这一点，也正是它可能演变为白话短篇小说的一个关键因素。

宋代时，随着日趋繁荣的说话技艺，说话艺人也逐渐形成了自己的职业性的行会组织，以方便说话艺人自由地切磋技艺、交流经验、传递信息，继而改进和提高自己的演说水平。

这里需要特别指出的一点是，宋代的话本一般又可分为两类：说话四家中讲史的底本为讲史话本，自元代开始叫作"平话"。"平话"讲述长篇历史故事，取材于历史，后来发展为章回体的长篇小说。另一类是篇幅短小的小说话本，常常被称为小说，又称为"短书"，它对我国古代白话短篇小说的发展有着直接而深远的影响。

　　进入元代后,话本小说也有一定的发展。元代话本小说是宋代话本小说的继续,它们之间往往难以有明确区分,因而常常被称为"宋元话本小说"。虽然元代统治较为黑暗,"说话"也受到了极大的打压,但是"说话"在民间仍然十分活跃,因而元代话本小说依然发展得不错。

　　从总体上来看,宋元话本小说处于白话短篇小说的初期,但由于有"说话"艺术的长期哺育和书会才人的润色加工,因此它一开始就显示出不凡的风貌。它不仅给文学的发展注入了新的活力,而且带来了整个社会审美情趣的历史性变化。具体来看,宋元话本小说是以再现为主要特征的文学,所要展示的是世俗人情,因而为人们提供了以社会各阶层人物为中心的历史画卷;宋元话本小说的取材,主要是市民所熟悉、所感兴趣的城市现实生活,即使有些篇章以上层社会的生活为题材,但它对故事的叙述和评价也依然是从市民的审美观点出发的;宋元话本小说在语言上呈现出白话化、通俗化,风格上显得粗犷、明快、爽朗、泼辣,这种用语的变化使中国小说走向群众成为可能;宋元话本小说在塑造人物时,从不神化他们笔下的人物,而是以自然平实之笔,写他们的七情六欲,并通过他们在现实社会中不同的命运遭际来展示他们性格发展的历史,从而构成作品真实的社会内容。在情节描写上,作者并不刻意求奇,而是把笔触深入到普通的家庭生活领域,从日常生活中发掘艺术的宝藏等。所有这一切,不仅奠定了我国古代白话短篇小说的基础,而且也确立了宋元小说话本在中国小说史上具有划时代意义的历史地位。

二、中国古代白话短篇小说的兴盛与繁荣

　　与宋元时代相比,明代社会经济状况有了较大的好转,社会矛盾也有所缓和,不过,清代初期的思想统治却是更为严酷的。在这种社会背景下,"说话"和话本小说是难以得到大力发展的。因此,明代前期的话本小说作品较少,而且多以单篇的形式流传,在文坛上影响不大。

　　明代中叶以后,随着城市经济的繁荣发展,我国封建社会内部逐渐孕育了某些资本主义因素。与此相适应,在思想文化领域出现了以李贽为代表的提倡人性解放、提倡通俗文学的新思潮。而白话短篇小说作为当时最为通俗的文学形式,由此迎来了一个新的高潮。一些文人一方面对宋元以来单篇流传的小说话本进行搜集整理,编辑出版,另一方面怀着极大的兴趣开始模拟小说话本的形式进行创作,于是一种新型的更为成熟的白话短篇小说——拟话本,便应运而生了。拟话本虽然仍保持着话本的体制,但在精神内核上已发生了很大的改变,最显著的是由诉之听觉而

转为诉之视觉，艺术描写更为细腻，语言更为规范纯熟，它真正成为严格意义上的白话短篇小说。因此，拟话本的产生，使得中国古代白话短篇小说进入了一个繁荣时期。

冯梦龙的"三言"和凌濛初的"二拍"代表了拟话本繁荣时期的最高水平。冯梦龙和凌濛初在思想上都不同程度地受到李贽个性解放新思潮的影响，冯梦龙就曾大声疾呼，要"借男女之真情，发名教之伪药"。冯、凌二氏都十分热衷于拟话本的创作，他们都力求在自己的作品中，"极摹人情世态之歧，备写悲欢离合之致"。因此，读他们的作品，犹如在欣赏一幅幅五光十色、多彩多姿的世俗生活的画卷，并能从中感受到生命的充实和"人欲"的诱惑力，感受到与传统迥异或尖锐对立的思想道德观念和价值观念，感受到新兴的市民阶层对"人"的尊重和人格平等的历史要求，感受到作者对现实社会种种丑恶现象的无情批判，感受到那个时代小市民的种种庸俗、浅薄、低级、无聊的趣味和感情，感受到作者勉为其难的封建说教和无力的道德训诫。

在"三言""二拍"的影响下，世人尤其是下层人民对白话短篇小说产生了浓厚的兴趣，这直接刺激了明末清初的创作热潮。一时间，《石点头》《西湖二集》《型世言》《鼓掌绝尘》《鸳鸯针》《一片情》《八段锦》等仿效之作纷起，数量之多，蔚为大观，而且余波不息，一直延续到清中叶。不过，从总体上看，这些后起之作的成就却无法与"三言""二拍"相比肩。其中，一些较好的作品，如李渔的小说，虽能在一定程度上继承"三言""二拍"的传统并在艺术上有所创新，但由于作者过于追求情节的新颖奇巧，过于追求小说的喜剧效果和娱乐功能，因此在内容上有时不免伤于纤弱，缺乏一种震撼人心的力量。

总的来说，自明初至清初的这一时期，白话短篇小说的创作进入了兴盛与繁荣期。

三、中国古代白话短篇小说的衰落

自康熙后期开始，中国古代白话小说已经显露出一定的衰落趋势。到雍正、乾隆年间，中国古代白话短篇小说则完全进入了衰落期。这种衰落最为突出的表现就是拟话本小说作品数量大为减少，目前能看到的只有《雨花香》《通天乐》《娱目醒心编》和《跻春台》等很少的几部拟话本小说集。同时，这一时期的拟话本就其思想艺术水平而言是比较低下的，其已完全文人化、书面化，丧失了口头讲唱文学的特点。此外，中国历史在鸦片战争的隆隆炮声中进入了近代社会。在这一时期，随着社会政治、经济的急剧变化,随着中国资产阶级民主革命高潮的到来,我国的白话短篇小说又发生了一次新的飞跃。此时,小说史已翻开了另外的一页。

第二节　俚俗浅白的宋元话本小说

话本小说是中国古代小说的重要组成部分,也是中国古代小说的独特艺术形式,具有俚俗浅白的特点。在本节中,将对宋元话本小说进行详细论述。在宋元时代,话本小说的数量是很多的,据《醉翁谈录》《也是园书目》《宝文堂书目》等书记载的篇题,约有140多种。但由于在封建社会里,这种民间文学始终受到统治阶级和正统文学家的歧视和排斥,再加上开始时话本小说多以单篇抄录的形式存在,无人编辑整理,因此在流传与保存方面都受到很大的影响,大部分作品都已散佚。保存至今的大约只有40余种,主要散见于明代的《清平山堂话本》《京本通俗小说》《熊龙峰四种小说》和冯梦龙"三言"等书中。

一、宋元话本小说的叙事体制

宋元小说话本的叙事结构,一般来说包括以下几个部分。

第一,题目。题目是话本小说的"纲",相当重要。话本小说的题目一般言简意赅、通俗易懂,能画龙点睛地概括故事的内容。同时,话本小说的题目大多根据正话的故事来确定,并多以地名、人名或主要情节为题。比如,《错斩崔宁》的题目,作者用简短、凝炼的四字就高度概括了全篇的主要内容,其中一个"错"字,更是鲜明地体现了小说对封建官吏"率性断狱"进行明确抨击的创作主旨。此外,早期宋元话本题目字数多寡不一,后来字数渐多,更具表意的功能,如《醉翁谈录》中把《李亚仙》又称作《李亚仙不负郑元和》,将《王魁负心》又称为《王魁负心桂英死报》,让读者对故事大意一目了然。

第二,序诗。所谓序诗,就是以一首诗,或一首词,或一诗一词开头,用以说出全大意,或概述故事的主题思想。它如同唐代"俗讲"的押座文、解座文样,起着安定情绪和加深印象的作用。比如,《清平山堂话本·风月瑞仙亭》的篇首是一首诗歌:"夜静瑶台月正圆,清风淅沥满林峦。朱弦慢促相思调,不是知音不与弹。"这首诗营造了一种非常安静的意境,烘托了哀婉、思念之情。《简帖和尚》的篇首是一阕《鹧鸪天》词:"白苧千袍入嫩凉，春蚕食叶响长廊。禹门已准桃花浪，月殿先收桂子香，鹏北海，风朝阳，又携书剑路茫茫。明年此日青云去，却笑人间举子忙。"

第三，入话。通过此内容引入正题，即一个引子。因为"入话"比起正文故事来无关紧要，随便听听罢了，所以又叫"笑耍头回"，即"冒头一回"的意思。"笑耍头回"，是未入正文先资笑乐之意。因为听众中多数是士兵、商贩，取其吉利，所以说话艺人又称"入话"为"得胜头回"。入话的内容与正文故事或类似，或相反，或者略有关联，具有肃静听众、启发听众和聚集听众的作用。比如，《错斩崔宁》的正文叙崔宁被斩，却先以魏鹏举的故事作引子："这回书单说一个官人，只因酒后一时戏笑之言，遂至杀身破家，陷了几条性命。且先引下一个故事来，权做个得胜头回。"入话自身可成为一回书，亦可单独存在，在章法上起着承上启下的作用，铺叙说明篇首与正话之间的关系。

第四，正话。正话即故事的正文，是话本小说的主要部分，往往以较复杂的故事情节着力塑造人物形象，用生动的形象完成题目及入话所点明的主题。正话在叙述故事时，也不时穿插一些诗词，用来写景、状物，或描写人物的肖像、服饰，它具有渲染气氛、增强效果的作用。正话的文字有散文和韵文两种，其中散文用来叙述故事，大量诗词歌赋或骈语，包括诗、词、骈文偶句等，主要用于证明情况或描述物态，品评人物，或描写评价出一个重要场面，加强细节描写以补散文之不足，亦使行文起伏，跌宕，充满韵致。此外，正文中还有一些套话，如"话说""却说""闲话少说，言归正传""正是""只见""有诗为证"等。这正体现了话本独具的特色：说话人在演出时，时讲时说时唱时朗诵，以此调节现场气氛和吸引听众注意力。

第五，篇尾。宋元话本小说一般都有篇尾，往往用四句或八句诗句为全篇作结，有时也有用词或整齐的韵语作结的。篇尾一般游离于情节结局之外，具有相对的独立性，它是由说话人（或作者）自己出场，总结全篇主旨，或对听众加以劝诫，或对人物、事件进行评论。比如，《警世通言·宿香亭张浩遇莺莺》的"篇尾"缀以一首七言绝句："当年崔氏赖张生，今日张生仗李莺。同是风流千古话，《西厢》不及《宿香亭》。"从这首诗可以看出，作者在此进行总结的同时，将本篇与《西厢》进行了比较，给出了评论结果。

二、宋元话本小说的思想内容

宋元话本小说的题材广泛，内容丰富，有的取材于现实生活，有的从

《太平广记》《夷坚志》等书中选取题材，并结合当时的社会生活，融入作者自己丰富的生活经验，加工创造成富有时代气息的小说。就现存的宋元话本小说作品而言，有讲述历史故事的，写得较好的有《张子房慕道记》《老冯唐直谏汉文帝》《汉李广世号飞将军》等，这些故事多写英雄贤士的怀才不遇和统治者的昏庸残暴，在一定程度上反映了封建专制制度的腐朽反动；有以英雄传奇故事为题材的，写得较好的有《史弘肇龙虎君臣会》《郑节使立功神臂弓》等，这些作品多描写英雄人物的发迹变化，寄托了下层人民渴望翻身解放的幻想，宣扬了"王侯将相本无种"的思想；有的讲述神仙鬼怪，这反映了话本小说落后消极的一面，如《西山一窟鬼》《西湖三塔记》《定州三怪》等，都着力于描述精灵鬼怪，散布恐怖气氛。除此之外，表现以下两方面思想内容的话本小说作品，代表了宋元话本小说的最高成就。

第一，宋元话本小说对封建吏治的黑暗腐朽进行了猛烈抨击。以狱讼事件为题材的公案小说，在宋元话本小说中占有相当大的比重。这类作品涉及的社会生活面极为广阔，直接反映了当时复杂的社会矛盾，比较深刻地揭露和批判了黑暗腐朽的封建吏治，对没有人权保障的下层人民所遭受的苦难寄予了深切的同情，同时也热情赞颂了那些能为人民出气的绿林好汉。这类话本小说的代表作有《错斩崔宁》《简帖和尚》《宋四公大闹禁魂张》《错认尸》《错勘赃》《汪信之一死救全家》等，这里着重分析一下《错斩崔宁》和《简帖和尚》。

《错斩崔宁》是宋代较为优秀的话本小说，《也是园书目》将其列入"宋人词话"类，《醒世恒言》卷三十三作《十五贯戏言成巧祸》，题下特别注说："宋人作《错斩崔宁》。"胡适在《宋人话本序》中说，这篇话本小说是"纯粹说故事的小说，并且说得很细腻，很有趣味"，在今存的宋话本中堪称"第一佳作"。小说叙写的是一对青年男女因十五贯钱而被"错斩"的故事，这是一个无辜百姓惨遭误杀的冤案。故事的大致内容是，临安刘贵，祖上尚称富裕，但时运不济，读书不成，做生意又屡屡折本，只好卖掉房产，租房居住。因婚后无子，又娶陈二姐为妾。一日，岳丈王员外派人接女儿、女婿来家赴生日宴会。午饭后，丈人给他十五贯钱让他租店铺做生意，并许诺开张之前再送来十贯钱做本钱。刘贵独自回家后，二姐见他带回许多钱便问来历。刘用戏言相哄，说已将她卖身，此为典金。二姐听后十分气恼，趁丈夫酒醉未醒，便去邻家借宿，以便次日回娘家。不料发生意外，一小偷因赌输钱，便夜入民宅偷盗，到刘家后，见刘脚后有一堆钱，便偷了几贯，不想惊醒刘贵，二人争斗起来。贼人杀死刘贵带钱逃走。次日天明，二姐急回娘家，途中巧遇后生崔宁，二人相伴而行。邻居发现刘贵被杀，便派人去追二姐，见她与后生同行，于是将二人扭回家中。大娘子与父亲见崔宁袋中有十五贯钱，也相信二人是凶手，便将二姐与崔宁扭送府衙。府尹升堂审案，胡乱断案草菅人命，见崔宁袋中钱数与刘贵丢失钱数相同，就硬说二姐是与奸夫谋财害命私奔，于是当厅判为死罪，并立即"押赴市曹行刑示众"，两个善良无辜的青年就这样被错杀了。一年后，王员外派人接女儿回家改嫁，途中遇到强盗，杀死管家后，又强娶王氏做压寨夫人。半年之后，二人闲聊，强盗说出了杀死二人并"冤陷两个人"（即二姐与崔宁），害死人命的真相。王氏闻言大惊，明白了此贼是杀害丈夫的真凶，于是立即去府衙告状。新府尹将真凶问斩，为冤案昭雪。但是，这仅仅是封建社会成千上万被误杀"错斩"冤案错案中的一个，有许多冤死的平民是永无恢复名誉机会的。中国历代糊涂官何止一个府尹，昏官贪官成千上万，而且昏官必贪，而昏官贪官又有层层保护，所以为非作歹，有恃无恐就不足为怪了。因此，一个"错"字，真可谓力透纸背，一字千钧，惊心动魄。据此，作者深刻地揭露了黑暗腐朽的封建社会滥杀无事的罪恶，并告诫那些官吏："做官切不可率意断狱、任情用刑，也要求公平明允，道不得个死者不可复生，断者不可复续。"同时，作者通过这一故事，对没有人权保障的下层人民遭受的苦难寄予了深切的同情。

《简帖和尚》写一个和尚见皇甫松的妻子杨氏貌美，欲占为己有，便设下了圈套，即让一个小贩把一封匿名简帖送给了杨氏。皇甫松中了恶棍和尚设下的简帖毒计，认定妻子杨氏与人有私，愤而将妻子送交官府。官府偏听一面之词，威逼杨氏招供，并在没有任何证据的情况下，判定离异。走投无路的杨氏欲跳河自杀，被一个自称是其姑姑的老婆子救下，其实仍是和尚在暗中操纵。后来，杨氏无奈嫁给了和尚，和尚的诡计得逞。一年后，和尚阴谋败露，杨氏又被官府判归夫家。这个故事通过一个善良妇女无端被暗算、被冤屈、被损害的遭遇，揭露了封建社会中邪恶势力的横行，官吏的昏聩冷酷和妇女任人摆布的悲剧命运。皇甫松的凶暴审妻，是封建夫权观念膨胀的结果，而开封府在没有任何证据的情况下，就判定皇甫松可以休妻，这对毫无经济保障的杨氏来说，无疑是要把她逼往死路，这实际上是助纣为虐，为简帖和尚阴谋得逞开了绿灯。因此，从这个故事中，我们亦可看到封建官僚机构的腐朽和可恶。

第二，宋元话本小说表现了人们对自由的爱情婚姻的执着追求。恋爱婚姻是人类最基本的生活内容，恋爱婚姻的自由则是人类最自然的一种要求。而在长期的封建社会里，人类的这种天性却受到封建礼教的残酷扼杀和压制。封建的婚姻制度剥夺了男女之间表达爱情、自由结合的权利，造成了许许多多的爱情和婚姻的悲剧。与此同时，千百年来青年男女为争取爱的权利而进行的不屈不挠的斗争也从来没有停息。这种社会现实反映到文学中,就形成了中国文学反封建的积极主题。宋元话本小说继承了这一文学的永恒主题,并以更广泛的反映来展开和深化这一主题,从而在中国小说史上留下了不少独放异彩的佳作,如《碾玉观音》《闹樊楼多情周胜仙》《志诚张主管》《快嘴李翠莲记》等,这里着重分析一下《碾玉观音》和《快嘴李翠莲记》。

《碾玉观音》以碾玉观音作为线索,写了一个发生在咸安王府中的女奴璩秀秀与工匠崔宁的婚姻悲剧故事。小说中璩秀秀这个女奴形象的塑造是极为成功的,她是以往的文学作品中未曾出现过的一个崭新的女性形象。她美丽聪明、大胆泼辣、桀骜不驯,没有一点矜持和忸怩之态,更没有封建道德的负担。她爱上玉匠崔宁后,就敢于大胆追求。当王府失火,偶遇崔宁时,她首先主动提出:"比似只管等待,何不今夜我和你先做夫妻?"而当崔宁尚犹豫不决时,她更进一步小用心计,促使崔宁下决心与她做成夫妻,然后双双逃亡,去过自由独立的生活。在那个时代,璩秀秀的言行确实达到了惊世骇俗的地步,她的行动具有双重叛逆的性质:一是对封建人身依附关系的蔑视和反抗,二是对封建婚姻制度、伦理道德的背叛。但是,由于封建势力的强大,他们最终无法逃脱咸安郡王的魔掌,在残酷的迫害面前,在幸福被毁灭的时刻,我们看到了璩秀秀又一次的挣扎和反抗。恶势力夺走了她的生命,而她的鬼魂却仍怀着强烈的生活欲望和执着的爱,去苦苦追求自己的理想。璩秀秀鬼魂的出现,当然只是一种主观幻想的产物,作者正是用这种浪漫主义手法来进一步揭示秀秀美好的灵魂和执着反抗的性格,进一步控诉了封建社会吃人的本质,从而使这篇优秀的爱情小说具有更强烈的社会批判性。

《快嘴李翠莲记》以诙谐的笔调,讲述了青年女子李翠莲的婚姻悲剧。李翠莲是一个聪明能干、"嘴快如刀"的下层妇女形象。因为喜欢讲话,大胆泼辣,不符合礼教对妇女温柔稳重、小心谨慎的要求,她在娘家就被大家嫌弃,结婚以后又被婆家所不容,最后被丈夫休弃,只得投身佛门,去寻求超脱世俗的自由。这个富有喜剧色彩的故事实际上是一个相当深刻的悲剧,它在诙谐中饱含着深沉的悲愤。李翠莲仅仅因心直口快便不能被容于那个社会,不仅失去了婚姻家庭,甚至连父母兄弟也不能原谅她,以至于陷入孤苦无依的窘境,这就相当深刻地揭示了封建礼教束缚妇女的残酷性;而李翠莲对封建礼教始终如一,宁折不弯的抵制和反抗,也明显地表现出那个时代的下层妇女对男女平等和个性自由的强烈要求,表现了广大妇女民主意识的初步觉醒。

以上所介绍的两个人物,都是富有反抗精神的下层妇女的形象。她们都是过去文学作品中未曾有过的闪耀着民主性思想光芒的全新形象，她们的出现表明了宋元小说话本已从更深的层次上开拓了中国文学反封建的传统主题。当然，我们也无须讳言，由于时代的局限，这类小说也存在着一些较为复杂的消极因素。作品中也不时流露出市民阶层的落后的思想意识和艺术情趣，有的作品还有宿命论和色情等糟粕。但这些毕竟是白璧微瑕，它掩盖不了这类作品在思想内容上的熠熠光华。

三、宋元话本小说的艺术特色

宋元话本小说在艺术方面形成了自己独具风采的特色，具体表现在以下几个方面。

第一，宋元话本小说大都有着曲折的情节和较强的故事性。宋元话本小说保留了诉诸听觉的说书艺术的特点，十分注重故事情节的安排，讲究结构完整、线索清楚、剪裁得当。一般说来，话本小说在展叙故事时，都有开端的概括介绍，都有故事情节的发展、高潮和结局，并随时注意情节发展的前后照应，同时也善于使用伏笔，制造悬念，增加情节的曲折性，以取得引人入胜的艺术效果。比如，《三现身包龙图断案》一开始就写孙押司算命，算命先生告诉他当夜"三更三点子时必死"，孙押司不信，听众也不信，这就造成了悬念，到底是真的还是假的？听众很想知道，就非常有兴趣再听下去。而孙押司果真当夜三更三点跳河了，到底是什么原因呢？这就又构成了悬念。后面，作者也只写孙押司死后三次现身，并不说明他是如何死的。这就紧紧牵动听众的心弦，直到最后才揭穿真相，令人豁然明白。又如，《勘皮靴单证二郎神》叙北宋徽宗时宫妃韩玉翘因不得皇帝宠幸而郁闷生病，因韩乃殿前太尉杨戬所进奉，徽宗命其领韩妃到杨府将息病体。后韩去二郎神庙中还愿，见二郎神像"丰神俊雅"，于是"目眩心摇，不觉口里悠悠扬扬，漏出一句俏语低声的话来：'若是氏儿前程远大，只愿将来嫁得一个丈夫，恰似尊神模样一般，也足称生平之愿。'"却不料当晚"二郎神"忽地来到了她的房间，韩夫人又惊又喜，如醉如痴，以为神仙下凡，毫无疑心，夜夜相伴。这个二郎神是何方神圣？是人是神是妖？读者如堕五里雾中，恍惚不辨真假。后经一系列曲折弯转，才揪出假冒二郎神的妖人孙神通。这篇小说在情节设置上悬念迭生，真假虚实，环环相扣，最后真相大白，从惊险程度看很像一篇侦探小说。

宋元话本在对情节进行安排时，也十分讲究"巧合"，即通过偶然性的巧合来加强故事情节的曲折性。当然这种巧合绝不是荒诞离奇，偶然性是由必然性决定的。同时，作品中的"巧"来源于生活，又经过作者的艺术提炼，因此它能反映生活的真实，体现客观的规律。以《错斩崔宁》来说，作者在情节安排中，处处抓住一个"错"字。而在"错"的背后，又处处强调一个"巧"字。刘贵戏言，二姐出走是"巧"；二姐走后刘贵被杀，又是"巧"；二姐偶遇崔宁，结伴同行也是"巧"；而刘贵丢失的钱与崔宁身上的钱又同是十五贯，更是巧到令人瞠目结舌的地步。这种种巧合，就直接导致了邻里的"错"和官府的"错"，以至于使他们被错判死刑。当然，这些偶然的巧合中，又包含着必然性的因素。二姐对一句"典身"的玩笑信以为真，这是因为现实生活中存在着买卖妻妾的现象，而"男女同行，非奸即盗"的社会舆论和封建官府的黑暗腐朽、草菅人命，又直接导致他们含冤被杀。正因为这种种巧合是以生活的真实为基础，所以才"巧"得可信，"巧"得动人，既扣人心弦，又合情合理，还大大增强了小说的故事性和吸引力。又如，《碾玉观音》中，璩秀秀与崔宁逃到千里之外，以为不会被郡王发现，可郭排军恰巧奉命给刘两府送钱，偶然发现了他们，于是引出后面一系列的大风波，这就促使情节曲折变化极为明显。

第二，宋元话本小说塑造了一系列有血有肉、生动鲜活，具有鲜明个性特征的人物形象，如《碾玉观音》中的秀秀，《错斩崔宁》里的二姐和崔宁，《快嘴李翠莲记》中的李翠莲，《宋四公大闹禁魂张》中的宋四公、赵正、候兴等。这些小人物多是生活中的小人物，在过去是难登文学大雅之堂的，但是他们却成了话本里的主角。"宋元小说话本破天荒第一次将这许多市井百姓带进中国小说领域，不仅极大地丰富和发展了中国古代小说的形象体系，同时也是中国小说史上的一次革命。"作者以细腻的笔触描摹小人物的一颦一笑，表达他们的喜怒哀乐，颂扬他们的正直品质和反抗精神，这在中国通俗小说史上是有开创意义的。之所以取得这样的成绩，与宋元小说话本作者们的身份及其所处的社会地位有关。这些说话人和书会才人大多生活在下层，熟悉底层的生活，同时也要从底层讨生活，他们的作品就是为下层民众服务的，因此，与唐传奇的文人作者的创作明显不同，宋元话本的题材故事和人物形象都需要为市井民众所喜闻乐见，这就决定了宋元小说话本比唐传奇从题材到人物都有一个质的变化：题材范围扩大，市井民众所熟悉的生活成为取材的重点；人物也由才子佳人、将相游侠变为市井民众，如工匠、店铺伙计、商人、作坊主、婢妾、吏卒、僧侣、妓女、媒婆、盗贼等。

宋元话本小说在塑造人物时，能够注意结合人物的社会环境和个人经历来刻画人物的性格。比如，《志诚张主管》中的小夫人和《碾玉观音》中的秀秀都是被压迫的下层妇女，她们都不顾一切地追求爱情和婚姻的自由，并都为此丢掉了性命。但由于她们生活环境和个人经历不同，因此她们的性格也有差异。小夫人出身虽不高贵，但毕竟得到过王招宣的宠幸，又二度为人侍妾，因此性格较温顺软弱，在追求爱情幸福的过程中，她往往乞灵于金钱财物，而且缺乏眼力，把自己的爱情理想一厢情愿地寄托在胆小无情的张主管身上，因此直至死后变为鬼魂也未能如愿。而市井平民的女儿秀秀，则显得大胆泼辣。王府失火，她公然"提着一帕子金珠富贵"逃走。遇到心上人崔宁，就直截了当地提出结婚的要求，并软硬兼施说服崔宁，双双远走高飞，去做长久夫妻。在秀秀的性格中，我们几乎看不到女性的娇羞，有的只是直爽、坦率，敢于讲求实际，这正是由她长期的市井生活和女奴的身份所决定的。

宋元话本小说在塑造人物时，也常常借助于夸张的手法来突出人物的性格。比如，《宋四公大闹禁魂张》，作者就使用夸张的手法来刻画宋四公、赵正等的侠盗性格。作者写他们神出鬼没，武艺非凡，以致闹得东京城草木皆兵，王爷大尹们魂飞魄散，这样就突出了侠盗们的勇敢和机智。

宋元话本小说在塑造人物时，还注意细致刻画人物的内心活动和人物的言行等来对人物的性格进行表现。比如，《错斩崔宁》写刘贵驮钱带醉回家，与陈二姐的一段对话，以及刘贵睡着后陈二姐的内心活动和离家前后的行动，就十分真实地表现了陈二姐的思想性格。刘贵醉后戏言，说已将陈二姐典卖他人，陈二姐信以为真，对这飞来的横祸，她没有任何怨恨和反抗，想的只是："不知他卖我与甚色人家？我须先去爹娘家说知。就是他明日有人来要我，寻到我家，也须有个下落。"离家前，她把十五贯钱分文不动地堆在刘贵脚后跟，拽上房门，并交代邻居转告刘贵自己的去向。陈二姐这些看似平淡无奇的言行和内心活动，实际上极为真切地揭示了她逆来顺受、任人支配和细心善良的性格特征。

第三，宋元话本小说熟练运用了市民所熟悉的通俗、生动、朴素而生活气息浓郁的口头语言。它不同于传统的文言小说，同时比唐五代的俗讲、转变、说话趋于成熟。翻开宋元话本，具有时代特色且富有表现力的口语比比皆是。比如，《碾玉观音》《错斩崔宁》，都成功地做到了用白话来描写社会日常生活，叙述骇人听闻的奇闻逸事，并用以抒发作者自己的思想感情。此外，宋元话本小说大量运用了概括力极强的俗语、谚语。这些语言充满泥土气息，凝聚着劳动人民的智慧，具有极强的生命力。比如，说人脱离困境时是"鳌鱼脱却金钩去，摆尾摇头不再回"；说求人的难处是"将身投虎易，开口告人难"；说金钱万能是"火到猪头烂，钱到公事办"等，这些带有特别规定性含义的谚语，具有一针见血、言简意赅的作用，既节省了文字，适合短篇小说短小精悍的要求，又能给读者以鲜明深刻的印象和生活经验的启示。这些语言长期以来一直活在人们的口头上,有的流传到今天也仍具有生命力。

总的来说,宋元话本小说以曲折复杂的情节故事、全新的人物形象、通俗的语言等艺术形式,给后代的小说开辟了新的天地。它善于通过人物对话和细节描写来表现人物性格和推进情节发展,开后世白话小说之先河;特别是在白话语言的使用、小说由雅到俗的转变等方面,宋元话本发挥了承前启后的重要作用。

第三节 白话短篇小说的辉煌篇章——"三言""二拍"

在明代中叶以后,一股以人文主义思想为特征的启蒙思潮悄然从封建社会的母体内孕育产生,这直接启发了晚明文学中的人学内涵,最有代表性的便是冯梦龙的白话短篇小说集"三言"以及凌濛初的白话短篇小说集"二拍"。"三言""二拍"的出现,是中国古代白话短篇小说繁荣的标志。

一、冯梦龙与"三言"

冯梦龙(1574—1646),字犹龙,又字子犹,别号龙子犹、墨憨斋主人等,长洲(今江苏苏州)人。他出身于书香门第,少有才名,史载"才情跌宕,诗文丽藻,尤明经学"。他在青壮年时,多次应举赴考,但总不得志,同时,他也"逍遥艳冶场,游戏烟花里",过着放荡不羁的风流才子的生活。冯梦龙在57岁时才补了一名贡生,61岁时任福建寿宁知县,4年后职满离任,归隐乡里。清兵南下时,曾参与抗清活动,至南明政权相继覆亡,忧愤而卒。

冯梦龙一生的最大贡献,是对通俗文学的搜集、整理、研究与创作,堪称成就卓著。他曾改编长篇小说《三遂平妖传》《新列国志》,推动书商购印《金瓶梅词话》,刊行民间歌曲集《挂枝儿》《山歌》,编印《笑府》《情史类略》《古今谭概》《智囊》等书籍,编辑散曲集《太霞新奏》,改编《精忠旗》《酒家佣》等戏曲,写作《双雄记》《万事足》等剧本,刻印《墨憨斋传奇定本》十种等。其中,冯梦龙最重要的成就是编著"三言"。它不仅对小说话本的传播起了重要的作用,而且直接推动了拟话本的创作。

"三言"是短篇小说集《喻世明言》《警世通言》和《醒世恒言》的总称,每集收短篇小说40篇,共120篇。其中多数是经过作者润色的宋元明话本和明代文人的拟话本，而作者自己创作的作品较少。不过，"三言"的思想和艺术成就都是比较高的。它打着鲜明的时代精神烙印，对至情的讴歌，对小人物的尊重，对美好人情人性的颂扬，对世俗生活的投入，显示着一种健康宁静的气质品格与向善向美的人文情怀，就是对社会黑暗面的揭露也不像后来的小说作者那样雷霆震怒、义愤填膺。

"三言"从总体上来说，主要表现了以下几方面的思想内容。

第一，"三言"对当代黑暗的社会现实进行了深刻揭露。冯梦龙在"三言"中，把批判的笔触指向封建社会的各个方面，或揭露奸臣弄权、陷害忠良，反映统治阶级内部政治斗争的残酷；或鞭挞封建官吏的贪赃枉法，残害无辜；或控诉土豪劣绅仗势欺人，横行乡里；或描述流氓恶棍的种种坑蒙拐骗的恶行，反映了当时恶浊的社会风气。这一切对我们充分认识封建社会腐朽的本质具有十分重要的意义。比如，《沈小霞相会出师表》是反映明代统治阶级内部政治斗争的杰作。明世宗朱厚熜朝，趋承后宫，结托宦官，并以善于曲意逢迎的严嵩为相。严嵩把持朝政、贪赃枉法、排斥异己、残害忠良，形成了明代历史上昏天暗地的严党专政时期。由于严党实行恐怖残酷的血腥统治，因此不断激起富有正义感的朝野之士以及广大人民群众的不满和反抗。这篇小说正是从一个侧面，对这场斗争进行了反映。忠正耿直的沈炼不满于奸臣严嵩父子的倒行逆施，置生死于度外，直接与严嵩父子展开斗争，并由此引起家破人亡的一连串悲惨事件。斗争的性质虽属于统治集团内部的忠奸之争，但由于作品深刻揭露了严嵩父子及爪牙们祸国殃民的罪行，又写了一些下层人民对沈炼父子的同情和支持，说明在客观上沈炼的斗争与人民的利益是一致的，因此就使得这个故事具有较普遍的社会意义。

第二，"三言"细致地描写了商人的行商生活、商品交换和流通过程以及与之相关的城市丝织等手工业生产情况。在封建时代，商业资本在国家经济的发展中具有破坏封闭的封建自然经济基础的重要作用。而在长期以小农经济为主的中国封建社会里，商业的发展就更显得重要了。但是，在中国封建社会里，历代统治者都实行"重农抑商"的政策，因此商人的社会地位极低，被视为贱流，甚至他们的财富也被视为不义之财，商人在文学作品中也历来都是被批判的角色。明中叶后，手工业、商业的进一步发展，促进了资本主义生产关系萌芽的成长，商业资本开始突破自然经济的樊笼，金钱在社会中显示了它的巨大诱惑力，传统的轻商思想开始淡化。特别是以李贽为代表的进步思潮的出现，更在理论上肯定了商人经商活动的合理性和积极意义。李贽认为"好货""好色"都是人类的自然要求，应该充分肯定。所谓"好货"，就是要求兴工商以图利。李贽这种对商人持肯定和同情的态度,是当时进步的社会思潮的典型反映,它深刻地影响了当时的文学创作,在一些文学作品尤其是小说中,商人已作为正面形象出现,经商活动也被视为正当行业而受到赞颂,这在文学创作上是一个新的可喜的变化。比如,《杨八老越国奇逢》描写从主人公杨复行商过程中曲折艰险的经历及其家庭悲欢离合的故事;《施润泽滩阙遇友》反映了机户的生活和丝织铺的情况。

第三,"三言"表现了市民惊世骇俗的爱情观,注重表现了一些女性对爱情大胆、执着的追求,显出了一种活泼的生命力量。明中叶以后伴随着资本主义萌芽而出现的以李贽为代表的进步思潮,提出只有以男女平等为条件的爱情婚姻才是真正自由的爱情婚姻。这种代表市民意识的新的爱情婚姻观念,具有近代人文主义的色彩。"三言"中一些优秀的以爱情婚姻为题材的作品,就反映了这种以个性解放和平等自由为核心的市民的爱情婚姻观念,如《崔待诏生死冤家》《宿香亭张浩遇莺莺》《卖油郎独占花魁》《玉堂春落难逢夫》《宋小官团圆破毡笠》《蒋兴哥重会珍珠衫》《杜十娘怒沉百宝箱》等。这里着重分析一下《宿香亭张浩遇莺莺》《蒋兴哥重会珍珠衫》和《杜十娘怒沉百宝箱》。

《宿香亭张浩遇莺莺》写少女莺莺与张浩私定盟约,后来张浩为父母所迫,欲另娶他人。莺莺闻知后,一不哭泣,二不自尽,而是向父亲说明她与张浩的关系,并向官府告了张浩一状,指控他"违背前约",要求法律能"礼顺人情"。小说中的莺莺是一个颇具光彩的女性形象,她的举动真是达到了惊世骇俗的地步。她主动出击,大胆追求属于自己的爱情幸福,不仅与男子私定盟约,还将其诉之法庭,这在过去的作品中是不可想象的。这个故事最后以喜剧告终,鲜明地体现了作者对莺莺行动的支持和肯定的态度,也显现出生动活泼的时代精神内涵。

《蒋兴哥重会珍珠衫》写蒋兴哥外出经商,经年不归,妻子王三巧在家寂寞无欢,被坏人勾引失足。蒋兴哥发现妻子奸情后,"如针刺肚",内心十分痛苦。但他并没有严惩妻子,反是责怪自己"贪着蝇头微利,撇她少年守寡,弄出这场丑来"。他一方面不动声色地把妻子休回娘家,另一方面又"念夫妻之情不忍明言"。在妻子改嫁时,他还把十六只箱笼送给她作陪嫁。最后几经周折,蒋兴哥与王三巧又破镜重圆,并不嫌弃她二度失身于他人。这个故事鲜明地体现了那个时代市民的婚姻关系和道德观念,它说明封建的贞操观念在市民的婚姻生活中已逐渐失去其支配作用。

《杜十娘怒沉百宝箱》通过杜十娘为追求自由爱情而误认李甲的不幸遭遇,强烈地鞭挞了李甲之流卑鄙的人品和无耻的行径以及金钱(孙富)的罪恶,热烈地歌颂了杜十娘本可以同样用金钱(百宝箱)换回与李甲的婚姻，但她选择了"宁为玉碎，不为瓦全"的结局，与百宝箱同沉水底。小说不仅表现出了杜十娘美丽高贵的灵魂，也写出了这美丽的灵魂被毁灭的悲剧。杜十娘美好的生活愿望在暴发商人的金钱和官僚世家的礼教的联手下遭到扼杀，她最终选择死亡，从而向吞噬她的黑暗现实发出了最强烈的控诉。通过这一故事，我们可以感受到明中叶以后新兴起来的争取人权的思想潮流正成为文学作品创作的主潮。

"三言"是由宋元小说话本直接发展而来，因此在艺术上仍保持了不少话本小说的特色，如叙述方式、结构体制、语言的运用和提炼等，都继承了话本小说的优良传统。但"三言"多是文人创作，因此它在艺术上又有很多新的发展，更趋于成熟和定型化。比起话本来，它的篇幅大大加长了，主题思想更为集中鲜明，作品结构更为严谨，故事情节更为曲折动人。尤其在人物形象的塑造上，取得了更为突出的成就。

"三言"中塑造了一批有个性、有精神、有人格魅力的人物形象，他们大都是生活在社会底层的小人物，却不卑不亢，不媚不俗，听从自己内心的召唤，为"人"这个神圣的字眼儿生活着、痛苦着、快乐着、抗争着，他们的幸福将生命燃出火花，他们的死亡将生命升华出尊严，透着鲜明的时代气息与人文精神特征。比如，《卖油郎独占花魁》中的秦重是个小贩，每日里踏踏实实卖油，他对自己的定位是"我做生意的，清清白白之人"。当他被美娘的娇艳惊呆，再也忘怀不下，便生出痴想："人生一世，草生一秋。若得这等美人搂抱了睡一夜，死也甘心。"这愿望不能说高也不能说低，不能说光彩也不能说不光彩：红尘滚滚，繁华喧闹的都市充满了诱惑，有血有肉的人很难抗拒。让人惊讶的倒是它是一个小小卖油郎的内心欲求，他知道接近美娘的人都是王孙公子、富室豪家。他更明白自己的身份、处境与那种生活格格不入，所以开始颇有点自惭形秽。但他并没觉得自己的要求有什么不当之处，也不甘心只充当一个旁观者。他把自己摆在与其他人一样的平等地位上，认为自己有追求一切的权利，这是一种十分健康的心理状态。最终，他通过自己的劳动攒够了银子，实现了愿望，并且因为他的忠诚志厚而抱得美人归。从他身上，我们看到了勇敢追求人生幸福，积极主动地改变自身命运的时代精神。

"三言"在塑造人物时，还注意通过人物的言行描写、心理描写以及富有特征性的细节描写来揭示人物的性格特征。此外，作者善于把人物置身于真实的社会生活环境中，扣紧人物的身份、经历和遭遇来刻画他们的性格特征。比如，《王娇鸾百年长恨》中的王娇鸾和《杜十娘怒沉百宝箱》中的杜十娘，她们都向往和追求自由幸福的爱情和婚姻，都同样在爱情上经历了从希望、追求到幻灭、绝望的悲剧历程，最后都为维护自己的爱情理想献出了年轻的生命。但由于她们各自的身份、生活环境的不同,因此在同样的遭遇中却表现出了不同的性格特征。王娇鸾是"深闺养育"的"名门爱女",她选择周廷章是因为他"才情美貌"和"门户相同",当周一去三年,杳无音信,负心背盟后,她先是不死心,频频寄书传简,希望他回心转意。而当这一希望破灭时,她一方面下了必死的决心,另一方面又想到"我娇鸾名门爱女,美貌多才。若就此而死,却便宜了薄情之人"。于是利用父亲的关系,将周负心的丑行诉诸官府,通过官府严惩了周廷章。杜十娘则是一个青楼名妓,深谙世道,在爱情选择上更注重对方的品德。她虽与李甲"朝欢暮乐""如夫妇一般",但在下决心之前,仍多次考验李甲,表现出稳重和心计。而当她一旦发现李甲的负心忘义后,她不乞求,也不想用金钱去换取李甲的回心转意,而是勇敢地在众人面前指控李甲的不义和孙富的不仁,最后与百宝箱一起葬身大江。相形之下,王娇鸾更显出千金小姐的软弱、轻信,缺乏生活经验,但又恩怨分明;杜十娘则显得机智、刚烈、老练,"宁为玉碎,不为瓦全"。她们性格上的差异,显然与她们的身份、生活环境的不同有很大的关系。又如,《金玉奴棒打薄情郎》通过刻画负心汉莫稽在不同处境、不同地位时的内心世界的变化,来展现他那种顽劣卑微、趋炎附势的性格特征。

　　总的来说,"三言"适应了市民阶层的文化与精神需求,反映着下层民众的情感趋向和心理愿望,其显而易见的民间情怀与世俗化品格打破了正统文化一统天下的格局,打乱了原有的文化秩序,开辟出一片新的文化空间,使中国古代社会的文化形态更加完备,文化格局更加科学,为中国文化的进步提供了广泛的群众基础和感性经验。

二、凌濛初与"二拍"

　　凌濛初(1580—1644),字玄房,号初成,别号即空观主人,浙江乌程(今浙江吴兴)人。他在青壮年时期过着风流才士、浪荡文人的生活,55岁时出任上海县丞,63岁升任徐州通判并分署房村。1644年正月,李自成农民军进攻徐州,他抵抗不降,最后呕血而死。

　　凌濛初一生十分爱好通俗文学,他的作品除"二拍"外,还著有杂剧《虬髯翁》,编有戏曲、散曲集《南音三籁》等,共约20多种。其中,"二拍"是凌濛初最好的作品。"二拍"指《初刻拍案惊奇》和《二刻拍案惊奇》,其中《初刻拍案惊奇》共四十卷四十个短篇小说,《二刻拍案惊奇》也是四十卷,但其中卷二十三《大姊魂游完凤愿》与《初刻拍案惊奇》的卷二十三重复,卷四十《宋公明闹元宵》则系杂剧,故两集实有小说七十八篇。

与"三言"多是辑录旧作不同，"二拍"几乎全是作者的独创。谭正壁说它是"中国第一部个人的白话短篇小说创作集，是文学史上空前的收获"。①"二拍"主要是根据"古今来杂碎事"加工创作而成，故事大都有来源，但在原书中仅是旧闻片断，而凌濛初则用自己的思想和艺术眼光对这些素材进行生发改造，写成了富有时代气息的生动故事。因此，他实际上是在借古往今来之传闻，来抒发自己胸中之磊块。诚然，凌濛初的思想没有也不可能突破封建礼教的束缚，但他毕竟受到李贽等进步思想家的影响，加之仕途上的郁郁不得志，与下层人民的生活比较接近，因而对于明代社会的本质有一定的认识。另外，由于话本小说固有的特点，其内容和风格自然要求通俗易懂，雅俗共赏。凌濛初既然采取这种文学形式，"二拍"的题材和叙述方式也就符合话本小说的要求。因此，"二拍"中的小说所展现的主要是市民阶层的生活，人物也基本上都是商人、手工业者、小知识分子、妓女、僧侣、胥吏、强盗、骗子等，几乎涉及下层社会的各个领域。作者通过对普通市民生活的描写，揭示了明末社会的许多重大政治社会问题，表达了作者的见解和价值观念。具体来说，"二拍"中主要体现了以下几方面的思想内容。

第一，"二拍"中有不少作品对官场吏治、科举制度的腐朽和黑暗进行了深刻揭露，广泛地反映了当时社会的复杂矛盾和斗争，表达了官盗一家的主题。《红花场假鬼闹》《恶船家计赚假尸银》《进香客莽看金刚经》《钱多处白丁横带》《硬勘案大儒争闲气》《韩侍郎婢作夫人》《江陵郡三拆仙书》等都属于这方面的作品。其中，《红花场假鬼闹》写杨金宪在任上就贪赃枉法，臭名昭著。被免职回归故里之后，更是胆大妄为，贪婪无比，甚至蓄养剧盗，杀人越货，成为地方上的一大害。他几次计划杀害侄子，夺取"二房"的财产，均未得逞。后来又将云南债主一行数人灌醉杀死，埋在他的红花地里。光天化日之下竟如此胡作非为，这充分暴露了明代官盗一家的社会现实。《硬勘案大儒争闲气》叙述大理学家朱熹居官时就黑白不分，制造冤假错案。有一刁民夺占富户坟地案，朱熹却不做调查研究，武断地将坟地判给骗子。如果说这个案子属于无心而为的话，那么他诬陷唐仲友以太守身份与妓女严蕊有染，则是有意为之，故意假公而泄私愤，报复唐说他没有学问之仇。朱熹作为一介大儒，心胸如此狭窄，令人啼笑皆非。作者就此发议论说："道学的正派，莫如朱文公晦翁，读书的人那一个不尊奉他？岂不是个大贤？只为成心上边，也曾错断了事。"这篇作品的深刻之处在于，它更深一层地指出封建官僚制度的本质，即是

---

① 谭正壁.话本与古剧[M].上海：上海古籍出版社，1985：142.

人治而不是法治，所谓的圣贤且有私心和偏执，一般的凡庸之辈的所作所为更是可想而知。《江陵郡三拆仙书》揭示了"人生只有科第一事，最是黑暗，没有甚定准的"道理，是"二拍"中唯一从正面揭露科举制度的作品。

第二，"二拍"中一些作品描写了社会上存在的行骗行为，揭露和批判了这种不良风气，这一内容具有深刻的历史意义和现实意义，认识价值颇高。比如，《陆蕙娘立决到头缘》叙张溜儿诈称妻子陆蕙娘为表妹，勒索他人钱财，这是当时常见的骗术，俗称"扎火囤"。《沈将仕三千买笑钱》中的骗子也是利用人们贪利好色的弱点，做成一个"迷魂阵"引沈将仕上钩，一夜被骗去银物两千余两。骗子得逞席卷而逃，沈将仕还蒙在鼓里，可见偏术之高明。《富翁千金一笑》写松江富翁潘监生酷信丹术，又好色成性，多次被丹客所骗，却始终不知悔改，最后弄得倾家荡产，落得个尴尬的下场。这些作品的用意很明确，揭露骗子并不是重点，而是重在暴露现实社会的黑暗和当时世风的恶浊。

第三，"二拍"中一些作品生动描写了商人的生活。描写商人生活的作品在"二拍"中比较突出，数量上约占作品总数的四分之一。这些作品真实地表现了明代中后期社会商人的心理、愿望和追求，反映了商人社会地位的提高，并对商人的发财致富的意识给予了充分肯定。比如，《乌将军一饭必酬》的入话叙述王生奉婶母之命去学习经商，但由于时运不济，却遭匪徒多次抢劫，其婶母仍鼓励他切勿气馁，"不可因此两番，堕了家传行业"。这说明，商业已成为人们所接受的正当职业。不过，"二拍"在描写商人的形象时，并不是对所有的商人都予以肯定。作者赞扬正直的商人，而对无耻的奸商则无情鞭挞和批判。同时，作者在小说中严厉谴责了拜金主义的无耻行径。比如，《陈秀才巧计赚原房》的徽商卫朝奉放贷三百两，三年本利翻番，因还不起他的重债，便逼勒债户以一所庄房作抵押，而当债户来赎时，他竟无耻地要价一千两。若不是陈秀才出手援助，几乎令其得逞，由此可见奸商对社会的危害是多么的严重。《懵教官爱女不受报》中，高愚溪把家当全部分给了三个女儿，女儿们却竟相遗弃，逼使老父去寻自尽，这与法国著名作家巴尔扎克的《高老头》有异曲同工之妙。

第四，"二拍"中有相当一部分的作品描写青年男女恋爱婚姻，这类题材的作品约占全书的五分之二。这些小说表达了作者较为进步的妇女观和婚姻观，表现了与传统道学观念格格不入的倾向。比如，《通闺闱坚心灯火》写张幼谦与罗惜惜自幼一起读书，朝夕相处，感情日深，互相许下非对方不娶不嫁的誓言。不料罗惜惜的父母嫌弃张家贫穷，却把她另许了人家。惜惜苦思无计，就大胆地约张幼谦到自己的闺房幽会，连续半月无日不会。幼谦有些顾虑，罗惜惜则表示："我此身早晚拼是死的，且尽着快活。就败露了，也只是一死，怕他什么？"她的行动是对封建婚姻制度的大胆挑战，这种对人的欲望和权利的毫不掩饰的追求，更是对"存天理，灭人欲"的道学的蔑视。《张溜儿熟布迷魂局》写陆惠娘原与骗子丈夫张溜儿一起行骗，用"仙人跳"诈骗钱财。后来，她在行骗中爱上了陷入骗局的沈灿若，便毅然抛掉张溜儿，与沈灿若一起逃走，并结为夫妻。作者对她的举动评价甚高，夸她"能从萍水识檀郎"。作者通过这个故事所要说的是：不但未婚女子应该有恋爱婚姻的自由，就是已婚的有夫之妇，也应该有抛弃不好的丈夫而重新恋爱、结婚的自由。这对封建的婚姻观念实在是一种大胆的背叛。《李将军错认舅》描述了金定与妻子刘翠翠的真挚感人的爱情故事。作品中的金定不以妻归适他人而移情，时间与人事的变故都不能改变他的真情，这样的男子形象在封建时代实在难得。

通过上面的论述可以知道，"二拍"的内容非常丰富，它描绘了官僚政治制度腐朽黑暗所引起的社会不安，封建婚姻制度所激起的青年男女的反抗，新兴的商人阶层对传统秩序的挑战，膨胀起来的人欲对"存天理、灭人欲"道学信条的反叛等，勾勒出了一幅明代社会的真实画面。不过，凌濛初虽然接受了李贽等人的进步思想，但他毕竟属于封建传统文人，面对明代腐朽的封建社会现实虽感忧患愤激，但仍是站在封建道德的立场上。他在作品中体现出的因果报应思想，目的还是为了能够恢复封建旧秩序。明代社会世风淫靡，凌濛初虽极为不满，却又不能不受其影响。再者，他创作话本小说乃是应书商之约，当然要考虑作品的市场价值，因而"二拍"往往是主观上批评淫靡，而客观上又在某种程度上渲染了淫靡，这也是当时类似小说的一个通病。此外，"二拍"中也有不少婚恋小说一味逐奇斗巧，追求表面的热闹，实际上并无思想认识价值。更有一些低下的作品，则全是情欲横流的丑闻秽事，品格低俗，其中的人物多是被"异化"的人。这些内容，都属于"二拍"的思想糟粕。

上面探讨了"二拍"的思想内容，下面再来分析一下"二拍"的艺术成就。

首先，"二拍"追求"奇"的艺术效果。凌濛初在文学上反对表现重大时事，特别重视现实日常生活的反映，形成了一种新的小说创作倾向，这是中国古代小说发展史上的一大进步。他在强调小说应具教化的同时，还为艺术树立了一个新的标准，即以奇娱人，提出了著名的"真奇出于庸常""幻而能真"的观点。在"二拍"中，凌濛初就对他的这一观点进行了实践。"二拍"的题材大部分取材于前人的现成资料，但也有近四分之一的作品取材于现实生活。但不管取材于历史还是现实,其标准都是要求写新奇之事,其中又特别注意取材日常生活中的奇事、趣事。作者对日常"奇"事的重视,正表现了对明代普通人的关注,为文学的平民化进展立下了汗马功劳。比如,《转运汉遇巧洞庭红》中的主人公文若虚,做任何生意都折本,一奇;一筐普通的橘子使他大发其财,再奇;返回途中无意拣了一个大龟壳而成为巨富,更奇。众所周知,经营商业本来偶然性就很大,发财与折本是常有的事。所以,这部小说虽奇而又奇,其实却有着真实的生活基础。而且作者在叙述每件事情时,都能交代清楚其前因后果,显得脉络十分清晰。如文若虚做扇子生意折本,原因是"自交夏来日日淋雨不晴,并无一毫暑气,发市甚迟"。文若虚屡屡折本,自然缺少本钱,只好带些极便宜的"洞庭红"随商队出海,不料反引起外国人的好奇,赚了一大笔钱。如此写来,虽奇但令人感到真实可信,具有一定的说服力。

其次,"二拍"中塑造了不少富有智谋的人物,情节的发展正是在人物的推动下展开的。比如,《小道人一着饶天下》写周国能与妙观从相识、相抗,直至结成夫妻,也是通过周国能来推动故事发展的。他以娶妙观为行动的目的,然后为此一步步去努力,一靠棋艺精湛令其无计可施,再靠智谋令其不得不答应婚事,使故事情节向主人公的目的不断发展。不过,凌濛初本人才华横溢而命运多舛,一生郁郁不得志,这就使其产生了一种认命、顺命的人生态度。他的这种达观而又无奈的思想观念,导致"二拍"中没有多少富有个性的人物。即使塑造了人物的性格特征,但作者对人物性格的认识似乎在创作之前就已经形成,性格并没有产生矛盾从而推动故事的发展,而是附之小说故事而产生的。作品所塑造的人物仅仅是个人物"类型",如《富翁千金一笑》的潘富翁、《莫大郎立地散神奸》中的莫翁和朱三、《姚滴珠避羞惹羞》中的姚滴珠等。他们是作者早就定好的某类社会团体的类型,代表某一集团的利益,因而人物往往缺少个性,性格不够鲜明,虽然有的作品也塑造出一些比较鲜明的人物形象,却不像冯梦龙"三言"中的人物那样具有典型的性格。

再次,"二拍"十分注重细节的描写。凌濛初认识到细节真实的重要性,认为细节的逼真是诱使读者进入虚构情境中的必要手段。因此,"二拍"的细节描写比较多,尤其是一些在情节中起重要作用的细节。作者除了描写,还要加以解说,以使读者确信无疑,这就大大增强了小说故事的感染力。比如,《占家财狠婿妒侄》有一细节,写员外要到庄上收割,临行,"员外叫张郎取过那远年近岁欠他钱钞的文书,都搬出来,便叫小梅点过灯,一把火烧了。张郎伸手火里去接,被火一逼,烧坏了指头叫痛。员外笑道:'钱这般好使!'"这一细节,入木三分地把张郎"贪小好刻薄""苦苦盘算别人"的性格刻画出来了，具有很强的讽刺性。

最后，"二拍"在语言艺术上也取得了令人瞩目的成就。凌濛初既汲取了大量丰富的日常口语，继承了话本小说叙事生动活泼的优良传统，同时又保持了文人创作语言简练、词句优美的长处，创造了一种通俗而不失之粗陋，活泼而又典雅、隽永的小说语言，形成了自己独特的语言风格，对以后的白话小说产生了巨大的影响。

总的来说，"二拍"展示了明中叶以后封建社会渐趋没落、资本主义因素正在萌生这一历史交叉点上的特殊的社会风貌，具有鲜明的时代感和很高的历史认识价值。

第四节　另辟蹊径的白话短篇小说

在"三言""二拍"的影响下，明末清初出现了一个白话短篇小说创作的高潮。作家作品大量涌现，其中成就最突出的是清初的李渔。

李渔（1611—1680），字笠鸿，号笠翁、随庵主人、新亭樵客等，原籍浙江兰溪，但他自幼跟从父辈生长在江苏如皋。他的父亲、伯父都是经营医药的商人，因此李渔少时家境富裕，受到良好的教育。李渔19岁时，父亲逝世。不久。他便回到家乡兰溪，读书著文，准备应考。27岁中秀才，此后虽参加过几次乡试，均落第。其间，由于如皋方面财源断竭，加上明末清初的易代战乱，他的家境便逐渐衰落了。顺治八年（1651）左右，李渔移居杭州，以卖文刻画为生，并开始了通俗小说和戏曲的创作。顺治十五年（1658）左右，李渔又移家南京，继续以刻文卖书度日，此后在南京住了将近二十年。李渔在南京期间，还组织家庭剧团，自编、自导、自演，到处献演，足迹遍及苏、皖、浙、赣、闽、粤、鄂、豫、陕、甘、晋等地。康熙十六年（1677），67岁的李渔又由南京移家杭州，隐居湖山，安贫乐道，过着清闲的生活，两年后在杭州逝世。

李渔是一位小说戏曲兼擅的作家，对戏曲艺术尤为精通。在小说与戏曲的关系上，他认为戏曲是有声的小说，小说则是无声的戏曲。因此，他在进行小说创作时，有意识地吸收引进了戏曲艺术的一些特点，从而使他的小说形成自己鲜明的艺术特色，在明末清初的白话短篇小说中独树一帜，令人耳目一新。同时，李渔在进行白话短篇小说创作时，特别注重故事的新鲜奇特，而且对题材的处理上又往往能标新立异、另辟蹊径，从平凡的人与事中发现前人"摹写未尽之情，刻画不全之态"。比如，在《合影楼》中,他让一对青年男女在高墙隔断完全无法解除的禁锢下,对着水池中的倒影,相互谈情说爱,借流水花瓣送诗传情,构思非常新奇。

李渔的白话短篇小说创作,以《无声戏》和《十二楼》两部质量较佳、影响较大。《无声戏》十二回,每回演一故事,卷首有伪斋主人序。《十二楼》又名《觉世名言第一种》,此书十二个故事中都有一座楼,因此后出刊本书名均改为《觉世名言十二楼》,简称《十二楼》。《无声戏》和《十二楼》共收有李渔白话短篇三十篇(现存二十八篇),这些作品从不同的角度反映了当时的社会风貌,具有一定的进步意义和认识作用。

第一,李渔的白话短篇小说暴露了封建统治者的荒淫昏庸,揭露了封建官场的黑暗、吏治的腐败和社会风气的恶浊,具有批判现实的积极意义。比如,《清官不受扒灰谤》中的太守是以正人君子的面目出现,他极重"纲常伦理",凡告奸情的,"原告没有一个不赢,被告没有一个不输到底的"。他审理奸情的唯一法宝,就是先看妇人容貌如何,凡是长得标致的,就认定会勾引男人,案子也不审自明了。正是他这种酸腐的偏见和主观武断,致使穷书生蒋瑜与邻妇何氏蒙受不白之冤。通过这个故事,作者谴责了昏官的滥用刑罚和率意断案,对封建官府任情断狱进行了有力控诉。《鹤归楼》写宋徽宗在国家危亡之际,仍下诏选妃,追求淫乐,后因故罢选。但当他闻得两位预选的绝色佳人竟为两个新进士所娶,竟然"吃臣子之醋",滥用皇权,接二连三地迫害两位无辜的进士。作品尖锐地嘲讽了这个一国之君的小人行径,暴露了封建统治者荒淫误国的本质。《萃雅楼》刻画了一个朝廷恶棍的形象,身为朝官的严世蕃,竟是一个人面兽心、残忍凶狠的家伙,他酷好男色,为了长期霸占美貌少年权汝修,竟串通太监阉割了他。作者对这种惨无人道的暴行表现了极大的愤慨和谴责。

第二,李渔的白话短篇小说反映了明末清初的战乱生活。众所周知,明末清初时期,战争频仍,阶级矛盾和民族矛盾十分尖锐。作家本人就是生活在这样一个动乱时代,改朝换代使天下百姓饱受战争之苦,也使得知识分子面临着非常痛苦的人生抉择。作为李渔来讲,摆在自己面前的只有两条路:要么保持气节作明朝遗老;要么就是归顺新的大清王朝。面对这种残酷而无法回避的现实,李渔在小说中采取了回避的态度。即使写到战乱,也没有采用严峻的"史笔"对所谓的"战犯"进行鞭挞,其笔锋显得非常柔和,而且基调是轻松愉快的,颇富喜剧色彩。比如,《女陈平计生七出》写的是女主人公耿二娘在战乱中凭借自己的机智如何保存自己贞节的故事。它虽然把李自成称为"闯贼"加以污蔑,表现了封建正统观念的偏见,但作者对严酷动乱的现实却作了滑稽戏谑的描写,追求一种廉价的喜剧效果,反映了对人生玩世不恭的态度。因而,如此残酷的现实反映在他的小说中，仍然具有喜剧甚至闹剧的特色，起到了娱乐的审美效果。《奉先楼》写舒娘子在乱离中忍辱存孤的故事。舒秀才七代单传，美丽的妻子30岁时生下一子。战乱爆发，全家离散在所难免，妻子发誓宁死也要保住贞节，但丈夫却让她宁可失节也要保全儿子。战乱过后，舒秀才到处寻访妻儿，后在一艘船上终于与妻子相见，但此时的她已成了将军夫人。将军了解到内情后，为其夫妇的存孤事迹所感，遂归还妻子令其全家团圆。以上这些作品虽以动乱为背景，但作家却回避描写广大人民的苦难生活，而是采取一种变通的处理方式，这也是无可奈何的事情。李渔在《生我楼》中议论道："从来鼎革之世，有一番乱离，就有一番会合。乱离是一桩苦差，反有因此得福，不是逢所未逢，就是遇所欲遇者。"这就明确地表现了自己的创作特点，也只能这样处理才能为当局所容，作品才能光明正大地出版流传。

第三，李渔的白话短篇小说通过描写男女青年在爱情上的悲欢离合和种种遭遇与矛盾，表现了他们追求婚姻自由的强烈愿望，在一定程度上体现了作者在婚姻爱情问题上的民主意识。比如，《合影楼》是一出轻松的爱情喜剧，作者以清新优美的笔调，描写了珍生与玉娟这一对才子佳人的爱情故事。他们的恋爱方式很奇特而又富于诗意。囿于封建礼法，他俩虽一水之隔，却无由见面，只好在各自的水阁上，与对方的影子谈心，或以言语，或用手势，或借流水荷叶传递情书，互诉爱慕相思之情。尽管玉娟之父"古板执拗""家法森严"，极力反对他们结合，但经过不懈的努力和众人的帮助，他们最终还是结成了美满的姻缘。这个故事形象地告诉人们，爱情的产生是自然的，是任何力量都无法改变的。《谭楚玉戏里传情》写的是江湖戏班女伶刘藐姑与落魄书生谭楚玉的爱情故事。谭楚玉为了接近心上人刘藐姑，不惜投身戏班，借同台演戏之机，向藐姑表达挚爱之情。这在当时是难得的，因为在封建社会里，戏子的地位极低，甚至不如乞丐。谭楚玉虽然落魄，但毕竟是"旧家子弟"，他的行动表现了对封建等级观念的蔑视。

第四，李渔的白话短篇小说描绘了一幅幅生动的市民生活的图景，歌颂了下层市民讲信义、重友情、富有同情心和正义感的美好品德。比如，在《妻妾败纲常》中，作者塑造了一个善良、朴实、言而有信、富有同情心的奴婢碧莲的形象，作者把她放在与口是心非、虚伪薄幸的主人妻妾的对比中，来勾画她的美好心灵。《乞丐行好事》歌颂了一个见义勇为、助人为乐的乞丐"穷不怕"，这个"穷不怕"常把讨来的东西拿去周济穷人，当高阳县寡妇受人欺侮，无钱赎女时，"穷不怕"路见不平，慷慨解囊相助，并代寡妇向全县财主求助，结果"一县财主，抵不得一个叫化子"，竟无一人肯资助分文。作者借"穷不怕"的口十分感慨地说："如今世上有哪个财主肯替人出银子，贵人肯替人讲公道的？若要出银子、讲公道，除非是贫穷下贱之人里面或者还有几个。"在这里，作者通过穷人和富人之间的鲜明对比，突出了下层人民的高尚品德。

从总体上来看，李渔的白话短篇小说思想内容的进步意义是明显的，但是，由于时代的局限和他本人某些庸俗落后思想的影响，他的作品也常常混杂着一些落后低下的东西。在他的作品里，民主性的精华和封建性的糟粕并存，现实与理想、理智与感情、局部与整体又常常矛盾着。他的一些作品，在歌颂自由爱情和婚姻的同时，又往往以肯定和赞赏的态度描写一夫多妻制，鼓吹封建主义的伦理道德。同时，他为了宣扬封建伦理道德，为了发挥小说的劝善惩恶的教化作用，也为了片面地追求小说的喜剧效果，常常有意无意地调和生活中本来不可调和的矛盾，把真与假、美与丑、善与恶这些本来对立的东西统一起来，这就影响了他小说反映生活的广度和深度，这也是他一些批判现实的作品尖锐性和深刻性比较薄弱的原因。以上这一切，都影响了李渔小说的思想成就。

虽然说李渔的白话短篇小说在思想内容方面也存在不少糟粕，但是在艺术方面也有十分鲜明的特色，这是十分值得肯定的。

首先，李渔的白话短篇小说注重故事的"新""奇"，情节绚丽多姿，引人入胜。李渔主张文学作品既要"新""奇"，又要"美"，只有做到"奇"才"新"，"新"而"奇"才是"美"的作品。他说："人惟求旧，物惟求新。新也者，天下事物之美称也。而文章一道，较之他物，尤加倍焉。""非奇不传。新，即奇之别名也。""然必此一人一事果然奇特，实在可传而后传之。""有奇事方有奇文，未有命题不佳而能出其锦心，扬为绣口也。"李渔还强调不仅仅是单纯追求故事的新奇，还必须"脱窠臼"，即故事题材不能蹈袭前人，不能靠东拼西凑去组织故事，否则就成了"老僧碎布之衲衣，医士合成之汤药"，这绝非优秀之作。比如，爱情婚姻在古典文学作品中可谓是一个烂熟的题材，要想出奇创新确实很难，但李渔却能另辟蹊径。《连城璧》第四回《清官不受扒灰谤，义士难伸窃妇冤》写蒋瑜与何氏的曲折爱情故事，双方越是避嫌越是出现机缘，两人的关系似得到神助，老鼠从中传递信物。何氏公婆告以奸情，知府虽正直清廉，但见何氏之夫既幼且蠢，竟信以为真，断为"通奸"之罪。后来又是老鼠"帮忙"，令知府联想到蒋何一案，重新审理，果然是冤假错案，而且何氏本蒋生聘妻，因家贫为他人所夺，知府遂将二人判为夫妇。小说的情节离奇之极，既出人意料，又在情理之中，读来饶有趣味。又如，《生我楼》中，作者写的是在战乱中一家人离合悲欢的故事，这个题材也是常见的，但作者却把它写得格外的奇巧新颖。尹小楼插标卖身欲为人父，偏偏又有一个愿买人为父的姚继。姚继从乱兵手中买回两个妇人，竟然一是生母，一是未婚妻，而买来的父亲又是生身父亲。这个故事可谓极其巧极，由于作者把故事放在兵荒马乱的背景下来叙写，因此并不使读者有造作之感。这篇小说浓厚的传奇色彩，体现了作者极力追求新奇的良苦用心。

其次，李渔的白话短篇小说借鉴了戏曲结构的"立主脑，减头绪，密针线"的创作经验，从而呈现出结构单纯、主线明确、前后照应的特点。比如，《谭楚玉戏里传情》中，作者紧紧围绕谭、刘二人爱情的发展来展开情节，绝无"旁见侧出之情"，使作品的主要人物和主要事件分外鲜明，很好地突现出作品的主旨。《女陈平计生七出》围绕耿二娘被俘后能否避免污辱展开故事，由于她的机智，连生七计，在极为险恶的环境下最终保全了自己。至于她丈夫以及"贼头"的经历，作家仅仅是一笔带过，这样就显得详略得当。

再次，李渔的白话短篇小说融入了自己的生活经历和体验，因而小说明显表现出"自传"性质的主观色彩。比如，《鹤归楼》中的段玉初，面对美丽的妻子不痴迷，身处异国不懊恼，顺其自然，随遇而安，终能在动乱中保住一条命，并能与妻子团聚。他的这种做法，正是李渔人生哲学的实践，如果他为明亡而忧心忡忡，为战乱而痛苦不堪，他又怎能生活下去，又怎能为我们留下如此珍贵的文学遗产呢？《三与楼》讲述的是明嘉靖年间四川高士虞素臣建楼卖楼又楼归旧主的故事。虞素臣善读书不求闻达，只喜营造园亭，因而欠债渐多。他不想以财产累子孙，遂将宅院大半卖与他人，只留一座名"三与楼"的书楼作栖身之所。虞公老年得子，大宴宾客，弄得一贫如洗，只好将三与楼卖给唐家。虞公死后，其子登科做官，衣锦还乡时得知有人告唐家窝藏赃银，并在三与楼内掘得元宝二十锭。唐家求虞家认作先祖积蓄，否则难免窝盗之罪。后来查明此银系虞公生前好友所送，遂以此银为赎金，赎回虞家所有宅院。从这篇小说中不难看出，虞公是一个"喜读书不求闻达的高士。只因疏懒成性，最怕应酬，不是做官的材料，所以绝意功名，寄情诗酒，要做个不衫不履之人。"同时，他是一个不为儿孙留产业，以免养成好吃懒做的寄生虫的"教育家"。这些都明显带有作者自传的性质，与李渔的思想观念非常接近。

最后，李渔的白话短篇小说在语言方面极有特色。李渔白话短篇小说的语言与他的戏曲语言一样，具有浅显通俗、生动风趣的特点。李渔在语言上力主"贵浅显"，他认为作家要向各方面学习语言，既要"话则本之街谈巷议，事则取其直说明言"，又要博采"经、传、子、史以及诗赋古文"乃至"道家佛氏，九流百工之书"，这样兼收并蓄、融会贯通，才能真正提高语言的艺术表现力。比如,《谭楚玉戏里传情》中在描写刘藐姑高超技艺时,运用了把经过加工提炼的口语和少量的文言词语有机地糅合在一起的方式,既明白如话,又精练干净,使人读后对刘藐姑的表演技艺有一个形象鲜明的印象。此外,李渔的白话短篇小说的语言具有喜剧性特色。我们知道,李渔的审美意识是以喜剧为主导的,其语言的喜剧性是其中重要一环。他的小说语言具有插科打诨的成分,富有调侃性意味,同时大量运用方言、俗语,增加语言的谐谑色彩。比如,在《仗佛力求男得女》中,作者写一个财主年老无子,菩萨告诉他只要慷慨施舍就会有子。他遵嘱而行,果然通房怀了孕。这时他又不想再花钱财了,作者在这里有一段惟妙惟肖的心理描写:"菩萨也是通情达理的,既送个儿子与我,难道叫我呷风不成。况且我的家私,也分了十分之二。譬如官府用刑,说打一百,打到二三十上,也有饶了的。菩萨以慈悲为本,绝不求全责备,我如今也要收兵了。"这一段勾魂摄魄的心理描写,具有很强的喜剧性,作者以漫画式的笔调,探及人物的灵魂深处,在读者会意的笑声中,一个极其吝啬而又愚蠢的土财主形象就活脱脱地跃然纸上了。

当然,李渔的白话短篇小说在艺术上也存在着明显的缺点。比如,由于他刻意求新,因此有时就会出现为情节而情节,造成矫揉造作、过于巧合和牵强的弊病;有时为了追求风趣、诙谐,把握不当,就会失之油滑、轻佻;有的由于作品内容的荒唐、庸俗,一些语言也会带有低级趣味。总之,李渔的白话短篇小说的艺术表现,也往往会带上作者审美意识中庸俗低下的印记,这无疑也影响了他小说的成就。

第五节　短篇白话小说的变体与迷失

在清代中叶以后,白话短篇小说的创作呈现出不可逆转的衰落之势。虽然说这一时期的白话短篇小说也积极进行改变,但最终还是迷失了。

一、白话短篇小说的变体

自清代中叶以后,短篇白话小说在经历了数百年的发展后,仿佛突然消失了,再也没有出现过"三言""二拍"、李渔这样的作家作品了。我们只是偶尔还能从某些原本不引人注目的地区,发现若干别致的作品。其中,刘省三的《跻春台》就是这样一部作品。

《跻春台》被认为是话本小说最后值得一提的作品,其与此前的话本小说在体制上有一些明显的差别,最突出的是其中的作品穿插了大量的韵文。这些韵文多为人物的道白,很有可能是一种说唱形式的遗传。此外,这些韵文句式不尽相同,作用也有区别,而篇幅一般较长,风格俚俗,在以前的话本小说中是不多见的。

不过,《跻春台》并不是独立于小说史之外的作品,如其中的《心中人》就是从明代陶辅编撰的《花影集》的传奇小说《心坚金石传》演变出来的。《心坚金石传》叙述的是元代书生李彦直与妓女张丽容的爱情悲剧。李彦直与张丽容以诗传情,私订终身,并争得家长首肯。婚期将至时,丽容却被本路参政阿鲁台强征献予右相。彦直父子奔走上下,谋之万端,终莫能脱。丽容被送京路上,彦直徒步追随三千余里,终夜号泣,以致气绝而死,丽容也自缢于舟中。阿鲁台大怒,命人焚其尸,唯心不灰。其中有一小物如人形,其色如金,其坚如玉。衣冠眉发,纤悉皆具,宛然一李彦直。阿鲁台叹玩不已,又命人并发彦直尸焚之,其中也有一个金石般的张丽容。小说着重描写了李彦直执着专一,对张丽容以死抵御强暴的坚贞行为也寄予了强烈的同情。二人精诚所至,竟在心中凝聚成坚如金石的对方形象,而当两个人之像合为一处时,又化为血水。《心中人》对《心坚金石传》进行了很大的改动,在内容与形式上都别具一格。作品的男主人公胡长春的父亲是穷教书匠,张流莺的父亲张锦川是普通的医生,两人自幼定亲。没想到张锦川在给一过路官的妾看病时,此妾为官员正妻陷害致死,而张锦川蒙冤入狱。流莺卖身为奴,营救父亲。又乘便会晤长春,二人对天盟誓,永不负约另婚。谁知正德皇帝出诏选美,县官为图高官重任,欲献流莺。接下来的情节就与《心坚金石传》基本相仿。从作品的叙述可以看得出来,作者在改编原作时,大量增加了这一对情人的出身背景描写,强化了他们作为普通人的感情基础,为后面的悲剧作了更充分的铺垫。同时,作者还借助于韵文,突出了流莺的反抗性及其悲愤。遗憾的是,这篇小说的结尾加上了一个大团圆的尾巴:历尽苦难的情人,居然一个投生皇宫,成为公主;另一个投生相国府,理所当然地成为驸马,"以结前缘",这大大削弱了作品的思想力度。

二、白话短篇小说的迷失

关于清初白话短篇小说的迷失,研究者们认为主要源于以下几方面的因素。

第一,清初白话短篇小说具有明显的说教性。其实,就具体作品而言,有说教内容的未必低劣，一无教训的也不一定高明。何况说教并不是清初白话短篇小说唯一的内容，还有不少小说不仅有意淡化了说教，而且在开拓题材内涵上做了可贵的努力。联系整个中国古代白话小说发展来看，长篇小说在《儒林外史》《红楼梦》后也呈衰落之势。换言之，小说的颓势是全局性的，不独白话短篇小说为然。

第二，清初白话短篇小说在体制上存在着先天不足。在实际创作中，类似李渔、艾衲居士等人的富有创意的作品并不多见。其间尚有《雨花香》《通天乐》这样的作品，满足于题旨故事的陈述。几乎失去了对文体的关注，类似于白话笔记。稍后的《娱目醒心编》则代表了固守话本体制、毫无革新意识的创作倾向，是从清初白话短篇小说已经取得的成就上的倒退；再往后的《跻春台》尽管命题行文皆不累赘，内容也富于生活气息，但在文体形式上仍无实质性突破。因此，中国古代白话短篇小说终于淡出文坛，实非偶然。

第三，话本小说原属市民文学，创作者和接受者都以普通市民为主，而清初白话短篇小说的作者基本上是文人作家，但文人又不大可能成为它们的主要接受者，他们也许更愿意欣赏当时一度中兴的文言小说如《聊斋志异》《阅微草堂笔记》之类。因此，文人精神虽然被裹挟进了白话短篇小说，却不足以改变它的世俗性质。文人精神的一个核心因素是个性化的思维，而在清初白话短篇小说中，那种如同吴敬梓、曹雪芹所具有并且成功地加以表现了的个人化的挫折、失意、忧伤、忏悔等情感，还没有从群体的喜怒哀乐中凸现出来。传统话本早已形成的故事性叙事定势，也使文人小说家还不习惯借此短小篇幅思考重大的人生哲学问题，因而文人的强项没有得到充分的表现。究其实质，这些小说家本身也是边缘化人物，他们未能跻身上层，又不甘于下层，游移两途却不能左右逢源。应当说，小说文本的意义在他们手中还是有所强化的，但就总体而言，世俗文化所关心的道德改良并没有提高到精英文化所强调的类似《儒林外史》《红楼梦》中那样的终极关怀，偶尔流露的忧世伤时也总是被道德说教模式冲散，丰富的人文信息在小说中往往成了一种叙事过程中可有可无的点缀和卖弄，而文人创作心理上的缺陷却在小说中扩大了，如有意无意地回避矛盾等；与此相对的是，通俗小说本来具有的情感浓度与原生态的勃勃生机却不同程度地受到了损害，表层的娱乐性弱化更加剧了它与大众的疏离。所以，清初白话短篇小说从一开始就面临着一个矛盾，即文人精神与世俗载体的矛盾。文人创作的白话短篇小说无法深入市民社会，也无法深入文人群体本身，这大概是导致白话短篇小说最终迷失的最为重要的一个原因。

第四章 塑造传奇式人物的中国古代英雄传奇小说

英雄传奇小说是中国古代小说的一种重要体裁,成功地体现了我国古代小说的民族风格和民族气派。中国古代英雄传奇小说以塑造传奇式的英雄人物为重点,并力图通过英雄人物的性格发展史,反映特定历史时期的社会生活,寄托人民的理想和愿望。同时,中国古代英雄传奇小说兴盛于明代,明清两代的作品约有三四十部之多,大致可分为三类:一是写官逼民反,人民反抗斗争,着重表现草莽英雄的,如《水浒传》《后水浒传》等;二是写保卫边疆、抗击侵略,着重表现民族英雄的,如《杨家将》《说岳全传》等;三是着重歌颂出身寒微的帝王奋斗成功的事迹,如《飞龙传》等。在本章中,将对中国古代英雄传奇小说进行详细阐述。

第一节 英雄传奇小说的开山与典范之作——《水浒传》

《水浒传》是中国小说史上第一部成熟的白话长篇小说,标志着我国古代白话长篇章回小说进入了成熟的大发展时期。它是英雄传奇小说的典范作品,它所创造的这种英雄传奇的体式,不但启发了《金瓶梅》《水浒后传》《三侠五义》等小说,而且时至今日,依然是艺术家取法的宝库,并对中华民族的精神气质产生着深远的影响。

关于《水浒传》的作者,历来存在着争议。目前学术界比较倾向于认同是施耐庵编著,后经过罗贯中的加工。施耐庵,名耳,后更名为子安,字耐庵,元末明初人,具体生卒年不详,大约和《三国演义》的作者罗贯中同时代而年纪稍长。据《兴化县续志》记载,他是罗贯中的老师。关于他的祖籍也说法不一:一说是浙江钱塘(今浙江杭州)人,另一说是江苏苏州人。他年少时颇有才名,在元至顺辛未年(1331)中进士,做了两年钱塘县令,后来因为不容于当朝权贵而辞官回乡,安心著书立说。据说他曾经参加过张士诚的农民起义军,做过幕僚,未为可信。

《水浒传》的内容取材于北宋末年农民起义的故事,施耐庵在前人书籍记载的基础上,广泛吸收民间传说,经过修改、补充及加工,最终完成了《水浒传》这部伟大的著作。

《水浒传》的版本复杂,既有繁本、简本之分,又有一百回本、一百二十回本、七十回本之不同。今见最早刊本为嘉靖本,已是残本;万历十七年(1589)天都外臣序本、万历三十八年(1610)容与堂本,皆据嘉靖本翻印,一百回,回目对偶,招安后有征辽、征方腊,而无征田虎、王庆事,此本文笔流畅,描写细致,形容曲尽,引用诗词较少,属繁本系统。简本有万历甲午(1594)余象斗双峰堂所刻《水浒志传评林》25卷(三十回以下不标回次),特点是文简事繁,叙述粗略而所用诗词较多,内容则在招安后增加了征田虎、王庆二事。此后,有影响的刊本为万历四十二年(1614)杨定见"全传"本,共一百二十回,于一百回本补入简本田、王二事而成,属繁本系统。崇祯十四年(1641)金圣叹贯华堂本出,它截取繁本前七十回,砍掉排座次以后事,将原小说第一回改为楔子,杜撰卢俊义惊噩梦为第七十回,意在不许梁山英雄自赎立功。该本虽是腰斩《水浒传》而成,但故事也能自成起讫;且对原文也多有润饰,加之金圣叹评语在艺术鉴赏方面亦不乏真知灼见,所以清初以来七十回本成为读者最多、流传最广的《水浒传》版本。

《水浒传》全书可以按照情节内容的发展变化,分为前后两大部分。前半部分写的是各路英雄好汉纷纷投奔梁山大聚义、受招安。这一部分集中反映的是统治阶级压迫剥削人民,人民反压迫反剥削的矛盾。后半部分讲的是招安之后征辽,平田虎,平王庆,平方腊直至结局。这一部分着重反映了统治阶级内部忠臣与奸臣两派的矛盾和斗争。关于《水浒传》的主题思想,众说纷纭,但不外以下三种观点。

第一,农民起义说。有的研究者认为《水浒传》是农民革命的颂歌,有的研究者则认为是宣扬投降主义的作品,两种意见虽针锋相对,但都肯定了《水浒传》是写农民起义的作品。《水浒传》的故事发生在北宋徽宗执政的宣和时期,当时的社会非常黑暗,徽宗皇帝只知吃喝玩乐、题诗作画,终日不理朝政。蔡京、高俅等权奸把持朝政,他们与地方官吏狼狈为奸,横征暴敛,再加上地主恶霸的横行霸道,广大人民走投无路,被迫揭竿而起,进行武装反抗。因此,整个北宋时期的农民起义此起彼伏,接连不断。小说中宋江起义就是在这样的背景下发生的。小说详细描写了宋江起义的发生、发展直到最后失败的全过程,并写了发生起义的深刻的社会原因和失败的主要原因,揭露和批判了统治阶级的罪恶。当然,小说中并没有从正面描写阶级矛盾，但通过对高俅的"发迹"、他与蔡京等人的相互勾结以及权贵们的"关系网"的描写，客观上揭露了封建统治阶级狼狈为奸、鱼肉百姓的罪恶，这也是爆发起义的社会原因。正是由于这些封建邪恶势力的胡作非为、残害无辜，才逼迫水浒英雄们一个个走上反抗的道路，终于爆发了大规模的宋江起义。高俅是小说描写的第一个重要人物，是统治阶级的主要代表，作者让他先出场，明显地在暗示"乱自上作"的主旨。高俅本是一个不学无术的流氓无赖，就因踢得一脚好球，受到宋徽宗的赏识，结果不到半年的时间，就一步步升到殿帅府太尉，成为手握兵权的高级官僚。高俅上台后，依靠皇帝的宠幸为所欲为，与蔡京、童贯等人相互勾结，排除异己，残害忠良，共同把持朝政。小说描写到的许多地方官吏都与他们有着千丝万缕的关系。除此之外，作品还写了一大批作恶多端的地主恶霸和豪强劣绅，如西门庆、蒋门神、毛太公、"祝家三杰"及"曾氏五虎"等。这些大大小小的黑暗势力逼得人们无法生活，只有奋起反抗。从这个意义上说，《水浒传》的确是一曲农民革命的颂歌。

第二，市民说。有的研究者认为，《水浒传》是写市民阶层的生活，反映了市民阶层的情绪与利益，为"市井细民写心"。在封建社会，尤其到了宋元时代，城市经济有了巨大的发展，市民阶层迅速壮大，但是这时的市民阶层仍然未成为新的生产关系的代表，即资本主义生产关系的代表，它还从属于封建的自然经济。但是不可否认，市民阶层有着不同于农民的生活特点和思想感情。水浒故事是长期在城市中流传的，市民阶层参与了水浒故事的创造。因为市民阶层不熟悉农村生活，也不真正了解农民，因此水浒故事是市井细民用自己的眼光观察、反映的农民起义，与真正的农民起义存在着某种距离。这在《水浒传》里主要表现为：书中所描写的梁山泊英雄大多出身于市民，并对市井生活做了色彩斑斓的描写，而描写农村生活却苍白无力；另外，书中渗透了市民阶层的道德观，主要是对"仗义疏财"和见义勇为的豪侠行为的歌颂。

第三，忠奸斗争说。有的学者认为，《水浒传》是写忠臣与奸臣的斗争，歌颂了忠义思想。施耐庵等人是封建社会里进步的文人，他们并不赞成也不理解农民起义，并没有把梁山泊起义理解为农民阶级反抗地主阶级的阶级斗争，而是看作"善与恶""义与不义""忠与奸"的斗争。因此，他们是用"忠奸斗争"这个线索把小本的水浒故事串连起来的。这体现为作者是用忠奸斗争贯穿全书，在书中歌颂忠义思想，把《水浒传》写成忠义思想的颂歌。具体而言，《水浒传》的忠义思想主要表现在以下两个方面。

一是梁山一百零八人由于受到贪官污吏和恶霸势力的迫害，出于对

"小德役大德，小贤役大贤"的腐败现实的不满，敢于起来反抗，以不同的形式聚义梁山，他们可谓是"大力大贤有忠有义之人"。而且，"忠义"是梁山好汉行事的基本道德准则。宋江可以看作"忠义之士"的代表。宋江具有一定的组织和军事才能，对梁山起义军的发展壮大做出了很大的贡献。但是，由于他出身于地主家庭，从小就深受封建传统思想的影响，他的忠君思想非常严重。他不是主动参加起义军的，而是因为杀人犯法之后无处安身，才在梁山躲避一时，只等皇帝赦罪招安，再继续为统治者效劳，好"建功立业，青史留名"。由于这种思想的支配，他大收降将，培植和扩充投降势力，终于把起义军引向招安之路。不过，作者把宋江受招安看作天经地义的行为。对宋江等人来说，因奸臣当道，"蒙蔽圣聪"，不得已"暂居水泊"，后来皇帝醒悟，重用义士，所以"义士今欣遇主"，接受招安以显示他们的"忠良"。对皇帝来说，招安宋江等人得到忠臣良将是国家之大幸，"皇家始庆得人"，从此可以借以扫荡"外夷内寇"。因此，梁山泊全伙受招安是作为"普天同庆"的盛事来描写的。梁山义军以"顺天""护国"两面大旗为前导，在东京接受皇帝的检阅。他们接受招安，既是"顺天"，又为了"护国"，根本不是投降。作者没有把梁山泊起义看作农民阶级反抗地主阶级的革命，也没有把受招安看作农民义军对朝廷的投降，而是看作忠臣义士在不同政治环境中顺理成章的变化，看作忠臣义士的高尚品德，是上合天意、下得民心的光荣行为。

二是作者对待梁山泊起义与方腊起义的态度是不同的。从客观上说，宋江的梁山泊起义与方腊起义是一样的"造反"行为。可是，作者在忠臣义士与乱臣贼子之间划了一条线，那就是对皇帝的态度。如果被奸臣逼迫，不得不反，但始终忠心不忘朝廷，那么虽然聚义水泊，抗拒官兵，攻城掠地，都是与奸臣做斗争，情有可原，不算乱臣贼子。如果南面称王，建元改制，要夺取天下，那就是大逆不道，"十恶不赦"。因此，方腊是"恶贯满盈"，宋江等人却是"一生忠义""并无半点异心"。

总地说来，《水浒传》的主题思想呈现多元融合的趋势，而且其思想倾向也主要是积极的，值得我们认真学习和借鉴。除此之外，《水浒传》在艺术方面也有很多可借鉴之处。

首先，《水浒传》中塑造了众多有鲜明个性特征的传奇式英雄形象。《水浒传》问世几百年来，一直盛传不衰，深受广大人民的喜爱，其主要原因之一就是成功地塑造了一系列有血有肉、性格丰满的人物形象。《水浒传》以"众虎同心归水泊"为轴线，描写了一百零八条好汉。他们来自社会的各个不同阶层，几乎囊括了三教九流，性情喜恶各有不同，或是鬼怪灵精，或是粗野豪放，或是质朴淳厚，或是风流倜傥。同时，他们各有才能，各显神通，有的能文善辩，有的善使刀枪，有的长于马术，有的工于偷骗。对于他们的这些特点，《水浒传》采用了一个绝妙的表现方式——诨号。比如，宋江乐于助人，便取绰号"及时雨"；吴用神机妙算，人称"智多星"；鲁智深背上有花绣，故而得名"花和尚"；时迁身手轻盈，常于夜间打更鼓时行窃，所以被戏称为"鼓上蚤"等。

《水浒传》中的英雄人物，可以说是古代英雄人物与农民、市民阶层理想人物相结合的产物。在原始社会，人们主要是图腾崇拜，进入奴隶制社会以后，由图腾崇拜进入了英雄崇拜的时代。歌颂的英雄人物是勇和力的象征，是人类征服自然的理想化英雄。《水浒传》里的英雄人物，特别是李逵、鲁智深、阮氏三雄、解珍、解宝等草莽英雄，一方面继承了古代英雄勇和力的象征，但他们征服的对象主要不是自然界，而是人类社会的蟊贼，他们具有蔑视统治阶级的权威，蔑视敌人的武力，具有战胜一切敌人的豪迈气概；另一方面体现了下层劳动人民的道德理想，性格直率、真诚，总是把自己的内心世界、自己的个性赤裸裸地和盘托出，不受敌人的威胁、利诱，不计较个人的利害得失；对统治阶级无所畏惧，甚至对皇帝也说些大不敬的言论；对自己的领袖也不曲意逢迎而敢于直率批评；从不隐瞒自己的观点，从不掩饰做作；性格豪爽，不为礼节所拘。他们是"透明"的人，他们"任天而行，率性而动"，体现了与封建理学相对立的"童心"，是下层人民特别是市民阶层道德思想的产物，是与反对封建理学的时代思潮一致的。因此，这些草莽英雄受到广大人民群众的热烈欢迎，也受到具有初步民主主义思想的进步文人的赞赏。李卓吾、叶昼、金圣叹称他们是"活佛""上上人物""一片天真烂漫"等。具体以李逵来说，李逵在一百零八人的座次表上排得并不太靠前，但他的性格非常鲜明，是《水浒传》中用墨最多的人物之一。李逵出身于贫苦农民，因失手打死了人，流落到江州当了一名小牢子。他无牵无挂，所以他从来就没有对统治阶级抱过任何幻想，义无反顾地向封建堡垒进攻。宋江在江州被判死刑，他手拿两把板斧，单枪匹马地去劫法场，杀死了无数江州官兵。当宋江提出大家一起上梁山时，他第一个主动响应，并大叫道："都去，都去，但有不去的，吃我一鸟斧，砍做两截便罢！"后来他随柴进来到高唐州，与打死柴进叔叔的殷天锡（高俅之弟高廉的小舅子）评理，并准备依条理打官司时，李逵大叫道："条理、条理，若还依得，天下不乱了，我只前打后商量。"他虽然没有文化，但他深深懂得，与统治阶级没有什么好商量的。他的革命性非常坚决和彻底，一直主张"杀去东京，夺了鸟位"。宋江每次提到招安，他总是第一个起来反对，嚷道："招安、招安，招什么鸟安！"直到宋江全体被招安后，他仍多次主张再回梁山。因此，反抗的彻底性可以说是李逵性格的最大特点。此外，李逵的性格是直来直去的，他讲义气、重感情、关心穷苦百姓的疾苦。宋江被关在大牢里，他寸步不离地照顾宋江，即使嗜酒如命也滴酒不沾。他看到别人把父母接到梁山，便想起自己的老母亲还在家受罪，大哭着也要接母亲上山"享福"。路上遇到"假李逵"拦路抢劫，正要砍死这个"假李逵"，但一听他说"家中还有一个八十岁的老母无人养赡"，不仅不杀，还送给他十两银子。他平时最敬服宋江，因误听宋江强抢民女，仍手拿板斧"直奔宋江"，砍倒杏黄旗，大闹忠义堂。这说明他从没忘过"造反"的目的，把劳苦大众的利益看得高于一切。当然，李逵这个人物的性格也有一些缺陷，如鲁莽、狭隘、头脑简单。但是，"金无足赤，人无完人"，李逵不失为一个立场坚定的农民英雄的光辉典型。

《水浒传》在塑造英雄人物时，善于把人物置于真实的历史环境中，紧紧扣住人物各自的不同身份和经历来刻画其典型性格。同时，《水浒传》在塑造人物时，注重表现出人物在性格上的发展变化。这正是《水浒传》由类型化典型向个性化典型过渡的主要特征。比如，林冲的性格发展就有着清晰的轨迹。他先是安分守己、软弱妥协，所以高衙内调戏他的妻子，他却怕得罪上司，"先自手软了"；发配到沧州，他仍抱有幻想，希望服刑以后还能"重见天日"，所以还打算修理草料场的房子，以便过冬；只有当统治阶级把刀架到他的脖子上时，他才愤怒地杀掉放火烧草料场的陆谦等人，奔上了梁山。此外，《水浒传》在塑造人物时，还注重运用对比的手法来突出人物的性格特征，从而使人物形象更加富有个性，生动而鲜明。比如，武松的精细与鲁智深的鲁莽对比。鲁智深和武松去少华山请史进等入伙，当听说史进陷华州时，鲁智深非要去华州刺杀贺太守，而武松则认为人少了无济于事，应立即回山寨请大队人马来，鲁智深不听，结果遭擒。又如，鲁智深与李逵都属于"粗鲁型"人物，而且都在不同程度上表现出"粗中有细"。但鲁智深的细心往往都以急中生智的形式表现出来，如拳打郑屠后的一系列表现、在相国寺菜园看破泼皮的诡计、一直把林冲护送到安全地带等，这是他长期斗争经验的积累，颇有点像《三国演义》中的张飞。而李逵的细心往往是天真幼稚的表现，如在江州初见宋江时不肯下拜，说戴宗想哄他下拜后笑耍等。

由于宋江是《水浒传》中的灵魂人物，也是作者着墨最多的一个人物，因此这里注重分析一下宋江这个人物形象。宋江是一个有双重思想和性格的人物。宋江身上的两种矛盾冲突的焦点可以概括为"忠"与"义"，"忠"是忠于朝廷，忠于腐朽不堪的政治制度和嘴脸丑恶的统治阶级；"义"是心向百姓，团结和带领水泊梁山的英雄好汉，救个人和劳苦人民于水深火热之中。他原本出生在一个小地主家庭，而且在衙门做押司，曾想着建功立业、尽忠报国而终其一生。但当时的社会现状容不得他这么想、这么做。宋江深感自己的抱负无法实现，在愁闷醉酒之时，真情流露，题下"反诗"，结果被江州知府拿住，定为死罪。就是在这种被逼无奈的情况下，宋江才弃"忠"而取"义"，跟随搭救他的梁山好汉上了山。即便是上了梁山，做了一名落草英雄，宋江始终没能斩断"忠"的思绪。这种根深蒂固的忠孝思想最终牵引着他为梁山选择了接受招安、平定方腊的道路。需要注意的是，作者在塑造宋江这个人物时，不仅表现了他"忠"与"义"，也表现了他的贪生怕死，这是通过细节描写来实现的。比如，宋江在张横船上待了半夜，直到李俊救了他之后才发现"月光明亮"，这一细节说明宋江在张横要杀他的情况下，吓得一直没敢往外看一眼，表现了宋江性格的一个侧面，即怯懦怕死。这些细节的描写，使人物形象显得更加丰满和真实。

其次，《水浒传》运用各种艺术手法，使得情节更为感人。具体来说，作者为了突出小说的主题，安排故事时匠心独运、反复挑选，提炼出一个又一个典型情节，如林冲雪夜上梁山、智取生辰纲、大闹清风寨、众好汉劫法场、三打祝家庄、夜打曾头市等。这既反映了起义军由小到大的发展全过程，又表现出了起义军轰轰烈烈的斗争场面。同时，这些精选的故事情节对人物性格的塑造起到了非常关键的作用。此外，作者在对故事情节进行安排时，注重使其生动而又曲折。比如，在武松打虎一回中，先写武松在酒店喝了十五（有的版本说十八）碗酒，酒保告诉他有只大虫屡伤人命，武松不信且出言不逊；然后写武松看到官府公文后碍于面子仍不回头，来到景阳冈时又因酒力发作而睡在石头上；再写老虎的出现，武松的哨棒打断；把虎打死后，又出现了几个"老虎"。情节一直都非常紧张、曲折、波澜起伏。

最后，《水浒传》的语言极具特色。《水浒传》是在民间文学基础上加工而成的，先天就有口语化的特点，又经过施耐庵等文人作家的加工创造，成为纯熟的优秀的文学语言。具体来看，《水浒传》的语言是生动而准确的。《水浒传》的用词既生动又准确，堪称古典小说语言的典范。比如，小说第三回有这样的情节，当鲁达救了金氏父女、店小二却因受郑屠的吩咐不肯放时，"鲁达大怒，搲开五指，去那店小二脸上只一掌，打得那店小二口中吐血；再复一拳，打下当门两个牙齿。小二爬将起来，一道烟走向里躲了"。这里通过使用"大怒""搲开""一掌""一拳""打下""爬"等词汇，把鲁达当时的神态举止表现得淋漓尽致，也使得这个形象富有了立体感。《水浒传》的语言是明快而洗练的。《水浒传》无论叙述事件还是刻画人物，经常寥寥数语就能形象逼真、活灵活现。比如，林冲从草料场去打酒的路上，看到"那雪正下的紧"，一个"紧"字，就把大雪弥漫的景象渲染得非常逼真,而且为后文"火烧草料场"埋下了伏笔。《水浒传》的语言,特别是人物的语言是极具个性化的。比如,李逵没有文化,为人粗鲁,他的话就与众不同,如第一次见到宋江时说,"你真的是黑宋江?"店小二"服务不周"时就骂"我把你这鸟店烧了"。

当然,《水浒传》也是有艺术缺陷的。比如,《水浒传》的艺术缺陷。小说七十回前写得相当精彩,作品塑造的具有永久性魅力的鲁智深、林冲、武松、李逵等形象,都是在这一部分的内容中完成的。七十回以后主要描写敌我双方的厮杀,显得单调、乏味,而且迷信色彩更加浓厚。正是因为存在着这种情况,有人就据此断言,《水浒传》的后几十回为后人所续。但总地说来,《水浒传》的艺术成就还是相当高的,这也是它几百年来能够盛传不衰的主要原因。

第二节　极具特色的《水浒传》的续书创作

《水浒传》在问世后,对后世文学创作产生了重大影响。在戏剧和民间文学方面,有不少是取材于《水浒传》的,如《宝剑记》《义侠记》等。但是,《水浒传》影响最大的还是小说,即在明清时期出现了不少《水浒传》的续书。在中国古代小说浩如烟海的续书里,《水浒传》的续书是极具特色和价值的。《水浒传》的续书最主要的有三部,即《水浒后传》《后水浒传》和《结水浒传》(《荡寇志》)。

《水浒后传》的作者是陈忱(1613？～？),字遐心,一字敬夫,号雁宕山樵,浙江乌程(今浙江湖州)人。他生活在明末清初"天崩地解"的时代,明亡时,他决意不走仕进,与顾炎武、归庄等人组织惊隐诗社。晚年住在南浔,"身名俱隐""穷饿以终"。

《水浒后传》大约是陈忱在50岁时的作品,共四十回。其既然是《水浒传》的续书,情节自然紧接《水浒传》之后而展开。《水浒后传》不是为牟利而粗制滥造的作品,不是抄袭前传、模仿原著的平庸之作,其都饱含着作者的感情,经过长期酝酿的呕心沥血之作。小说描写梁山泊英雄征方腊后,死伤过半,剩下李俊、阮小七、燕青等三十多人。他们分散各地,大多隐居不仕,想过太平日子。但是,黑暗的社会现实仍然容不下他们,蔡京、童贯等奸臣要将他们斩尽杀绝。他们被迫重新集结,再度起义。阮小七等在登云山聚义,李应等在饮马川举兵,李俊等则以太湖为根据地,抗击恶霸巴山蛇,后与乐和、花逢春(花荣之子)一起飘然扬帆出海,占据金鳌岛，开辟水浒英雄的海外基地。由于金兵大举入侵，中原失守，徽、钦二宗当了俘虏。在这历史转折的关头，阮小七、李应、燕青等水浒英雄和他们的后裔肩负起打击金国入侵者和汉奸卖国贼的双重任务。他们惩办了蔡京、高俅等奸臣，又探视当了俘虏的宋徽宗。在中原大势已去的情况下，幸存的水浒英雄云集，撤离登云山，到海外与李俊会师。小说最后写水浒英雄会集海外，征服暹罗诸岛，李俊做了暹罗国王。他们解救了被金兵围困在牡蛎滩的宋高宗赵构，又派燕青等"护驾"到杭州，为宋代"中兴"做出了贡献。全书以"中外一家、君臣同庆"的大团圆结局。

《水浒后传》的思想性是不可低估的，它在"前传"的"官逼民反"的主题中，又增加了英雄为奸臣不容、报国无门的沉重感叹，是对"前传"所描写的英雄失败的经验总结。作者对《水浒传》中的梁山英雄怀有极大的好感，对他们的不幸结局深表同情。"后传"第一回开门见山地写道："大凡忠臣义士，百世流芳，正史稗乘为他立传著诔，千古不泯，如草木之有根荄，逢春即发；泉水之有源委，遇雨则流。宋江一片忠义之心，策功建名，不得令终，负屈而死。那些亡过之人，已是不能起死回生，但还有存在的许多肝胆义士，岂可不阐扬一番，为后世有志者劝。"诚然，"后传"的艺术成就自然无法与《水浒传》相比，但它在"前传"的基础之上，使得小说具有更高的认识价值。作品在更加广阔的社会背景上继续表现官逼民反、忠奸斗争的内容。不过，作者在描写梁山好汉重新聚义的过程中，否定了起义军领袖宋江所主张的"招安"道路，认为这是一条走不通的死胡同。小说从第三十一回起，描写重点转向海外，这反映了作者"另寻一块干净土"的理想和希望。据史料记载，顺治十六年（1659），郑成功等曾由海上攻入长江，会师金陵，一时声势大震。顺治十八年（1661），郑成功渡海收复台湾。在他去世后，其子郑经继承了父亲的未竟之业，曾一度攻占了福建的部分城镇。陈忱大概受此启发，加之《水浒传》中原有李俊、费保等以后赴暹罗的情节暗示，于是作者就虚构了李俊等到海外创立基业的描写，以此寄寓其抗清复明于海上的期望。作者在小说中虚构李俊、李应等在海外立国的理想的"乌托邦"式的结局，确实是作者在新的历史条件下为农民起义军安排的最好归宿，寄托了作者的无奈和美好愿望。

此外，作者在小说中融入了对明清易代的切身感受，使小说主题出现了质的变化，抗金斗争与爱国主义在《水浒后传》中成了主流。《水浒后传》描写了英雄们英勇抗击外族侵略的内容，讴歌了他们所建立的不朽功勋，赞扬了他们大敌当前，以打击外族入侵为首务的爱国主义和英雄主义精神。作者充分肯定了前传水浒英雄斗争的正义性，在新的形势下，又让他们肩负起打击恶霸奸臣和抗击侵略保家卫国的双重任务。作者在"三军恸哭王业销，万事忽然如解瓦"的形势下，把希望寄托在草莽英雄身上，"抱膝长吟环堵中，草泽自有真英雄"。作者描写梁山英雄和他们的后代为抗击金兵入侵浴血奋战。二十四回描写燕青深入敌营，向当了阶下囚的宋徽宗献青果、黄柑，取苦尽甘来之意。宋徽宗悔悟道："可见天下贤才杰士，原不在近臣勋戚。"宋高宗被金兵赶下海，包围在牡蛎滩，只有李俊等人赶来"救驾"，才得脱险。这象征着真正能挽救国家危亡的只有这些草泽英雄，也直接反映了主人公们奋起抵抗外族侵略的爱国主义精神，这是非常难能可贵的。

《水浒后传》的整体艺术成就虽不如《水浒传》，但它在艺术上的建树和创新也是不可忽视的。首先，《水浒后传》在人物形象塑造方面取得了较高成就。《水浒后传》在人物描写上和《水浒传》相比，在两个方面有所发展：一是对前传人物性格既有衔接又有发展，如乐和、燕青、阮小七、李俊等人物既保留了前传人物的性格，又在新条件下写得更丰富多彩；二是将前传的次要人物乐和、燕青、李俊等，在他们重新开创水浒基业的故事中，写得栩栩如生、分外增色，成为令人信服的领袖人物，这为人们提供了续书塑造人物的新的经验。此外，《水浒后传》增写了两类人物：一类是补充前传没有交代的所谓"神龙见首不见尾"的人物，如王进、栾廷玉、扈成等，根据前传描写，"自是前传山泊中一色人物，按人物性格发展的逻辑，将他们补写成《水浒后传》里的英雄，加入了水浒英雄的行列；另一类是写梁山泊英雄的后代如花逢春、呼延钰、徐晟、宋安平等继承父志，成了《水浒后传》中的小英雄。将这两类人物补充写进《水浒后传》，壮大李俊为首的英雄集体，是非常自然贴切的。但可惜的是，对这两类人物的性格描写都不够鲜明。其次，《水浒后传》在艺术结构上，克服了前传不够统一的缺点，布局更为匀称、紧凑，全书前后呼应成为有机的整体。最后，《水浒后传》的语言自然雅洁、生动感人，尤其人物对话颇为生动传神；景物描写非常逼真，富有诗情画意。另外，作品还富有浓重的抒情色彩，语言极富表现力和感染力。小说中有不少精彩的片段，都是颇耐人咀嚼的。比如，第九回太湖赏雪、第十回泰山看日出、第二十四回献黄柑青果、第三十八回西湖月夜等，它们往往借景抒情、哀艳凄怨、意蕴深厚、极富韵致，令读者有身临其境之感。

不过，《水浒后传》在末尾以"金銮殿四美结良缘"、君臣"赋诗演唱大团圆"结束，又重新落入了"才子佳人小说"的窠臼。这不仅与全书游离，令人生厌，而且影响了其整体的艺术成就。

《后水浒传》共四十五回，题"新镌施耐庵先生藏本后水浒传""青莲室主人辑"。卷首有序，末署"彩虹桥上客题于天花藏"。后附"素政堂""天花藏"印章各一方。存清乾隆素政堂刊本。"青莲室主人"不详，"彩虹桥上客"当即天花藏主人。"施耐庵"云云，当系伪托。

《后水浒传》与《水浒后传》的故事背景是相同的，即都发生在"遍地胡笳吹动"的南北宋之交。作品写梁山起义英雄死后，宋江、卢俊义托生为杨幺、王摩兄弟，公孙胜托生为贺云龙，吴用托生为何能。南宋初，金兵入寇，徽、钦二帝被虏，高宗偏安江南，杨幺集何能（吴用转世）、马隆（李逵转世）、花茂（花荣转世）、贺云龙（公孙胜转世）等人分别在天雄山、焦山、白云山、峨眉岭等地重举义旗，反抗官府压迫。他们惩办了蔡京、童贯、高俅等转世的贺省、董索、夏霖等奸臣恶霸。杨幺又亲到临安，劝高宗振兴朝政。在杨幺领导下，各地英雄齐集，以洞庭湖为根据地，杀富济贫，与官军对抗。最后，南宋王朝派岳飞领兵征剿，起义军英雄英勇不屈、集体羽化。

总体来看，《后水浒传》的线条是比较粗的，但还是相当真切地勾勒出了战乱频起时代人民生活的悲惨图景。异族侵略者大兵压境，中原沦陷，最高统治者不思抗战，大地主、商人和官僚更是趁外侮之机，更酷虐地残害百姓。在作者笔下，上有"宋君昏暗"，下有各级官吏和大小恶霸为非作歹，封建国家政治到了最黑暗的时代。因此，在暴露社会黑暗，揭示"官逼民反"方面，《后水浒传》同《水浒传》及《水浒后传》的基本精神是大体一致的。除此之外，《后水浒传》还对农民起义失败的历史教训进行了总结。作品中的杨幺像许多农民义军领袖一样，不能彻底否定封建制度，他仍然存在着忠君思想，特别在金兵入侵时，把希望寄托在宋高宗的"中兴"上。杨幺认为南渡的宋高宗"外有谋臣良将，内有忠良，不复徽、钦之昏暗。若不昏暗，必尽改前人之非，天下事正未可料"。但是，他前往建康，目睹赵构无恢复之心，沉湎于酒色之中，"知其无能为矣"。于是，他潜入宫中直谏君非，劝他"远谗去佞，近贤用能，恢复宋室"。同时，他提出了有条件投降的主张，"今奸佞满庭，此身未敢轻许，陛下若能诛秦桧等，幺必愿为良臣，再有人以力屈服杨幺者，亦愿为良臣。如其不然，非所愿也"。但是，杨幺的愿望没有实现，朝廷奸佞未除。杨幺却因王佐的叛变而失败，重演了起义被镇压的悲剧。不过，这种历史的重演不是简单的重复，而是告诉人们，农民起义除了因投降而被镇压，内部出现奸细、堡垒从内部被攻破也是农民起义军失败的另一种历史教训。

此外，《后水浒传》对《水浒传》的反抗主题做了更为深入的挖掘。作品中的杨幺，出身贫苦之家。黑暗的世道促进了他勇于反抗的性格的发展。他在江湖上任侠好义，广交豪杰，被人誉为"楚地小阳春"。以反抗贺太尉横行乡里的斗争为起点，他主动、自觉地走上了反抗道路。作为起义军领袖,他的反抗意识远比宋江坚决和彻底。他痛恨"宋君昏暗,不信忠良,专任奸邪",立志要"戮奸除佞,使其知悔"。他与王摩、袁武等结寨洞庭湖后,就公然表示与宋王朝势不两立,这与宋江"权居水泊暂栖身",望朝廷"早招安,心方足"的态度形成了强烈的对比。之所以如此,是因为他们对宋江的招安路线的错误有非常明确的认识:招安投降,必将葬送起义大业。所以,他拒绝招安,坚持带领人民进行反抗。

在艺术方面,平心而论,《后水浒传》比之《水浒传》《水浒后传》确实颇为粗糙,如没能塑造出众多的成功典型人物、文字水平较低、艺术描写粗糙等,但它仍有自己的特点和价值,并非狗尾续貂之作。首先,作品中的人物既是作者塑造的新人物,但又与前传有所照应,使人们有似曾相识之感。读者不难从杨幺、马羸、贺云龙、袁武等人物联想到他们是宋江、李逵、公孙胜、朱武转世而来的,因为他们身上还保持着前传这些人物的某些特征。这是《后水浒传》的作者在创作时别出新意的巧妙构思。其次,《后水浒传》在结构上模仿《水浒传》,用杨幺的活动将众多好汉串联在一起,最后以洞庭湖为据点与梁山泊相呼应,使《后水浒传》的书名得到坐实,这也是作者的精心构思。

《结水浒传》又称《荡寇志》,作者是俞万春(1794~1849),字仲华,号忽来道人,浙江山阴(今绍兴)人。他一生没有正式任官,但在青壮年时代先跟随其父镇压广东珠崖城的黎族起义,后又随父在桂阳镇压了梁得宽为首的农民起义,又参加"围剿"赵金龙为首的瑶族人民起义。这些"征剿"农民起义的活动,为他创作《结水浒传》提供了丰富的"生活经验"。

《结水浒传》共七十回,另附结子一回。它紧接《水浒传》第七十回结末金圣叹伪作的"梁山泊英雄惊恶梦"写起,叙写宋江等在梁山泊英雄排座次之后,又发展至几十万人,力量不断壮大。而提辖陈希真父女落草于猿臂寨,专门与梁山英雄为敌,以剿灭梁山农民起义作为向封建统治者尽忠的大礼。后来,由于他们在攻打梁山英雄方面建立了"功绩",为朝廷录用,陈希真升官至都统制。最后,他们又和云天彪一起,在张叔夜的统率下,以猿臂寨的部队为骨干,对梁山义军展开了围剿战。最后一举攻克梁山,梁山一百零八将除战死者,宋江等三十六人均被生擒活捉,解往东京,"一齐绑赴市曹,凌迟处死,首级分各门号令糟。皇帝论功行赏,张叔夜、云天彪、陈希真等三十九人,"有爵者晋爵,无爵者赐爵",并各画其"真容"收藏以"永垂不朽"。

《结水浒传》是我国小说史上最自觉的反动小说之一,极尽颠倒黑白、造诬谣蔑之能事。作者是站在仇视水浒英雄的立场上写这部小说的,自始至终对宋江等农民起义英雄表现了一种刻骨的仇恨，把他们描绘成杀人魔王，人民对他们恨之入骨，最后"无一能逃斧钺"。通过这样的描写，作者表示了对朝廷招安义军的抗议，并以此来警告人们不能再走梁山义军的道路。对于张叔夜、云天彪、陈希真等刽子手，作者却将他们美化成真善美的化身，认为他们是顶天立地的英雄，说他们是天上的雷神降生来扶助皇帝"治国安民"的。因此，该书深得反动统治者的欢迎，他们纷纷为它作序，甚至说作者"功德无量"。由此也可以看出，《结水浒传》是作者为了配合满清王朝的军事镇压而创作的，反映了清代长期专制统治所培育出的奴化精神。

通过上面的论述可以知道，《结水浒传》有着极为鲜明的反动性，但其又是披着华丽的艺术外衣出现的，因此具有极大的欺骗性和迷惑性。具体来看，《结水浒传》的反动性主要是通过对人物的塑造来实现的。首先，作者知道像高俅、蔡京这样的奸臣，已被《水浒传》揭露无遗，为读者所深恶痛绝的。因此，他不去故意违背《水浒传》的正义性，不干为高俅等人翻案的蠢事，而且继续把他们作为反面人物，让高衙内死在林冲手下，让蔡京、高俅都死于非命，造成《结水浒传》也是反对奸臣、伸张正义的假象，以迷惑读者。其次，作者故意歪曲水浒人物，夸大他们性格中缺点的一面，达到丑化他们的目的。这样的写法增加可信性，使读者感到比较自然、贴切。比如，抓住卢俊义富豪出身，对农民革命不很坚定的弱点，特意写卢俊义的两次"反省"，通过他内心的矛盾和痛苦达到污蔑梁山英雄的目的。再次，作者挖空心思地制造了与《水浒传》相对照的系列人物，让他们对抗、杀害梁山泊好汉，像陈希真对公孙胜、刘慧娘对吴用、陈丽卿对花荣等。尤其是还制造一些与水浒英雄有相似遭遇、经历的人物与水浒英雄相对照，如王进、闻达与林冲、杨志对照，强烈对比出两种不同的人生道路，证明林冲等人走上造反道路是错误的、有罪的。最后，作者塑造了陈希真、云天彪等"正面英雄"，他们全忠全孝、智勇双全，用这些"完美无缺"的"英雄"来批判梁山泊好汉。可以说，俞万春费尽心机，充分施展他的艺术才能来丑化水浒英雄，树立了反水浒的"英雄"们的形象。但是，水浒英雄形象已永久矗立在中国人民心中，俞万春只能是枉费心机罢了。当然，应该承认《结水浒传》一些人物描写还是比较好的，如陈丽卿既写她武艺超群，又写出她教养不足、粗鲁娇憨，给读者留下较深印象。

此外，《结水浒传》也展现了一些高明的描写技巧，不少场面写得精彩、生动，有意与《水浒传》抗衡。比如，"唐猛捉豹""莺歌巷孙婆诱奸"等，要与武松打虎、王婆说风情等场面比个高低。因此，在揭露《结水浒传》的反动性的同时，必须承认它具有较高的艺术性。

第三节　演绎杨家将故事的《杨家府演义》等小说

　　杨家将故事在南宋就广泛流传。据《醉翁谈录》记载,南宋小说话本中有《杨令公》《五郎为僧》;元明杂剧中有《谢天吾诈拆清风府》《吴天塔孟良盗骨》《八大王开诏救忠》《杨六郎调兵破天阵》《焦光赞活捉萧天佑》;到了明代,出现了描写杨家将故事的长篇小说《杨家府演义》《说呼全传》《五虎平西前传》《五虎平南后传》《万花楼杨包狄演义》等。这些小说都从杨家将故事派生演绎出来,都以北宋时期的边境战争为题材,小说的故事和人物也相互联系、相互交叉,因此可以看作一个系统的小说。在本节中,将着重论述一下《杨家府演义》和《万花楼杨包狄演义》这两部小说。

　　《杨家府演义》的全称是《新编全像杨家府世代忠勇演义志传》,明万历丙午三十四年(1606)刊本共有八卷五十八则。关于《杨家府演义》的作者,一种说法是明万历年间秦淮墨客(即纪振伦,字春华);还有一种说法是嘉靖间书坊主人熊大木,但均无确证。

　　《杨家府演义》的时间跨度很长,从宋太祖赵匡胤登极写起,直至神宗赵顼为止,约有一百多年的历史。其主要讲述杨业、杨景、杨宗保、杨文广、杨怀玉祖孙五代对辽和西夏作战的故事,包括杨令公撞死李陵碑、杨六郎镇守三关、杨宗保大破天门阵、十二寡妇征西等,最后以杨怀玉率领全家赴太行山隐居作结。小说中的大部分人物和故事,都没有历史根据。杨家将在历史上确有其人的,只有杨业、杨延昭、杨文广3人;而且按照史书的记载,杨文广是杨延昭的儿子,而不是小说中所说的是杨延昭的孙子。除了这三个人,杨家其他将领如杨宗保、杨怀玉以及女将穆桂英等都是凭空虚构的。另外,小说中所写的故事,如杨延昭破幽州、灭辽国以及杨宗保大破天门阵、十二寡妇征西等故事也都是虚构的。可以说,整部小说"七虚三实",是一部英雄传奇小说而不是一部历史小说。

　　《杨家府演义》主要描绘了一幅杨家将英雄群像图,歌颂了他们世世代代前仆后继、尽忠报国的爱国主义精神,谱写了一曲可歌可泣的英雄颂歌。老英雄杨令公虽然是北汉的降将,但他归顺宋代之后,对朝廷忠心耿耿,毫无私念。相反,那个从一开始就跟随宋太祖打江山的潘仁美,却只计较个人恩怨,全然不顾国家和民族的利益。两相比较,英雄与小人的对比是多么鲜明! 六郎杨延昭也是在不断遭到奸臣陷害的处境下矢志不渝地为国家建功立业，他屡次为国家建立奇功，却又屡次遭到奸臣的陷害，以致贬官、充军甚至杀头，朝廷对他确实太薄情寡义了！但一旦听说国家、皇帝遇到了危难，他又马上把个人恩怨抛到了九霄云外，义无反顾地奔赴前线，英勇杀敌，一往无前。在长辈们的熏陶、影响下，杨家的小将们也个个英勇善战、武艺高强。杨宗保13岁即随父远征，而且"行兵如神，百战百胜"。14岁被封为征辽破阵大元帅，指挥若定，随机应变，大破了七十二座天门阵，充分显示了少年英雄的勃勃英姿。其他如杨文广、穆桂英、杨怀玉等，个个都是"武勇出众"的少年英雄。除了杨家英雄，与杨家关系密切的孟良与焦赞，也是两个各具特色的英雄好汉。孟良有勇有智，胆大心细，因此各种艰难的任务都是由他去完成，如盗取令公尸骨、五台山借兵等。焦赞性如烈火、嫉恶如仇，是一个惹祸的"冤家"。他怒杀奸臣谢金吾一家老幼，被发配去充军，他说："我一生好杀的是人，今日杀了谢金吾，却不是冤枉了他。此等奸佞之臣，我为朝廷除之，且不感戴，反把我来充军，真是岂有此理！"这样的人在统治者看来是无法无天；而在老百姓看来，却是多么无私无畏、可敬可亲！

《杨家府演义》在对英雄人物进行歌颂时，也对昏君和奸臣的罪行进行了大胆揭露。小说中的皇帝，从宋太宗到宋神宗，没有一个不是信奸抑忠、昏暗不明的。宋真宗居然宠信、重用一个辽国打进来的奸细，对他言听计从，长达18年之久而毫无觉察。昏庸到这样的地步，真是令人吃惊！宋代的奸臣也是代代相传、层出不穷。从太宗朝的潘仁美、真宗朝的王钦、谢金吾，到仁宗朝的狄青、神宗朝的张茂等，无一不是公报私仇、陷害忠良的大奸贼。这些人物的事迹虽然不一定都有真实的历史根据，但我们完全可以相信，这样的奸贼在历史上是大有人在的。通过揭示这些奸贼的罪行，作者展现了其所生活的社会的黑暗与腐朽。

从艺术方面来说，《杨家府演义》是比较粗糙的，大多是故事情节的简单叙述，缺少生动传神的细节描写和人物性格的充分展示，而且情节、人物也多有重复、雷同之处。但尽管如此，它生动感人的英雄故事还是赢得了广大人民群众的喜爱与欢迎。而且，个别人物和故事比较精彩，部分情节描写比较曲折生动，如杨业，从历史记载看，杨业是"业坠马被擒""遂不食三日"而死。小说改写为杨业陷入绝境，撞李陵碑自尽，更为壮烈；七郎为求救兵，被潘仁美设计乱箭射死，也不见于史书记载，而是根据民间传说加工写成的，充满悲剧气氛。有些人物也写得相当生动传神，如孟良与焦赞性格相近而不雷同。孟良豪放爽朗但又机智灵活，在入辽求发、盗骓骦宝马以及到红羊谷取归令公骸骨等故事中都有比较充分的描写。焦赞快人快语，鲁莽粗犷，在夜杀谢金吾后，恐连累街坊，竟在壁上题诗，道出自己的真名真姓,表现出好汉做事好汉当的英雄气概。

　　虽然《杨家府演义》的思想艺术水平都不高,影响却极深远。这是因为从宋元时代起,中国封建社会已逐步进入后期,大多数王朝都是国势衰微、外患频繁,中国人民长期受到外族的侵略与压迫,因此歌颂抗击侵略、保家卫国的《杨家府演义》适应了社会需要,给备受侵略蹂躏的老百姓一点心理的安慰,有了一个扬眉吐气的机会,因此获得了广泛的读者。更为重要的是,《杨家府演义》提供的素材,为后来小说和戏曲的创作开辟了再创造的广阔天地,它所塑造的人物形象具有长久的生命力,因此在中国古代小说发展史上也具有一定的历史价值。

　　《万花楼杨包狄演义》又名《大宋杨家将文武曲星包公狄青演义传》,清李雨堂(西湖散人)撰,包括十四卷六十八回。它是一部将狄青平西、包公断案和杨家将故事糅合在一起,而以狄青故事为主的英雄传奇小说。前二十回是狄青出身传,叙述狄青9岁时遇洪水与母失散,被峨眉山仙师王禅老祖收为徒弟。七年后赴汴京寻母,与绿林好汉张忠、李义结为兄弟。他们在万花楼饮酒时,遇到奸臣胡坤之子胡伦,引起争斗,狄青将胡伦摔死。国丈庞洪之婿、兵部尚书孙秀,与胡坤交情很深,逮捕狄青三人,幸被包公开释。正值西夏大举进犯,杨宗保元帅告急,狄青在校场粉壁题诗述志,又被孙秀引为口实,下令斩首,幸为汝南王郑印所救,始免于一死。后遇狄太后之子潞花王赵璧,又与其姑母狄太后相认,从此狄青成了国戚。在御前比武,斩了庞洪心腹大将王天化,取代王天化一品之职,因此与庞洪、孙秀等结下深仇。从三十一回起至六十一回,叙述狄青与石玉送征衣到西部边关,在杨宗保元帅指挥下,屡立战功,又多次被庞集、孙秀等陷害,幸得包公主持正义,才免于难。小说插入包公在陈州遇李宸妃,仁宗认母的故事,至此奸党人人丧胆,庞洪、孙秀方有所收敛。从六十二回至六十八回,叙述西夏又兴进犯之师,杨宗保被敌帅混元锤打中丧身。形势危急,狄青被加封为天下招讨元帅,与石玉、张忠、李义、刘庆合称“五虎将”,领兵西征,打败西夏。番军中百花小姐在阵前爱上杨宗保之子杨文广,归降宋朝。西夏主称臣请和。仁宗降旨,狄青与范仲淹之女完婚,杨文广与百花公主结合。在这样的喜庆气氛中,整个故事便结束了。

　　小说的情节比较曲折生动,虽头绪纷繁,却能整而不乱,人物形象也比较丰满,包公、狄青、石玉、焦廷贵等都能给读者留下较深印象,在杨家将系统小说中还算是较为可读的作品。当然,从整个中国古代小说史来看,它是英雄传奇的后期作品,已是强弩之末,无法与《水浒传》等相提并论了。

第四节　具有爱国主义情感的英雄传奇小说

在中国古代英雄传奇小说中，有一类是民族英雄传奇小说，体现出浓郁的爱国主义情感。其中，《说岳全传》和《于少保萃忠全传》是这一类英雄传奇小说的代表作。

《说岳全传》的全称是《精忠演义说本岳王全传》，凡二十卷八十回，作者署"仁和钱彩锦文氏编次""永福金丰大有氏增订"。据此可知，该书作者为钱彩，字锦文，仁和（今浙江杭州）人；修订者为金丰，字大有，永福（今福建永泰）人。两人生平事迹均无从考知。

《说岳全传》是在历代岳飞小说的基础上加工改编的，它吸收了前代岳飞小说的长处，摒弃了他们的短处，既根据史传，也大量采用民间传说，还进行了大胆的虚构。岳飞是宋代名将，《宋史》有传，但记载颇为简略，仅为其生平梗概，没有具体的事迹叙述。岳飞这位带有传奇色彩的民族英雄，因抗击金兵的英雄业绩在民间喧腾众口。所以，关于他的传奇故事，早在南宋时就广为流传。《梦粱录》卷二十一有一段记载："又有王六大夫，元系御前供话，为幕士请给，讲诸史俱通，于咸淳年间，敷演《复（福）华篇》及《中兴名将传》，听者纷纷，盖讲得字真不俗，记问渊源甚广。"这里的《中兴名将传》就是《醉翁谈录》中的"新话说张（浚）韩（世忠）刘（琦）岳（飞）"。元明两代，岳飞故事被搬上戏曲舞台。元杂剧有金仁杰的《秦太师东窗记》、无名氏的《宋大将岳飞精忠》等。明代传奇有无名氏的《精忠记》、陈衷脉的《金牌记》、汤子垂的《续精忠》、吴玉虹的《翻精忠》等。明代中叶以后则出现了几部以岳飞为题材的小说，最早的是熊大木的《大宋中兴通俗演义》，又名《大宋演义英烈传》《岳武穆精忠传》，八卷八十则。《大宋中兴通俗演义》可以说对《说岳全传》的成书起到了决定性的影响。《大宋中兴通俗演义》的材料来源主要是各种野史和笔记，编排的顺序则参照了《通鉴纲目》。第一则《斡离不举兵南寇》，故事发生在靖康元年（1126）；最后一则《冥司中报应秦桧》，故事结束时间是绍兴二十五年（1155），几乎囊括了所有的关于岳飞的故事。可惜到了崇祯年间，于华玉认为熊大木的小说涉及冥报，属于"鄙野齐东"类的作品，便将原书中的民间传说包括秦桧冥司受审等，均一一删除，重新编撰成《按鉴通俗演义精忠传》。这样一来，小说题材显得严肃了许多，但缺少了故事的生动性和人物的形象性，在艺术上反而倒退了。正因如此，这部作品远没有熊大木的《大宋中兴通俗演义》影响大。

《说岳全传》是岳飞故事的集大成者，它对《大宋中兴通俗演义》进行了根本改造，对原有的故事情节大加删改，突出了岳飞，去掉了一切与岳飞无关的情节，把韩世忠等人降到比较次要的地位。即使承袭的部分情节，也进行了重新创作。同时，《说岳全传》广泛吸收了戏曲、民间说唱文学中的精华，加强了小说的传奇色彩，使小说有"令人听之而忘倦"的艺术效果。因此，《说岳全传》出现后，很快就取代了其他说岳题材的小说，广泛流传。

《说岳全传》具有较高的思想价值，它以岳飞传奇的一生为基本线索，以忠与奸、爱国与卖国、抗战与投降为主线，歌颂了爱国、抗战的民族英雄，鞭挞了卖国求荣的汉奸卖国贼，揭露了侵略者的横暴残酷。从总体上来看，小说的内容可分为三个部分。第一部分为前十四回，主要写岳飞不同凡响的出生以及他与母亲相依为命的贫苦的青少年时代。这部分虚构成分很多，构成传奇式的开篇，揭示了岳飞性格的基础。第二部分是中间四十七回，这是全书的情节主干，也是最为精彩的章节。这一部分主要写金兵南侵、二帝蒙尘，北宋宣告灭亡，宋高宗派遣岳飞等主战派北上，在爱华山、牛头山大败金兵，接着又取得了郾城大捷，消灭金国指日可待，主和派秦桧却以莫须有的罪名将岳飞杀害。此外，这一部分的内容是虚实相伴的，但基本框架是符合史实的，依据历史发展的顺序展开故事，许多故事情节却是经过艺术加工的，如岳飞抗击金兵的多次战斗，被集中成爱华山、牛头山、朱仙镇三大战役，就是根据小说创作的需要加以概括虚构的。第三部分是最后十九回，主要写岳飞之子岳雷率军北伐，擒住了金兵统帅兀术，终于报仇雪恨。这一部分的故事基本上是虚构的。通过对虚实的合理处理，使英雄人物血肉更加丰满，闪耀着理想的光辉、神奇的色彩，使整部作品具有较高的审美价值。

《说岳全传》既有较高的思想价值和审美价值，在艺术上也取得了很高的成就，具体表现在以下几个方面。

第一，《说岳全传》的谋篇布局颇具匠心。作者在总结前人得失的基础上，对史实与虚构的关系进行了恰到好处的处理。小说第一回"天遣赤须龙下界，佛谪金翅鸟降凡"虽然带有因果报应的宿命论观点，但这种神话本身会增强作品的可读性，是小说这种艺术形式所允许的，而且作品的开端和结尾均描写到这一神话，这是作者精心构思的，起到了首尾照应、结构严密的艺术效果。接着，小说展开了对主人公成长历程的描述，引出全书的主线。到了第十五回，作者的笔锋一转，开始写金兵未来的统帅金国四太子兀术的故事，他即将开始的率兵南侵就是作品的副线。这样，两条线索同时展开，各类人物粉墨登场，宋金之间侵略与反侵略的军事政治斗争就此拉开了序幕。作为故事核心的这场斗争，以岳飞的遇害而告一段落。作品最后的十九回叙述岳雷率岳家军奉诏北伐，彻底击败了金兵，气死了兀术，完成了岳飞的遗愿。如果说岳飞的故事基本上是史实的话，那么岳雷的故事就基本上属于虚构，这样写比较符合中国人的欣赏习惯，给读者以虚幻的安慰。但就艺术感染力而言，后者远没有前者生动和感人。

第二，《说岳全传》以历史人物为原型，通过作者的虚构和想象，成功刻画了一系列有血有肉、栩栩如生的人物典型。其中，岳飞的形象是最为丰满的。岳飞出身于河南一个贫穷家庭，幼年家乡遭到洪灾，父亲在洪水中丧生。在母亲的精心教育下，岳飞自幼就苦读诗书，并立下建功边疆、精忠报国的雄心壮志。当金兵南侵、国家处于危亡之秋，岳飞投笔从戎，先后随主战派将领张所、宗泽等征战疆场，立下了赫赫战功。后来他逐渐成长为三军统帅，不仅屡屡挫败金兵，而且军纪严明，号令如山，对百姓秋毫无犯，"冻死不毁屋，饿死不掳掠"。"岳家军"深受百姓的爱戴和支持，这也是岳飞打胜仗的主要原因。金兵统帅兀术面对岳飞领导的这支军队，只能感叹道："撼山易，撼岳家军难！"最后由于秦桧的陷害，岳飞被捕下狱，面对种种酷刑，他宁死不屈，与长子岳云一起遇害于风波亭。小说中着重写了岳飞精忠报国的优秀品质、大智大勇的统帅才能和艰苦朴素、清正廉洁的作风，出色地写出这位抗金名将的大将风度。作者还围绕精忠报国这条主线，描写岳飞对母亲的孝、对妻子的爱、对部下士兵的体贴，展示了人物丰富的精神世界。可以说，"精忠报国"的岳飞形象具有永久性的艺术魅力。应该说，小说中塑造的岳飞的英雄形象基本上是成功的。但是，作者头脑中根深蒂固的忠君思想，影响了岳飞形象的描写。作者写岳飞精忠报国，主要方面应予肯定，但是岳飞的忠，有时达到"愚忠"的地步。在朱仙镇大败金兵之后，正是乘胜追击、收复河山的大好时机，可是秦桧矫旨发十二道金牌命他班师，他却不敢抗旨，收兵回朝，致使抗金事业半途而废。如果说，作者这样处理是为了真实反映历史事实，还是可以理解的话，那么作者写岳飞死后，还"显圣"不许施全、牛皋反抗，就很难为之辩解了。作者在作品中揭露了宋高宗赵构的昏庸颟顸、妥协苟安，秦桧等奸臣投降卖国、陷害忠良；作者用赞赏的态度，写出了牛皋对"瘟皇帝"的蔑视，作者也客观地写出了由于岳飞的愚忠而造成的悲剧，这些都说明作者对现实生活有着冷峻清醒的认识。但是，"君要臣死，臣不得不死"的封建思想又像魔影一样控制着作者，传统的心理定式使他无法完全按自己对现实的观察如实地去描写，最终只能用"天命""气数"的因果报应之说,为岳飞因"愚忠"而造成的悲剧寻求解脱了。

除了岳飞,《说岳全传》还成功地塑造了一员"福将"牛皋的形象。牛皋是岳飞的部下,他为人爽快,憨厚耿直,重义轻利,无所畏惧,有一定的叛逆思想。他不懂什么封建"法度",蔑视帝王权威,是一个"李逵"式的人物。至于反面人物,作者也没有进行简单化处理。比如,如描写兀术之骄横、秦桧之阴毒,同样刻画得非常成功。前者是一个智勇双全而又骄横无比的复杂形象,后者是一个阴险毒辣而又富有才华的权奸。作品对他们没有采取漫画式的处理,而是写出了人物的复杂性和多面性,这是成功塑造反面典型的原因所在。

《说岳全传》的语言具有很多特色。作品叙事透彻,语言流畅生动,风趣横生,极富传奇色彩,描写了一个又一个的精彩而感人的片段。众所周知,英雄传奇小说与有宋以来的"说话"有着渊源关系,最初的"说话"语言通俗而不规范,但入清后,这种文学语言已渐趋成熟,钱彩就是这方面的语言艺术家。比如,小说描写岳飞幼年的生活场景,描写沥泉洞偶遇神枪的故事,尤其考武状元时"枪挑小梁王"的精彩场面,语言质朴而生动,真是娓娓道来,引人入胜。

当然,《说岳全传》在艺术上也存在着明显的缺陷。首先,是笼罩全书的封建意识,把岳飞的"愚忠"盲目地予以歌颂,对岳飞镇压农民起义大加赞赏。其次,是因果报应观念,作品把岳飞与侵略者及卖国贼之间的斗争归结于冤冤相报的结果,这就冲淡了严肃的民族矛盾和政治斗争,影响了伟大的民族爱国英雄岳飞领导的反侵略战争的正义性质,削弱了作品的积极意义和艺术感染力。但是,这并不能掩盖这部小说的价值。

《于少保萃忠全传》又名《大明忠肃于公太保演义传》《旌功萃忠录》,明孙高亮著。它有十卷四十回,讲述的是于谦的功绩,并从不同角度颂扬了他的忠耿才智、廉洁和勇敢。

于谦(1398～1457),字廷益,浙江钱塘(今杭州市)人。永乐十九年进士,历任河南、山西、江西等地巡抚,为政清廉,不畏强暴,是明代有名的刚正廉洁的清官。同时,他又是杰出的民族英雄。明英宗时代,宦官王振专权政治腐败,边防废弛,正统十四年(1449),蒙古瓦剌部族的军队在土木堡(今河北省怀柔县境)消灭了明军主力五十万人,俘虏了英宗朱祁镇,进逼北京。在这危急存亡之秋,于谦任兵部尚书,拥立景帝,反对南迁,并亲自督战,击败瓦剌的军队,使千百万人民免遭涂炭。但英宗复辟后,却以"大逆不道,迎立外藩"的罪名,杀害了于谦。

《于少保萃忠全传》以饱含感情的笔触,描写了于谦一个人的命运和遭遇。小说从他出生写起,写他幼年时代的聪慧,青年时代的抱负与交游，进入仕途之后的刚正清廉，国家危亡时的力挽狂澜，直到他含冤而死以及死后冤案的平反昭雪。应该说，小说中于谦的形象塑造是比较成功的。他是一个爱国恤民、胆识超群的英雄人物，刚正不阿是他性格的突出特点。他在青少年时代就不是传统礼教所要求的那种谦谦君子，而是才华横溢、锋芒毕露的人物；进入仕途之后，他又是清廉正直、敢作敢为的官吏。正因为这样，在土木之变的关键时刻，他"以社稷为重"，冒着"另立新君"的罪名，敢于承担起挽救国家的重任。也正是因为他刚正不阿，敢于坚持原则，不取圆滑敷衍的处世态度，所以就必然为封建统治者所不容，必然在官场的倾轧、陷害中被吞没。作者不仅通过于谦在土木之变等重大事件中的表现来刻画人物，而且通过他救济灾民，公正断案，安抚僮(壮)、瑶同胞以及清苦的生活，多方面地展示他的性格，人物形象比较丰满。

除了于谦，小说中有些反面人物也写得比较深刻，没有简单化、脸谱化的毛病。徐理博学多才，治水有功，是于谦青年时代的好友；石亨仪表堂堂，武艺出众，屡立战功，受到于谦的器重。但是，他们一旦身居要津，就利欲熏心，心狠手辣，出卖朋友，置于谦于死地而后快。这两个人物正是封建政治培育出的毒果，深刻地反映了封建政治的罪恶，具有一定的典型意义。

《于少保萃忠全传》从艺术方面来看，是文人的作品，它没有民间文学的色彩；纯用文言，语言板滞，不够酣畅；过于拘泥史实，情节不够集中。因此，这部小说总体的文学成就不高。

第五节　以开国创业为题材的英雄传奇小说

在中国古代英雄传奇小说中，有一些是以帝王的开国创业为题材的。在社会大动乱的年代里，一些出身寒微但具有雄才大略、非凡本领的人物，在军阀割据、群雄角逐中，经过艰辛的奋斗，终于称霸天下，成为开国的君主。他们开国创业的故事，自然能引起广大群众的兴趣与崇敬。因此，以他们为主人公的英雄传奇小说就应运而生了。在这类英雄传奇小说中，代表性的作品是《飞龙全传》和《英烈传》。

《飞龙全传》以赵匡胤为中心人物，描述他开创北宋基业的故事。宋太祖赵匡胤出身官僚家庭，青年时代浪迹江湖、走南闯北，经历种种磨难，终于夺取天下。他的这种经历本来就富有传奇性，在民间流传中更增加了神异的色彩。在宋代时,赵匡胤的故事已经广泛流传。宋人叶梦得《石林燕语》记载:"太祖皇帝微时,尝被酒入南京高辛庙,香案有竹杯签,因取以占己之名位。俗以一俯一仰为圣笑。自小校而上至节度使,一一掷之,皆不应。忽曰:'过是,则为天子乎?'一掷而得圣笑。天命岂不素定矣哉!"与此同时,由于赵匡胤的故事具有很大的传奇性,因此很快成为说书艺人的热门话题。比如,长篇讲史话本《新编五代史平话》简要叙述了赵匡胤从降生到陈桥兵变的故事。在元明时期,赵匡胤的故事进入小说、戏曲和说唱艺术的领域。在小说方面,流传下来的作品有《赵太祖千里送京娘》(见《警世通言》)和长篇历史演义小说《南北宋志传》。其中,《南宋志传》的主要人物和基本情节大多为《飞龙传》所吸收,可以说是《飞龙全传》的蓝本。

今本《飞龙全传》,系乾隆二十三年(1768)吴璿的修订本,共六十回。吴璿(生卒年不详),字衡章,别署东隅逸士。他在《飞龙全传》序中说,自己早年热衷于"举子业",然而"屡困场屋,终不得志",所以到了中年,"不得已,弃名就利,时或与贾竖辈逐锱铢之利"。到了晚年,弃商闲居,改写《飞龙传》,"借稗官野史",抒发"郁结之思"。

《飞龙全传》从赵匡胤的青年时代写起,到陈桥兵变、黄袍加身,当了皇帝为止。作品描写了这样一个从"潜龙"到"飞龙"的过程。作品以赵匡胤为英雄传奇故事的中心,以郑恩和柴荣为陪衬,交织进众多的历史人物和故事。全书"七虚三实",主要人物、重大史迹大体上有史实依据,但具体的故事情节又多虚构。它是一本赵匡胤发迹变泰的记传小说,是典型的英雄传奇小说。

就主人公赵匡胤来说,小说中表现了他既慷慨爽快,又粗鲁莽撞;既性急暴躁,又工于心计;既千里送京娘,坐怀不乱,有柳下惠之风,又留恋女色,宿妓嫖娼。这充分展示了这位草莽英雄的二重性格,令人可信。此外,小说中在塑造赵匡胤这个人物时,在其头上加上了"天授神权"的灵圣光圈,把他神圣化了。小说反复强调赵匡胤是"真命天子",是天上赤须龙降世。每当他遇到危难时,不是"真龙出窝"加以保护,就是城隍、土地赶来"护驾",使他"逢凶化吉"。这表明作者及其同时代人民的脆弱性,反映了他们不能完全掌握自己命运的心理状态,反映了他们要掌握统治权的欲望还停留在幻想的阶段,还不能变为实际的行动。

虽然说小说中给赵匡胤套上了"真命天子"的神圣光圈,但它主要的是展示了一个市井豪侠的有血有肉的形象。赵匡胤和其他市井豪侠一样,对黑暗势力具有大胆的反抗精神。当他因骑泥马被诬陷,发配充军时,"只气得三尸暴跳,七窍烟腾",骂道:"无道昏君!我又不谋反叛逆,又不作歹为非，怎么把我充军起来？我断断不去，怕他怎的？"当他听到其父赵弘殷因进谏而受责时，就想："如今想将起来，一不做二不休，等待夜静更深，再到勾栏院走一遭，天幸撞着昏君，一齐了命。撞不着时，先把这班女乐结果了他，且与我父亲出气。"后来果然潜入御花园，奔上玩花楼，杀了女乐后逃走。同时，赵匡胤重信义，好打抱不平。这也是市井豪侠的重要特点。作品着重描写了赵匡胤与郑恩、柴荣、张光远、罗彦威等人患难与共、生死相依的友情。同时，作品虚构出"三打韩通"的故事，突出地体现了赵匡胤诛强扶弱、抱打不平的性格，展现了市井豪侠的本色。

此外，作品中在塑造具有"真命天子"神圣光圈的赵匡胤这一人物形象时，并没有将其写得高大无比，而是在描写他的豪侠行为的同时，写出了他的"劣迹"。他上妓院，下赌场，争风殴打，输钱赖账，一副无赖相。这样的描写，使赵匡胤这个人物形象更为可信。

除了赵匡胤，小说中也塑造了一些独特的人物形象。比如，作者笔下的陶家庄陶员外的女儿陶三春，一反"从来的小姐都生得如花似玉，性格温柔，绣口锦心，甲子远近，即或容颜不能美丽，而举止之间，自有一段兰质飘香之趣"，生得"貌，怪。形容，丑态。青丝发，金绒盖。黑肉半颐，横生孤拐。膂力举千斤，铁汉都惊骇。金莲掷地成声，铁听却船过海。家中稍有不如心，打得零星飞一派"。同时，陶三春更兼身粗力大，"两条膀臂犹如兵器一般，凭他勇猛的人，也不敢近他身"。她把力拔枣树的黑脸大汉郑子明打得"痛苦难忍，叫号连天"，并由此相识，结为恩爱夫妻。这完全打破了当时盛行的男才女貌，反映了下层市民的审美观和爱情婚姻观的转变。

《飞龙全传》从总体上说写得通俗生动，较有可读性，当然艺术上比较粗糙，如全书前后部分不够统一、神灵怪异描写过多等。因此，在中国古代英雄传奇小说中，并不能称为上乘之作。不过，《飞龙全传》在问世后，对后代的小说、戏曲都产生了较大的影响。

《英烈传》又名《皇明开运英武传》《云合奇踪》等，共八十回。关于这部小说的作者，据明沈德符《野获编》的记载，是郭英之孙郭勋。

《英烈传》写的是朱元璋和其他"开明武烈"反抗元代统治，建立明王朝的故事。它从朱元璋幼年时代写起，到建立明王朝，"定山河庆贺唐虞"为止，反映了朱元璋从一个流浪青年演变为开国君主的过程，比较完整地写出明代开国史。同时，小说中塑造了朱元璋和"开国元勋"徐达、常遇春、刘基等人的形象，在小说史上有一定意义。但是，作者在塑造人物时，过于受史实束缚，缺乏艺术想象与虚构，因此人物形象不够鲜明，可读性较差。此外，这部小说虽以朱元璋为中心人物，它的写法却不是走英雄传奇小说的路子,没有集中于个人命运的描写,而偏重于历史事件的叙述,因而并没有完成塑造传奇式英雄的任务,而像一本历史的"小账簿"。

因此,《英烈传》从总体上来说艺术成就不高。但是,《英烈传》的问世,对后世戏曲、曲艺创作都有较大影响。经过戏曲艺术家的再创造,徐达、常遇春、胡大海等人物,形象鲜明、血肉丰满地活跃在戏曲舞台上。

第五章　敷演史传的中国古代历史演义小说

　　中国是一个有着悠久的历史、丰富的历史典籍的国家,不仅每个朝代都有官修的"正史",而且还有大量的野史、笔记。浩如烟海的历史著作,为中国古代历史演义小说提供了取之不竭的创作素材。所谓历史演义小说,就是敷演史传、偏重叙述朝代兴废争战之事,且故事性强、通俗易懂的小说。元末明初,《三国演义》的出现,为历史演义小说的创作提供了典范。此后,敷衍各朝历史故事的历史演义小说不断出现,大大丰富了我国古代小说的题材与内容。

第一节　历史演义小说的典范——《三国演义》

　　《三国演义》别名《三国志通俗演义》,是在长期群众创作基础上由文人作家加工而成的第一部长篇章回小说,也是我国历史演义小说的开山之作与典范性作品。

　　《三国演义》的作者是罗贯中,关于罗贯中的生平,见于记载的很少。元末明初贾仲明(1342 ~ 14237)所著《录鬼簿续编》对罗贯中有简略的介绍:"罗贯中,太原人,号湖海散人。与人寡合。乐府、隐语,极为清新。与余为忘年交,遭时多故,各天一方;至正甲辰复会,别来又六十余年,竟不知其所终。"据此,可以大致推测罗贯中的生卒年在 1310 ~ 1385 年之间。传说,罗贯中很有政治抱负,曾入张士诚幕,朱元璋统一天下后转而从事小说、戏剧的创作,以小说成就为主。现存署名罗贯中的小说作品有《三国演义》《隋唐志传》《残唐五代史演义传》和《三遂平妖传》等。其中,以《三国演义》最为著名。

　　《三国演义》的出现,是三国故事长期流传与发展的结果。三国故事早在民间广泛流传,据裴松之的《三国志注》、刘义庆的《世说新语》等书的记载,曹操、诸葛亮等著名人物,在三国后期和西晋时就已经有了不少传说。到东晋、南北朝时,由于汉族与北方少数民族之间矛盾的加剧,全国出现的长期分裂和大动乱的形势,人民渴望通过北伐统一全国,因而出现了"神化诸葛亮军事才能"的故事,大肆渲染诸葛亮在为复兴汉室而进行北伐时,用兵如神、所向披靡的事迹。东晋王隐编撰的《蜀记》,写诸葛亮在阳平关采取"空城计",吓退司马懿二十万大军。这与可靠的史料记载颇不相符。这一传说可能是从赵云在汉中开营门"偃旗息鼓"拒退曹操一事改编后移植到诸葛亮身上来的,这成为罗贯中描写诸葛亮第一次北伐于西城所施"空城计"的滥觞。进入唐代后,三国故事已喧腾众口。李商隐的《骄儿诗》描写儿童"或谑张飞胡,或笑邓艾吃"可资证明。刘知残的《史通》卷五载有"得之于行路,传之于众口"的"诸葛犹存"的传闻。在宋元时期的三国故事及其创作,大大促进了《三国演义》的成书进程。当时的诗词、元散曲、笔记、绘画等多种文学形式,很多都是取材于三国故事。尤其是讲史评话和戏曲,受到广大群众的普遍欢迎。宋代有资料记载道:"王彭尝云:涂巷中小儿薄劣,其家所厌苦,辄与钱令聚坐听说古话。至说三国事,闻刘玄德败,颦蹙有出涕,闻曹操败,即喜唱快。"这说明,当时说三国故事不仅艺术效果好,而且已经形成了"拥刘反曹"的倾向。元英宗至治(1321 ~ 1323)年间所刻的《三国志评话》,是今见最早的三国故事讲史评话,为罗贯中编撰《三国演义》奠定了坚实的基础,是《三国演义》成书过程中的一个里程碑。《三国志平话》全书约八万字,分上、中、下三卷。全书开端叙司马仲相断刘邦、吕后屈斩韩信、英布、彭越一案,命他们投生为刘备、曹操、孙权三人,三分汉室天下以报宿仇。接叙黄巾起义,刘、关、张桃园三结义,以后的故事轮廓与《三国演义》大体相同。元代及元明之际,杂剧舞台上也涌现出了大量三国戏,主要剧目有《管宁割席》《刘关张桃园三结义》《虎牢关三战吕布》等。到了元末明初,大文学家罗贯中以《三国志平话》为框架,充分利用陈寿《三国志》和裴松之注提供的史料,广泛吸收民间传说中生动的故事情节,经过自己的润色、加工等再创作,最终完成了《三国演义》这部划时代的小说名著。

今存最早的《三国演义》刊本是嘉靖壬午年(1522)刻本,题"晋平阳侯陈寿史传,后学罗贯中编次"。因书前有庸愚子(蒋大器)署为弘治甲寅(1499)所作之《序》,所以旧称"弘治本",实是嘉靖本。该本分二十四卷,二百四十回;每回有目,目为七字单句。虽然不能断定是否为首次刻本,但学术界一致认为它比较接近原作。继嘉靖本出现之后,新刊本大量涌现,至明末不下二十种,它们大多以嘉靖本为底本,只做些插图、音释、考证、评点和文字增删、卷数和回目的整理工作。万历末(1619年前后),建阳吴观明刻托名李卓吾评本《三国演义》,不分卷,将二百四十回合并为一百二十回,回目为双句,但参差不对。其时及之后,刊本日渐增多。

清康熙年间，江苏长洲毛宗岗对《三国演义》进行了一次全面的修改加工，将原有回目改成整齐的对偶句，将内容加以增删改削，以唐宋名人诗词换掉原来鄙俗的韵语，并削去旧的评语，以己评代之；于卷首增入长文《读三国志法》。毛氏修改本因在内容、形式上都更为完善，遂成为其后流传最广泛的本子。毛宗岗的修改加工，是精雕细琢，粗看无大变化，细看却有不同，艺术描写有较大提高，但封建正统思想大为加强。

《三国演义》的内容十分庞杂，时间和空间的跨度极大，涉及的人物也很多。作者以刘蜀政权为中心，抓住三国斗争的主线，井然有序地展开故事情节，描写了184年到280年间近一个世纪的历史故事，始于黄巾起义，止于西晋统一，形成了一个庞大有机的故事整体。它生动地再现了我国东汉末年、三国时期和西晋初年广阔的时代风貌和社会情景，详细描写了这段时期的政治、外交、战争等历史事件，揭示了当时社会的黑暗和腐朽，谴责了统治阶级的残暴和丑恶，反映了生活在灾难和痛苦中的人民迫切希望和平统一的愿望，总结了丰富的历史经验和教训，是认识中国古代社会的一部"百科全书"。此外，小说中着重对各个封建集团之间进行的种种政治、外交和军事斗争进行了描绘，特别是描述了各个军阀集团为了争夺权力和地盘，不惜玩弄各种手腕，设置一个又一个的骗局。赤壁之战后，孙权为了显示孙刘之间的"团结"，使曹操不敢轻易攻打自己，故意上表献帝，荐举刘备为荆州牧。而曹操则请东吴大将周瑜和程普为荆州所辖的两个郡的太守，制造孙刘之间的矛盾，自己坐收渔人之利。后来孙权想当皇帝，又怕曹操来讨伐，便遣使上书曹操："臣孙权久知天命已归王上，伏望早正大位，扫平两川，臣即率群下纳土归降矣。"曹操看后大笑曰："是儿欲使吾居炉火上耶！"不但自己不称帝，反而"表封孙权为骠骑将军南昌侯，领荆州牧"，以制造孙刘之间的矛盾。《三国演义》关于封建统治集团之间的种种矛盾斗争的描写，反映了封建地主阶级自私的本质，以及封建地主阶级内部不断地进行着的权力的再分配的斗争，这些艺术描写有着丰富的时代内涵，对于我们了解当时的社会面貌，具有极高的认识价值。

《三国演义》的基本倾向是"拥刘反曹"。近代弁山樵子指出，"《三国》之帝蜀黜魏、表章诸葛"，乃罗贯中"作书之本意"（《红楼梦发微》）。小说的"帝蜀黜魏"指的就是"拥刘反曹"的思想倾向。作品着重塑造的主人公是蜀汉的代表人物诸葛亮。他在遇到刘备之前，就常常被人提起；进入刘备集团以后，便成为这个集团的最高决策者；即使他去世之后，诸葛亮的思想仍然影响着他的继承者们。作品通过表彰这个贯穿作品始终的人物，又体现出"拥刘反曹"的思想倾向。值得注意的是，罗贯中又紧紧抓住诸葛亮的"隆中对策"，以此成为《三国演义》主要人物的奋斗目标，全书的故事情节都是围绕着这一中心进行设置的。《三国演义》开始时描写刘备屡屡失败，原因就是没有一个明确的战略指导思想；诸葛亮提出的"隆中对策"，这是全书的一个大关键。刘备集团以后的主要活动，作品所着力描述的重大事件，都是围绕这一方针进行的。例如，赤壁之战，是贯彻诸葛亮联吴拒曹政策的结果；傍掠四郡，是刘备集团"先取荆州为本"战略意图的实施；入川与定汉中，目的是"取西川为基业"；七擒孟获，为的是"南抚夷越"；六出祁山，则是"北图中原"，以实现"兴复汉室"的大业。诸葛亮死后，小说所写姜维九伐中原，实际上是"隆中对策"的继续和发展。可见，"隆中对策"既是诸葛亮一生行动的纲领，也是《三国演义》的情节主干。作者正是通过诸葛亮这一中心人物的塑造，并由他提出的"隆中对策"作为全书的主导，又是他体现出全书"拥刘反曹"的基本倾向，使作品形成了完整、和谐的结构体系，这种结构构思，体现了作者独具匠心的艺术才能。

《三国演义》从艺术方面来看，取得了十分重要的成就。具体而言，《三国演义》的艺术成就主要体现在以下四个方面。

第一，《三国演义》对战争进行了出色的描写，而这是使《三国演义》具有永久艺术魅力的一个重要原因。《三国演义》写了大小四十多场战争，其中有官渡之战、赤壁之战、犹亭之战等重大战役，又有濮阳之战、街亭之战等激烈的中小战役，还有许褚裸衣战马超这样的搏斗场面。可以说，整部《三国演义》就是一部三国时期的战争史，堪称"我国军事文学的开山祖与典范性作品"。小说生动地描述了每次战役从发生、发展到结束的全过程，反映了战争的辩证规律，总结了大量的成功经验和失败的教训，为我们提供了关于古代战争的丰富知识。以官渡之战来说，战争之初，袁绍有 70 万之众，且粮草充足；曹操只有 7 万人，且粮草供应困难。从基本条件看，袁绍占绝对的优势。但是，客观条件只是决定战争胜负的原因之一，至于战争的结局，还要看战争双方决策者的主观能动性。决策得当，弱者会使客观条件向有利于自己方面转化，变弱为强；反之，则使强者变弱。也就是说，作战方针正确与否，是决定战争胜负的关键。袁曹在官渡形成对峙后，袁绍的谋士沮授提出的作战方针是："我军虽众，而勇猛不及彼军；彼军虽精，而粮草不如我军。彼军无粮，利在急战，我军有粮，宜且缓守。若能旷以日月，则彼军不战自败矣。"因此，主张打消耗战，建议深沟高垒，避免与曹军进行决战。袁绍没有采纳这一正确建议，使自己处于极为不利的局面。而曹操的谋士荀攸也做了几乎与沮授相同的分析，建议立即与袁军决战，曹操则接受了这一建议。这样，曹军一方就掌握了战争的主动权。加之作战过程中，曹操能够听取谋士们的正确建议，亲自率军偷袭袁军粮草重地乌巢；而袁绍则不听谋士的正确建议，派"性刚好酒"的淳于琼守乌巢，甚至接到情报后又不全力去救，反而抽出兵力攻击早有准备的曹军大营，曹营未得，反而又听信谗言，逼反张郃、高览两位大将。尤其是粮草被焚，袁兵军心大乱，在曹军的猛烈攻势下，全军崩溃，导致袁军在官渡之战中惨败、曹操则大获全胜的结局，为曹操统一中国北方奠定了基础。通过对官渡之战的生动描述，可以清楚地认识到，主观指导的正确与否，决定了战争双方的优劣势的逆转。

《三国演义》在对战争进行描写时，呈现出一些鲜明的特点。一是注重对战争进行全景式的描写。小说中描写了这个历史时期的一切重大战役和著名战斗，既描写了规模宏大的战役，又写了具体的战斗；既有战役的全景鸟瞰图，又有战斗场面的特写镜头；既有火攻，又有水淹；既有设伏劫营，又有围城打援；既有战船交战，又有陆地交锋；既有车战，又写马战，以至徒手搏斗，可以说具备了古代战争的一切形式。同时，小说中描写战争规模之大、次数之多、形式之完备，都是世界文学史上所少见的。二是注重对战争进行个性化描写。小说中描写了几十场战争，但没有雷同之感，每场战争都有自己独特的风采。究其原因，是因为作者把写战争与写人物结合起来，特别是着重写统帅的不同性格。同时，作者注重从实际出发，不把战争简单化、模式化，而是注重写出战争的复杂性。比如，赤壁之战与猇亭之战有许多相似之处，但正如毛宗岗指出的："曹操赤壁之战，骄兵也；先主猇亭之战，愤兵也。骄兵败，愤亦必败。"由于曹操与刘备的不同处境与性格，曹操因骄傲而麻痹大意，导致惨败；刘备因愤怒而失去理智，全军覆没，这就使两次战争各具特色。三是注重描写战争时以斗智为主，智勇结合。小说在对战争进行描写时，注重将战略决策与战术运用、斗智与斗勇结合起来。战略决策的正确与否是关系战争全局的，战术运用是否得当是局部性的。《三国演义》把战略决策与战术运用、全局与局部结合起来；把战争描写得绚丽多彩、丰富深刻，而不是单纯的胜负记录，单调乏味。在这方面，最出色的例子是赤壁之战。作者用九回篇幅写赤壁之战，其中头三回集中写战略决策。在曹操强大力量的威胁下，诸葛亮为争取与东吴结盟，奔走于夏口、柴桑之间。分析形势，利用矛盾，争取了同盟军；孙权集团内部，展开战略决策的激烈辩论，主战主和各执己见，决战求和犹豫难决，孙权在周瑜、鲁肃的支持下，从狐疑不决到誓死抗战。整个战略决策过程写得跌宕起伏，变化多端。在战争进程中，又充分展开孙、刘之间又联合又斗争；孙权内部主战派主和派的矛盾；主战派内部周瑜、鲁肃对待同盟军不同策略的矛盾。把政治斗争与军事斗争结合起来,使战略决策的描写具有更深刻的内涵。四是注重在描写战争的同时,展现战争给人民带来的灾难。在战争中,有无数的平民和士兵死去,而且每次战役都是伴随着"堆尸如山、血流成河"而告结束。封建统治者有时为了一己之私,动辄杀人如麻,在所不惜。比如,小说第六回写董卓强行迁都,尽驱洛阳民众前往长安:"每百姓一队,间军一队,互相拖押;死于沟壑者不可胜数。又纵军士淫人妻女,夺人粮食;啼哭之声,震动天地。如有行得迟者,背后三千军催督,军手执白刃,于路杀人。"第十三回又写到李催、郭汜带兵,"但到之处,劫掠百姓,老弱者杀之,强壮者充军。临敌则驱民兵在前,名曰'敢死军'。"在封建军阀的蹂躏之下,广大人民如牛似马,任人驱使和宰割,成为军阀们种种暴行的牺牲品。人民不仅在战乱中被大量屠杀,一旦遇到饥荒,也是成批地死亡。第十三回就写道"是岁大荒,百姓皆食枣菜,饿殍遍野";第十四回又写道"是岁又大荒,洛阳居民,仅有数百家,无可为食,尽出城去剥树皮、掘草根食之"等。通过上面的描写,可以清楚地看出战争给人民造成的灾难。

　　第二,《三国演义》成功塑造了许多不同特点的英雄人物。小说中描写了近五百个人物,其中最重要的是诸葛亮、曹操、刘备、关羽、张飞等形象,他们已成为家喻户晓、脍炙人口的著名典型,具有永久性的艺术魅力。其中,塑造得最为出色的形象无疑是诸葛亮,他几乎就是忠智兼备的封建阶级军事家和政治家的艺术典型,是忠贞和智慧的化身。诸葛亮隐居隆中时,对天下局势了如指掌,初见刘备即提出据蜀、联吴、抗魏的战略。在后来大大小小的战役中,他总能够出奇制胜。尤其在火烧赤壁这段故事中,三方的主要首脑都粉墨登场,各自扮演着自己的角色,他的草船借箭、祈禳东风、华容布阵,无一不是出人意料的大手笔。刘备去世后,蜀国国力大减,他安居平五路、七擒孟获、六出祁山,一手撑起艰难的局面。那种排除万难的才能、坚忍不拔的毅力和"鞠躬尽瘁,死而后已"的精神结合在一起,成了封建时代"贤相"的典型。对于诸葛亮的形象,过去人们总认为他的性格是一成不变的,是一个模式化的人物,其实不然,诸葛亮的形象是有着一个明显变化的。出山前与刘备制订"隆中对策",这仅仅说明诸葛亮是一个军事理论家,只有通过实践才能真正成为一个杰出的政治家和军事领袖。所以,作品接着描写他初出茅庐小胜曹军,初步体现了他的军事才能;赴江东说服孙权联合抗曹,体现了他的外交才能;赤壁之战使他的军事才能得到进一步锻炼;治理西蜀展现了他杰出的政治家才干;南征北伐,尤其是他的南征,更证明他是一个杰出的军事家。尤其值得注意的是,作者并没有把他写得"十全十美",因为过于完美的形象是不真实的。比如,小说写到诸葛亮建议让关羽从荆州提前北伐,实际上违背了"隆中对策"中"两路同时北伐"的作战计划，加之关羽狂妄自大的性格，应该料到东吴有偷袭荆州的可能，却没有从西川派一支接应的队伍，这是诸葛亮的一个重大失策。第一次北伐，诸葛亮接连犯了一系列的错误，首先他对魏延一直存有偏见，没有听从他两路攻袭长安的正确意见，错失良机；其次是他从个人感情出发，派缺乏实战经验的马谡镇守街亭要地，属于用人不当的重大失误；既然大错已经铸成，就不应该杀掉马谡，使蜀汉失去了一个可造之才。此外，在北伐过程中，诸葛亮在"人尽其才"方面做得也不够，所有重要事务都亲自处理，以至于积劳成疾，过早地病逝。但是，正如俗话所说，"金无足赤，人无完人"，正是由于这样的描写，才使我们感到诸葛亮是一个有血有肉的真实人物。至此，一个真实感人的杰出的军事家、外交家、政治家的诸葛亮最终塑造完成。

《三国演义》在对人物形象进行塑造时，呈现出以下五个鲜明的特点。一是善于用传奇性的细节和情节来塑造人物。小说中生活的细节比较缺乏，但有不少惊险生动的细节，我们称之为传奇性的细节。曹操献刀、梦中杀人，借头压军心，查检董承衣带诏，都非常深刻地表现曹操奸诈的性格。二是善于用对比、烘托的手法塑造人物形象。曹操和刘备这两个人物形象，就是通过对比的手法进行塑造的。曹操是一个既奸诈又有雄才大略的政治家和军事家，他的性格既有着"残暴""权术"的一面，又有着雄才大略和善于用人的正面品质。可以说，在曹操身上，封建统治者的残忍和自私，军事家的杰出才能，笼络人心的权术和狡猾奸诈的个性，横槊赋诗的文学天才，这些复杂的性格却非常和谐地统一成了一个整体。他具有一般封建统治者的思想性格特征，但又有一个很独特的、充满着血肉的个性。这一形象的塑造，反映了封建社会广大人民对于封建统治者本质面貌的深刻认识，也说明小说作者客观上已经掌握了文学创作典型化的方法。正由于小说作者实际上能够把人物思想性格的共性和个性，不可分割地、活生生地糅合在一起，所以曹操的形象不是某种概念的化身，而是一个有血有肉、栩栩如生的艺术形象，是小说中塑造得最为成功的人物形象之一。刘备是一个与曹操奸诈性格相对立而出现的"仁君"的形象，是作者笔下的理想人物。在封建社会，人民深受暴政之苦，因而特别痛恨奸诈、狠毒的统治者，盼望出现一个仁慈贤哲的开明君主。小说赋予了刘备许多美好的品质，是按照古代人民的思想愿望塑造的理想君主的形象。小说虽然具有强烈的"拥刘抑曹"的思想，但这一思想并非像某些学者说的那样，仅仅因为他姓刘，而是因为他确实具备理想君主的素质。刘备既有仁爱之心，从不乘人之危，不取不义之利。他放弃利用刘表病重之时夺取荆州的机会，甘愿守新野一小县，并施行仁政，发展生产，使全县人民能够过上安定、富足的生活。对刘备的这种赞美,强烈地反映了处于频仍战乱中的人民厌恶战争,渴望过和平、富足生活的美好愿望。小说在对刘备进行歌颂的同时,也注意写出他的缺点,使这一人物更具立体感。比如,刘备过于注重与关、张的兄弟感情,有时竟不顾大局,造成一次次的重大损失;刘备为了给关羽报仇,不听诸葛亮和赵云等人的劝阻,倾全国之兵东征孙权,结果夷陵一役,丧尽精锐之师,断送了统一天下的基本条件。正是有了这些缺陷,才使得刘备的形象更加真实。三是善于有选择性地吸取历史资料和民间传说来塑造人物。以诸葛亮这个人物来说,在正史材料方面,史学家陈寿评价说:"亮性长于巧思,损益连弩,木牛流马,皆出其意。"而且特别记载了诸葛亮善于治国和治军的才能,小说就有表现诸葛亮政治才能和善于发明创造的大量情节。但陈寿评价诸葛亮失败原因时所说"应变将略,非其所长",《三国演义》就没有受到陈寿观点的影响。因为陈寿的观点明显带有一定的偏颇,其实,关羽丢掉荆州、刘备东征的惨败,诸葛亮已经失去了统一天下的客观条件,他能以地少人稀的弱小之国,多次主动攻击强大的魏国,使敌手闻风丧胆,不敢与之决战,这本身已经显示了他杰出的军事才能。而民间传说中的诸葛亮,则成了一个能掐会算的神仙式人物,是智慧的化身,《三国演义》叙写了诸葛亮富于智慧的性格特点,同时又保存了民间传说中有关诸葛亮的一些被神化了的故事材料,造成小说中诸葛亮形象存在着神化或妖化的缺点。这一缺点虽然属于败笔,但对诸葛亮的整体形象并没有造成太大损害,他的艺术魅力是永存的。四是善于通过特定的情势和氛围表现人物内心的精神状态,达到传神的地步。比如,关羽温酒斩华雄,首先通过前面几员大将被华雄所斩,把优势让给华雄,造成特定的形势;其次通过袁绍、曹操对关羽的不同态度,造成特殊的恶劣条件,使关羽处在不利的地位,有巨大的环境压力,关羽能否取胜,成为读者心中的悬念;最后一切从听觉中来,战场情况完全是虚写,最终关羽提华雄之头掷于地下,"其酒尚温"。用这传神之笔,把关羽的英雄神采突出地表现出来。五是着眼于人心、人才、战略对人物进行塑造。凡是这三方面有杰出表现的历史人物,作者就充分利用史料加以开掘和渲染,而不管他是"仁义之君"还是"奸雄"的霸主,是人中俊杰还是有严重过失的人物。相反,谁违背了争取人心、珍惜人才的原则,不能实行正确的战略,作者就加以批评,也不管他是英雄豪杰还是凡夫俗子。比如,作者在塑造曹操这个人物时,也写他重视人心、爱惜百姓的事迹。曹操入冀州后。有父老数人,须发尽白,皆拜于地,谴责袁绍"重敛于民,民皆生怨",而歌颂曹操"官渡一战,破袁绍百万之众",使百姓"可望太平矣"。曹操听了很高兴,并号令三军:"如有下乡杀人家鸡犬者，如杀人罪。"于是，军民震服，深得人心。

《三国演义》虽然在人物塑造方面有很多优点，但其人物塑造的缺点也是不容忽视的。比如，人物性格单一而且缺少变化；只有人物的横断面而没有性格发展史；没有揭示人物与环境的关系，人物性格形成缺少依据；写上层人物、帝王将相比较成功，写下层人民、老百姓的日常生活苍白无力；叙述语言半文半自，既不深奥又不粗俗，比较成功，但人物语言个性化不够，缺少生活气息。造成这些缺点，主要因为《三国演义》取材于历史，历史人物登上政治舞台时已经成熟，对他们性格的发展史，材料不够，知之甚少；由于取材于历史记载，缺乏生活气息。更重要的是，我国传统文化观念，重伦理道德，重文艺的教化作用，作者的审美意识与伦理道德观念结合在一起，强调人物要体现善恶观念。这样就不可能多元化地展开人物复杂性格和内心矛盾的描写。

第三，《三国演义》作为一部历史小说，善于做到史实与虚构的巧妙结合。小说中描写的重大历史事件，如黄巾起义、迁都许昌、官渡之战、赤壁之战、彝陵之战，包括所有重要的历史人物，都是《三国志》上所记载的真人真事。具体的事件过程，自然有很大成分的虚构，真实人物的具体活动，自然也有虚构，甚至采取张冠李戴的手法，如赵云的空营计等被改写成诸葛亮的空城计，孙坚杀死华雄被改写成关羽温酒斩华雄等，这是典型化艺术所需要的。小说中虚构的人物很少，一般都是不重要的小人物，如为刘备杀妻备饭的猎户刘安，被曹操借首平息士兵不满的粮官王垕，为赵云误杀的裴元绍、关羽过五关所斩杀的王植、孔秀等。这些人物都是用来衬托或渲染重要人物性格的，所以对他们只是轻描淡写、一笔带过。作者通过史实与虚构的巧妙处理，使得人物个性更加鲜明，主题思想也更加明确，故事情节也更加生动感人、丰富多彩。

罗贯中在史实的基础上进行艺术虚构时，大体上采用了五种办法：一是妙手生发，善于铺叙。根据《吕布传》中"布与卓婢私通，恐事发觉，心不自安"几句话，生发出王允"巧使连环计"，虚构出貂蝉故事；根据《诸葛亮传》里"于是先主遂诣亮，凡三往，乃见"这样简单的叙述，铺叙成"三顾草庐"这脍炙人口的故事。二是张冠李戴，移花接木。比如，"怒鞭督邮"本是刘备，移为张飞，以突出张飞鲁莽的性格；斩华雄本是孙坚，改为关羽，以衬其神武等。三是本末倒置，改变史实。比如，张辽主动投降曹操，改为张辽被俘后拒不投降，刘备、关羽说情，曹操义释；鲁肃与关羽都是"单刀赴会"，鲁肃义正辞严，逼使关羽"无以答"，变为关羽单刀赴会，鲁肃在关羽的神威面前，惊慌失措。四是于史无征，采用民间故事。比如，桃园三结义、华容道放曹操等没有历史依据，主要采用《三国志平话》，加以加工改编,使之描写符合情理,不觉其伪。五是善于穿插,巧于构思。比如,"失街亭"和"斩马谡"正史都有记载,但"空城计"只见于裴松之注所引的《郭冲三事》,而且与"失街亭""斩马谡"并无必然联系。作者巧妙地把"空城计"插在"失街亭"与"斩马谡"之间,这样一来,可以说明街亭之战的重要意义,街亭一失,诸葛亮几乎被俘,马谡罪过严重,非斩不可。诸葛亮的空城计不是故意弄险,故作惊奇,而是万不得已,不得不走这一步棋。这也突出诸葛亮临机应变、化险为夷的本领。"空城计"插入后,更好地塑造了诸葛亮与司马懿这两位主帅的性格,他们都充分估计对手的才智,极为谨慎,但诸葛亮在谨慎中表现出临危不惧、果敢机智;司马懿在谨慎中却显出多疑诡谲、犹豫不定。诸葛亮没能料事如神,犯了用人不当的严重错误,但有了"空城计"这神奇的一笔,使诸葛亮的失败被淡化了,神机妙算更突出了。正因为"空城计"插在"失街亭""斩马谡"之间,独具匠心,描写数个两失败的"失、空、斩"却成为表现古代英雄杰出才智的赞歌,在我国艺术舞台上久唱不衰。

第四,《三国演义》的语言颇富特色。一般的历史演义小说都以通俗易懂为基本特征,但《三国演义》却不然,它所反映的是上层统治集团的政治、外交与军事斗争,都有历史资料可证,因而它不能像反映下层社会生活的演义小说那样过于浅显通俗,否则文体就不统一,影响艺术质量;而过于"文言"化,又不便于普及,直接影响"收读率"。作家在使用语言时非常注意分寸,做得恰到好处:典雅而不深涩,通俗而不鄙俚。这样的语言风格,就使得作者的叙述语言、人物的对话与所引表、章、诗、文达到一定的和谐和统一。另外,小说语言简洁明快,三言两语,就能烘托出一个人的人性或一个生动的场面。

总体来说,《三国演义》在思想艺术上都取得巨大成就,成为我国历史演义小说创作的楷模,在文艺和社会生活方面都产生了巨大的影响。

第二节　讲述先秦历史的历史演义小说

在中国古代历史演义小说中,有一类是讲述先秦历史的。在这一类型的历史演义小说中,以《列国志传》《东周列国志》和《前后七国志》最有代表性。

《列国志传》的作者是余邵鱼,字畏斋,福建建阳县人。他大致生活在明嘉靖、隆庆年间,具体的生卒事迹不详。

　　《列国志传》的版本，一种是八卷本，如万历丙午三十四年（1606）刊本；另一种是十二卷本，系万历乙卯四十三年（1615）刊本。不过，不论是八卷本还是十二卷本，内容是基本相同的。

　　《列国志传》是一部描写春秋诸侯争霸历史的长篇小说，所叙故事起自武王伐纣，下迄秦并六国，统一中国。纣王即位后得妲己，日与欢淫；又暴虐凶残，斫胫剖腹，无所不为，大失天下人心。周武王得姜子牙辅政，举兵伐纣，建立西周。武王班师分封诸侯，天下有大小七十一国。至幽王，又得褒姒，重蹈纣王覆辙，国力渐衰。至周桓王时，郑国首先强盛起来。后来齐桓公立，用管仲为相，国力大盛，内尊王室，外攘夷狄，诸侯皆惧之，推其为盟主。齐桓公卒，诸子相争，宋襄公送太子入齐正位，欲图称霸，反被楚成王夺去霸主地位。秦国亦渐有称霸之心，秦孝公用卫鞅变法，国势强盛，秦惠王用张仪为客卿，瓦解六国之盟。秦庄王时，吕不韦为相。秦王遣王能、章邯、王翦伐赵，取赵三十七城。赵王求救予楚、魏，楚、魏、赵三家会兵，杀退秦师；秦复伐魏，又为五国联军杀退。嬴政为秦王，是为始皇。楚、赵等五国伐秦，为秦所败。接着，秦以计灭韩国，擒赵王，斩魏王，又伐楚、齐，陆续灭掉六国，统一了中国。

　　《列国志传》的创作，主要依据《国语》《左传》《史记》等史籍，同时吸收了不少民间传说（如"秋朗戏妻""临潼斗宝""六庄刺虎"等）以及宋元以来的话本和戏曲故事，全面构织出春秋战国时期的历史画面。同时，《列国志传》摒弃了讲史话本中与历史事实不符的某些情节（如孙膑与乐毅对垒），提高了历史真实性。

　　不过，《列国志传》描写简略，文字粗率，缺乏动人的艺术力量，而且有的篇幅变成了流水账，因而影响不大，流传不广。但是，从中国古代小说演变的角度来考察，却有着不容忽视的重要地位，这具体表现在两个方面：一方面，《列国志传》以时间为经，以国别为纬，叙述了从商纣灭亡到秦并六国长达八百年的历史，是较早把历史形象化、通俗化的尝试，为冯梦龙编写《新列国志》奠定了基础；另一方面，《列国志传》是《武王伐纣平话》到《封神演义》《七国春秋平话》（前集）到《孙庞演义》的过渡性作品。因此，在探讨中国古代的历史演义小说时，不能忽视《列国志传》这部作品。

　　《东周列国志》是从《列国志传》演化而来的，作者是冯梦龙。冯梦龙在创作《东周列国志》时，一方面比较严格地忠实于历史；另一方面，进行适度艺术加工，在细节上有所"增添"，在文字上加以"润色"。因此，《东周列国志》只是把正史加以通俗化和艺术化罢了。但是，冯梦龙是一个才华横溢的作家，又有宋元讲史话本和余邵鱼的《列国志传》作基础，因此《东周列国志》与其他"恪守正史"的通俗演义相比,思想艺术水平高出一筹,因而是一部较有影响力的历史演义小说。

《东周列国志》由古白话写成,共108回。全书起自周幽王被杀、平王东迁,止于秦始皇统一,叙述了春秋战国时期五百多年的历史故事。春秋战国时代是我国历史上的大变革、大动乱年代,也是我国历史上第一个思想大爆炸的时代,政治、军事、外交、思想等方面的斗争空前激烈和活跃。在诸侯之间争夺霸权,施行兼并的过程中,涌现出大批杰出的政治家、军事家、思想家。冯梦龙用深情的笔调写了这些出色的政治家、军事家、思想家在斗争中表现出来的胆识谋略,思想情趣、道德风貌,歌颂了他们胸怀天下的可贵品质。

《东周列国志》从思想内容方面来看,有很多可取之处。首先,作者在描写历史事件中,熔铸了自己的政治理想与爱憎感情,对贤明君主选贤任能,改革政治,给予热情歌颂;对暴虐的君王荒淫无耻,残害人民,则给予无情的批判。比如,作者用整整七回的篇幅写齐桓公开创霸业的故事。齐桓公不记一箭之仇,重用管仲,表现了政治家的博大胸怀;采用管仲的建议,大胆革新,推行一套富民强国的政策,成为春秋的霸主。但是,后来偷安宴乐,重用奸佞,结果被害而死,三日无人收尸。这说明选贤任能,创立霸业;亲近奸佞,丧失天下。作者还写了"卫灵公筑台纳媳""卫懿公好鹤亡国""齐襄公兄妹淫乱""杀三兄楚王即位"等精彩的历史故事,讽刺、批判了荒淫昏庸的君主。其次,作者描写了不少舍己为人、抗暴除强的故事,如"信陵君窃符救赵""围下宫程婴匿孤""蔺相如两屈秦王"等,这集中表现了我国人民传统的美德。当然,作品中的封建道德观念、天命思想等,对作品的思想价值有一定的损害。

从艺术上来看,《东周列国志》也有一些可取之处。首先,全书脉络分明,有详有略。用五分之四的篇幅叙述春秋时代五霸竞起,互相争雄的动乱局面。用五分之一的篇幅,写战国时代七国争霸,此长彼消,最终为秦所吞并。以时间为序,以五霸七雄为重点,穿插其他小国的历史,比较全面地概括了东周列国时代的历史。其次,全书在史实的基础上,加以艺术概括,在情节上进行"增添",文字上加以"润色",使故事更生动,描写更细致,人物形象更鲜明。以宋楚泓之战为例,《左传》对此有记载,但比较简略。《列国志传》则叙事简陋,只增加一些战争场面的描写;结尾是宋襄公表示悔恨,"叹曰:吾早听子鱼之言,不致今日之祸。"《东周列国志》中的描写就精彩生动得多了,它增加了宋襄公"命建大旗一面于辂车,旗上写'仁义'二字"这个细节,然后围绕"仁义"大旗,写开战前公孙固的忧虑;战争进行中公孙固的两次劝告,宋襄公都指着大旗,口口声声骂公孙固不知"仁义"，只知行诡计；到宋襄公惨败，"仁义"大旗被楚兵夺去时，宋襄公仍不悔悟，还在声言"寡人将以仁人行师"。作者增加了"仁义"大旗这个细节，突出批判了宋襄公蠢猪式的"仁义道德"，使宋襄公的迂腐可笑的形象更为鲜明，讽刺力量大大加强。从这个例子就可以看到，《东周列国志》是在对历史事实不伤筋动骨的前提下，进行"美容术"，增添细节描写，进行文字润色，使它既忠于史实又较生动形象。不过，《东周列国志》过分拘泥史实，采撷史料过于琐屑，有些章节头绪纷繁，人物典型化不够，因而文学性不足。

《前后七国志》是由两部小说作品构成的，分别是《孙庞演义》与《乐田演义》。

《孙庞演义》是以史实为基础创作的，但又加入了民间传说，杂以神魔灵怪，因而与史实距离甚远。全书共二十回，署"吴门啸客述"。吴门啸客，生平不详，现存明崇祯九年（1636）刊本。小说写孙膑、庞涓朱仙镇结义，同上云梦山从鬼谷仙师学兵法战策。庞涓下山仕魏，拜为大元帅，并招为驸马。他狂妄自大，立"大言牌"，要列国进贡。王敖斧劈"大言牌"，警告庞涓，孙膑已学成高超本领，可制服他。庞涓为了陷害孙膑，强迫魏国使臣徐甲三次骗孙膑下山。孙膑为救徐甲一家百余口性命，只身来魏都。庞涓诬其"谋叛"，将其刖足。孙膑受刑后装疯，流落为乞丐。孙膑得到齐国使臣帮助，随他们的茶车混出魏国国境，到齐国做了军师。后孙膑用减灶佯败之计，将庞涓诱至马陵道上，伏兵四起，活捉庞涓。五国诸侯会审，将庞涓剁成七块分给七国。

通过上面的论述可以知道，《孙庞演义》是讴歌孙膑、贬斥庞涓的，并对孙膑足智多谋、襟怀坦荡和庞涓阴险奸诈、嫉贤妒能的性格进行了对比。此外，《孙庞演义》的语言简洁、朴实，保留了市井说书的特色和民间文学的风格。

《乐田演义》的作者是清初著名小说家徐震，字秋涛，别号烟水散人，浙江嘉兴人，具体生卒年和事迹不详。他创作此书，是为了抒发了自己的感情和理想，"奇才有奇用，大志成大功。但恨尘埃里，无人识英雄"，即要求统治者识别人才、重用人才。全书共十八回，叙述燕王哙昏庸愚蠢，竟效法尧舜将王位禅让给奸臣子之。子之专权后，残酷暴戾，太子平在郭隗帮助下逃到无终山。齐国乘燕内乱之机，占领燕国，子之被俘，燕王哙自缢。百姓拥立太子，赶走齐兵。燕昭王即位后，由韩隗辅佐，励精图治，革新政治，设立黄金台招揽人才。赵人乐毅，怀抱异才，在赵、齐、魏都不得重用，投奔燕国。燕昭王封为丞相，君臣相得．国家振兴。适值齐湣王昏暴，枉杀忠臣，穷兵黩武，不断侵犯列国。乐毅联合四国诸侯，兴兵伐齐，连下七十二城,齐滑王弃都逃亡,卫、鲁、邹等国均不纳。滑王闻莒州、即墨尚未失守,一面逃往莒州栖身,一面向楚国求救。楚将淖齿,暗通乐毅,反诛齐王。淖齿骄淫狂妄较滑王尤甚,民难以堪。王孙贾领莒州百姓杀淖齿,立田法章为襄王,并重用田单。燕昭王暴卒,惠王继位,惠王愚暗多疑,中田单反间计,用奸臣骑劫代替乐毅。田单诈降,后用火牛阵杀败燕兵,刺死骑劫,收复失地。乐毅伐齐之功,毁于一旦。燕惠王悔恨。复召乐毅,乐毅不归。

这部小说的创作基本上依据史实,无离奇夸张的情节,也没有荒诞不经的神怪故事,却能以乐毅、田单两人为中心,写出众多历史人物的鲜明形象;情节较生动,能引人入胜。因此,在同类历史演义小说中,《乐田演义》尚属上乘之作。

第三节　演绎隋唐历史的历史演义小说

公元 581 年,杨坚代周称帝,建立了隋代。长期分裂的局面结束了,中国重新统一。隋仁寿四年(604),隋文帝之子杨广在残杀父兄的血雨腥风中登上了皇帝宝座,这就是中国历史上有名的暴君隋炀帝。隋炀帝骄奢腐化,穷兵黩武,疯狂地掠夺与榨取,激起隋末农民大起义,隋王朝只维持了 37 年就土崩瓦解了。后来,李渊、李世民攫取了农民革命的果实,建立了唐王朝。接着就是李世民统治的贞观时期,唐帝国达到强盛的顶峰。之后,经过武则天称帝、唐玄宗的开元天宝时期,后又爆发了"安史之乱",唐王朝从此走向衰落。从隋代建立到"安史之乱"爆发,共 170 多年,这段历史云谲波诡,变幻莫测。时而繁花似锦、云蒸霞蔚,出现了封建社会繁荣兴盛的时代;时而雷鸣电闪、急雨狂风,出现了血雨腥风的动乱年代。繁荣昌盛的隋王朝,为什么短短的三十多年就冰消瓦解?隋末农民大起义,豪杰争雄,为什么胜利果实却被李渊集团所攫取?李世民如何为建立唐王朝南征北讨,又写下"贞观之治"这封建社会最有光彩的一页?中国历史上唯一的女皇武则天,是如何掌握政权的?开元、天宝"全盛日"又为何爆发了"安史之乱"?这一切不仅引起政治家、历史家的极大关注,而且为老百姓所喜闻乐道,各种民间故事不胫而走,还成为文学家们创作的"热点"。于是,以隋唐历史为题材的诗文、小说、戏曲作品就应运而生了。在小说方面,演绎隋唐历史较为著名的是《隋唐演义》《隋史遗文》和《说唐演义全传》。

《隋唐演义》是演绎隋唐历史的历史演义小说中影响最大的一部，作者是清褚人获。褚人获（1635～？），字稼轩，号石农，长洲（今江苏苏州市）人。他终生未仕，但交游甚广，与著名文人尤侗、顾贞观以及毛宗岗等人都有交往。他在小说创作思想方面，主张历史演义的创作可以作人异、事奇的变幻，以达到一种"新异可喜"的境界。正是在这种创作观念指导下，他杂取各种隋唐故事，又以自己的眼光加以取舍、改编，将隋唐题材重新整合为雅俗共赏的历史演义小说《隋唐演义》。

《隋唐演义》共二十卷一百回，以隋炀帝、朱贵儿和唐明皇、杨贵妃的"两世姻缘"为主线，将隋唐两朝的历史故事串联起来，既写了隋炀帝的宫廷生活，刻画了隋炀帝的荒淫残暴；又写了唐明皇和杨贵妃的风流情事，展示了唐代宫闱生活的骄奢淫逸；还写了以秦琼、单雄信、程咬金等为代表的草泽英雄故事，表现他们起兵反隋、追随李世民打天下的传奇经历，颂扬了他们的侠义勇武。

《隋唐演义》最为鲜明的特点，便是"杂"。这主要表现在两个方面：一方面，从内容方面看，《隋唐演义》把正史、野史笔记以至历史演义中隋唐故事都搜罗在一起，写成了一本"小账簿"式的历史演义。它的大部分内容是从《隋炀帝艳史》《隋史遗文》中承袭而来，只是少量的加工改编；而自己创造的部分，则把武则天、韦后、杨贵妃的故事用因果报应和"女人是祸水"的观点贯穿起来，思想平庸、落后。另一方面，从体例上来看，《隋唐演义》基本上是历史演义体，但因为承接了《隋史遗文》中有关秦琼、单雄信的英雄故事，因而有英雄传奇小说的成分。此外，它又受明末清初才子佳人小说的影响，也杂以才子佳人小说的笔法，写窦线娘、花又兰和罗成的恋爱婚姻故事，按才子佳人小说的公式进行，即窦线娘与罗成私订终身，因波折引起误会，花又兰好心代为传信，最后一夫二妻团圆。因此，《隋唐演义》是以历史演义为主，杂以英雄传奇和才子佳人小说的体例，这在很大程度上制约了其价值。

不过，《隋唐演义》也有一些可取之处。它融历史与传奇于一炉，包含了丰富的历史传说故事，许多情节生动有趣，作为一种通俗读物，还是有一定吸引力的。特别是对瓦岗寨英雄的描写，如秦琼的慷慨仗义、单雄信的刚毅淳厚、程咬金的鲁莽坦直、徐茂公的足智多谋，都比较鲜明生动。此外，作品事件纷繁，头绪庞杂，但排比史实，穿插故事，松而不散，颇见功力；文笔流畅，带有民间说唱文学格调。因为这些艺术成就，《隋唐演义》成为反映隋唐史事内容最丰富、资料最完备、流传最广的一部小说。

《隋史遗文》的作者是袁于令（1599～1674），又名韫玉，字令昭，号幔亭仙史等，江苏吴县人。明末生员，入清，历官水部郎、荆州知府官。

　　《隋史遗文》共十二卷六十回,它不是以编年纪事的形式历述事件的过程,也不以秦王李世民夺取天下为主要线索,而是按照《通鉴纲目》的编年顺序来敷演隋末唐初历史的写法,并以秦琼(秦叔宝)的生活经历为线索结构全篇。小说前四十七回写秦琼出身经历,初为衙役,后参加瓦岗起义。从四十八回起,转入李渊起义,破王世充、窦建德。秦琼也投奔李世民,成为唐代开国功臣。有关秦琼的故事,大多是第一次在本书中出现的。秦琼小店落魄,当锏卖马,受尽店小二的凌辱,写出英雄失意的窘况;结识单雄信、幽州见姑娘、校场比武,以及烛焰烧捕批等,写出秦琼、单雄信、罗成、程咬金等英雄的忠肝义胆,光彩照人。秦琼形象得到细致的描绘,单雄信、罗成、程咬金、王伯当、尉迟恭、徐茂公等人物形象也较前鲜明突出。

　　袁于令在写作《隋史遗文》时,明显是站在李唐王朝的立场上的。为了证明李唐王朝的"顺天意,应人心",不惜一再宣扬"好为真人扶社稷,莫依僭窃逞强梁"的思想。所谓"真人",就是李渊、李世民。而秦琼等英雄人物,最终也是依附投靠他们,方得"腰金衣紫,荫子封妻",成了"正果"。这种阶级偏见尤其突出地表现在对农民起义军的歪曲描写上,如说山东农民领袖王薄把济北郡所辖各县"剽掠一空,金帛粮米,年少妇女,都抢入寨中"等,这些都是必须加以批判的。

　　《说唐演义全传》简称《说唐》,共六十八回。今所见以乾隆年间的刊本为最早,题"鸳湖渔叟较汀"。小说的主要内容是采撷褚人获《隋唐演义》中瓦岗英雄故事,并吸取明人诸圣邻《大唐秦王词话》及大量民间传闻,增删加工而成。作品从文帝平陈、隋末农民起义,一直写到唐王削平群雄、太宗登基为止。其描写中心,则是瓦岗英雄的风云聚散,兼及隋亡唐兴史事。此外,小说以粗犷的笔调描绘了草泽英雄的仗义豪侠,勇武神力,反抗隋末暴政,辅佐秦王李世民四方征战,终于一统天下。像劫王杠、反山东、取金堤、取瓦岗这些纯粹出自想象的热闹情节,被作者大加渲染,在文学史上留下了脍炙人口的故事。此外,秦琼的宽厚善良、任侠好义,单雄信的豪爽暴躁、宁死不屈,罗成的少年英武,尉迟恭的勇敢果断,以及程咬金的粗野、直率、诙谐、憨厚,都给人留下深刻印象。其实,这些人物个性的创造,并无充分的历史依据,完全是在传说中丰富起来的,因而整部作品呈现出浓厚的浪漫色彩。

　　此外,《说唐演义全传》的情节曲折,语言通畅,大笔描写,粗线条勾勒,体现了民间文学朴素而刚健的风格。

第四节　以明清历史为题材的历史演义小说

自明中叶以后，政治腐败，奸相与宦官轮流把持朝政，阉党与东林党斗争激烈；民族矛盾尖锐，后金崛起壮大，构成对明王朝的严重威胁；阶级压迫加重，经济凋敝，农民起义不断发生，明王朝已无可挽回地走向衰亡。进入清代后一方面由于社会相对稳定，出现了"乾嘉盛世"；另一方面，清代统治者加强控制，文网甚密。这样的社会政治现实，引起了不少有识之士的忧虑与愤懑，用文艺形式抨击朝政，揭露奸佞，已成为强大的潮流。这时出现了许多反映当时历史现实的戏剧和小说，这些戏曲、小说交相辉映，互相影响与促进，成为反映时代的晴雨表。在小说方面，便是出现了以明清历史为题材的历史演义小说，代表性的作品是《樵史通俗演义》。

《樵史通俗演义》共八卷四十回，题"江左樵子编辑""钱塘拗生批点"。小说叙明季天启、崇祯、弘光三朝二十五年间（1621～1645）的历史，从熹宗即位写起，至马士英降清止。以客魏阉党、阉党余孽与东林党、复社文人之间的斗争为主线，间或穿插李自成、张献忠起义和辽东战事，全面反映了天启、崇祯、弘光三朝的历史。从第一至二十回，主要写客魏阉党的兴衰，间叙辽东事件；第二十一回至三十回，主要叙李自成起义军的发展壮大，攻入北京，崇祯缢死煤山，兼及辽东战事、明朝廷内部斗争；三十一回至四十回，主要写弘光朝阉党余孽马士英、阮大铖专权，制造党祸，迫害复社；腐化堕落，四镇内争，清兵南下，弘光朝灭亡，李自成起义亦失败。作者的写作意图是通过对晚明历史的全面描写，说明"门户亡明"。罪魁祸首是魏（忠贤）、崔（呈秀）、马（士英）、阮（大铖）。"细绎作者之为人及其时代，其人盖东林之传派，而与复社臭味甚密，且为吴中人而久宦于明季之京朝者。其时代入清未久，即作是书，无得罪新朝之意。于客、魏、马、阮，则抱肤受之痛者也。"孟森先生《重印〈樵史通俗演义〉序》中的这段话精辟地概括了作者对晚明历史所持的立场与态度。

应该说，《樵史通俗演义》在反映天启、崇祯、弘光三朝内部斗争和辽东满清政权与明王朝对抗等方面都比较符合史实，而在反映李自成起义方面则虚多实少。讹传与诬蔑屡见不鲜。这与对农民起义军情况知之不多和作者所持的阶级立场有关。

此外,小说所记史事,多为实录,其中虽然不乏某些珍贵史料的记载,但这种文史相杂的情况,是历史演义小说形式上的倒退,严重影响了作品的艺术效果。

第六章　以神魔怪异为题材的
中国古代神魔小说

　　神魔小说是明清之际的一种小说体裁，又称志怪小说、神怪小说。神魔小说多言"怪力乱神"，其本意无非是表达作者的某些思想，也多映射世情。明代中期以后，通俗小说主要分两类，一类讲述现实世情，一类讲神怪斗争，鲁迅先生在《中国小说史略》中将后者命名为神魔小说。神魔小说起源于宋元之际的平话，第一本神魔小说《西游记》便是吴承恩在宋元平话的基础上加工整理而成的。因为该书风行一时，获巨大成功，其后作家纷纷效仿，产生了《封神演义》《东游记》《三宝太监西洋记》《镜花缘》等众多神魔小说。这些作品想象力丰富，背景或为虚幻或为海外某地假托，综合宗教、神话等民间喜闻乐见的形式，最具文学品格。特别是那些依历史事件，或依流行的神怪故事的名著。神魔小说的出现，打破了讲史演义一统天下的格局，使小说创作越出了只叙述历史故事的模式。本章就阐述那些以神魔怪异为题材的中国古代神魔小说。

第一节　神魔小说的产生及其主要题材类型

　　上古神话为中国古小说的源头，而神魔小说从中受惠尤多。上古神话产生于原始宗教，是人类蒙昧期的产物，却有着无尽的魅力。盘古开天辟地、女娲炼石补天、后羿射日、大禹治水……古拙的题材，绮丽的形象开启了后世小说（尤其是神魔小说）创作的想象之门。这些人物、情节不仅被后来的神魔小说广为吸收，而且不断得到丰富和发展。此外，民间信仰对神魔小说的产生也有很大影响。由民间信仰心理伴生的是鬼怪和仙话传说，二者折射出人们对死亡的恐惧和对人生的眷恋。"想象的翅膀超越了有限时空，构筑了鬼域和仙乡，使人有所戒惧，又有所希冀。梦想落实到笔端,就有了以鬼怪神仙为主角的各种文学作品"[1]。而这些正是神魔小说所赖以产生的文学传统。神魔小说的主要题材类型包括三类:第一类是由随经故事演化而来的神怪奇幻小说;第二类是由讲史故事分化而来,即历史幻想化的神怪奇幻小说;第三类是由民间故事演化而来,即民间文学化的神怪奇幻小说。

一、神魔小说的产生及发展

源远流长的中国小说史的长河,神魔小说是源头最长的一派。神魔小说在它诞生的同时,便映带着历史小说,孕育着世情小说——"一方面是神魔小说自身沿着神怪气渐淡、人情味渐浓的道路发展,一方面是历史小说和世情小说从神魔的母体中分离出来——在历史小说和世情小说诞生并成长起来以后"[2],神魔小说则一方面以其自身的幻与奇的艺术特征,去充填某些历史小说与世情小说的部分情节,一方面又撷取历史故事和世情人事作为神魔小说自身发展的温床,特别是从世情小说中吸取其人情的精华,以使神怪的人和事人情化。神怪小说以其先驱者的地位,带动和孕育着历史小说与世情小说的发展,推动着中国小说史的历史进程。

神魔小说可以追踪到它们的神话祖先。神话可以说是"小说之祖",如明代胡应麟就曾在《少室山房笔丛》中说,《山海经》是"古今语怪之祖";又认为在同时期神话和巫术气氛中出现的《汲冢琐语》当在《庄》《列》前。《束晳传》云:"'诸国梦卜妖怪相书',盖古今小说之祖"。神话携带着民间信仰和神话崇拜,刺激了小说写作中山妖水怪、花精狐魅的幻想,与其后的宗教思想相叠合,使志怪书代有所出,并衍化为神魔斗法的奇观。战国时期的《汲冢琐语》从史实到准志怪小说的过渡之功不可忽略。《汲冢琐语》主要讲卜筮之灵验、梦境之显效,以及预言吉凶的故事。完全以丛语琐谈、搜奇撷异为特色,尽管有浓重的史的味道,但和史书信实风格已相去甚远。可以说在历史散文和志怪小说之间架起了一座桥梁,这一点对后来影响极大。《山海经》同样具有丰富的小说因子,不同的是它还是地理博物传说的集大成者。该书对于海内外的名山、大川、物产、奇人、怪兽都有所记载。当然以山水而论,十九出于臆想,但这种空间观念却极富启发性,后世神魔小说中不断变换的时空可以从这里窥见影子。《山海经》的意义在于开启了人们的想象世界,提供了一种新奇的思维方式,引导人们将目光由身边的尺寸之地转向耳目之外的遐方异域。以绝

---

[1] 谭帆.明清小说分类选讲[M].北京:高等教育出版社,2007:87.
[2] 林辰.神怪小说史[M].杭州:浙江古籍出版社,1998:12.

妙的想象力虚构了众多的山川草木，奇人异兽，开启搜神志怪之风，使后世小说家大胆虚构，走上了一条迥异于史传文学的创作道路。同时它又成为后来者取之不竭的宝藏。

我国古代寓言中也包含一些鬼神的形象，特别在六朝志怪小说中。由于六朝时期战乱频繁，君王无道，于是人们从稀奇古怪的故事中逃避现实。鲁迅在《中国小说史略》中说："中国本姓巫，秦汉以来，神仙之说盛行，汉末又大畅巫风，而鬼道愈炽；令小乘儒教亦入中土，渐见流传。因此，皆张皇鬼神，称道灵异，故自晋迄隋，特多鬼神志怪之书。其文有出于文人者，有出于教徒者。"

中国秦汉时代就有大量志怪、志神的故事，还有诸如龙飞凤舞、鸟鸣九天、星宿传奇、人神互象等充满奇幻想象甚至浪漫意味的民间传说和寓言故事。例如我国先秦寓言中就有大量人神互换、人与动物互换等拟人化的故事，如《韩非子》《庄子》。《韩非子·说林下》的"魂虫"："虫有魂者，一身两口，争食相龁，遂相杀也。"短短十六个字用两头蛇比喻因争权夺利而闹得家破人亡的奸臣。《庄子》三十三篇，每篇都围绕一个中心内容，其题材大多是神话传说和民间故事。它们以幻想的方式反映现实，不自觉地把自然物拟人化，为寓言创作提供了拟人化这一个很常用而又极精简、极形象的便于寄托寓意的手段。

两汉时期产生了很多神魔小说，首先要提到的是《神异经》和《十洲记》。今存《神异经》一卷，分《东荒经》《东南荒经》《南荒经》《西南荒经》《西荒经》《西北荒经》《北荒经》《东北荒经》《中荒经》九篇。鲁迅在《中国小说史略》说它是"仿《山海经》之作"，"然略于山川道里西而于异物，间有嘲讽之辞"。可见也是通过妖神鬼怪来说喻事理的。《神异经》所记，主要是绝域荒野的怪异之物象，如"昼夜火燃，得暴风不猛、猛雨不灭"的不昼之木，"三百岁作花，九百岁作实"，"食之者地仙，不畏水火，不畏白刃"的"如何树"等，更是罕见的珍稀树种。还有写动物的，如怪异的火鼠：居于百丈厚冰下，重千斤，高千尺；飞时其翼相切如风雷的大鸟。还写到人的同类，如毛人、小人、尺郭（一名黄人）、金人，等等。

《十洲记》（又名《海内十洲记》《十洲三岛记》《海内十洲三岛记》）题东方朔撰，其书详细记录的是东方朔所言十洲及海岛，方丈洲、扶桑、蓬莱山、昆仑山的珍禽异兽、仙草灵药、神仙真人。其中《洲在东海》一篇描述了使者徐福发童男童女五百人寻长生不老药的故事，对后世神怪小说有重要的影响。而题刘向撰的《列仙传》，主要记述上古及三代、秦汉以来的神仙故事。将"人"与"神"捏合在一起，塑造人的最高级形态"神仙"的传奇故事。《列仙传》所载仙人有黄帝、彭祖、王子乔、赤松子，又有老子、吕尚、介子推、范蠡以及汉代东方朔等人的神异故事。

一般说来，汉代的神魔小说主要题材内容偏重于"神仙"，它是汉代帝王求仙术求长生心理在文学创作中的体现。以汉武帝与东方朔为故事核心的神仙小说，有《洞冥记》《汉武故事》与《汉武帝内传》，叙述的都是一些求神赐物、长生不老之类的故事。

如果说汉代的"小说"多是"街谈巷议"的道听途说，到了魏晋时期，已变为文人有意识地"创作"神魔小说。魏晋时期正是志怪小说渐趋成熟的时期。"他们有完整的故事情节，有语言藻绘，有心理描写，有人物素描，有一个较完整的叙述结构"[1]。人物的形象塑造也变得立体，有的称得上是栩栩如生。其中托名曹丕的《列异传》（一说为西晋张华撰）就写了人和鬼交往的故事，且多次描叙"异物"，即怪物。而最著名的神魔小说当数干宝的《搜神记》，这不仅在于它是第一部真正意义上的《搜神记》除了一般描写妖怪、鬼神，更多描写的是异类变化为美女的故事。

从曹丕的《列异传》到干宝的《搜神记》，再到其后大量涌现的一批以"志怪"为书名的小说集，划出了一道由"异"到"神"，再由"神"到"怪"的演变过程。在所有这些小说中，"异""神""怪"三者所指的对象，基本上是同一的。而"异"则是三者的核心，概括出"神""怪"之异于人的本质特征，从而使"神魔小说"的概念趋于定型。

其后还有东晋时期有名无名的志怪小说，如王嘉的《拾遗记》，南北朝时陶潜的《搜神后记》，王琰的《冥祥记》，刘义庆的《幽明录》《宣验志》等。隋唐五代时期则有侯白的《启颜录》，王度的《古镜记》。初盛唐时期唐临的《冥报记》《法苑珠林》，李公佐的《南柯太守传》，沈既济的《枕中记》，无名氏的《补江中白猿传》，李朝威的《柳毅传》。中唐时期张荐的《灵怪集》，薛用的《集异记》，牛僧孺的《玄怪录》，李复言的《续玄怪录》，段成式的《酉阳杂俎》，皇甫枚的《三水小牍》。晚唐杰出小说家裴铏的《传奇》则开创了神魔小说的"传奇"体裁，而且内容特色与当时的以"博异""集异""录异"为名的小说不存在本质的区别。它们都继承了魏晋以来的神魔小说传统，都重在构想之幻、情节之奇。宋金元时期的神魔小说，富有神怪意味的小说则有《太平广记》，它可以说是古代神魔小说的集大成者。它的价值不仅在于神魔小说部分所构成的主体，更在于它所发明的分类方法及寓于其中的独到的文学和历史的眼光，其神魔的分类包括："神仙""女仙""道术""方士""异人""鬼""精怪""妖怪""灵异"等42种神怪的异类。北宋时的著名神魔小说则有洪迈的《夷坚志》。其书论

---

① 金鑫荣.明清讽刺小说研究[M].南京：凤凰出版传媒集团，2007：120.

述有关物怪、古镜的故事引人入胜。而宋元话本中的神魔小说，因为是由说话人来演讲，为了争取听客，讲史艺人就将敷衍神怪故事作为争取市民听众的艺术手段，对神怪的描述更是绘声绘色，典型的如唐玄奘西行取经十七载途中所遇到的艰险情形。可以这样说，宋元话本在对神怪题材的选取、非现实形象的塑造和情节的幻设等方面均体现出独特的美学风貌，走向市井，走向通俗，为明代长篇神魔小说的创作提供了可资借鉴的宝贵经验，许多作品成为后期创作的蓝本（如《西游记平话》《武王伐纣平话》等）。宋元话本中的同题作品为明代长篇章回体神魔小说创作实实在在地架设了一座桥梁。

神怪小说演进到明初，产生了一个质的飞跃，这就是章回体长篇白话小说的问世，并逐渐占据神魔小说创作的主流地位。而引领的则是罗贯中创作的一系列的长篇神魔小说。《水浒传》中有浓重的神怪成分，如"洪太尉误走妖魔""宋公明遇九天玄女""李逵斧劈罗真人""公孙胜芒砀山降魔""忠义堂石碣受天文"等。《三国志演义》中的"左慈掷杯戏曹操""卜周易管辂知机""玉泉山关公显圣""五丈原诸葛禳星"，都是脍炙人口的章节。而罗贯中创作最著名的神魔小说当属《三遂平妖传》。它是从单篇的文言神魔小说到长篇的白话神魔小说艺术的分界岭。这里既有叙述语言和叙述方式的进化，更有对于众多神怪元素的组合与超越。《三遂平妖传》的成功正是基于罗贯中对前代神魔小说的继承、借鉴和创新。《三遂平妖传》继承了自干宝以来较为通达的神怪观。《三遂平妖传》卷首就说："生生代代本天涯，但是含情总一家。"小说最深刻之处在于揭示了"妖不自作，皆由人兴"的新"妖道"观。这里所谓的人，当时指世间的昏君、佞臣、贪官、腐吏，正是由于他们不遵"天命"，横行无忌，才使民间竞尚妖巫，幻想人间之不平事，由"妖道"来显示公平，所谓"君远天宝两不灵，滥官污吏最横行，腰间宝剑如秋水，要与人间断不平"。小说告诉读者，王则之所以失败，关键并不在于他们是"妖"，而是因为他们背弃了"替天行道"的宗旨。

明前期的文言神魔小说同样活跃，代表作有瞿佑的《剪灯新话》和李昌祺的《剪灯余话》。《剪灯新话》对于前代题材多有因袭，如卷三《申阳洞记》之与《补江总白猿传》，卷二《天台访隐录》之与《桃花源记》，皆其例证。两书都论述鬼与狐的故事，而鬼狐之情状与心理和人无异，而描述生动，虽涉鬼域，却绝无阴森狞厉之气，更多的是鬼狐的狡黠、聪明与人类的恶作剧，阅之有怡然之情，而无恐慌之意。而家喻户晓的《西游记》可以说是我国古代神怪小说史上的最伟大的长篇白话神怪小说，它自《大唐三藏取经诗话》西天取经的历史演化而来，经过民间流传和文人加工，形成完整的孙悟空、唐僧、沙和尚、猪八戒师徒四人的取经故事。但《西游记》所关注的并非"取经"本身的价值，而是"取经"这种"寻求异域之书，究其情事"的行为本身。《西游记》通过对漫漫取经路的描写渲染，极大限度地拓宽了读者的视域，玄奘师徒四人不畏艰险，远征万里，遍尝妖魔鬼怪设障之苦，艺术地展现了取经的艰苦卓绝。在描写手法上，《西游记》采用了胡适在《西游记考证》中所说的"用奇异动人的神话来代替平常的事实"的手法："沙漠上光线屈折所成的幻影渐渐成了黄风大王的怪风和罗刹女的铁扇风了，沙漠里四日五夜的枯焦渐渐地成了周围八百里的火焰山了，烈日炎风的沙河渐渐地又成了八百里，鹅毛飘不起的流沙河……"从神魔小说的发展来看，《西游记》凸显了以往神魔小说囿于现实或一般想象的狭小格局，第一次为读者展示了广阔无限的大自然的奇幻绝域，集中描叙了在现实生活中的形形色色的动植物演化而成的"妖怪"。

神魔小说发展到了清代，已呈现为一种少有傍依传说、神话为基础而由文人独立创作的形态，且在内容上开始有了从浪漫走向现实的趋势。随着明中叶以后人情小说创作的盛行，神魔小说受到其影响，开始渐与合流。作品中有了大量人情世态的描写，比如描写封建家庭内部的倾轧，表现世家子弟的腐朽堕落；通过日常生活的描叙，来表现人与人之间的矛盾。但是，其基本倾向还是属于神魔小说，只不过是在人情小说的影响下，作品已更具现实感，更多且更真实地展现人情世态。清代的神魔小说就是这种发展倾向的证明，从《绿野仙踪》到《镜花缘》再到《济公传》都是如此的。可以说，《绿野仙踪》是清代最成功的一部兼具人情小说特点的神魔小说，从它的身上就表现出了神魔小说与现实联系更多、更紧的创作倾向。

说到底，神魔小说的流传与风行乃是人类原始思维的一种集体释放。因为原始人类经常把人类主体的行为、意愿、感情和整个生命都投射到客体世界中去，并通过意念和想象幻出种种超现实和超自然的神奇事物。在他们的心目中，物象和心象，事实和意念，客体事物的变化和主体情绪的波动，客体无意识的运行和主体有意识的行为，经常混为一体，构成了心物不分，天人合一的混沌世界。在这样的一个世界中，万物有了生命，有了行为，具备了灵魂，都可能成为崇拜的对象。单靠描述多种观察秩序，未必能对此等秩序做出清楚的解释，未必能满足释疑的需要。于是原始人类又发展了自己的思维，进一步运用投射——幻化的方式，创造出与自然崇拜、祖先崇拜、图腾崇拜相关的神话世界和巫术世界，在神话、巫术神怪类型的世界中得到了更深一层的满足。正是从上述意义而言，我国古代的神魔类小说与我国的神话传统、巫术一样，是一种投射——幻化思维，亦可称之为原始——神话思维。进而言之，这种投射——幻化思维还凭借描述天人合一和情景互渗、人神互渗等状态来构造人类世界及其深层秩序。

总之，从先秦、两汉、魏晋南北朝，至唐，再历经宋元，以神怪为题材的神魔小说不绝如缕，从准志怪、志怪、灵怪一路迤逦行来，至明清的神魔世界，终于蔚为大观。神魔小说从现实出发向古代人物、向神话世界、向幻想世界开拓，从而在小说中展现出广阔的描写空间，具有非凡的形象体系，充满了丰富的象征意味。

二、神魔小说的主要题材类型

依据题材，神魔小说可分为以下三类。

第一类是由随经故事演化而来，即"说经"故事与"小说"的神仙灵怪共同作用下的神魔小说，如《西游记》。它的主要故事骨干唐僧取经及如来、罗汉菩萨和玉帝、老君、龙王等佛道两大神祇系统，都来自这两大神祇系统中的故事传说。但是，这些故事走出寺院在民间流传的过程中，又增加了许多人民群众幻想的故事，最后经吴承恩的想象和创造，使之成为一个隐含针砭现实人世又神奇超越尘世的完整故事。这种再创造，无论在故事内容上还是表现手法上，都脱离了说唱文学（"说经"）的范围。另外，像《西游记》的续书、《东度记》等，虽然艺术成就不如《西游记》，但其题材类型、创作精神基本是一致的。

第二类是由讲史故事分化而来，即历史幻想化的神魔小说。史事只是一点由头，真正着墨的重点在于神魔之争，是借史事而自逞幻想。这类小说本身又有两个发展阶段：首先是历史故事幻想化的阶段，如《平妖传》《封抻演义》《女仙外史》等，其基本情节主要人物与正史所载大致相似，或贯以想象幻想之情，或衬奇幻瑰丽之景，或糅野史性闻之事，从而使历史故事幻想化。因此，人们就逐渐不把这类作品当成历史，而是作为小说来读。其次，随着接受阶层审美观的变化，就出现了幻想成分增多、历史成分减少的创作趋势，即幻想故事历史化的阶段，如《希夷梦》《归莲梦》等。它们不是演化某个具体的历史事件，而是借虚构之事来写历史、现实及理想，使幻想故事历史化，有较强的艺术概括性。

第三类是由民间故事演化而来，即民间文学化的神魔小说，包括宗教故事的演化与民间故事的改编两种形态。前者如《八仙出处东游记》《北游记玄帝出身志传》《南海观音出身传》等，其中或沉淀着古代民俗信仰的文化精神,或塑造着人民心目中的英雄形象,或敬仰某种非凡之壮举,或寄托某种理想之愿望。后者如朱名世的《牛郎织女传》、玉山主人的《雷峰塔奇传》,就是根据民间长期流传的四大传说中的两个传说改编的。改编后的小说,虽然也反映一定的现实,也具有神奇的幻想。

实际上,神魔小说还有另外的变种,即寓意讽刺类的神魔小说,其借幻寓意、托幻刺世的主要特点使它们有别于传统的神魔小说。它们与现实性讽喻小说有相通之处,即讽喻意味浓厚,但二者的区别也很大,寓意讽刺类小说必须借助非现实形象达到刺世、劝讽的目的。对神魔形象的依赖,对幻境的借助,使它成为神魔小说家族的新成员。《三教开迷归正演义》《扫魅敦伦东渡记》《西游补》《斩鬼传》等是此类作品的代表。

第二节 富有浓郁社会生活气息的《西游记》

妖怪、精怪在古代人们的心目中一直以来就有着一种魅惑、陷害人类的特性。但是,到了唐代,许多妖怪则具有了丰富而明显的人情性以及社会化的特征;与此同时,它的怪魅、蛊惑的特性还依然顽强地存在。在唐五代之后林林总总的文言、白话类妖怪小说中,妖怪形象的人情性、社会性更见提高,更为丰富。明代吴承恩所创作的神魔小说《西游记》一书,就塑造了大量的妖精形象。其中的主角如孙悟空、猪八戒均为妖怪,但他们的语言、举止、行为、性情则充满了人情味,也有着浓郁的社会生活气息;与之相对的,还有像牛魔王、红孩儿、白骨精、黄袍怪等取经路上出现的大大小小的妖怪们,他们是作为故事的反面角色出现的,一方面体现了妖怪魅人、害人的特征,但另一方面,其身上也体现了相当多的社会化、人性化的因素。可见,《西游记》在很大程度上强化了妖魔社会化特征。

吴承恩(约1500—约1582),字汝忠,号射阳山人,山阳(今江苏淮安)人。他的曾祖父、祖父两世相继为学官,而其父却是一个好读书而不善于经营的小商人。吴承恩受家庭熏陶,自幼聪明多慧,勤学于书,可是在科举上不得志,直到40多岁才得了一个“岁贡生”。60多岁时做过浙江长兴县丞,又因不满当时官场腐败,不久便辞官归乡。后又任荆王府“纪善”之职,虽属王府长史司(正八品),但实为闲员,其间完成了《西游记》的创作。《西游记》用虚幻的方式描绘一个神魔世界,但是在这个世界生活的鬼神妖怪都具有人性,神魔世界的种种冲突蕴含了较多的社会现实冲突,因此,许多故事可视为现实生活的翻版,曲折地反映了明代的社会现实。

《西游记》共一百回，其故事情节由三大段落组成。前七回用较长篇幅描绘孙悟空的来历。第八回至第十二回叙述唐僧的来历及西天取经的原因。第十三回至第一百回，写取经的艰难历程以及东返成正果。

《西游记》以孙悟空"大闹天宫"开始，突出了孙悟空的人物性格和他的叛逆反抗精神。孙悟空本是仙石中崩裂出来的石猴，无父无母，他占据花果山，率群猴过着自由自在的生活。后拜菩提祖师为师，学得七十二变本领；继而大闹龙宫，取来大禹治水时测定江海深浅的神铁，搅得翻江倒海之后又独闯地府，一笔勾销了猴类生死簿，从此超脱生死。玉皇大帝害怕他威胁到自己，改降服为招安，封他做"弼马温"。后来孙悟空识破骗局，又竖起"齐天大圣"之旗，玉皇大帝调来天兵天将擒拿孙悟空，结果被悟空打得落花流水。玉皇大帝又调来二郎神，在各路神仙的协助下，把悟空捉住，将他投入太上老君的八卦炉中，悟空反而炼出火眼金睛。最终，孙悟空逃不出如来佛祖的掌心，被压在五行山下。后来被唐僧救出，同往西天取经。在取经路上，师徒四人共历八十一难，在种种困难和挫折面前，悟空始终保持机智灵敏的头脑和坚强不屈的精神。三打白骨精、大战红孩儿、决战小雷音等故事都反映出孙悟空至死不屈的斗争精神。

《西游记》的艺术特色在于其奇幻、奇趣。

先说奇幻。小说通过大胆丰富的艺术想象，引人入胜的故事情节，创造出一个神奇绚丽的神话世界。孙悟空活动的世界，天上地下，冥府龙宫，七十二般变化，十万八千里的筋斗云，无所不至，无拘无束。第六回写孙悟空与二郎真君斗法，孙悟空一会儿变作一只麻雀，一会儿变作一只大鹚老，一会儿变作一条小鱼，一会儿又变作一条水蛇，最后变作一座土地庙，只有尾巴不好变，竖在后面，变作一根旗杆。第七十五回，写孙悟空钻到青毛狮子怪的肚子里打秋千，竖蜻蜓，翻筋斗。第八十四至八十五回，写孙悟空在灭法国与妖道做斗争，充分展现他的智慧和武艺，用铁棒变作剃刀，用毫毛变出无数理发匠，一夜之间使得国王皇后嫔妃宫女五府六部的官员，全成了秃子，因而使唐僧安全通过。如此这般的笔墨，真是神奇莫测，匪夷所思。

再说奇趣。《西游记》中唐僧师徒四人取经路上尽是险山恶水，妖精魔怪层出不穷，充满刀光剑影，孙悟空的胜利也来之不易，但读者的阅读感受总是轻松的，充满愉悦而一点没有紧张感和沉重感。这首先跟人物形象的思想性格有关。孙悟空的形象有一个显著的特点，就是乐观主义，所谓"人间喜仙"，具有一副天生的喜剧性格。他以斗妖为乐事，以斩魔作耍子。他修成正果时的名号叫"斗战胜佛"，真是名副其实。战斗成了他人生的一种追求，一种境界，一种享受。因此，再艰苦的战斗，他都能举重若轻,当作一场游戏。

《西游记》以恢宏的想象力塑造了一大批神仙妖魔形象,但又不同于《搜神记》等作品,它虽写神迹而直指现实社会生活,使得"神魔皆有人情,精魅亦通事故"。在《西游记》以前,降妖伏魔故事虽已逐渐发展为一个较为普遍、非现实的叙事模式,但总的来说是远离人间生活气息的,是非常玄虚的神话传说。吴承恩在广泛借鉴这些故事的同时,又淡化了其朴野、荒诞的色彩,而强化妖魔的社会特征,使降妖伏魔成为表现社会矛盾的一种明快、活泼的形式。《西游记》虽然写神、写佛、写圣,但这些超凡脱俗的神、佛、圣不再高高在上,而是和世人一样,有着喜怒哀乐,有着生动鲜明的性格特点。小说里的人物,有无穷的本事,孙悟空不用说,就连猪八戒也是天蓬元帅出身,有他的不凡之处。但作者在写他们超凡入圣那一面的同时,又处处注意点示他们身上的社会品性和世俗思想,写得很富于人情味。例如,第四十一回,写大战红孩儿,孙悟空被三昧真火烧着,跳入涧水中救火,却可"被冷水一逼,弄得火气攻心,三魂出舍"。接下来有一段猪八戒和沙僧救助孙悟空的描写,表现了取经途中师徒四人的亲切关系。八戒和沙僧一听说师兄遇险的消息,"急忙解了马,挑着担,奔出林来,也不顾泥泞,顺涧边找寻"。当发现孙悟空从急流中漂下来时,小说这样写:"沙僧见了,连衣跳下水中,抱上岸来",见他四肢僵硬,全身冰冷,便"满眼垂泪道:'师兄!可惜了你,亿万年不老长生客,如今化作个中途短命人!'"猪八戒开始还说是孙悟空装死来吓他们的,劝沙僧不要哭,一听沙僧说"浑身都冷了"时,只剩"一点儿热气"时,也就赶快替他按摩。看他:"将两手搓热,仵住他的七窍,使一个按摩禅法。"经八戒一番"按摸揉擦",孙悟空终于苏醒过来,一醒来,张口就喊了一声:"师父啊!"沙僧很感动地说:"哥啊,你生为师父,死也还在口里。且苏醒,我们在这里呢。"这段情节,揭示了取经途中四人相依为命、互相关心、互相帮助、共同战斗的亲切关系。这种关系完全是现实中人与人之间美好关系的真实写照,所以读来十分感人。

在《西游记》创造的那个严整有序的神佛世界里,也有君臣等级和朝野之别,也有一套类似尘世统治机构的命令、宣调、奏议、行赏、责罚的行政手续和管理的方式。"作者自觉、明确地将这样一个世界纳入了自己独特的艺术构思,并时时以调侃、嘲讽的态度去揭开蒙在它外面的那层貌似神圣、威严的面纱,把隐藏于其中的昏聩和丑恶赤裸裸地暴露出来"[①]。书中所写的皇帝,无论是天上的玉帝,还是地上的国王,大多是一些荒淫享

---

① 宁稼雨,冯雅静.《西游记》趣谈与索解[M].沈阳:春风文艺出版社,1997:230.

乐、贪恋女色、信奉道教的昏君。玉帝是庄严而又神圣的最高统治者的代表，在作者的笔下却是一个自私而又暴虐的形象。如凤仙郡侯"原来十分清正贤良，爱民心重"，只因偶一不慎，推倒供桌，触犯了玉帝的尊严，就罚全郡大旱三年，给人民带来极大的灾难，造成"十门九户俱啼哭"，"三停饿死二停人，一停还似风中烛"的悲惨情景。这显然是地上的封建皇帝专横残暴面目的折射。连阴司冥府也讲人情，可以随便涂改生死簿。唐太宗入冥，因魏徵与判官崔钰生前是八拜之交，一封信就给唐太宗增加了阳寿二十年。那个"坐于利欲胶漆盆中"的如来佛祖，对手下人索要"人事"不仅不加制止，反而采取了肯定和欣赏的态度，还唯恐获利不够。弟子替人诵经一遍，得了三斗三升米粒黄金，如来尚嫌卖得贱了。这里的如来不是一个慈悲为怀、普度众生的佛祖，而是一个漫天要价、坐地还钱的市井老板。而小说中所写的称王称霸、残害百姓的妖魔，也是社会上各种黑暗、邪恶势力的幻化。小说第七十六回，作者曾这样描写妖魔侵占下的狮驼国：

> 攒攒簇簇妖魔怪，四门都是狼精灵。
> 斑斓老虎为都管，白面雄彪作总兵。
> 丫叉角鹿传文引，伶俐狐狸当道行。
> 千尺大蟒围城走，万丈长蛇占路程。
> 楼下苍狼呼令使，台前花豹作人声。
> 摇旗擂鼓皆妖怪，巡更坐铺尽山精。
> 狡兔开门弄买卖，野猪挑担干营生。
> 先年原是天朝国，如今翻作虎狼城。

这里描写的场景，是一幅暗无天日、地方骚然的现实社会的漫画。作者以当时的狮驼国暗喻明代社会，以虎狼之辈讽喻横行霸道、鱼肉乡里的宦官权臣、藩王勋爵、地方豪绅和狡胥黠吏，控诉他们令人发指的罪恶。

值得注意的是，许多妖魔都与神佛有着千丝万缕的联系，他们来自神佛，收服后又归于神佛。这也是人间社会官官相护的关系网的一个真实写照。

《西游记》集取经故事之大成，同时也加入了作者的加工创造。无论是来自传统的取经故事，还是取经故事以外的民间传说，经过作者精妙的艺术加工，都变得面目一新。在吴承恩的笔下，唐僧比历来取经故事中的形象更加具有创造性。在唐僧的身上，我们已经看不到原始玄奘的那种不惧艰险的优秀品质，看到的是封建儒士的迂腐和佛教徒的虔诚。通过唐僧和孙悟空的对比,作者大大肯定了孙悟空的战斗精神,批判了唐僧向恶势力屈服的软弱态度。在小说中,对于那些在生活中原本就是丑恶的东西,作者有的只是强烈的憎恨。龙婿九头虫身为恶贼,害人不浅,作者就为龙子龙父安排下斩尽杀绝的下场。取经"要人事"则暴露了庄严法相后面隐藏着的丑恶世俗。《西游记》的语言有散文,有韵文,它汲取了民间说唱和方言口语的精华。作者写人物往往寥寥几笔便神采焕发,还能揭示出他们微妙的心理活动。在结构上,《西游记》以取经人物的活动为中心,逐次展开情节,个个小故事都相对独立,错落有致,而又因果分明。各段故事之间,大多泾渭分明,这表现了作者在结构组织上的匠心。

《西游记》自问世以后,流传很广,还引起了人们对神怪题材的广泛兴趣,于是出现了一些借历史事件写神魔战斗的小说,如《三宝太监西洋记通俗演义》《封神演义》等。

第三节　由史变幻的神魔小说

由史变幻的神魔小说与历史都有关系,但在明清两代,还是有所侧重,有所变化的:或是以史实为主干,以神怪奇幻为枝叶,把历史故事幻想化,如《三遂平妖传》《封神演义》《女仙外史》等;或是以虚幻人物为中心,以史实为点缀,建造空中楼阁,使幻想故事历史化,如《希夷梦》《归莲梦》等。不过,即使题材不同,这些作品所体现的主旨无非都是探索历史、表现忠奸、揭露现实三者结合。同时,在形象塑造方面,都是人性重于神性,活动多在人间。下面就分别阐述由历史故事而幻想化的神魔小说和由幻想故事而历史化的神魔小说。

一、由历史故事而幻想化的神魔小说

把历史故事幻想化的神魔小说,如罗贯中与冯梦龙的《三遂平妖传》、吕熊的《女仙外史》和《封神演义》。

《三遂平妖传》是罗贯中根据历史事实的民间传说以及市井流传的话本进行整理、编写而成。较早的本子是二十回本。现存钱塘王慎修校梓的四卷二十回本,是罗贯中原本的重印本,通常称作武林旧刻。明万历四十八年(1602),冯梦龙将二十回本《平妖传》增补为四十回,即现今广为流传的本子。如果将二书作一比较,则会发现,二十回本语言质朴、笔法流畅，但情节安排欠周密。四十回本虽然改动较大，但也主要是在情节方面对二十回本作了较多的增加。小说讲述的是北宋贝州王则、胡永儿起义的故事。王则之乱平定，得力于诸葛遂智、马遂及李遂三人，因三人名字中间各有一个"遂"字，故名"三遂平妖传"。王则起义之事，《宋史》有载。小说所述，虽然有一定的史实基础，但中间夹杂了大量的神妖斗法之事。四十回本前十五回主要写蛋子和尚盗得九天秘籍"如意册"，在圣姑姑的主持下，和左黜儿一道，炼成七十二般道术。十六回起和二十回本的第一回衔接起来，写胡媚儿托生到胡员外家，改名永儿，在其前世生母圣姑姑的秘密传授下，练就一套杀伐变幻的本领，并在圣姑姑的周密安排下，超度了卜吉、任迁等，收之为党羽；又把永儿嫁给王则为其内助，同时嘱托众妖人一齐做王则的辅佐。然后趁贝州军士哗变之机，以妖术挪运官库中钱米，买军倡乱，杀死州官，据城为王。朝廷遂派文彦博率师剿杀，因得诸葛遂智、马遂、李遂"三遂"之助，最后是"贝州城碎剐众妖人，文招讨平妖转东京"。小说虽视农民起义为"妖"，其深刻之点在于，揭示了"妖不自作，皆由人兴"的哲理，由于朝廷昏庸，贪官横行，才激起了王则的起义，从而肯定了人民反抗的正义性。同时，小说又强调妖法之不可恃，一旦背离"替天行道"的宗旨，蜕变为新的虐民者，就必然遭到失败的命运。作品共写160多个人物，比较鲜明的形象有王则、胡永儿、圣姑姑、蛋子和尚、左黜(胡黜儿)、张鸾等。透过变形描写的迷雾，展现在读者面前的"妖"，实际上是一群"有情之物"，他们的人品道德，比起那些贪官污吏来，要高尚纯正得多。这里重点说说胡媚儿(胡永儿)、王则、圣姑姑、蛋子和尚、左黜这几个主要人物。

胡媚儿，本为雁门山下狐精，与其母圣姑姑云游求道，中途遇怪风，刮落淑景园中，得张鸾收养，视同骨肉。雷太监见其妖丽，依势纳为"干妻"，赖张鸾得以保全。媚儿闻礼部选妃，乘夜潜入皇城，希图蛊惑太子，为关圣所斩，托生胡员外家，取名涌儿，后改永儿。圣姑姑见永儿长大聪明，意欲把法术教导她，因深闺绣阁不好相见，便使神通降来天火，把胡家烧得赤贫。永儿雪天买得六个炊饼，圣姑姑化装成叫花婆子向永儿讨吃，永儿慷慨让与。圣姑姑赠给如意宝丹，永儿据以学得变钱米之术，胡家得以重兴。胡员外恐永儿生事牵连全家，杀之不死，硬将其嫁给了焦员外的疯儿子。后来，永儿又偷偷去邓州投奔圣姑姑，设美人计，骗得王则加入妖伙，并嫁与王则为妻。王则义军占据贝州后，她施妖法打败刘彦威五千人马的进攻。又乘胜占领了十数县城，永儿被封为王后，后朝廷派文彦博率军来剿，永儿使出恶毒妖法，欲致文彦博于死地，因被天神识破而未成。后被天雷震死，现出母狐原形。小说写永儿是张昌宗托生，转男作女，与武则天托生的王则重谐旧约，再结新欢，又写张院君焚仙画而产妖胎，都甚为怪诞不经。胡永儿虽是妖种，然而心地慈悲良善，尤其是机智谐谑的性格，刻画十分生动。

王则是宋时恩州县衙门的一名下级军官。后在恩州起义，成为义军首领。他从小好女色，被女狐胡永儿设美人计骗入妖地，由母狐圣姑姑做主，将永儿嫁与他为妻。圣姑姑命胡永儿带手下十万人马助他成事。这十万人马是"剪草为马、撒豆成兵"的妖军。王则新婚三日而别。以后在蛋子和尚、胡黜儿等辅佐下，杀了州官张德，三败刘彦威五千人马，朝廷大惊，派西京留守文彦博率十万大军，用猪羊血和马尿大粪等秽物，喷除妖法；后来玉皇大帝又派九天玄女娘娘下界收伏妖首圣姑姑；官军又在诸葛遂智、马遂、李遂等的协助下，这才大败王则。王则最后被"凌迟处死"。王则在小说中是个否定的人物，写得比较概念化。但书中也写出了王则慷慨结交的好处，对于王则造反的正义性也给予了充分的肯定。小说强调的是王则在胜利形势面前逆天而行，奢淫无度，大失民心，终于归于失败的历史必然性，具有深刻的意义。

圣姑姑是贝州妖乱的策划者，是多年修炼成精的一只白色母狐，自号"圣姑姑"。曾生一雄狐即为胡黜儿，一雌狐即为胡媚儿。圣姑姑盗得九天秘籍"如意宝册"，潜心研读，精通其法。又经过三年修炼炼成"七十二般地煞邪法"。后来她召回胡媚儿转世托生的胡永儿，并超度了卜吉（拉车的）、任迁（卖炊饼的）、张琪（卖肉的）和吴三郎（开饭铺的）等市井平民，为贝州妖乱组织了班底。圣姑姑趁官府张挂榜文围剿妖人的时候，挑起民众与官府作对；又命胡永儿嫁给王则作为内助，嘱众妖人作王则的辅佐。在贝州军士向官府索粮饷时，她以妖术挪运官府中钱米，并杀死了州官。妖乱既成，被尊为"圣母娘娘"。后来刘彦威、文彦博率军剿妖不胜，直到九天玄女娘娘下界施法，圣姑姑才被降伏。圣姑姑是众妖的首领，王则起义的策动者，因而是《平妖传》真正的主人公。她砺志图功，为义军起事作了周密的安排，在人员调度、钱粮准备、作战部署等方面倾注了巨大的精力。圣姑姑的形象充满奇幻色彩，但也不乏现实精神，尤其是与黜儿、永儿的母子、母女之情，写得细腻感人。

蛋子和尚原是一个肉蛋中孵出的妖僧。他在云梦山下草棚中栖身，专等五月端午日雾气开时，便去白云洞中盗法，如此辛苦三年，三盗白云洞壁所刻九天秘籍——如意宝册。因不能辨此天书，经袁公指点，遍访圣姑姑，又费三年之功，与圣姑姑、胡黜儿等炼成七十二般地煞邪法，为后来王则起兵反朝廷作了充分的准备。他见义勇为，打杀了曾僧；他藐视权贵，戏闭过法场；他协助王则打击贪官污吏，成为义军的中坚力量。他常把"替天行道"四个字存在胸中，最后终于良心复萌，自愿倒戈，由妖众的先锋，一变而为除妖的干将。他变化成甘泉寺老僧诸葛遂智，用"天罡正法"击破了起义军的"地煞邪法"，为朝廷立下平妖的汗马功劳。

左黜为圣姑姑之子，原名胡黜儿，因左股为猎人射伤，改姓名为左瘸儿，亦名左黜。与其母圣姑姑求师问道，因腿脚不便，留在剑门山下关王庙中做道士，人又称为瘸师。后圣姑姑得蛋子和尚天书秘法，命左黜同来修炼。博平县张鸾祈雨，左黜与之斗法，引张鸾会见圣姑姑。又故意大恼任迁、吴旺、张琪，使之拜在圣姑姑门下。贝州军变，左黜以法术搬来钱米散军，又斥责知州张德害尽贝州人，要为贝州人除害。王则称王，封左黜为国舅，收纳十个美女，日夕取乐。文彦博前来征讨，张鸾意欲归降，左黜斥之。王则败后，左黜被九天玄女照破原形，着雷部震死。左黜是神通广大的妖狐，但淫性不改，始为调戏民女而伤左腿，终为腐化淫靡而取败，在小说中是个基本上被否定的人物。

《三遂平妖传》与其他专门写神魔的小说作品不同，书中的一些主要人物不是活动在天宫或地府里，而始终是立足于人间社会。这些人物的喜怒哀乐或者是衣食住行，无不与常人相同，只是在必要的时候他们才施展一下法术，多数又都是针对着统治阶级而发。他们是一群有血有肉的真实人物，他们的一言一行，无不具有社会性和浓烈的人情味。

在语言表达上，《三遂平妖传》也有很强的艺术表现力。它在对市井口语的提炼上，朴素流畅，幽默泼辣，往往只在三言两语间，便能充分地体现出人物性格来，并能绘声绘色地描摹出复杂而又细微的事物，贴切巧妙，引人入胜。例如，书中第三回写猎户赵壹因打伤了那只雄狐，回来说与乡人，乡人不信，便欲领他们前去寻找，偏遇上阴雨连绵，当形容他的心态时作者写道："赵壹那时恨不得取一根几百丈的竹竿，拨断云根，透出一轮红日。又恨不得爬上天去，拿几万片绝干的展布，将一天湿津津的云儿展个无滴。"把人物内心那种焦躁的情绪写得淋漓尽致，文字语言形容上也十分贴切、华美。

《女仙外史》一百回，约成书于康熙四十二年（1703）。作者吕熊，生卒年不详，字文兆，号逸田叟。作品假托唐赛儿系嫦娥转世，燕王朱棣系天狼星被罚，他们为了天上的宿怨便在人间成了仇敌。燕王起兵谋反，攻入南京，建文皇帝逃走，而唐赛儿就起兵勤王，普济众生，经过前后二十多年的争斗，最后兵临北平城下，追斩朱棣于榆木川，功成升天。关于唐赛儿起义之事，正史有记载，主要见于《明史·成祖纪》《明史纪事本末》等书。《女仙外史》虽然是以这次起义为题材，但是在作者主观创作意图指导下变形的描写，改变起义的性质，作者在开篇就陈述题旨："女仙，唐赛儿也,就是月殿嫦娥降世,当燕王兵下南都之日,赛儿起兵勤王,尊奉建文皇帝位号二十余年。而今叙他的事,有乖于正史,故曰《女仙外史》。"可见,作者为了表现"褒忠殛叛"的主题,有意地把唐赛儿起义和明王朝削藩与反削藩的斗争扯在一起,杜撰了许多情节,把农民起义写成统治阶级内部的斗争,从而改变了唐赛儿起义的基本性质。作品也让一系列的释、道、魔等仙怪分别参与到唐赛儿和朱棣的阵营中,连不少历史人物也被神仙化了。书中的征战杀伐则往往被描写成为仙怪们的道术之争、法宝之斗。整个作品表现出了十分浓厚的神怪色彩。有强烈的神魔小说意味。作者在"自跋"中写道:"善善恶恶之公,千载以前,千载以后,无或不同;其与世道人心,亦微有关系存焉者。是则此书之本也。至若杂以仙灵幻化之情,海市楼台之景,乃游戏之余波耳。"全书结构宏大、紧凑,情节生动,语言也较明快流畅。

《平妖传》和《女仙外史》虽然未能正确地反映起义的历史进程,但一些客观的描写和民间的传说,却在某种程度上反映了当时的社会历史风貌,具有一定的认识价值。第一,在探索历史方面。作为历史故事的演化,二书的作者都能在作品中透露出较为进步的历史观。《平妖传》虽然把起义英雄视为"妖",但能在第三十七回借李长庚之口明确指出:"妖不自作,皆由人兴。"龚澹岩在评《女仙外史》第十七回时也总结道:"天定可以胜人,谓一时之败。人定可以胜天,乃百世之纲常。"从"妖由人兴"到"人定胜天",可以看出两部作品对历史探索的共同基调。第二,在表现忠奸方面,主要是借历史影射现实。像《女仙外史》写唐赛儿起义勤王的耿耿忠心和铁、景二公的忠愤气概、英灵飒爽,写叛臣的凶残暴虐,都表现出鲜明的褒贬之意。第三,在揭露现实方面。《平妖传》一方面揭露了统治阶级的腐朽和贪婪,客观上透露了"官逼民反"的真实消息;同时还描写了病态的封建社会的许多丑恶现象。《女仙外史》则在抨击封建社会末期的种种社会弊病的同时,还针对弊病提出了某些大胆的社会政治主张,如重订取士制度、颁行男女仪制、奏正刑书、请定赋役等,从而使处在水火之中的人们能够呼吸到一些希望的气息。两部小说的作者杂以神仙道士之术,贯以想象幻想之情,衬以奇幻瑰丽之景,将两个历史故事幻想化。

《封神演义》一百回,成书年代难以确考,一般认为在明穆宗隆庆至明神宗万历年间(1567—1619)。日本内阁文库藏有明万历年间的舒载阳刻本,据考证是现存最早的版本,二十卷一百回,别题《武王伐纣外史》。至于作者,一般认为是许仲琳,舒载阳刻本题作"钟山逸叟许仲琳编辑"。和我国早期长篇小说一样,《封神演义》也是民间创作和文人加工相结合的产物。从《楚辞·天问》《诗·大雅·大明》《淮南子·览冥训》、汉贾谊的《新书·连语》、晋常璩的《华阳国志·巴志》、晋王嘉的《拾遗记》等的记载中，可以想见秦汉魏晋时关于"武王伐纣"的故事在民间流传的盛况。到了元代，说书艺人汇集了民间的传说、文人的记载，编成一部讲史话本——《武王伐纣平话》，第一次从小说的角度较完整地演述了妲己惑纣王、纣王暴虐、姜子牙佐武王伐纣、纣王妲己伏诛这段殷周斗争的历史故事。可以说，《武王伐纣平话》对《封神演义》起范本作用。小说讲述了天上的神仙分为两派参与武王伐纣的故事。整个故事大致可分为四部分：一是纣王乱政，从开头的女娲宫进香一直到黄飞虎反商；二是殷商伐西岐，从张桂芳伐西岐一直到殷郊归天；三是武王伐纣，从战孔宣到纣王自焚；四是归国封神，分封诸侯。

作为神魔小说的《封神演义》，顾名思义，既是"封神"，又是"演义"，因此，在题材构成方面与一般的历史演义小说有着明显的区别。作为讲史话本的《武王伐纣平话》和作为历史演义的《列国志传》《有商志传》，虽然有着历史演义小说"以理揆真，悬想事势"和"实者虚之，虚者实之"的虚构特点，但其中并没有过多的神异情节。而《封神演义》则发展了历史演义小说的想象和创造，化真为幻，化实为虚：一方面改写了《武王伐纣平话》的某些情节，另一方面作者在殷周斗争中糅进了不见经传的阐截两大教派的斗争，大批的神话人物，包括曾经独立在民间流传的八臂哪吒、灌口二郎、托塔天王和作者自己创造的申公豹、土行孙等，都被组织在殷、截和周、阐两个阵营的斗争中。于是，政治集团的斗争与宗教门户的斗争混在一起，人间的战争变成了神魔斗法。虽然作者一方面勾勒了"武王伐纣"的历史轮廓，但另一方面又给历史涂上了一层浓厚的神奇怪诞的色彩。

"武王伐纣"是一个纷纭复杂的历史之谜，由于阶级和时代的局限，作者很难正确理解和解释历史和现实中的种种复杂现象。于是，就捏造了一条"斩将封神"的线索，一切都用"天命"来解释。在"天命"面前，无所谓兴衰变迁，无所谓忠奸邪正，即使是神通广大的神仙，在神圣而崇高的"天命"面前，也"个个在劫难逃"。在小说里，看不到尖锐复杂的社会矛盾，看不到人类社会的发展规律。看到的只是一些笼罩着光圈的神仙和超人的宿命力量。于是，天命的必然性代替了历史的必然性，一场社会历史悲剧成了命运的悲剧。可见，"天命"二字是作者有意用来贯穿全书的思想线索。

作为半是神魔小说、半是历史演义小说的《封神演义》，除了幻想的线索，还有一条"武王伐纣"的历史线索。作者一方面揭露了纣王的无道：设炮烙，置肉林，造虿盆，剖孕妇，敲胫骨；为政不仁，不恤臣民，宠信群小,杀戮大臣,沉湎在酒色之中,致使朝政日非,人心离散,民怨鼎沸,诸侯侧目,这是武王伐纣的原因。同时,作者还仔细地描写了武王及八百诸侯奋起反商的过程,并反复阐述了"天下者,非一人之天下,乃天下人之天下"的道理。可见,武王伐纣,是有道伐无道,是顺应历史发展潮流的,是合乎人心、顺于民意的正义之举。这就形象地反映了一个腐朽的统治集团和一个带有民主性力量的集团间的冲突和斗争的过程,揭示了腐朽必然灭亡和新生必然胜利的历史真理。

《封神演义》构思上的重要特点是故事性特别强。殷军伐西岐,周兵攻朝歌,兵来将挡,水来土掩,一个悬念引起另一个悬念,一个高潮预示下一个高潮。每个大将都有一件法宝、一样绝技、一种战术,每段故事都带来花样翻新的场面。百回小说经常有相对独立的人物小传。《封神演义》在历史大框架中纵横想象的长篇叙事方式,有人称为"拟史诗";小说有一定的史诗风格,却主要以奇特瑰丽的想象取胜。神仙妖魔、奇人奇貌奇活儿,踢天弄井,腾挪变化。

《封神演义》塑造了一批别具风采的人物形象。殷纣王是古代小说最成功的暴君形象,被称为"东方的尼罗王"。"纣王"成为"暴君"的代指,"助纣为虐"成为成语。狐狸精化身的妲己,既淫荡、狡猾、残忍,又妩媚、俏皮、工于心计,充满享乐欲和虐待狂。妲己使得"狐狸精"成为中国人对坏女人的统称,是古代小说不可多得的"恶之花"。至于臂套金镯、肚围红兜的光屁股娃娃哪吒,是中国最有名、最可爱的小淘气,是古代文学最有光彩的少年英雄形象。《封神演义》刻画了大批性格鲜明的凡人及神魔形象,如雄才大略的姜子牙,正气凛然的闻太师,愚忠愚孝的伯邑考,英武刚烈的黄飞虎,暴躁如火的黄天化,英勇又好色的土行孙,反复无常的小人费仲等。

除上述三部作品,还有一部值得一提,即将历史故事幻想化的神魔小说《三宝太监西洋记通俗演义》,简称《西洋记》,二十卷一百回,现存最早刻本是明代三山道人刻本。据考证,作者为罗懋登(生卒年不详),字登之,号二南里人,主要活动在明万历年间。小说讲述的是明初郑和、王景弘等人下西洋通使三十余国之事,并穿插了许多神魔故事和奇事异闻。发生于明初永乐年间的郑和下西洋,不仅《明史》有记载,而且还留下了许多史料和传说。史料方面有一批随郑和出使的人们的著作,如马欢的《瀛涯胜览》、费信的《星槎胜览》以及郑和本人所写的《通番记》等;传说则主要是大量的民间传闻,在郑和还活着或者死后不久的时候,他下西洋事迹已被神化,从而在渴望探求奇异的人们心中唤起了浪漫的幻想。在艺术表现方面,《西洋记》最突出的特点就是广收民间传说,使一些情节叙述起来比较生动感人；其次是诙谐，作者往往能在一些浅俗的插科打诨中融入较为深刻的意义。

总之，以历史故事为主体、以幻想为枝叶的神魔小说，虽然其枝叶对人们认识主体有所妨碍，但从审美心理看，却造成一种艺术距离感。因此，当人们读这类作品时，逐渐不把它们当成历史，而是作为小说来读，颇受读者的欢迎。

二、由幻想故事而历史化的神魔小说

《希夷梦》《归莲梦》是由幻想故事而历史化的神魔小说中有代表性的几部小说。

《希夷梦》（又名《海国春秋》），全书四十回，约40万字。不题撰人，据序知为新安人汪寄所作，成书于乾隆年间。小说讲述宋初吕仲卿、韩速及李之英、王之华的梦幻故事。吕、韩反对赵匡胤篡权失败，欲投南唐，但南唐腐败无能。于是二人至黄山希夷老祖洞府中，睡于石上，梦入浮石国为客卿，建功立业。一梦醒来，仍身在黄山洞中，二人有所感悟，随希夷老祖学道去了。作品以洋洋40万言讲述一梦幻故事，前所未见，实是作者的一种创造。作品通过"浮山梦境"表现了作者的历史观点、政治抱负和人生态度。首先，是为表彰殉国忠臣、指斥卖国元勋。作品首回，乃据史实敷衍，但从第二回起就凭空结撰，演为三百年之大梦。小说结尾，说明宋之为元所灭，皆因周室忠臣义士复仇，乃是因果报应。作品以因果报应观点解释朝代更迭，虽为小说家之故伎，但作者更为注重人事，作品借五代及宋之兴亡，阐扬"奸诈是尚，仁义丧亡，四维既不能修，传国又何能久"的道理，有一定借鉴意义。其次，作品在闾丘、韩二人治理岛国浮石业绩的描述中，寄托了作者自己"裕国安民"、建功立业的抱负和理想。也显示出他在政治、经济、军事等方面的实际才干。再次，闾丘、韩二人的结局，实也反映了作者理想不能实现的无奈情绪和人生如梦的虚无思想。总之，此书在文本体制、题材内容、梦幻意识和梦幻手法等方面都有所突破和创新。

《归莲梦》十二回，清无名氏撰，题"苏庵主人新编""白香居士校正"，大约是雍正、乾隆年间的作品。小说叙述山东泰安县白氏女，父母早亡，流落至泰山涌莲庵，拜高僧真如为师，取名莲岸，十八岁时别师下山，立志要"做一成家创业之人"。路上遇到白猿仙翁，授她天书一卷，学得了神通法术，遂招集民众，创立白莲教。在灾荒遍地、官府横征之时，他们周济贫乏，争取民心，联络豪杰，壮大声势，为救穷苦百姓而高举义旗，官府派兵征剿,屡为所败。朝廷无奈,下旨招安。于是,白莲岸的英雄梦,却以其失败为归宿,降后几被杀害,幸得其师搭救,并点破前因后果,终入仙列。《归莲梦》幻演元、明、清三代的白莲教武装斗争的片断,其中的人物、情节也大多于史无据,王森立教之史料只是作为点缀而已。《归莲梦》中白莲岸形象的塑造,表现出多种题材互相融合的特征。首先,她具有传奇式英雄那性格豪爽、蔑视一切、坦率真诚、讲究义气的特征,因此,她襟怀阔大,雄心壮伟,敢为救穷苦百姓而举义旗。然而,作为一个佳人,一个年轻貌美又有权势的女人,她又不能像传奇式英雄那样全心全意地为事业牺牲一切,因而为了个人的情恋而断送了千万人的正义事业,这是英雄与佳人的结合体。另外,白莲岸备知兵法以及神诡变幻之术,具有其他神怪奇幻小说形象的神通特征,但她又是一个普通的人:在战斗中,她也有失败的时候;在生活中,她也有人的情义。她迷恋着王昌年,但她又尊重王昌年对香雪的爱情。正因为白莲岸对王昌年的爱情是真诚的,所以她敬佩香雪对王昌年的忠贞。这又是仙人与凡人的结合体。可见,这个人物性格不是单一化的,这个英雄形象不是高、大、全的,而是一个活生生的、具有较强个性的起义首领形象。因此可以说,《归莲梦》是历史演义、英雄传奇、神怪小说与才子佳人小说相结合的产物。

第四节 演化民间故事的神魔小说

宋、元以后,由于市民阶层的通俗文学这一桥梁,大量的民间故事流入文人的作品中,尤其在明清的神魔小说中,或成为作品的点缀,或成为枝叶,或成为主干。这些作品可归为民间故事演化的神魔小说,包括由神化仙佛行事的民间故事演化的和根据民间故事传说加工成的这两大部分。它们多是由流传在人们口头的一些民间故事结集而成,与民俗生活的关系特别密切,社会影响很大,且都是经过文人加工、演化的。

一、由神化仙佛行事的民间故事演化的神魔小说

由神化仙佛行事的民间故事演化的神魔小说,如余象斗等编辑的《四游记》:《八仙出处东游记》(又名《东游记》)、《华光天王传》(又名《南游记》)、《玄帝出身志传》(又名《北游记》)、《西游记传》(《西游记》之简本),还有雉衡山人的《韩湘子全传》、朱鼎臣的《南海观音出身传》等。

《八仙出处东游记》，简称《东游记》，五十六则，明吴元泰编，余象斗刊刻。所谓八仙，就是铁拐李、钟汉离、吕洞宾、张果老、蓝采和、何仙姑、韩湘子和曹国舅，而铁拐李是八仙之首。这部小说的主要故事情节，大体上可分为两个部分。第一部分先叙述八仙的各自出身，即书题中所谓的"出处"。第二部分叙述八仙渡东海，此即书题中的"东游"。故事叙述八仙参加了西方王母娘娘的蟠桃会，归途中乘兴过东海，他们各出其宝，投水而渡。蓝采和的玉板之光照耀龙宫，被东海龙王太子看中。太子劫了玉板，因而引起双方大战，东海龙王的两个太子均被打死。龙王上奏天庭，玉帝差神将与八仙对垒，亦败绩而归，最后请出观世音出面调停，双方罢战言和。

我国有关八仙的故事起自唐代，宋元戏曲中已经常出现了八仙形象。但八仙究竟是哪八人，一直到明中叶尚不固定。胡应麟在《庄岳委谈》中，根据他所见到的《八仙图》，列举了张果、钟离权、吕岩、蓝采和、韩湘、何仙姑、徐神翁、曹国舅、李孔目九人。明末的小说《三宝太监西洋记通俗演义》列出八仙则多出风僧寿、玄壶子而少了张果老与何仙姑。而余象斗刊的《东游记》，所记八仙为汉钟离、吕洞宾、张果老、蓝采和、铁拐李、何仙姑、韩湘子、曹国舅，与今人所流传的故事一致。可见在明以前流传的文艺作品中，以《东游记》影响最大，八仙故事至此已最后定型。此书中钟汉离与吕洞宾斗法天门阵的一段故事，与熊大木《北宋志传》中杨家将大破天门阵的一段故事基本相同。其余章节，亦时有出于元代的杂剧。但由于此书在民间流传广泛，使众说歧出的八仙故事至此得以基本定型。

以八仙为题材的小说，还有稍晚于《东游记》的《韩湘子全传》，八卷三十回，题"钱塘雉衡山人编次"。此书现存最早的刻本是明天启三年（1623）的金陵九如堂刻本，正文书题《新镌批评出相韩湘子》。前八回叙韩湘子身世及学道经过，后二十二回讲述韩湘子超度韩愈等人的事迹。

《华光天王传》，一名《□刻全像五显灵官大帝华光天王传》，凡四卷十八则，署"三台馆山人仰止余象斗编""书林昌远堂仕弘李氏梓"。小说的主人公华光，自号"华光天王"。小说主要写华光三次投胎转世，降妖伏魔、大闹三界、寻母救母的故事，故名《华光天王传》。其称《南游记》一名，尤其名不副实，除了真武大帝说华光是火星，应列属火的南方这一句话，再也没有一丝南游的痕迹。华光天王是西方灵鹫山如来弟子妙吉祥，真身乃佛前法堂上一盏油灯炼成，因犯杀戒，被罚投马耳山娘娘为子，名灵光。自幼神通广大，因窃取紫微大帝金枪，被困死九曲珠内，又投生斗梓宫炎玄天王为子，名三眼灵耀，八景宫妙乐天尊收为徒弟。玉帝命其收服风火二怪,因功封火部兵马大元帅。扬州后土圣母上献琼花一朵,玉帝命金枪太子主持琼花会,赏赐功臣。众神皆谦逊不受,太子乃自插花饮酒,灵耀不服争吵,被削职,乃反出天界,自号华光天王。金枪太子率众神追捕,皆不敌,后为北方玄天上帝所败,玄帝廉其情,释之。华光烧了南天宝得关,得脱身至中界。嗣后,在千田国收伏离娄、师旷,即千里眼、顺风耳,又托梦国王为其立庙奉祀。有女妖吉芝陀圣母乘天宫大乱,脱身下凡。南京萧家庄萧永富之妻范氏为所吞食,每夜出外吃人。华光闻玉帝又命天将来捉,从师火炎王光佛言,投胎躲难。恰投在范氏腹中,一胎五子,还有一女。四兄皆出外修行,惟华光与妹琼娘在家。吉芝陀吃人本性不改,为龙瑞王拿住,打入酆都。华光出外寻母,又与天将天兵相抗,屡战皆胜。后因失去金砖,往凤凰山玉环圣母处骗取金宝塔,由此得与圣母之女铁扇公主结为夫妇。华光上天入地,终于救得母亲同归。然其母仍欲吃人,后闻王母处仙桃可治吃人之病。华光变作齐天大圣前往窃之,食之果愈。齐天大圣受玉帝责,携子女来与华光评理,华光不敌,得火炎王光佛前来罢解,始得无恙。后终为如来设计诱至灵山,仍归西方,皈依佛门。此书内容颇光怪陆离,似颇受《西游记》影响,但不及《西游记》精深宏大。华光在民间奉为火神,浙江杭州城内普济桥、丰乐桥并城外五云山上均有华光庙,皆建自宋代,在《西湖游览志》等书内都有记载。

《玄帝出身志传》凡四卷二十四则,署"三台山人仰止余象斗编","建邑书林余氏双峰堂梓"。写的是北方真武大帝的故事。该书的故事由两部分组成。第一部分是关于修炼的故事:玉帝因慕九重天外南方巽宫刘天君家琼花宝树,而以自己三魂中之一魂投生刘家为子,名长生。后长生经三清点化,到中界蓬莱山修行,二十年后被哥阇国国王请至宫中供养,因生凡念而得病身亡,转世为玄明太子;再转世为西霞国王;再转世为净洛国玄光太子。经妙乐天尊指引,先后在蓬莱山、灵鹫山、武当山修行,屡经考验,终得复归天界,封为玉虚师北方玄天上帝。第二部分是关于降妖的故事:因下界怨、妖二气冲天,玄天上帝受封为北方真武大将军,前往除邪降妖,终于收服太阳宫三十六员天将所化的妖魔。《玄帝出身志传》以瑰丽奇幻的色彩创作出各种各样的神魔形象,表现了从人民群众再到余象斗个人丰富的想象力。小说中神魔的思想感情与人世间是息息相通的,神魔之间的关系,也与人类阶级社会一样。他们的言行、思想意识,是在当时社会制度下,政治、道德等观念的产物。

《西游记传》四卷四十则,明杨志和撰,其生平不详。小说以简要的文字叙述唐僧西天取经的故事。前七则写孙悟空出世和大闹天宫;八至十二则叙取经缘起;从十三则开始,写唐僧师徒西游所历,经历三十多次灾难，终达西天，又送经东土，取得正果。小说的情节安排较为周密。该书与吴承恩《西游记》的关系，有两种意见：鲁迅以为是《西游记》的祖本；郑振铎则认为是《西游记》的摘录和缩写。

《南海观音出身传》二十五则，题"西大午辰走人订著、朱鼎臣编辑"。作者真实姓名不详，为明人作品。小说叙述须弥山西林国妙庄王因往西岳求嗣，遂得妙清、妙音、妙善三女。其中，妙善原是仙女转世，自幼即立志修道。由于不从父亲招赘之命，被囚禁后花园，后因王后说情，王许至白雀寺修行。寺尼受王命，百般折磨妙善，欲逼使其回宫，由于众神相助，未成。王遂命火烧白雀寺，妙善刺血化作红雨灭之。后妙庄王又以彩楼诱之，以死刑吓之，皆未能改其修行之志。最后，妙庄王决然把她斩首，尸却为虎衔走。妙善魂游地府，普度众鬼；还魂后，受太白金星指点，至香山悬岸洞修道，九年修成，因名观世音。时玉皇为惩妙庄王杀人放火之罪，降疾其身，妙善化为凡身前往治病，并在妙庄王被魔受难之际，救得君臣返国。最后，妙庄王一家团聚，皆敬佛修行，终于同归净土。

书中有"因果循环""善恶有报"的直接反映。妙善敢于违抗父亲要她招赘之命，同时还斥责妙庄王："爹爹正觉昏迷，邪心炽盛。你为万民之主，不能齐家，焉能治国。"作为一个弱者，她执着地追求一种不依附于强者、不为他人意志左右的个性；作为一个善良的女人，她又真心地希望能"医得天下无万颏之相，无寒暑之时，无爱欲之情，无老病之苦，无高下之相，无贫富之辱，无你我之心"。在这里，为善的，妙善得到了好报；作恶的，二驸马得到了恶报。小说颂扬了妙善修道的决心、不屈的精神和慈悲的善心。叙述质朴，文字简明。

二、根据民间故事传说加工的神魔小说

民间文学演化的神魔小说也有一部分是根据民间故事传说加工而成的。像明朱名世的《牛郎织女传》，玉山主人的《雷峰塔奇传》，就是根据民间四大传说中的两个传说加工改编的。

《新刻全像牛郎织女传》四卷，题"儒林太仪朱名世编"。朱名世生平不详。有明万历间福建建阳书林刊本。牛郎织女，是从星座传说衍化而来的。在《诗·小雅·大东》中，织女、牵牛尚为天汉二星；到《古诗十九首·迢迢牵牛星》，虽然仍为天上二星，但人物形象已呼之欲出。到南朝梁殷芸《小说》则云："天河之东有织女，天帝之女也。年年机杼劳役。织成云锦天衣，容貌不暇整。帝怜其独处，许嫁河西牵牛郎，嫁后遂废织红。天帝怒，责令归河东，但使一年一度相会。"这时，牛郎织女故事梗概已备，

后来民间据此流传演化：织女为天帝、王母娘娘外孙女；牛郎则是人间的贫苦孤儿，常受兄嫂虐待。到了朱名世的小说，织女是上界斗牛宫中第七位仙女，牛郎则是金童转世。牛郎织女由河边相遇，发展为相互倾慕，对歌传情。天帝得知牛郎工作勤劳，就把织女嫁给了牛郎。谁知二人成亲之后，竟贪享欢乐，不再劳作，因此惹恼了天帝，用银河将二人分开，牛郎在河西，织女在河东。自此牛郎、织女发奋劳作，众星官同情他二人的处境，便一齐上书，请求天帝宽容。最后天帝终于同意牛郎织女每年七夕相见一次。以后，每当七夕这天，牛郎织女便在鹊桥上团聚。小说叙述的情节与我们今天所知道的故事情节不甚相同，以赞扬勤奋劳动为主题的创作思想，和此后流传的以颂扬牛郎织女对爱情的忠贞不渝，反抗玉皇大帝和西王母的压迫的主题，也大异其趣。从这部小说中，我们可以借以了解牛郎织女传说在明代的演变和传播的另一种模式。

《雷峰塔奇传》五卷十三节，内封书题《新本白蛇精记雷峰塔》。除卷之四署"爱莲室主人校订"，余俱题"玉花堂主人校订"。卷首有嘉庆十一年（1806）芝山吴炳文序。小说叙述四川青城山清风洞有一白蛇精，平生并无伤害一人，自称白氏名珍娘。因慕西湖名胜，飞杭观景，路遇真武北极大帝，白氏向大帝誓言：若有妄行必遭雷峰塔下压身。白氏抵杭，收服一小青蛇，二蛇化为美女，主婢称呼。在西湖边，白氏邂逅许仙，相互爱慕，遂结为夫妻，诞一子梦蛟。但他们的爱情遭到了法海的阻挠，白娘子与法海抗争，竟水漫金山寺，殃及了无辜百姓，被法海压在雷峰塔下。梦蛟中状元，迎回出家的父亲许仙（法名道宗），从雷峰塔下救出母亲。许仙、白娘子升仙而去。作品以发誓——应誓——雷峰塔下压身为剧情的发展线索，故名《雷峰塔奇传》。这是继明代冯梦龙《白娘子永镇雷峰塔》拟话本之后，《白蛇传》在小说体裁演变过程中具有重要作用的一部小说，它吸收了同时代以宝卷、戏剧、说话等多种形式流传的《白蛇传》传说的情节，并使用了多重叙事视角对这些情节进行改编，虽然小说有意强化了因果报应思想，但另一方面却成功地将小说中的人物形象进行了转换，肯定了白娘子的"主人公"地位，从而完成了从女妖害人的主题向肯定与宣扬真爱至上的主题的转变。

由民间故事改编而成的神魔小说，在本以娱心为主的民间故事里加重说教的分量。牛郎织女的民间传说，其中描写的人物及其行事，和我们日常经验隔得很远，但他们所含的感情又是那样的普遍、真挚、丰富，以致跨越时空，不论男女老幼，听了都很愉快，很感动，从而在娱乐中培养一种道德感。而作为神魔小说，由于涂上了传统信仰色彩，必然使作品笼罩一种严肃的气氛，首先就使人轻松不起来；再加上处罚、点化等情节的设置，它们的目的主要不是给人美感，给人娱乐，而是板着面孔的所谓道德说教。于是，一个带着悲剧色彩的美丽的幻想故事，便变成一个带着说教意味的严肃的神魔小说。当然，由民间故事改编而成的神魔小说，对民间幻想故事的基本模式既继承又有所变化。民间幻想故事的基本模式表现在形象构成方面，往往就是一正、一辅、一反三类人物形象。正，即故事主人公，农民、渔人，或樵夫、织妇之类的正面形象；辅，即主人公战胜获得幸福的障碍所不可缺少的朋友或工具；反，即故事中的反面力量，他们大多是人世间恶德的化身。既有人间的善恶之争，也有天上仙家的内部之争。这样，由于形象的变化，也引起了情节结构的变化，即突破了民间幻想故事遇难、努力、获胜的三段结构法，显得较有层次，较为曲折。但是，部分情节的设置又走进这类神怪奇幻小说投生、点化、醒悟的框框。不过，在形象塑造上，《雷峰塔奇传》中的白娘子，作为追求婚姻自由和幸福的可爱形象，已经大大地减少了民间传说阶段的妖气；另外，与织女比起来，显得更有个性特征，因而更为人们同情和称道。

第五节　神魔与人情相结合的《绿野仙踪》

世情小说和神魔小说在明代原是泾渭分明的两个流派，前者以《金瓶梅》为代表，后者以《西游记》为代表，题材内容不同，叙事风格也不同。这两种流派发展到清代，渐有合流的趋势。这种趋势的突出的代表就是《绿野仙踪》。但是，"其基本倾向还是属于神魔小说，只不过更具现实感，更多且更真实地展现人情世态"[1]。小说真切描摹出当时的社会人情世态，对官场的描写也有成功之处，揭露出当时封建官僚政治的腐败和丑恶。

《绿野仙踪》又名《百鬼图》。此书创作于清乾隆十八年至二十七年（1753—1762）间，曾有抄本一百回传世，另有八十回刻本。百回抄本与八十回刻本的故事内容大体相同，但在每回内容的繁简、情节的先后方面，刻本都做了部分压缩和调整。作者李百川生卒年不详。据自序可知，作者虽然生于康乾"盛世"，过的却是"叠遭变故"、颠沛流离的生活。先是做了赔本生意，致使"漂泊陌路"；继而为病所困，"百药罔救"，"就医扬州，旅邸萧瑟"；后来"授直隶辽州牧，专役相逅"，"从此风尘南北，日与朱门做马牛"。不过，他家居时有"最爱谈鬼"的嗜好，后来虽然"生计日戚"，

---

[1]　李保均.明清小说比较研究[M].成都：四川大学出版社，1996：180.

但也不失"广觅稗官野史"的兴趣,并对所读作品进行评价。文穷而后工,学积而成才,这些都为他的创作打下了坚实的基础。至于创作经过,据自序可知,本书草创于清乾隆十八年(1753),接写于乾隆二十一年(1756)、二十六年(1761),于乾隆二十七年(1762)在河南完稿,历时九年。从自序中,还可看出作者对创作的严谨态度。他认为,要写一部小说,需要有长期积累和构思的过程,要最后创作一部"耐咀嚼"的小说,绝不能"印板衣褶""千手雷同",而要"破空捣虚""攒簇宣染",加以艺术创造。对于人物塑造,作者认为,要写鬼,就要"描神画吻""鬼鬼相异""较施耐庵《水浒》更费经营"。创作之前,要使"书中若男若女无时无刻不目有所见,不耳有所闻于饮食魂梦间矣。"因此,凭神魔小说作家谈鬼搜神的文学爱好,又有如人情小说作家善于写现实生活的创作精神,使得《绿野仙踪》在题材的构成方面已具备了神魔与人情两重特性相结合的条件。

《绿野仙踪》以明代嘉靖朝为时代背景,写冷于冰看破红尘弃家修道以及度脱连城璧、金不换、温如玉、周琏等人的故事。全书通过主要人物冷于冰的活动贯串好几组可以独立成篇的故事。大致可分为三组,第一组以冷于冰为主,第二组以温如玉为主,第三组以周琏为主。第一组故事对官场的描写比较深刻。冷于冰与严嵩终于决裂,善与恶、正与邪、忠与奸的矛盾表现得真实而生动。描写赵文华统兵御倭的丑史也很有社会实感,作者没有孤立地去写忠奸的矛盾斗争,而是把这种矛盾斗争与百姓的命运联系起来,写赵文华名为督师抗倭,实为嗜货纳贿,借抗倭搜刮民财,使沿海百姓处在倭寇和官府的双重掠夺之下,暴露了封建官僚政治的懵败和丑恶。第二组故事通过纨绔子弟温如玉的堕落历史,揭示了当时社会风气的污浊,细致地解剖了几个灵魂肮脏的人物的卑劣性格,假情的妓女、帮闲的食客、爱钞的鸨儿,纤毫毕露,栩栩如生。第三组写周琏的婚姻家庭生活,也用写实的手法,相当真切地描摹出当时社会的人情世态。

《绿野仙踪》把幻设仙佛导引与描写社会污秽结合起来,并使超现实的与现实的两条线索、极善的与极恶的两个极端统一在向往贤明政治这一理想上。在此书中,一方面表现为极恶的、现实的。在官场有荼毒百姓、杀害忠良、贪赃卖官、权倾中外的严嵩父子及其同党。他们可以随意使人科举落第、人头落地;他们还可以随意制造"叛案",从中勒索赃银。在社会有淫逸浪荡的纨绔子弟,如大财主周通之子周琏,玩世不恭,贪色成性,骗娶民女,逼死前妻,暴露了地主阶级骄奢淫逸的秽行;还有帮闲无赖的儒林群丑,像胡监生,虽然通过科举渠道当了官,却是一个"好奔走衙门,借此欺压善良"、一句文墨话都不晓得、满身散发着铜臭味的土豪劣绅。另外,还有许多欺诈奴媚的市井细民。正是这些上自朝廷、下及乡野的各种丑类，组成了一幅封建社会末期的腐朽、堕落、残酷、阴冷的"百鬼图"。另一方面，此书又表现为极善的、超现实的。社会如此恶浊，现实如此残酷，人们在黑暗的现实中看不到微露的曙光。于是，作者就借幻想的形式，请出冷于冰这样无所不能的神仙来伐恶从善、来拯救吃人的人和被人吃的人，从而向人们提供了虚幻的希望和理想。小说开篇就在"冷"字上做文章。冷于冰之父为人刚正，被人讥为"冷冰"，而他却以此为荣。这里的"冷冰"，寄托着作者对现实的冷漠之情，也希望他笔下的主人公做一个不与社会上那些污浊人物同流合污的冷人。冷于冰的父亲讲了他为儿子取名的用意："此子将来不愁不是科甲中人。得一科甲，便是仕途中人。异日身涉宦海，能守正不阿，必为同寅上宪所忌，如我便是好结局了；若是趋时附势，不过有玷家声，其得祸更为速捷，我只愿他保守祖业，做一富而好礼之人，吾愿足矣！我当年在山东做知县时，人都叫我冷冰，这就是生前的好名誉，死后的好谥法。我今日就与儿子起这个官名，叫作冷于冰。冷于冰三字，比冷冰更冷，他将来长大成人，自可顾名思义。且此三字刺目之至，断非仕途人所宜……"作者就是按此意图让冷于冰入道成仙，并以冷于冰的修道与收徒，作为贯穿全书的线索。既是远离尘世的"大冷人"，又是关心社会的"大热人"，先热后冷、外冷内热，这就是冷于冰形象所体现的现实意义及文化精神。这里，作者通过现实与超现实两条线索或继或续的互相勾连、忽明忽暗的互相映衬，叠现出人世和仙境两个世界，以及在其中活动的人神、妖魔。虽然作品用了很大篇幅写了冷于冰等人腾云驾雾、呼风唤雨、画符念咒、土遁缩地等仙术和法力，构思了不少除妖灭怪的情节，使作品落入神魔小说的旧套之中。但是，《绿野仙踪》内容"最宏富，理想亦奇特"。作者鞭挞了那个社会该鞭挞的假、丑、恶，即奸、贪、淫、诈等，表现了那个社会所能表现的理想，即贤明的政治。

《绿野仙踪》的魔幻情节具有十分现实的精神，冷于冰的神仙道术并非是对付神魔世界的邪恶势力，解决神魔世界的矛盾，而是为人世间斩妖除怪，济困扶危，解决现实世界的矛盾，冷于冰看似超脱尘世的大冷人，实质上是十分关注现实社会的大热人，侯定超《绿野仙踪序》说："今观其赈灾黎，荡妖氛，藉林岱、文炜以平巨寇，假应龙、韩润以诛奸权、脱董炜、沈襄于桎梏、摄金珠、米票于海舶，设幻境醒同人之梦，分丹药玉弟子之成，彼其于家国天下何如也！故曰：天下之大冷人，天下之大热人也！"所以说，《绿野仙踪》本质上是一部世情小说，只不过杂糅进一些魔幻情节，冷于冰的超自然的能力和手段，不过是作者面对社会强大的黑暗势力而无能为力的状况中的幻想而已。作者的想象也颇有值得称赞的地方，如冷于冰身边的超尘、逐雷二鬼，日行千里，能探知一切隐秘，担负通讯、侦察的任务,这是对信息手段的一种向往,表现了较丰富的想象力。

《绿野仙踪》的思想意义还表现在对世态人情的描摹方面。通过精致的描摹,作品真切而多方面地表现了当时的社会生活。比如关于周琏婚姻纠葛的几回描写,作品围绕着周琏的喜新厌旧和妻室争宠,连带触及家庭上下内外诸关系,为读者展现了一幅封建社会的人情风俗图。然而作者对周琏、蕙娘是既有谴责又有同情的,而全面谴责的是他们幕后的纵容者。例如,八十三回庞氏捉奸教淫女,居然唆使女儿向奸夫索要财物、字据,并进一步教唆女儿:"你只和他要金子。我再说与你:金子是黄的。"还有第八十七回何其仁丧心卖死女,为了钱,竟然在卖尸的凭据上将女儿描画得没有人味。这些极有生活气息而又异常精致的描绘,既是风俗画,又是"百鬼图";既是客观的写实,又是深刻的表现。

《绿野仙踪》的形象描写既有《儒林外史》那漫画式的勾勒,又有《红楼梦》那圆雕式的皴染,虽然整体描写并未能达到二书的水平,但其勾勒的鲜明生动、皴染的细致入微。

首先,在漫画式的勾勒方面。作者往往用很有特征的动作与极为简练的语言来绘人状物,并使之带有讽刺意味。例如,第二十六回在"请仙女谈笑打权奸"中,作者对兵部侍郎陈大经是这样描写的:第一处,当他在严世蕃府看冷于冰耍戏法把小孩按入地内时,便问冷于冰道:"你是个秀才么?"冷于冰道:"是。"又问道:"你是北方人么?"冷于冰道:"是。"大经问罢,伸出两个指头,朝着冷于冰脸上乱圈,道:"你这秀才者,真古今来有一无二之秀才也!我们南方人再不敢藐视北方人矣!"第二处,当太常寺正卿鄢懋卿引经据典来取笑吏部尚书夏邦谟赐酒冷于冰时,陈大经又伸两个指头乱圈道:"斯言也先得我心之所同然耳!"第三处,当夏邦谟请冷于冰同坐吃酒说"行乐不必相拘"时,陈大经伸着指头又圈道:"诚哉,是言也!"第四处,当于冰所变的仙女在那里袅袅婷婷地歌舞时,众官啧啧赞美,惟陈大经两个指头和转轮一般,歌舞久停,他还在那里乱圈不已。这里,作者只用了一个动作描写和几句文理不通的废话,就把一个既不学无术又假装斯文、既迂腐无能又故作盛气的所谓兵部侍郎勾勒得栩栩如生,令人忍俊不禁。

又如,第五十四回写温如玉因听了郑金钟之劝,不再往萧麻子、苗二三秃诸人身上花冤枉钱,引起诸人不满,恰逢这日温如玉过生日,作品写道:

　　早间苗秃子和萧麻子每人凑了二钱半银子。他们也自觉礼薄,不好与如玉送,暗中与郑三相商:将这五钱银子买些酒肉,算与郑三伙请……郑婆子道："那温大爷也不是知道什么人情世故的人，我拙手拙脚的也做不来，不如大家装个不知道，岂不是两便？"萧麻子道："生日的话，素常彼此都问过，装不知也罢，只是你的情冷冷的。"说罢，又看苗秃子。苗秃子道："与他做什么寿，拉倒罢。"于是两人把银子各分开袖起去了。

金钟儿这日绝早起来，到厨房中打听，没有与如玉收拾着席，自己拿出钱来，买了些面，又着打杂的做了四样菜吃。午间又托与他备办一桌酒席，回房里来，从新束装……到了午间，金钟儿去厨房里看打杂的做席，他妈走来，骂道："你这臭淫妇！平白里又不赴席，又不拜年，披红挂绿是为什么？闲常家中缺了钱和你借衣服典当，千难万难，今日怎么就上下一新呢？真是死不知好歹的浪货！"……

没有两杯茶时，只见打杂的人来，说道："有泰安州一个姓王的，坐着车来，要寻温大爷说话，现在门前等候。"……如玉走至门前一看，原来是他的旧伙计王国士。如玉连忙相让，见国士从车内取出个大皮搭裢来，赶马后生抱在怀内，跟将入来……郑三接住问了原由，才知道是送银子来。慌得连忙让到南房里坐，郑婆子催着送茶……没有半顿饭时，忽听得后面高一声低一声叫吵，倒象有人拌嘴的光景。忽见小女子跑来说道："二姑娘还不快去劝解劝解？老奶奶和老爷子打架哩！"金钟儿道："为什么？"小女子道："老爷子同温大爷送了那姓王的回来，才打听出今日是温大爷的寿日，午间没有预备下酒席，数说了老奶奶几句。老奶奶说你是当家人，你单管的是甚么？老爷子又不服这话，就拌起嘴来……"……待了半晌，不听得吵嚷了，猛见苗秃子掀帘入来，望着如玉连揖带头的就叩拜下去……说道："我真是天地间要不得的人！不知怎么昏死过去，连老哥的寿日都忘记去！若不是劝他两口子打架，还想不起来。"又指着金钟儿道："你好人儿，一句不说破。"金钟儿道："谁理论他的生日、寿日哩！今日若不是人家送着几两银子来，连我也想不起是他的寿日。"

这些描写，不仅写出了人物的语言行为，还写出他们的性情气质、形状声口，如苗秃子、萧麻子、郑三等妓女的薄情寡义，老奶奶、老爷子、郑婆子等妓院虔婆龟汉的见钱眼开，以及郑金钟的侠骨柔肠、快人快语。这样的效果，是通过冷峻的笔墨和对比性描写实现的。作者既不夸张，也不愤怒,只有讽刺,这种讽刺不是作者直接说出的,而是通过作者人物的语言行为的前后矛盾以及相互关系的强烈映衬来体现的。

其次,在圆雕式的皴染方面,中国古典小说重视在人物的行动中表现性格、形象特征,而形象、性格不是一次完成,它是多层次的逐步显示、"出落"。《绿野仙踪》在这方面的艺术成就,可以说是较为突出的。例如,与周琏偷情的贡生女儿齐蕙娘,淫荡中充满理性,温秉中不失刚强,平和中隐藏杀机,婉顺中深蕴权诈;妓女郑金钟,从追逐金钱、攀高结贵、逢场作戏、水性杨花,到感念温如玉真情而倾情相待,因不堪羞辱而自尽。两人出身不同,经历迥异,但在作者笔下,都写得真实可信,生气勃勃。此外,罗龙文、苗秃子和肖麻子这三个人物形象,作者都用了皴染的手法。以罗龙文这个卖身投靠严府的走狗形象为例,作者由弱到强、由远及近、有节奏有层次地让读者感受到他的性格特征。作者在人物一出场时就进入对形象和性格的描绘。初步显示出他那丑陋的外在形态及势利卑琐的内在性格:初见冷于冰这个穷书生,傲气十足,只收了晚生帖,回拜时也只问了几句话、吃了两口茶便走了。接着,作者在把握性格主调和描摹形象轮廓的基础上,通过一连串事件的渲染和充实,紧拉慢唱,迤逦写来:先是见冷于冰一挥而就的寿文,因不识货,也就淡然处之,遂以长者口吻应付几句就走了;过了两天,罗龙文满面笑容地人来,见了冷于冰又是作揖,又是下跪,又是拍手大笑,又是挪椅并坐,并向冷于冰耳边低声表白自己极力保举之意。这时,晚生帖被硬换了兄弟帖,先前的傲气变成了奴气;而冷于冰被严嵩接见回来,他更是丑态毕露。当他得知冷于冰与严嵩闹翻而忿然出府时,"只见龙文人来,也不作揖举手,满面怒容,拉过把椅子来坐下,手里拿着把扇子乱摇",坐了一会,把冷于冰训了一通,冷于冰被惹急眼了,就冷笑道:"有那没天良的太师,便有你这样丧天良的走狗!"这下罗龙文也跳了起来,气忿忿地要冷于冰他们滚出去,然后摇着扇子大踏步去了。从傲气到奴气、从晚生帖到兄弟帖、从"满面笑容"到"满面怒容",从"将手一拍"到"扇子乱摇",作者一层一层、入木三分地刻画出这个大官僚的帮闲和爪牙的奴才嘴脸及肮脏灵魂。

《绿野仙踪》虽然是一部神魔小说,写冷于冰访道成仙,度人济世,结构与立意直接继承了明代的《八仙出处东游记》《吕祖全传》等神魔小说,但又将明代神魔小说着眼于劝人悟道修行、宣扬神迹仙力这一中心移到了写世情上,更多地反映官场的黑暗,吏制的腐败,歌颂抵御外侮、清除权奸的英雄;这种转变,正是下层百姓对现实不满,可又无力反抗,转而祈求人世以外的力量来改变现状,拯苦救难的表现。

第七章　揭露时弊的中国古代讽刺谴责小说

"讽刺小说"和"谴责小说"的概念是由鲁迅先生在《中国小说史略》中提出来的。根据鲁迅先生的研究,讽刺小说应该近人情,合乎情理;应出于作者的社会道义,而非泄私愤;不是谩骂,应该具有文学性,委婉曲折地表达意旨,使读者在品味咀嚼中,有所自省,加深对社会弊端和人性弱点的认识。与讽刺小说相比,谴责小说也是旨在"匡世",但是"由于作者对政治的失望,其在痛斥政治窳败,讥刺风俗浇薄时,过于直露攻讦,近乎'骂世'"①。讽刺谴责小说将社会和人生中丑恶的一面暴露出来,给予讥刺、嘲讽、否定和鞭挞,其意义在于匡世警心。本章就揭露时弊的中国古代讽刺谴责小说进行阐述。

第一节　以魔幻形式讽刺现实的讽刺小说

魔幻化的社会讽刺小说,是在神魔小说的影响下,以魔幻的形式批评现实的一种小说类型。魔幻化的讽刺,是用寓言、虚构、变异等手段展现非现实的冥幻世界,以托讽社会现实。古代文网森严,作家动辄得咎。魔幻化的讽刺"拉开与现实生活的距离,不失为作家规避文祸的手段;讽刺旨在矫正世俗,中国人的鬼神观念很浓厚,奇怪新异的冥幻世界,更能激起普通民众的欣赏兴味,为百姓所喜闻乐见"②。在封建末世,面对着该否定、该扬弃的旧事物,一些愤世嫉俗而又怀才不遇的作者,便借助魔幻的形象怪诞的故事,批判人鬼颠倒、曲直不分的世界,表现出对现存社会秩序及其传统陋习的反叛。这类作品较有代表性的是董说的《西游补》、刘璋的《斩鬼传》、张南庄的《何典》、落魄道人的《常言道》。

《西游补》又名《新西游记》,十六回,董说撰。有明崇祯十四年(1641)

---

① 谭帆.明清小说分类选讲 [M].北京:高等教育出版社,2007:207.
② 谭帆.明清小说分类选讲 [M].北京:高等教育出版社,2007:207.

辛巳刊本。据董说顺治七年庚寅（1650）《漫兴》诗曰："《西游》曾补虞初笔，万镜楼空落第归。"自注云："余十年前曾补《西游》，有万镜楼一则。"以此知《西游补》一书为董说于崇祯十三年庚辰（1640）所著。董说（1620—1686），字若雨，号西庵，又号静啸斋主人，自称鹧鸪生。浙江乌程南浔（今属湖州）人。17岁为诸生，崇祯十二年己卯（1639）应考落第，次年作《西游补》。顺治十三年丙申（1656）削发出家，灵岩大师赐名元潜，字俟庵。后更名南潜，字月函，一作月岩，号补樵，一号枫庵，又名本以。此后云游四方，直到去世。一生著述颇多，涉及天文、史学、医学、佛学等，但书稿或者自焚，或者亡佚。存世的除《西游补》，尚有《董若雨诗文集》二十五卷、《梦石楼》十种、《七国考》十四卷卷。《西游补》为《西游记》续书，所叙故事插在《西游记》第五十九至六十一回孙悟空"三调芭蕉扇"之后，第62回"涤垢洗心惟扫塔"之前，即明刊本所谓"入三调芭蕉扇后"。小说叙孙悟空三调芭蕉扇之后，为鲭鱼（情欲）精所迷惑，进入虚幻的青青（情情）世界，进万镜楼，或见过去，或求未来，忽化美人，忽化阎罗，得虚空主人一呼："在假天地里久了！"悟空醒悟，原来刚才所经历的一切，皆因迷在鲭鱼气里之故。鲭鱼本与孙悟空同时出世，住于"幻部"，自号"青青世界"，一切境界，皆彼所造，而实无有。其云鲭鱼精，云青青世界，云小月王者，皆谓"情"矣。故"悟通大道，必先空破情根，破情根必先走入情内，走入情内见得世界情根之虚，然后走出情外认得道根之实"（《西游补答问》）。孙悟空回到牡丹树下，唐僧已收下一个徒弟，正是鲭鱼精所变。孙悟空除掉了鲭鱼精（即破除情根），师徒四人继续西行。

《西游补》虚设幻境，打破时空的限制，孙悟空的奇幻游历，或见大唐皇帝，或见项羽、虞美人，或上灵霄，或审秦桧，看穿世事纷纭，骂尽人间丑恶。其中，孙悟空揶揄皇帝"一月一个"，耽于女色，荒于朝政，昏庸糊涂，真假不分。孙悟空变化为虞姬时，项羽就真假不分，一刀砍了真虞姬的头。朝臣们个个奴颜媚骨，膝行上阶，口称"万岁"，不敢抬头。正是这些奴才充斥朝廷，才可能使秦桧等奸臣兴风作浪。例如，第九回孙行者审秦桧，是极畅快之事，极畅快之文。其中，高总判禀：

> 爷，如今天下有两样待宰相的：一样是吃饭穿衣、娱妻弄子的臭人，他待宰相到身，以为华藻自身之地，以为惊耀乡里之地，以为奴仆诈人之地；一样是卖国倾朝，谨具平天冠，奉申白玉玺，他待宰相到身，以为揽政事之地，以为制天子之地，以为恣刑赏之地。

讥刺之切，甚逾锋刃，骂尽天下利欲熏心、弄权误国的朝臣。书中描写孙悟空把秦桧锯解万片，用泰山把秦桧压成泥屑，最后将他化为一碗脓血水让恶鬼喝掉，充分表现了作者对这种卖主求荣的民族败类深恶痛绝的情感。

再如，《西游补》抨击以八股取士的科举制度，对热衷于金榜题名的儒生们进行了辛辣的嘲讽。作品通过老君之口，骂秀才为"无耳无目，无舌无鼻，无手无脚，无心无肺，无骨无筋，无血无气之人"。笑他们不学无术，"万年只用一张纸，盖棺却无两句书"，只会写"纱帽文章"，"便是那人福运，便有人抬举他，便有人奉承他，便有人恐怕他"。"一登龙门，身价万倍"。

《西游补》名义上为补《西游记》而作，实际上已非神魔小说。作者本意既不在编撰神魔故事，也未借神魔斗争去演绎善恶正邪真妄是非之旨，而是借用原有故事框架通过孙悟空的行事见闻，来指责社会弊端，讽刺社会乱象，表达自己的思想，抒发自己的感情。正如鲁迅在《中国小说史略》中所说的："全书实于讥弹明季世风之意多，于宗社之痛之迹少，因疑其成书，尚在明亡以前，故但有边事之忧，亦未入释家之典，主眼所在，仅如时流。"《西游补》中，孙悟空以游历的方式，阅尽人间是非善恶；以审判者的身份，对人世的奸邪罪恶痛下针砭，纵横恣肆，寓庄于谐。

《斩鬼传》，又名《第九才子书斩鬼传》，四卷十目，现存有莞尔堂刊袖珍本、同义堂刊本及两种旧抄本。作者署名烟霞散人或樵云山人，清人徐昆在《柳崖外编》中说，作者是山西阳曲县淖马村（今属太原市）人刘璋。刘璋（1667—？），字于堂，康熙三十五年（1696）春中举人，直到雍正元年（1723）才任县令。由于前任县令任期内亏空米谷太多，刘璋未能补齐，受到解职处分，离开官场。刘璋一生的主要成就不在吏，而在小说创作方面。22岁时就创作了成名作《斩鬼传》。之后又创作了《幻中真》《凤凰池》《巧联珠》《飞花艳想》等多部小说。据研究者考证，《斩鬼传》大约作于康熙五十九年（1720）。《斩鬼传》主要说的是钟馗斩鬼的故事。唐代德宗年间，才高而貌丑的秀才钟馗到长安应试，为主考官韩愈、陆贽所重，取为第一。但朝见皇帝时，德宗嫌其貌丑，奸臣卢杞又乘机进言，要取消他的状元资格。钟馗大怒，夺笏乱打，德宗喝令拿下。钟馗见有冤无处伸，拔剑自刎而死。死后，被德宗追封为"驱魔大神"。他到地府报到时，阎王认为阳间妖邪最多，又派他到阳间斩鬼。他在赴任途中收含冤、负屈二鬼为辅佐，又令会变蝙蝠的一小鬼为向导，越山涉河，力排万难，一连除掉涎脸鬼、色鬼、饿鬼、假鬼、奸鬼、捣大鬼、冒失鬼、抢渣鬼、仔细鬼、讨吃鬼、地哩鬼、叫街鬼、急急鬼、遭温鬼、浇虚鬼、轻薄鬼、缠绵鬼、黑眼鬼、醒龊鬼、温尸鬼、不通鬼、诓骗鬼、急赖鬼、心病鬼、醉死鬼、抠揢鬼、伶俐鬼、急渎鬼、丢谎鬼等36鬼。钟馗完成任务后,被玉帝敕封为"翊正除邪雷霆驱魔帝君"。

从作品中不难看出,《斩鬼传》所虚构的"鬼的世界",与人的世界别无二致。钟馗本要去冥间斩鬼,阎君却说:"要斩妖邪,倒是阳间最多。"看来人世尚比不得阴间。阎君所谓的人世之鬼,藏于人心,"大凡人鬼之分,只在方寸间。方寸正,鬼可为神。方寸不正,人即为鬼"。所以钟馗所驱除之鬼,都是人心的恶魔,"是些习染成性的罪孽"。钟馗斩鬼,就是正心诚意,驱除心魔。《斩鬼传》活现了人间众生的心魔,如第四回写仔细鬼临死时的场景:

> 仔细鬼听见龊龊鬼死了,看自己也是一身重伤,料来不能独活,遂吩咐儿子:"为父的苦扒苦挣,扒赚的这些家私,也够你过了。只是我死之后,要急将我一身之肉卖了,天气炎热,若放坏了,怕人不肯出钱。"说着流下两行伤心泪来,大叫一声,呜呼哀哉了。不多一时,又悠悠复活,他儿子道:"爹爹还有甚么牵计处?"仔细鬼道:"怕人家使大秤,你要仔细,不可吃了亏,就是牵计这个。"说毕,才放心死去了。

这段细节描写与《儒林外史》中严监生临死为两根灯草断不了气的细节,有异曲同工之妙,吝啬到如此程度,正是心中之魔。在作者笔下,名目繁多、各色各样的鬼,实即各种社会恶德、恶行的化身。抽象的恶德,在作品中化成了一个个具体的形象:涎脸鬼身居"无耻山"中的"寡廉洞",一生脸老皮厚,专干缺德之事。他教出的四个徒弟:龊龊鬼、仔细鬼、急赖鬼、缠绵鬼,无一不是厚颜无耻、令人生厌的害人精;捣大鬼不仅自己吹牛撒谎、招摇撞骗,还与挖渣鬼、寒碜鬼结为兄弟,形成一股恶势力,叫人避之犹恐不及。而挖渣鬼、寒碜鬼一席鬼话,就能使人牙痒筋痛,不战自败。《斩鬼传》就在钟馗捉鬼故事的基础上,通过想象、虚构,把世间众生各种不良习性、癖性幻化为形是人类、心为鬼魅的阴间鬼物,然后把它们作为书中主要讽刺对象。

另外,作者对世俗偏见的批评讽刺也有一定的深度。像钟馗这样一位文采超凡、心地纯良的英雄才子,却仅仅为一副丑陋的容颜而不容于当道,被皇帝黜落。皇帝却说:"我太宗皇帝时,十八学七登瀛洲,至今传为美谈。若此人为状元,恐四海愚民,皆笑朕不识人才也。"所谓四海愚民,代表的正是世俗之见。于是才华高超的钟馗却被以貌取人的世俗偏见所吞噬。衣冠社会，原只重衣冠表相不重人，悠久的文明传统，居然不许貌丑的才子有正常的向往与追求。这是对现实和历史的嘲讽。

《斩鬼传》的成书对讽刺小说的创作产生了极其深远的影响，其尖锐犀利的写作风格和幻化现实以讽刺种种丑恶人性的写作手法成为此后讽刺小说创作的主流，各种结合不同特定历史时期社会心理写成的仿作不断出现。《斩鬼传》的第一部仿作是《钟馗平鬼传》，该书题为"东山云中道人编"，八卷十六回，其创作主旨与《斩鬼传》相同，还使用了大量方言俗语，这也是对《斩鬼传》的刻意模仿。虽然讽刺性有所减弱，但是《钟馗平鬼传》对推动中国古代讽刺小说向前发展仍有其不可替代的作用。《精神降鬼传》亦是一部模仿《斩鬼传》讽刺世态人情的讽世之作，四卷八回，题"惺惺居士著"。据半间书屋居士《序》，知作者姓石，山东平阴县人。成书于清道光年间。书中写了精神率将降服人间十二鬼，为诸鬼伐毛洗髓，从此下界清平的故事。

《何典》侧重对黑暗官场的批评讽刺，用滑稽的方言俗谚写成。作者张南庄（生卒年不详），号过路人，乾嘉时期上海人，布衣，曾著有《编年诗稿》（已佚），又以村言俚语为典故写成长篇讽刺小说《何典》。此书叙述鬼蜮世界三家村中一位财主活鬼的家庭变故。财主活鬼赴五脏庙求儿，果得一子，取名活死人。为了酬神还愿，他在村上建鬼庙，演鬼戏，不料戏场上看客打架，闹出人命，惹上官司。不料那土地老爷饿杀鬼"又贪又酷，是个要财不要命的主儿，平素日间，也晓得活鬼是个财主，只因蚂蚁弗叮无缝砖阶，不便去发想"，于是就乘机狠狠敲诈一笔。雌鬼央人买通土地，"果然钱可通神"，被放回家。不料活鬼又突染重病，不治而亡。雌鬼守不得寡，很快改嫁了"浪子心性"的刘打鬼。刘打鬼赌尽了家当，气死了雌鬼。孤儿活死人由舅父形容鬼领回抚养。初时还与表兄牵钻鬼一同上学，数年后，形容鬼赴鬼门关当差，他便辍学在家，备受舅母醋八姐虐待，不得已逃离舅家，向鬼庙的住持求助未遂，反被逐出，乃沦为乞丐。偶遇蟹壳里仙人，授以仙丹，并指点他寻鬼谷先生学艺。寻师途中，偶然救下了正遭色鬼凌辱的臭花娘，两人订下鸳盟。之后，活死人寻到鬼谷先生，不消一年便学得一身本事。其时，饿杀鬼已升任枉死城城隍，因胡乱处置命案，激反了大头鬼。枉死城被攻破，城隍全家被杀。大头鬼又攻下鬼门关，总兵白蒙鬼弃关逃走，形容鬼投水自尽，鄷都城为之震动。阎王出榜招贤，活死人应募投军，挂帅出征，平定了乱事。论功行赏，他被封为蓬头大将，并由阎王赐婚，与臭花娘终成眷属。

在《何典》里，作者描绘了"赃官墨吏尽贪财"的鬼蜮世界，正是人间社会的真实写照。作者借迷露里鬼的口，比较深刻地揭露出封建官场的

黑暗,他说:

> 虽说是王法无私,不过是纸上空言,口头言语罢了。这里乡
> 村底头,天高皇帝远的。他又有财有势,就便告到当官,少不得
> 官则为官,吏则为吏,也打不出什么兴头官目来……且到城隍老
> 爷手里报了着水人命,也不要指名凿字,恐他官官相卫……

贪官污吏见钱眼开,见人有了几个钱便生勒索之心,然后又用勒索到
的钱再去买通上司,步步高升,"致官官相护,大官小官,无一好官,直弄到
官逼民反,一发不可收拾,作为最高统治的阎王也差点深陷泥淖。

小说中,各级官吏都互相勾结,视财如命,贪赃枉法,闹得乌烟瘴气。
识宝太师"是阎罗王殿下第一个权臣,平日靠托了阎王势,作威作福,卖
官鬻爵,无所不为的";与土地老爷讲话,"是非钱不行的"。轻脚鬼"曾做
过独脚布政",就"富贵双全","坑缸板都是金子打的"。就是这帮官僚,
加上"个个如狼似虎"的牢头禁子,逼得百姓起来造反。小说还将讽刺的
矛头指向鬼域中的世俗世界,如"吃白食诈人的"地痞无赖、坑人的庸医、
"钻在铜钱眼里"的鬼庙和尚等。《何典》通过描写嘲笑阎罗王及形形色
色的妖魔鬼怪,虽然也反映了某些丑恶世相,如醋八姐的见钱眼开,牵钻
鬼的损人不利己,和尚尼姑的贪财好色,封建文人的不学无术等,但重点
还是在讽刺和抨击我国封建社会崩溃前夕官场内幕的黑暗现实。

《何典》是用上海方言俗语写成的。古人作文,讲求用典,所谓"无一
字无来历";张南庄却独辟蹊径,把话在劳动人民口头上的方言词语作。
"典",信手拈来,妙语如珠。鲁迅称此书"用新典一如古典",所谓"新典",
即指俚言俗谚,这类注释多达七八百条,真可谓洋洋大观了。张南庄是上
海人,熟悉本地方言,运用俗谚十分自然,如评述活鬼吃药无用的几句:

> 正叫做药医不死病,死病无药医。果然犯实了症候,莫说试
> 药郎中医弗好,你就请到了狗咬吕洞宾,把他的九转还魂丹像炒
> 盐豆一般吃在肚里,只怕也是不中用的。

"狗咬吕洞宾",原是半句俗谚(后半为"不识好人心"),在此借代"神
仙",割裂使用,似通非通,却起了逗笑的作用。再如描绘苦恼天尊的肖像:

> 信准那个冷粥面孔,两道火烧眉毛上打着几个捉狗结,一个
> 线香鼻头,鼻头管里打个桩子。

"火烧眉毛，只顾眼前"，割裂使用，与"狗咬吕洞宾"同样令人发笑。此外，如"戴了掼纱帽""着了湿布衫""挂几个依样画葫芦""收拾些出门弗认货"等，都是把惯用语或俗语歪讲曲解，以收到滑稽的效果。

《常言道》四卷十六回，侧重对金钱本质的批评讽刺，以幻境托讽。作者"落魄道人"，真实姓名不详。卷首有嘉庆九年（1804）序，据此可知成书即在当年。小说以海外小人国的民风习俗影射本土的风俗人情，以大人国的敦厚民风对比本土的歪风邪气，并且在更深广的意义上揭露了金钱的本质，可以说是对《何典》中"钱能通神"的一般认识的深化。小说讲述秀才时伯济来到小人国（君子小人之"小人"，非形体之小人），遭遇到以财主钱士命、施利仁为代表的各种不择手段聚敛金钱的无耻小人，受尽凌辱，历尽艰险，最后才走出小人国，踏上礼义正行之路。钱士命视钱如命，贪婪悭吝，结局是一家化为乌有，而时伯济知礼为善，结果是福缘善庆，一家欢乐。本书用俗语谐音寓意讽刺，手法与风格接近《何典》。如卷首《常言道序》所说："别开生面，止将口头言随意攀谈。迸去陈言，只举眼前事出口乱道。言之无罪，不过巷议街谈；闻者足戒，无不家喻户晓。虽属不可为训，亦复聊以解嘲。所谓常言道俗情也云尔。"

作者在第一回就开宗明义地阐明了金钱的本质、流通与力量，表现了对金钱的清醒认识：

> 无德而尊，无势而热，无翼而飞，无足而走，无远不往，无幽不至。上可以通神，下可以使鬼。系斯人之生命，关一生之荣辱，危可使安，死可使活，贵可使贱，生可使杀。故人之忿恨，非这个不胜；幽滞，非这个不拔；怨仇，非这个不解；令闻，非这个不发。

作者在这里摘录了晋代鲁褒《钱神论》中的原句，把金钱尊为"天地间第一件的至宝，而亦古今来第一等的神佛"；同时，作者又进一步论述这个"至宝""失之则贫弱，得之则富昌"，今天不要，明天也要，人人都要，总之，"或黄或白，以尔作宝。凡今之人，维子之好"。

在《常言道》第十一回中，钱士命得了金银钱，便财多身弱，发起病来，请到一个庸医，问钱士命一向调理用何药物，钱士命拿出一个丸方递与庸医看，但见那丸方上开着：

> 烂肚肠一条 欺心一片 鄙吝十分 老面皮一副。
> 右方掂斤估两，用蜜煎砒霜为丸，如鸡肉膳子大，大完时空

汤送下。

那庸医看完,就另外开了一帖:

好肚肠一条　慈心一片　和气一团　情义十分　忍耐二百廿个　方便不拘多少,再用莺汁一大碗,煎至五分。

可是钱士命咽不下新药,仍"将旧存丸药吃了一股,喉咙中便觉滋润,因此仍服旧药。又服了几天,初时腹内的心尚在左边腋下,渐渐地落将下去,忽然一日霎时泄泻,良心从大便而出,其色比炭团还黑"。已经无可救药,却还一本正经地服新药、旧药,可悲可笑而不自知。这种滑稽的描写,看似粗俗无稽之谈,实际上隐藏着作者劝善、救世的用心与对丑恶鄙薄、愤激的感情。

《常言道》还仿照宋元话本以来的艺术手法,每个人物出场都绘一幅"但见他"的肖像画,配上简练的叙述介绍,从中显示人物特征,勾勒形象个性,避免了一般章回小说那种公式化的陈套。例如,钱士命的出场:

那钱士命自己年交六十九岁,头是劣个,不比别个,不是凡人,原是天上串头神下降,容貌异常,比众不同。生得来:

头大额角阔,面仰髭须跷。黑眼乌珠一双,火烧眉毛两道。骨头没有四两重,说话压得泰山倒。臀凸肚跷,头轻脚摇。两腿大,肚皮小,天生一个大卵脬。

从这些描写来看,钱士命形象可谓丑恶顽劣,令人厌恶。

小说利用谐音凑趣,不单人名物名,连世情事理也都借此"聊以解嘲"。人名,除钱士命,有钱百锡(钱不惜)、施利仁(势利人)、万弗着(犯不着)、卭诡(穷鬼)、无齿(无耻)、眭炎(趋炎)、冯世(附势)等;地名,如钱士命家的第四进房屋"是一所自室(自私)",物名如卭诡去罪隔轩(罪该死)拜见祖师,只见祖师坐在一顶混帐之中。世情事理,如钱士命的绋车放上金银钱,即可"不用牛马不用人推,随人的心理要到那他自己会行……这叫作无钱而不行",这正是世风日下、人心浇薄的封建社会所习见的。

值得注意的是,《常言道》的作者并没有完全否定金钱的作用,而是清醒地提出了对待金钱的正确态度,即取之以义:"古人原说圣贤学问,只在义利两途。蹈义则为君子,趋利则为小人。由一念之公私,分人品之邪正。"又说,"古人说得好,'临财无苟得',得是原许人得的,不过教人不要轻易苟且得耳。"他叫人不要见利忘义,为钱所役,做了"钱用人"的人,相反,应做一个"人用钱"的人。

魔幻化社会讽喻小说，尽管在题材构成、讽刺对象等方面有所不同、有所侧重，但在艺术表现方面则是有着共同的特征。第一，谈鬼物正似人间。表现在作品中主要是用怪诞的手法描绘社会现实中不存在的鬼怪神妖、大人小人，以此批判社会，影射现实。情节怪诞，这是通向艺术组织的整体怪诞。《斩鬼传》把阴间的鬼魂请到人间斩鬼，由此虚构了一连串荒诞不经的故事。《何典》则把人间的活报剧搬入阴间，"其言则鬼话也，其人则鬼名也，其事实则不离乎开鬼心、扮鬼脸、怀鬼胎、钓鬼火、抢鬼饭、钉鬼门、做鬼戏、搭鬼棚、上鬼堂、登鬼篆，真可称一步一个鬼矣"。还有《常言道》中时伯济带子钱寻找母钱及钱士命用母钱到海湾中引子钱等情节。怪诞尽管是一种现实的变形，但仍然要求有内在的现实内容，这就是"怪"与"真"的统一，魔幻化的社会讽喻小说基本上做到了这一点。第二，说滑稽时有深意。魔幻化社会讽刺小说的作者都很关心现实，关心人生。由于关心，所以对日下的世风、丑恶的现实更有一种忧患感、痛苦感、愤激感。然而，他们却把苦恼藏在奇异的轻率之中，在自己的作品中采取了一种轻佻的形式：嘻嘻哈哈，玩世不恭，把痛苦变为滑稽，从而在滑稽中宣泄愤激之情，表现他们对人生、对社会、对生活的善良而真诚的愿望。第三，用俗谚常出妙语。在语言运用方面，以上几部书除了充满了双关妙语、谐趣横生之外，更突出的特点是对俗谚的活用，从而使这类社会讽喻小说更有一种轻松有趣的喜剧气氛。

第二节　批判文人与文化的《儒林外史》

吴敬梓的《儒林外史》是一部以描写知识分子生活状况和精神状态为基本内容的讽刺小说，其指向重点在社会文化。正如鲁迅《中国小说史略》所说，《儒林外史》矛头所向，尤在士林。《儒林外史》假托明代社会为背景，展现了封建末世围绕科举制度的各层文士的众生相，揭示了受科举文化腐蚀的士人心态和偷浮浇薄的世风。《儒林外史》"继承了我国讽刺史学中的写实创作精神，在'最平实而为万目所共见者'中选取典型事件人物予以真实的描绘，使我国的写实讽刺文学迈进了新的阶段"[①]。

吴敬梓（1701—1754），字敏轩，号粒民。安徽全椒人。移家南京后自号秦淮寓客，因其书斋署"文木山房"，晚年又自号文木老人，他出身于科举世家，曾祖辈兄弟五人，四人先后中进士。吴敬梓从小受家庭潜移默

---

① 齐裕焜.中国古代小说演变史[M].北京：人民文学出版社，2015：459.

化的影响,也想走科举荣身之路。他 13 岁时母亲病逝,14 岁便随父亲到赣榆县寓所,承受颠沛之苦。由于聪明好学,他于弱冠之年(20 岁)考取秀才,29 岁乡试不中。36 岁时,被推荐参加博学鸿词科的考试,他借口生病没有入京应试。晚年生活陷入困顿,常常靠典当和朋友资助度日。乾隆十九年(1754)在扬州与朋友欢聚之后,猝死在朋友家中。其好友程晋芳有《文木先生传》纪其一生。

自司马迁《史记》设 "儒林列传" 以来, "士之抱遗经以相授受者",就成为历代正史列传的重要组成部分,构成封建正统意识形态的思想命脉,而吴敬梓的《儒林外史》,则以讽刺的艺术手段消解这种意识形态的尊严,揭露封建正统文化和制度戕害人性的罪恶。《儒林外史》围绕着批判科举制度这个中心,描写了封建时代一群知识分子的形象,楔子之后,首先出场的,是迂陋穷酸的腐儒,通过他们的经历,作品展示和剖析了知识分子受毒害的灵魂,尤以周进、范进最具代表性。周进六十多岁,是个屡考不中的老童生,倚靠做私塾先生为生,家计艰难。后来,他连这份工作也丢了,只好为做生意的舅子记账,去了省城。见到梦寐以求的贡院,欲往一看,竟被鞭子打出! 舅子花钱让他进去,他见到 "天字号"试场号板, "不觉眼睛里一阵酸酸的,长叹一声,一头撞在号板上,直僵僵不省人事"。复苏后, "又是一头撞将去,放声大哭", "直哭得口里吐出鲜血来"。几个商人得知原委,允诺为他捐资纳监,周进跪下叩首道: "若得如此,便是重生父母,我周进变驴变马也要报效"。这一副号板、一声长叹,饱含了天下读书士子的几多屈辱、酸辛、凄凉,这一跪一拜,一声 "重生父母",不难想见科举考试对儒生的影响力。好在周进还有点良心,任广州学道考童生时,遇到五十四岁、面黄肌瘦、花白胡须的范进,便生起了怜悯心,有心提携,范进于是科场侥幸,以至喜极而疯, "笑着,不由分说,就往门外飞跑,把报录人和邻居都吓了一跳。走出大门不多路,一脚踹在塘里,挣起来,头发都跌散了,两手黄泥,淋淋漓漓一身的水。众人拉他不住,拍着笑着,一直走到集上去了。" 二进的一哭一笑,典型地描摹了科举迷的畸形心灵。周进的坎坷和范进的侥幸,是封建时代许许多多达官贵人仕途的缩影,老腐迂儒,胸无点墨,凭着满腔的执着、赤诚和运气,从受人作践的人摇身一变而为可以作践他人的人了。

《儒林外史》中还描写了科举仕途中一批灵魂扭曲、丧失人性的人。严贡生是一位恶乡绅,倚仗官势,媚上欺下,横行乡里,作恶多端,甚至于对至情骨肉也使出手段侵吞其家产。严监生的妻舅王仁、王德,一个是府学廪膳生员,一个是县学廪膳生员,却是十足的假道学,口口声声说 "我们念书的人全在纲常上做工夫",却在妹妹尚未死时,两人做主,让严监生将侧室扶正，还在他们结婚之日"替他做了一篇告祖先的文，甚是恳切"。至后来严贡生来争夺赵氏家产时，"那两位舅爷王德、王仁，坐着就像泥塑木雕的一般，总不置可否"，仁德全无。更甚者是王玉辉，他不但怂恿女儿殉节，认为"这是青史上留名的事"，而且在这个过程当中，他"依旧看书写字，候女儿的信息"。当女儿绝食殒命的消息传来，他的老伴哭死过去，他却说："他这死得好，只怕我将来不能像他这一个好题目死哩！"仰天大笑着走出房门，口中直喊："死得好！死得好！"

科举功名不仅迷惑、扭曲了男儿本性，也腐蚀了女儿世界，把女儿纯洁的心灵异化成俗不可耐的腐儒肝肠。鲁编修因无儿子，便只能望女成凤。鲁小姐五六岁习四书五经，12岁开始做八股文，肚子里记得文章三千余篇，深信父亲说的"八股文做得好，随你做什么东西，要诗就诗，要赋就赋"的鬼话。奈何是个女子，不能赴考，摘得功名，只得寄望于丈夫。谁知新姑爷不谙制艺，但求名士，伤心得鲁小姐新婚燕尔却"愁眉泪眼，长吁短叹"，以为"误我终身"。后来只得把举业梦寄托在儿子身上，4岁起就"每日拘着他在房里讲《四书》，读文章"。这是个"八股才女"的独特形象，与一般才子佳人小说中精于琴棋书画、深于情爱的女子们大异其趣，实是科举与男性化教育下精神人格异化的产物。

吴敬梓笔下还活跃着一帮丑态各异的假名士。娄氏二公子拜访杨执中，是小说中的一幕讽刺喜剧。两位公子以礼贤好士、求贤若渴的心情迎来的却是老阿呆杨执中、奸拐尼僧的地棍权勿用，"半世豪举，落得一场扫兴"。卧闲草堂评云："此叶公之好龙而不知其皆鲮鲤也。"也显现出娄氏二公子的疏狂无识，懵懂空虚。《儒林外史》还叙写西湖斗方诗人赵雪斋、景兰江、浦墨卿、支剑锋、胡三公子等，南京名士杜慎卿、季苇萧、来霞士、郭铁笔、萧金铉、诸葛佑、季恬逸等，这些名士性格各异，但是共同的一点就是，弄虚作假，故作风流，装腔作势，庸俗不堪，完全是漂浮于现实社会中的一帮于事无补的寄生虫。

科举仕途的跋涉者和举业之外的名士集团，构成《儒林外史》的士林社会。这个士林社会已经完全背离了传统儒士明道经世、励志化俗的精神，而是围绕着功名富贵在蝇营狗苟。吴敬梓由对于科举制度扭曲人性的讽刺进而深入对程朱理学滞塞人心、戕害人性的深刻剖析。马二先生是书中一位八股制艺的虔诚信徒，他本性善良厚道，仗义疏财，一片热肠，"共考过六七个案首，只是科场不利"，但是对于八股科举仍迷恋不疑，他评论说：

"举业"二字是从古及今人人必要做的。就如孔子生在春秋时候,那时用"言扬行举"做官,故孔子只讲得个"言寡尤,行寡悔,禄在其中"。这便是孔子的举业。讲到战国时,以游说做官,所以孟子历说齐梁,这便是孟子的举业。到汉朝用"贤良方正"开科,所以公孙弘、董仲舒举贤良方正,这便是汉人的举业。到唐朝用诗赋取士,他们若讲孔孟的话,就没有官做了,所以唐人都会做几句诗,这便是唐人的举业。到宋朝又好了,都用的是些理学的人做官,所以程、朱就讲理学,这便是宋人的举业。到本朝,用文章取士,这是极好的法则。就是夫子在而今,也要念文章、做举业,断不讲那"言寡尤,行寡悔"的话。何也? 就日日讲究"言寡尤、行寡悔",那个给你官做? 孔子的道也就不行了。

这一段话可谓讽刺辛辣的"举业论"。处处把"举业"与"做官"联系起来。在马二先生看来,文章选本才是书,做八股文才是为学,为学的目的就是做官。充斥马二先生心中脑中的就是举业,所以当科场失意后,他便操起选政,刊刻墨卷,还是围着举业转。

当然,吴敬梓讽刺世道人心的丑恶鄙俗,揭露科举制度的罪恶荒唐,但他并没有绝望。他在社会最下层的百姓身上还是看到善良和淳朴的种子,鲍文卿地位卑贱,是个做戏的,但是他的品行学识是那些饱读墨卷的士人远远不可企及的。小说中老一辈子人都还能保守善良本分的善性,而在科举文化熏陶下的一代在堕落,作者寄寓着一代不如一代的隐忧。

《儒林外史》是一部优秀的讽刺小说,其讽刺艺术大致表现在如下几方面。

第一,直叙其事、讽刺寓言的叙事方法。小说真实地描绘了一代儒林的真相,在冷静、如实的叙述中,人物自身言行构成了讽刺。例如,范进中举后,和张静斋一块到汤知县处"打秋风",吃饭时,范进退前缩后地不举杯箸,知县不明其故,后方知因母亲去世守制不肯用镶银杯箸,后换上了一双竹筷方才罢了,当知县为满桌荤菜怕范进不吃而发愁时,却看见他在燕窝碗里拣了一个大虾元子送在嘴里。前后行动的矛盾,让人感到既真实、又可笑,在笑声中,洞悉人物心灵,深刻揭露了伦理道德的虚伪。

第二,作者不出场,不直接参与故事进程,不显露态度,而是静观其行,通过人物自己的表演,自曝其丑。此即所谓的"冷嘲"。例如,第四回,张静斋和范进去高要县打秋风,严贡生在关帝庙设宴款待。席上,严贡生道:"实不相瞒,小弟只是一个为人率真,在乡里之间,从不晓得占人寸丝半粟的便宜,所以历来的父母官都蒙相爱。"话音刚落,一个小厮走来道:"早上关的那口猪,那人来讨了,在家里吵哩。"卧闲草堂本评语曰:

才说不占人寸丝半粟便宜，家中已经关了人一口猪，令阅者不繁言而已解。使拙笔为之，必且曰："看官听说，原来严贡生为人是何等样。"文字便索然无味矣。

道光年间的黄小田补批云："一部书多用此诀。"的确，这种淡淡叙来，不置褒贬而是非立见的讽刺方式，在《儒林外史》中随处可见。

第三，将讽刺对象的言行乖谬矛盾白描出来，自形其丑。《儒林外史》第四回，范进母亲去世，刚谢了孝，他就与张静斋去高要县见老师：

> 知县安了席坐下，用的都是银镶杯箸。范进退前缩后的不举杯箸，知县不解其故。静斋笑道："世先生因遵制，想是不用这个杯箸。"知县忙叫换去，换了一个磁杯、一双象牙箸来。范进又不肯举。静斋道："这个箸也不用。"随即，换了一双白颜色竹子的来方才罢了。知县疑惑他居丧如此尽礼，倘或不用荤酒，却是不曾备办。落后，看见他在燕窝碗里，拣了一个大虾元子送在嘴里，方才放心。

作者尊崇古礼，深恶这类违制悖礼的行径，因此用谐语诛之，疏疏几笔白描，前后行为自相否定，揭露了范进虚伪的道学面目。这种讽刺方法，常常是运用对比方式表现出来的。范进中举前后，胡屠夫的态度前倨后恭，简直是一幕讽刺短剧，市井小人的卑劣丑态昭然若揭。

第四，通过人物语言自露己丑，也是《儒林外史》常用的讽刺手法。第二十回，匡超人吹嘘自己的举业选本"外国都有的"，"家家隆重的是小弟，都在书案上，香火蜡烛供着'先儒匡子之神位'"。竟然分不清"先儒"是活人还是死人。

第五，采取所写人物的行为品质与他人的评论之间的乖谬舛悖来增强讽刺力量，甚至达到一石击双鸟的讽刺效果。《儒林外史》写匡超人曾经在危难之际受到马二先生的资助，然而在与冯琢庵评论马二先生操选政时却说："这马纯兄理法有余，才气不足。所以他的选本，也不甚行。"这一方面通过匡超人的口表明马纯上的评选只知程朱理学那一套话头，毫无才情妙趣；另一方面又讽刺匡超人的忘恩负义。

第六，虽云长篇、颇同短制的艺术结构。《儒林外史》的结构形式不同于以往传统通俗小说模式，而是按心理的流动串联情节，创造了一种新的结构。鲁迅在《中国小说史略》中说，"全书无主干，仅驱使种种人物，行列而来，事与其来俱起，亦与其去俱讫，虽云长篇，颇同短制。"这种结构中的故事发展兼具短篇与长篇的特点,每一个独立单元里,人物不多,故事发展也明快、简洁,充分显示了短篇小说的优越性;而连接起来,作为一部长篇,又以众多的人物形象广泛反映了社会面貌,发挥了长篇的艺术功能。

第七,简练、通俗、含蓄、国语化的语言。《儒林外史》的语言极简练,全书描绘了众多的人物、复杂的关系、交错的情节,但都清晰明白,绝不含混。例如,严监生临死前伸着两个指头不肯咽气,几个侄子猜测是两个亲人未曾见,还有两笔钱未曾安排好,他都摇头瞪眼,表示不对,还是赵氏懂得他的心,走上前道:

> "爷,只有我能知道你的心事。你是为那灯盏里的两茎灯草,不放心,恐费了油。我如今挑掉一茎就是了。"说罢,忙走去挑掉一茎。众人看严监生时,点一点头,把手垂下,登时就没了气。

这段语言通俗,娓娓道来,如叙家常,又极简练,洞晓严监生守财奴的灵魂,令人笑,也令人感到凄惨,显示出滑稽现实背后隐藏着的悲剧性内蕴,从而给读者双层的审美感受。

《儒林外史》广泛地涉及上到帝王,下及戏班、修补匠,而"机锋所向,尤在士林",通过对士林病态的呈现,来为科举文化把脉。如果说《西游记》是通过神魔挟带着寄寓讽刺的成分和片段,那么《儒林外史》则是以现实为基础,描写了那些扭曲的性格和变态的心理,将讽刺艺术提高到极致。《儒林外史》虽云长篇、颇同短制的艺术结构,对晚清四大谴责小说的创作有很大启发。

第三节 具有喜剧特质的讽刺小说

喜剧"作为一种特殊的审美范畴,其审美效果是笑,它是在欣赏者生理上的集中反映,和喜悦的心理相联系,具有深刻的社会内容"[1]。喜剧是对社会生活矛盾的特殊反映,它使人在大笑之后感到一种震撼,继而引起对人生、对社会的严肃思考,并从中悟出某种哲理。喜剧"寓庄于谐",在惩恶扬善方面,有着十分有效的道德力量。喜剧性的审美意义在于它能让人在笑声中看到旧世界、旧事物内在的空虚和无价值,同时也增强追求

---

[1] 秦贝臻.小说经典[M].北京:现代出版社,2014:110.

美的愿望。李汝珍的《镜花缘》既有《斩鬼传》等小说虚构的特征，即把现实幻化为一些具有抽象意义和讽刺意味的国家，表现出一种怨而不怒的讽喻意味；同时，又有一些《儒林外史》只能怪"直书其事，不加断语"的写实笔法，由此冲淡了因写实而透露出来的悲剧色彩。从这个意义上说，它更接近于喜剧的本质特征。

李汝珍（约1763—1830），字松石，号松石道人，人称北平子，直隶大兴（今北京大兴）人。他弟兄三人，兄名汝璜、弟名汝琮。李汝珍本人一生只做过板浦场盐课使、县丞等几任小官。他哥哥为官期间，他相随在淮南、淮北生活了较长时间。李汝珍一生交友较广泛，与他交往的朋友，如许乔林、许桂林、徐鉴等人，都是对经学颇有研究的学者。李汝珍一生致力于研究学问，尤精音韵，曾刊行过《李氏音鉴》《受子谱》。从嘉庆十五年（1810）起，李汝珍耗费了十数年的心血，写作了一百卷本的小说《镜花缘》。

《镜花缘》托言唐朝女皇武则天随心所欲地令百花寒天开放，众花神接受了人间帝王的意旨，却悖违了天帝的严令。开花后，以百花仙子为领袖的一百花神以"献媚于世主之前"的罪名被贬下凡尘，托生为一百个女子。百花仙子托生为秀才唐敖之女唐小山。唐敖原热衷功名，但因结拜兄弟徐敬业起兵失败而受牵连，考中探花又仍旧降为秀才，从此心灰意冷，看破世事。为解愁散闷，他与妻弟林之洋一同出海。一路上，经过许多国度，见识了许多奇人异事、奇风异俗，后来入蓬莱求仙而不返。唐小山知道父亲失踪，思亲心切，便跟林之洋的船海外寻父。至小蓬莱，得到父亲的信，叫她改名唐闺臣，并要等中过才女后才得相聚。小蓬莱有泣红亭，亭里的碑上刻着一百花神所司花名和降生人世后的名姓，唐闺臣排在第11名。唐闺臣寻父回国后恰逢朝廷开女试，录取了100名才女。这一百才女也就是碑上所记的100人，连名次都相同。小说又以徐敬业、骆宾王等人及其后代的讨武勤王活动作为一条背景线索，贯穿始终，并让35个才女参加最后的讨武战争。小说末了，唐中宗复位，武则天被尊为"则天大圣皇帝"。她复下新诏，宣布明年复开女试。唐敖海外所遇奇幻的国度，寄寓着作者对社会现实丑恶弊端的抨击，如白民国的学馆先生吹嘘学问渊博，却白字连篇，把"幼吾幼以及人之幼"，读成"切吾切以反人之切"。这正是现实社会中不学无术而自命不凡之人的写照。淑士国的国民则正相反，假装斯文，连酒保都满口之乎者也。这是对封建士大夫故作风雅的嘲讽。两面国国民，两面三刀，背后藏着一张恶脸，满是毒气。此外，狡猾奸诈、反话诳人的小人国，脸厚而悭吝的无肠国，到处搜刮、贪得无厌的长臂国，喜欢阿谀奉承的翼民国，阴鸷褊狭、心肺俱烂的穿胸国，连睡觉都害怕的伯虑国,由谎精托生的冢喙国、酒囊饭袋、好吃懒做的犬封国和结胸国等,这些看似荒诞不经,却寓意深刻,活灵活现地描绘出世间的众生相,对人性中的丑陋、阴暗、邪恶的一面,给予深刻的揭露。

《镜花缘》的喜剧精神在前半部主要体现于唐敖、林之洋、多九公在海外异域的所闻所见和经历,淑士国酒保、腐儒咬文嚼字,令人喷饭、白民国的学塾先生自视不凡,盛气凌人。在黑齿国多九公被两个女孩子讥讽得脸上青一阵、黄一阵,恨无地缝可钻。而在女儿国,林之洋则大吃苦头,被强迫穿耳、缠足、搽脂抹粉,粉面郎被逼作长须女,在这些充满了夸张乃至怪诞的喜剧情节里,作品流露出对现实种种丑恶事物、不合理制度的嘲讽。小说后半部的喜剧精神较为集中地体现在机敏而风趣的孟紫芝身上。她那似乎是永远讲不完的随机而发的笑话,使小说后半部相当大的篇幅始终洋溢在喜剧的氛围之中。她的笑话有一部分仍然继承了小说前半部对吝啬、贪婪等恶德恶行的讥刺,但更多的笑话是用于讥刺同伴的言行乃至名字,如她嘲笑翠钿的口吃,暗讽秀春"这狗满嘴土音,教我怎懂",星辉的名字被她打趣成塞进了脚缝的"灰星",同伙叫她讲笑话,她则讥之为猪叫人说笑话。她的笑话固然不乏幽默,可以引人莞尔一笑,但笑后也就放下,缺乏值得品咂、回味的东西。但后半部有个别地方仍不失为精彩之笔,如第六十七回写武后开女试,放榜前众才女"忽哭忽笑,丑态百出",小春、婉如二人担心落榜,竟然"浑身抖战筛糠",语不成声地说:"俺……俺……可受不住了! "今日这命要送在……在此处了!"及至放榜被取,二人竟跑到茅厕里,"立在净桶旁边,你望着我,我望着你,倒像疯癫一般,只管大笑……舜英道:'两位姐姐即或乐得受不得,也该拣个好地方。你们只顾在此开心,设或沾了此中气味,将来做诗还恐有些屁臭哩。'"如此"疯癫",活现出科场士子神魂颠倒的丑态。

从整部小说来看,《镜花缘》基本上跳出了《西游记》续书及《斩鬼传》所保留的以鬼神形象为主体的故事情节。小说的主体部分不再是鬼神妖魅的斗法较量,而是幻想中的海外现实社会,以及中土的百名才女的遭遇。李汝珍笔下每有怪异荒诞之事,但却从未放笔写鬼写神。鬼神世界在这里仅仅作为人间故事的背景和框架出现,已不复具有重要性情节意义。

第四节　开启民智的清末四大谴责小说

自嘉庆至光绪，内乱外患，朝政更迭，维新爱国，中国始终纠结于危机与变局之中。而戊戌新政的失败，近代知识分子开始反省，不屑于清王朝自救图强的自我标榜，对现世政府"不足与图治"的怀疑与愤慨，转向审察官僚执政的弊恶，抨击吏治腐败，匡世救弊。于是，"'谴责'与'匡世'，便成为近代知识分子的文化认同"①。官场小说的滥觞也应时而起。这些大量以暴露现实政治黑暗罪恶为主题的小说，鲁迅称之为谴责小说。在新小说、翻译小说竞相亮相的近代文坛上，晚清谴责小说，以其强劲的现实批判性挺立其间，成为近代文坛一个重要的流派。其中以《官场现形记》《二十年目睹之怪现状》《老残游记》《孽海花》最为著名，鲁迅先生称之为"四大谴责小说"。

一、《官场现形记》与《二十年目睹之怪现状》

李伯元的《官场现形记》最初约在 1903 年 4 月至 1905 年 6 月连载于上海《世界繁华报》。这是我国第一部在报刊上连载、直击社会黑暗而取得轰动效应的长篇章回小说，也是清末谴责小说的代表作，首开近代小说批判社会现实的风气。

李伯元（1867—1906），本名宝楷，又名宝嘉，笔名南亭亭长、游戏主人等。李伯元生于山东济南，6 岁丧父，在伯父的抚养下成长。26 岁时乡试第一，成为秀才。1896 年到上海，进入报界，并自己创办了《游戏报》，1901 年将《游戏报》售于他人，自己又创办了《世界繁华报》，内容注重消闲、讽刺和暴露。他写的《官场现形记》，即首先刊载于该报。1903 年商务印书馆创办《绣像小说》半月刊，李伯元写的《文明小史》《醒世缘弹词》等，都在这个刊物登载。光绪二十七年（1901），清廷开特科，曾诏李伯元应举，被拒绝。此后，李伯元专力于小说的创作。所著有《庚子国变弹词》《海天鸿雪记》《李莲英》《繁华梦》《活地狱》《中国现在记》《官场现形记》《文明小史》等十余种。他因患痨病，于 1906 年去世。

《官场现形记》全书共六十回，结构安排与《儒林外史》相仿，以人为骨，串联而成。作品借清末官场为表现对象，描述了封建社会崩溃时期的

① 吴士余.清史明鉴录[M].上海：中西书局，2014：264.

旧官场之种种腐败、黑暗和丑恶的情形。其中多是实有人物,只是改易姓名而已。作者塑造了一群形形色色的官僚形象,他们的官职有高有低,权势有大有小,手段各有不同,但都"见钱眼开,视钱如命"。举人出身的王仁开馆授徒,为了激发学生读书的积极性,他说只有读书才能当官,而这当官的好处则十分诱人:"点了翰林,就有官做,做了官,就有钱赚,还要坐堂打人,出起门来,开锣鸣道。"各级官僚嗜财如命,为攫取金钱不择手段,因为钱可以买到官,官又可以得到更多的钱,整个官僚机器就是围绕着钱财运转的。第二十五回,黄胖姑说:"一分钱一分货,你拼得出大价钱,就有大官做。"第三十、三十一回,冒得官假官之事被揭发,为了保住官,他亲手把自己的女儿送给上司羊统领玩弄。瞿耐庵的老婆为了让丈夫升官发财,竟恬不知耻地拜湍制台十几岁的小姐做"干娘";浙江署理抚台付理堂,旧衣破帽在身,表面廉洁奉公,实则受贿卖缺,当了一次副钦差,就赚了几十万两银子。小说中封建政治集团的各层官吏,在洋人面前,奴颜婢膝,尽显媚态。他们怕洋人怕得灵魂出窍。第五十三回,文制台一见洋人,顿时胆丧气衰,帮着洋人镇压国内百姓的反抗,完全成了洋人的走狗。第五十五回,梅飏仁升署海州直隶州后,海上来了三只外国兵船,把他吓得手足无措,电报打到南京,制台也登时大惊失色。如果说,见到洋人时晚清官吏是温顺的羊,那么对于老百姓,他们则是凶残的狼。第十四回,胡统领剿匪,是一出荒诞的闹剧,而遭殃的是老百姓。原本没有劫匪的严州,只因城里出了两桩盗案,胡统领就虚张声势,率领大队人马前来搜掠抢劫,将村庄洗劫一空,并与地方官勾结,逼迫百姓送万民伞,然后奏凯班师,赚得个"破格保奏"。

作为一部谴责小说,《官场现形记》有其鲜明的艺术特色与结构,胡适、鲁迅都指出其模仿《儒林外史》的特点。鲁迅在《中国小说史略》中说:"头绪既繁,脚色复夥,其记事遂率与一人俱起,亦即与其人俱讫,若断若续,与《儒林外史》略同。"这种结构与作者企图广泛地反映官场的整体现状有关,作者用漫画与夸张之笔去反映社会现实与官场中人物。由于作者熟悉佐杂小官的生活,故描写这方面人物十分精彩。例如,钱典史的善于察言观色,见风使舵:

> 以后就是门生请主考,同年团拜 ……赵温穿着衣帽,也混在里头。钱典史跟着溜了进去瞧热闹。只见吴赞善坐在上面看戏,赵温坐的地方离他还远着哩。一直等到散戏,没有看见吴赞善理他。大家散了之后,钱典史不好明言,背地里说:"有现成的老师尚不会巴结,叫我们这些赶门子拜老师的怎么样呢?"从

此以后就把赵温不放在眼里。转念一想，读书人是包不定的，还
怕他联捷上去，姑且再等他两天。

又如周因与戴大理之间口蜜腹剑、勾心斗角的倾轧，王梦梅与蒋福为
银子的争斗等，都描写得非常生动。

《官场现形记》对晚清的官吏做了比较全面的揭露，表现了作者对现
实的批判精神和反对帝国主义侵略的爱国主义意识，同时开拓了中国近
代小说的现实主义之风。现实主义风格的一个主要特点，就是题材选择
与组织的实录性。如果把某些现实主义的态度广泛地反映出一个时代的
社会生活面貌的文学作品称为"生活的百科全书""一代诗史""社会风
俗史"①，那么可将《官场现形记》称为晚清官场乃至整个封建社会官场丑
行的"百科全书"。

吴趼人的《二十年目睹之怪现状》，1903 年前后发表于《新小说》杂
志。这是一部带有自传色彩的作品。小说以主人公"九死一生"的经历
为主要线索，讲述了他从奔父丧开始到经商失败这 20 年间所见、所闻和
所感。作品反映生活面很广，深刻揭露了晚清时期的政治状况、社会风尚、
道德面貌和世态人情，强烈抨击了当时日益衰落的封建社会以及道德沦
丧的浅薄世风。

吴趼人（1866—1910），字小允，号茧人，后又改"茧"为"趼"。生于
广东南海佛山镇（今佛山市）。他二十多岁时到上海谋生，在江南制造军
械局工作。常为报纸撰文，后与周桂笙等创办《月月小说》，并自任主笔。
吴沃尧耿介自立，愤世嫉俗，常借小说对黑暗现实予以抨击。他所作小说，
以《二十年目睹之怪现状》最为有名，此外还有《痛史》《九命奇冤》《电
术奇谈》《劫余灰》等。

《二十年目睹之怪现状》以自号"九死一生"者为线索，历记其在 20
年中所见所闻，记叙的范围极为广泛。它先写九死一生在官家做事，后又
写其为官家经营商业，因店铺遍于全国，又时时到各处察看。20 年中，这
个主人公一直是过着船头、马背、衙门、店铺的生活，因而各种事件均易于
联系到一起。到全书将结束时，作者又布置一个商业大失败的局面，使九
死一生不得不走，于是故事到此便戛然而止。干线布局精当，结构上似乎
比李伯元的《官场现形记》更为严密。作者在第二回里以这个主人公自
己的口吻叙述其命名为九死一生的缘由道：

---

① 徐潜 . 中国古代小说变迁 [M]. 长春：吉林文史出版社，2013：167.

只因我出来应世的二十年中。回头想来：所遇见的只有三种东西：第一种是蛇、虫、鼠、蚁，第二种是豺、狼、虎、豹，第三种是魑、魅、魍、魉。二十年之久，在此中过来，未曾被第一种所蚀，未曾被第二种所啖，未曾被第三种所攫。居然被我都避了过去，还不算是九死一生么？

这里说的是那三种"所遇见的"东西，实际便指书中所写的人物。

和《官场现形记》一样，《二十年目睹之怪现状》绘出官场群丑图。这些官吏唯利是图，毫无亲情人性可言。第二回，九死一生的伯父子仁，料理弟弟丧事后卷走亡弟万金财产，当侄子九死一生来讨要时，却置之不理，使九死一生潦倒他乡。黎景翼为了争夺财产，伪造父亲的家信，逼胞弟吞鸦片自尽，并将弟媳一百元卖给妓院。书中着墨较多的苟才，为了巴结制台，夫妇双双跪在儿媳妇面前，逼迫媳妇做制台的姨太太。苟才垂泪到："媳妇啊！这两天里头，叫人家逼死我了。……只望媳妇顺变达权，成全了我这件事，我苟氏生生世世不忘大恩！"苟才最后被他的儿子龙光勾结江湖医生害死了。贪婪私欲，已经使人丧失了最起码的人性。

小说对于官场贪污的风气和官吏对人民的残酷迫害，也有深刻的揭露，如第七十五回写闽浙制军送给有权的太监用珠宝做成的牡丹价值银子九万两，而得以调任两广总督。第五十八回写广州督抚无根据地以"私运军火"的名义，糊里糊涂便杀掉二十多人。

吴趼人笔下一帮在洋场厮混的酸才子，胸无点墨，却故作风雅。第三十五回"竹汤饼会"，揭开才子们虚伪的面纱，暴露他们丑恶的灵魂。或称玉溪生是杜牧的别号，或说杜甫叫玉溪生，为弄清杜甫是什么人，两人还要查《幼学句解》《龙文鞭影》，有人竟然闹出颜真卿撰写苏轼《前赤壁赋》的笑话。作者采用夸张漫画的笔法，绘写出假名士腹中空椁而假斯文的丑陋嘴脸。第三十七回写一个苏州画家，自己不懂得诗，却硬要乱吹，专门偷人家的诗题画，算成自己作的。从来和他不曾谋过面，他偏要题上"同游某处作此"一类的字句。甚至题画送人的诗就是偷的那人所作。

小说中出现的蔡侣笙、九死一生、吴继之等几个正面人物形象身上，寄托了作者改良主义的理想。他们对现实不满，但又不敢触及当时的政治制度和官场中的根本问题。他们正直、贤良，有一定的才能，但又恪守封建道德。因此，他们在这个社会中不可能有出路。蒙阳县闹蝗灾很厉害，县令蔡侣笙动用公款赈济百姓。而各邻县匿灾不报，闹得上头疑心蝗灾不实，勒令缴还。蔡侣笙变卖了所有家产还债，最后还是革职严追。吴继之虽然人情练达，有应付险恶环境的能力，但也是到处碰壁，直至最后走投无路。通过这些描写，正反映了作者改良主义理想的幻灭。

小说所写的时代是从公元 1384—1885 年中法战争开始的，也尖锐地抨击了清朝统治者，在几次对付帝国主义的侵略战争失败后，变骄妄为卑怯，进行了一系列的投降主义的卖国行为。第五十回写洋人要造房子，廉价强买百姓的公地，百姓控诉，政府的判决不但不退还土地，连百姓的住房都要他们一起卖给洋人。

《二十年目睹之怪现状》虽也是继承《儒林外史》的结构方法，但其以"我"（九死一生）为主线，把一切人物事件都贯串起来，所以结构比《官场现形记》谨严得多。作者善于讽刺，并且讽刺得特别尖刻、泼辣，嘲笑的意味较多。小说刻画人物心理活动也非常细致，有起伏，有发展，合情合理，惟妙惟肖。总的看来，作者对黑暗的现实充满了愤懑的感情，因此。对社会的种种丑恶现象作了无情的暴露，使作品的思想性达到相当的高度；但也因为感情过于激愤，以致在描写上往往作过分的夸张。

二、《老残游记》与《孽海花》

刘鹗的《老残游记》于 1903 年初发表于《绣像小说》，至十三回中断；后重行发表于天津《日日新闻》，即为后来的二十回本。小说以一位走方郎中老残的游历为主线，反映了晚清的某些社会现实。"棋局已残，吾人将老，欲不哭泣也得乎？"作者对社会矛盾开掘很深，尤其是他在书中敢于直斥清官误国、清官害民，指出有时清官的昏庸并不比贪官好多少。这一点在对清廷官场的批判上可谓切中时弊、独具慧眼。

刘鹗（1857—1909），原名孟鹏，字云博，后更名为鄂，字铁云，别号洪都百炼生。江苏丹徒（今江苏镇江）人，出身官宦之家。自幼聪颖，对数学、医学等都有研究。在金石方面，他搜罗龟甲，著有《铁云藏龟》一书，是研究甲骨文的重要文献。他喜好"西学"，想走实业救国的道路。他曾经做过河南巡抚吴大澄、山东巡抚张曜的幕宾，又因治理黄河有功，被任为知府。后因被弹劾私售仓粟贬至新疆，次年死于乌鲁木齐。就目前所见的资料来看，《老残游记》是刘鹗唯一的一部小说创作。此外，《〈老残游记〉初编自序》《〈老残游记〉二编自序》以及《老残游记》初编卷一至卷十七的评语，是重要的小说理论资料。

老残游历北方的所见所闻，所思所感，表现作者的政治态度与哲学思想，以及对清末社会政治现实的透视。作者在《自叙》中说：

吾人生今之时，有身世之感情，有家国之感情，有社会之感

情,有种教之感情。其感情愈深者,其哭泣愈痛:此洪都百炼生
所以有《老残游记》之作也。棋局已残,吾人将老,欲不哭泣也
得乎?

由此可见作者的感慨之深沉。作者的政治态度集中表现在小说的
第一回老残的梦境中,老残梦见在洪波巨浪中的破船,隐喻风雨飘摇的
清政府。

《老残游记》出色之处是写清官之可恶,如第十六回"原评"中作者
所言:

> 赃官可恨,人人知之。清官尤可恨,人多不知,盖赃官自知
> 有病,不敢公然为非;清官则自以为我不要钱,何所不可? 刚愎
> 自用,小则杀人,大则误国! 吾人亲自所睹,不知凡几矣。试观
> 徐桐、李秉衡,其显然者也,《廿四史》中指不胜屈。作者苦心,
> 愿天下清官勿以不要钱便可任性妄为也。历来小说,皆揭赃官
> 之恶,有揭清官之恶者,自《老残游记》始。

清官历来为封建政体的支柱,作者却将其作为揭露与批判的对象,其
意义远比揭露一般的贪官深刻。小说主要写了两个清官:玉贤(指毓贤)
和刚弼(指刚毅)。他们都有清官能吏的美誉,但在百姓眼里,却是恐怖的
化身。玉佐臣把曹州府治理得路不拾遗,政绩显赫,官声远扬,因此加官
进爵,但他滥杀无辜,残忍酷虐,曹州府百姓过着噤若寒蝉的生活。他用
百姓的鲜血铺就了自己的升官路。第五回中店伙曾对老残说的:"仗着
此地一个人没有,我可以放肆说两句话:俺们这个玉大人真是了不得!
赛过活阎王,碰着了就是死。"玉贤在曹州做知府,"未到一年,站笼站死
两千多人"。小说写到于朝栋一家三口因强盗栽赃而被玉贤下令站笼而
死,于学礼妻子在将死去的丈夫前自杀,令人发指。而玉贤则在有人来求
情时这样说:

> "你们倒好,忽然的慈悲起来了! 你会慈悲于学礼,你就不
> 会慈悲你主人吗? 这人无论冤枉不冤枉,若放下他,一定不能甘
> 心,将来连我前程都保不住。俗语说的好:斩草要除根,就是这
> 个道理,况吴氏尤其可恨,他一肚子觉得我冤枉了他一家子:若
> 不是个女人,他虽死了,我还要打他二千板子出出气呢! 你传话
> 出去:谁再来替于家求情,就是得贿的凭据,不用上来回,就把

这求情的人也用站笼站起来就完了。"

百姓是否冤枉，对他们来说是无关紧要的。

刚弼也是一位肆加滥行、视民如盗的酷吏，在齐河县会审贾家十三条命案，屈打成招，充分写出了清官们对无辜与弱小者的冷酷与残忍，断案时的刚愎自用与主观专横。老残通过这两个"清官"的描写，揭露了封建官僚政治与人民为敌的本质。小说在第六回通过老残之口将清官之恶果说得十分透彻：

> 只为过于要做官，且急于做大官，所以伤天害理的做到这样？而且政声又如此其好，怕不数年之间就要方面兼圻的吗？官愈大，害愈甚：守一府则一府伤，抚一省则一省残，宰天下则天下死！

刘鹗曾参与治理黄河，也曾亲眼看到黄河决口对人民造成的惨状，他曾说他"生平有三大伤心事，山东废民埝，是其伤心之一也"。小说通过一对沦为妓女的异姓姐妹翠花与翠环之口，真实地描绘了黄河决口，吞噬几十万百姓生命的惨景。因为黄河三年两头的倒口子，庄抚台等暗中拟了"废民埝，退守大堤"的方案，却不管埝外几十万人民的死活，举起了"杀这几十万人的一把大刀"，几十万人被洪水所埋，活着的妇女则被迫跳进妓家的火坑里。

《老残游记》采用第三人称限知叙事的方法，突破了第三人称全知叙事的传统模式，通过老残的所见、所闻、所感来反映社会现实，因而具有很强的真实感。从讽刺艺术上说，小说注重写实而不是漫画与夸张的写法，注重选择典型性的细节。如写玉贤与刚弼两个清官酷吏，从正面主要写玉贤对于朝栋一家、刚弼对魏氏父女罗织罪名，滥施酷刑的细节；从侧面，则描写百姓闻之色变的恐惧，这样将"苛政猛于虎"的现实充分表现出来，这是《老残游记》不同于其他谴责小说的地方。

小说的另一个显著特色是高超的描写艺术，文笔清丽，充满诗情画意，写景状物，出神入化。作者对音乐的描写，精彩绝伦，妙譬连珠，如明湖居白妞说书：一开始声音不高。听来"五脏六腑，象熨斗熨过，无一处不伏贴，三万六千毛孔，像吃了人参果，无一个毛孔不畅快"。极言白妞嗓音的甜润美妙。

曾朴的《孽海花》和别的小说不同，书中人物，无不有所影射。作品以金雯青和傅彩云的故事为主要线索，通过当时京城内外官僚名士、封建文人的思想生活和社会风气,展现了清末的政治、经济、外交和社会生活的情况,对封建统治阶级的腐朽和帝国主义的侵略野心,作了一定程度的揭露和批判。

曾朴(1872—1935),初字太朴,改字孟朴,又字小木、籀斋,号铭珊,笔名东亚病夫。江苏常熟人,生于书香世家,祖上世代为官。光绪十七年(1891)中举,次年赴京参加会试,入场后却故意弄污试卷题诗拂袖而出,表示"功名不合此中求"。后其父为他捐内阁中书留京供职,几年后出都,脱离宦海。1904年与丁芝孙、徐念慈等住上海合资创立小说林社,自任经理。1907年创办《小说林》杂志,从此开始其文学创作活动。1908年,《小说林》因资金短缺而停办,曾朴重入政界。1927年又重返文坛,在上海经营真美善书店,随后创办《真美善》杂志,并翻译了大量法国文学作品。1931年因经济陷入困境,真美善书店倒闭,杂志停办,曾朴回到常熟,后病逝。

曾朴1905年开始编撰《孽海花》,后不断增续,至1932年合刊为十五卷三十回。小说以同治戊辰科状元、兵部左侍郎洪钧和洪姬赵彩云为生活原型,以金雯青和傅彩云的恋爱婚姻故事为主线,叙述金雯青中状元,授江西学政,娶名妓傅彩云为妾,携带出使德、俄等国,傅彩云在国外出尽风头,红杏出墙,气死金雯青,傅彩云耐不住寂寞离沪出走等情节,抨击了官僚阶层买官鬻爵、公行贿赂、昏庸无能、自私虚伪的本质,展现了晚清光怪陆离、溃烂腐败的政治社会。

在晚清四大谴责小说中,《孽海花》是思想最激进,而艺术成就较高的作品。在思想内容上,作者将批判的锋芒直指腐朽没落的封建制度及其为其服务的科举制度,具有鲜明的爱国主义和民主革命倾向。小说对科举制度的批判,认为科举只是君主笼络士人的手段而已。第二回这样写:

> 全国国民别无嗜好,就是迷信着"科名"两字,看得似第二个生命一般。当着那世界人群掷头颅、糜血肉、死争自由最剧烈的时代,正是我国民呕心血、绞脑汁、巴结科名最高兴的当儿,……受了一千多年海洋样深的大害,到如今尚不肯醒来,还说是百年养士之鸿恩、一代搜才之盛典哩。呸!呸!什么鸿恩?什么盛典?这便是历代专制君主束缚我同胞最毒的手段。要知棘闱贡院,就是昏天黑地的牢狱;制义策论,就是炮烙桁杨的刑具;举贡生监,就是斩绞流徒的罪科。

这种手段的结果就是知识分子不管国家命运、民生疾苦，而在八股文中讨生活。

小说对上流社会中的达官名流颇多讽刺。与晚清其他谴责小说不同，《孽海花》重在表现他们表面上风流儒雅，内心却精神颓废的一面。例如，庄伦樵（影射张佩纶）做了翰林院侍讲学士，却因不善经纪，"坐吃山李，当尽卖绝"。

小说更是塑造了金雯青这一人物形象。这是一位典型的中国士大夫，他28岁即金榜夺魁，46岁时作为出使俄、德、荷、奥四国的大臣，但他却无法适应时代变化的潮流，面对一个对他来说是完全陌生而崭新的生活世界，他显得呆滞笨拙。之后他也开始关注洋务，但是其心态依然是封闭保守的。当他出使四国时，目睹国外的现代文明，无法适应，只能关门谢客，温习元史，考究地理，却把正经公事搁着。而这位元史专家却被俄人所骗，他用重金买来的12幅中俄交界地图却惹出帕米尔边界纠纷，造成了"一纸书送却八百里"的大错。

《孽海花》的语言颇有值得称道之处，不管是写景状物，还是抒情达意，表现人物个性，都十分生动、具体、形象。例如，第三回描写金雯青高中状元衣锦还乡的场面：

> 官场卤簿、亲朋轿马，来来往往，把一条街拥挤得似人海一般。等到雯青一到，有挨着肩攀话的，有拦着路道喜的，从未认识的故意装成热络，一向冷淡的格外要献殷勤，直将雯青当了楚霸王，团团围在垓下。好容易左冲右突，杀开一条血路，直奔上房。

寥寥数语，就把当时那种热闹、拥挤的场面及人们奉承拍马的情态逼真再现，如在眼前。人物语言也都符合其身份地位、个性特征，特别是人物对话灵动机巧，颇见智慧。例如，金雯青得知傅彩云与仆人阿福私通后，想赶走阿福却不便明讲，恰巧阿福打破了一个烟壶，趁便打了他两耳光，骂道："没良心的王八羔！白养活你这么大。不想我心爱的东西，都送在你手里，我再留你，那就不用想有完全的东西了！"阿福则回答："老爷自不防备，砸了倒怪我！"写出了两个人心照不宣，语带双关的微妙的心理。

《孽海花》比其他谴责小说的思想水平高，这表现在揭露封建统治阶级种种罪恶时，有时能把批判的矛头一直指向最高封建统治者。作品还揭露了帝国主义的侵略意图，并把它和批判封建统治阶级的腐朽联系起来。此外，小说不仅歌颂了冯子材、刘永福等抗敌英雄，还表现出资产阶级民主革命的要求,认为奴乐岛(隐指中国)缺乏自由,而"不自由毋宁死",肯定并宣扬了"天赋人权,万物平等"的民主主义启蒙思想。

第八章 类型多样的中国古代公案侠义小说

中国古代的公案侠义小说有广义、狭义之分。从广义上看,公案侠义小说是公案小说、侠义小说和兼具二者特征的小说的合称。从狭义上看,公案侠义小说则专指清代中后期出现的一类兼具公案、侠义特点的新型小说。公案小说和侠义小说本是两种不同类型的小说,有着各自的产生渊源和发展轨迹,到了清代,逐渐合流混类,形成了兼具公案、侠义特色的公案侠义小说。本书采用的是广义上的公案狭义小说概念。

第一节 明代的公案侠义小说

明代白话小说大行其道,其中的一个重要门类,便是公案小说。宋元话本小说中也有说公案,但是我们现在所能见到的不多,而且它们大都已经过了明人的改编,收入了明人所编的小说集中。侠义小说始见于唐代传奇,以及宋、元时期"搏刀""赶棒"之类的话本。到明一代,侠义小说在较为有利的时代文化语境中获得了新的发展,较之前代同类作品呈现一些新的特点。

一、明代的公案小说

公案小说发展到明代达到了高潮,这与晚明的经济、政治和文化状况大有关系。明代是中国资本主义萌芽产生和发展的时期。晚明的整个手工业和商业都十分繁荣。商品经济的日益兴盛使市民阶层的地位不断上升。同时,城市人口的增长、市民闲暇时光的增加使晚明的出版印刷业空前发达。在思想文化上,晚明以李贽为代表的进步思想家的出现标志着中国封建时代晚期民主主义思潮发展到了一个崭新的阶段。冯梦龙、汤显祖、公安三袁等进步文学家都十分重视通俗小说和戏曲的创作。正是在这种历史背景下,明代的公案小说走向了空前的全面繁荣。明代的公案小说,就今天所知者而言,大致有两大类:短篇公案小说集和拟话本公案小说。

　　明代短篇公案小说集是指明代中后期出现的一批公案小说专集,所收皆为短篇之作,今可见者有十余种,如《百家公案》《廉明公案》《诸司公案》《新民公案》《海公案》《详刑公案》《律条公案》《详情公案》《龙图公案》等。这些短篇公案小说集出现的时间较为集中,大多在万历二十年(1592)至崇祯年间。其中《百家公案》《廉明公案》《诸司公案》等最先出,受到欢迎。稍后,《新民公案》《海公案》等模仿之作出现。因市场销售较好,《详刑公案》《律条公案》《详情公案》等争相刊出。明代短篇公案小说集除《百家公案》,受当时法律书籍的影响较大,文体界于法律文书与小说之间,兼具法律和文学的双重特性,正如学者孙楷第在《日本东京所见小说书目》中所概括的:"似法家书非法家书,似小说亦非小说。"总的来看,这类小说的法律特性主要表现在如下几个方面。第一,从编排体例来看,明代短篇公案小说集除《百家公案》《海公案》《龙图公案》等少数几种,多数是依据案情分类编排,如人命、奸情、盗贼、婚姻等,门类多寡不一。第二,从作品取材、故事源流来看,明代短篇公案小说集有不少作品是从法家书中抄引、改编而来。例如,《廉明公案》有64则判词直接从《萧曹遗笔》中采录,《诸司公案》有33则故事由明张景增补的《疑狱集》改写而成,《海公案》则有18则故事来自《折狱明珠》。第三,从结构形式来看,这类小说也受到法律文书的重要影响。不过,明代短篇公案小说集毕竟是似法家书而不是法家书,它们仍是小说,虽取材自法家书,却大都经过文学化的改编加工。例如,除《廉明公案》中64则仅有状、诉、判词而无故事叙述,其他各书的作品大多都有人物,有情节,具备了小说的基本要素,属文学作品。明代短篇公案小说集虽多处取材自法家书,但也有相当多的篇目由文言笔记、话本、戏曲、词话等而来。最典型的莫过于《百家公案》,其卷首包公出身源流故事及10多篇断案故事由《明成化说唱词话》而来,其14则故事采自元人郭霄凤志怪小说集《江湖纪闻》。

　　明代短篇公案小说集中的各篇作品通过形形色色的案件描写,为读者展现了一幅明代中后期广大乡村、市井民巷的生活画卷,涉及社会的各个阶层。因为题材的关系,"它们更多的是反映当时社会生活的阴暗面,具有一定的现实批判色彩"①。以《百家公案》一书的案情为例,其中既有妻妾之间的残杀,如《判妒妇杀妾子之冤》,也有奸情引发的悲剧,如《判奸夫误杀其妇》;既有见财起意的小偷小摸,如《判石牌以追布客》,也有

---

① 谭帆.明清小说分类选讲[M].北京:高等教育出版社,2007:167.

杀人越货的严重命案，如《灭苦诛贼伸客冤》；既有停妻再娶的家庭纠纷，如《判停妻再娶充军》，也有豪强衙内的祸害乡邻，如《决秦衙内之斩罪》。这些案件很少有事关王朝安危、军国大计的大案要案，多由财产、婚姻的民事纠纷引起。不过，从艺术的角度来看，这些小说作品的印刷大多比较粗糙，校勘不精，且文字浅近俚俗，不够精致。需要说明的是，文学水准不高，并不是说这类作品在艺术上就没有特色，如其结构形式就颇为值得注意：正文中穿插诉状、判词等法律文书，而且所占篇幅较大，有些作品甚至仅有状词、诉词和判词，而无故事的叙述。这种结构形式既不同于文言类公案小说，也与话本体公案小说存在着较大差异，可谓一类比较特殊的公案小说，人们多称其为书判体公案小说。总的来看，明代短篇公案小说集是法律与文学结亲所生的混血儿。

　　拟话本小说在明代中后期的繁荣与冯梦龙、凌濛初等开明文人的积极推动有着直接关系，经他们的精心打磨，拟话本小说发展成为一种成熟而富有表现力的小说样式，因此也被公案小说借鉴，也就是拟话本公案小说。拟话本公案小说的数量，根据黄岩柏《中国公案小说史》一书的统计，并参照其他相关资料，大致如下："三言"共有120篇作品，其中40篇属宋元旧作，在剩下的80篇作品中，有18篇属公案小说；"二拍"共80篇作品，其中公案之作25篇，所占比例更大。《型世言》共40篇作品，其中公案之作有13篇。拟话本小说中公案作品的创作承宋元时期"说公案"之余绪，又受到当时创作风气、出版习尚的影响，是中国古代公案小说发展演变过程中的一个重要环节。由于创作主体、写作旨趣、语言载体、传播方式及文化语境等发生了一系列变化，明代拟话本公案小说较之宋元话本公案小说、明代短篇公案小说集，有以下几方面的新特点。

　　第一，明代拟话本公案小说在题材表现领域有着较大的拓展。与宋元话本公案小说一样，明代拟话本公案小说也非常关注下层民众生活与命运，但表现更加丰富，且具有多面性。从"三言""二拍"、《型世言》中的公案作品来看，由男女情爱、婚姻引发的案件占了将近一半，仍是重点题材。与此同时，这些作品也十分关注家族、家庭内部的财产纠纷及社会上发生的谋财害命、行骗案件，而宋元话本公案小说中类似题材的作品只有《合同文字记》一篇。婚恋、家庭、钱财，这是人们日常生活中时时面对的基本问题，它们在拟话本公案小说中以案件这种极端形式得到了较为充分的反映。

　　第二，就人物形象的塑造来看，明代拟话本公案小说对断案官员的描写和刻画无论是在篇幅长度，还是在细致生动方面，都较宋元话本公案小说有较大的发展，达到较高的文学水准。在宋元话本公案小说中，官员只是一个没有质感的形象符号,代表着法律与正义,审案、判案过程的描写极其简单。与之不同,明代拟话本公案小说塑造了一批面目各异、真切可感的审案官员形象。作品注意突出他们独特的个性,如《陈御史巧勘金钗钿》中的陈御史,少年得志,聪察多智,通过乔装私访而使凶手落入法网;《滕大尹鬼断家私》中的滕大尹最有机变,能依法办案,却又有些贪婪,在装神弄鬼中审清疑案。

在宋元话本公案小说中,尽管清官所占篇幅甚少,没有得到充分的描写,但已开清官崇拜风气之先,其中包拯的形象已在多篇作品中出现。至元代杂剧、明成化刊本说唱词话中,描写清官的作品已形成规模,成为一种重要的题材类型。明代短篇公案小说集的出现,标志着对清官的歌颂和崇拜达到高峰,其中既有以个人统率全书的专集,如《百家公案》《新民公案》《海公案》《龙图公案》等,又有一人一案的公案故事汇编,如《廉明公案》《诸司公案》《明镜公案》《详刑公案》《详情公案》等。上述作品尽管人物、情节各异,但对清官的歌颂和赞美是比较一致的。明代拟话本公案小说尽管在清官形象的塑造上以褒扬为主,作品写得最多的是宋代的包拯和明代的海瑞。书中的清官,全都清正廉明,刚直不阿。经他们判的案,无不确当公允;即使别的官吏判错了案,也必定由他们昭雪。在这些清官们眼里,达官贵人与小民百姓一律平等。无论什么样的人犯法,都依律制裁。但是,明代拟话本公案小说对清官的褒扬是有分寸的,远没有先前同类作品中的那份狂热与盲目。在这些作品中,清官审案不再是顿悟似的一下找出凶手,而是要经过一个相对曲折的过程。如《姚滴珠避羞惹羞郑月娥将错就错》中的李知县,起初在复杂的案情面前,他也曾手足无措,做出错误判断,但他知错能改,最终用计捕获案犯。有些篇目则走得更远,写出清官身上的缺陷,甚至将审判官员写成带有负面色彩的人物形象。明代拟话本公案小说还夸大了清官们的权力,无论是达官贵人还是皇亲国戚,只要他们犯罪,清官都可以将他们惩处甚而至于斩杀。即便是杀了皇帝庇护的人,皇帝也从不怪罪。例如,《百家公案》中的《当场判放曹国舅》,写曹二国舅霸占张氏,将其夫勒死,大国舅做了帮凶。包公捉住两国舅,不顾仁宗皇帝、皇后求情,斩了二国舅,将大国舅下狱。直到仁宗大赦天下,包公才放了大国舅。《东京判斩赵皇亲》,写御弟赵王为霸占民妇刘都赛,杀其夫家满门。包公知道后诈病,将赵王诱入府中,擒而斩之。一些作品还对这些清官加以神化,说他们是天上的星宿临凡,日审阳、夜审阴,连精怪妖魅也惧怕他们。在这些清官们身上,反映了平民百姓渴望政治清明的愿望。

第三,在结构布局方面,明代拟话本公案小说的安排也颇具匠心,案件新奇、复杂，波折迭起，扣人心弦。其中既有较为常见的冤情设计，如《金令史美婢酬秀童》《玉堂春落难逢夫》等，也有颇见机趣的破谜解疑，如《滕大尹鬼断家私》《李公佐巧解梦中言谢小娥智擒船上盗》等；既有少见的案中之案，如《沈小官一鸟害七命》《一文钱小隙造奇冤》等，也有别出心裁的惩恶除奸，如《酒下酒赵尼媪迷花机中机贾秀才报冤》《妙智淫色杀身徐行贪财受报》等。这些变化增加了作品的可读性，提升了公案小说的文学品格。

第四，与宋元话本公案小说、明代短篇公案小说集相比，明代拟话本公案小说具有鲜明的文人色彩。作品不再像前代同类作品那样重复雷同，千人一面，而是表现出鲜明的个人风格，如冯梦龙的"三言"开合自如，于娴熟的叙述中透出灵巧和机智；凌濛初的"二拍"求新求奇，文笔舒缓，陈腐的说教中带有激愤；陆人龙的《型世言》则更关注现实，意气风发，评点人生。这种艺术风格的差异，既表现在题旨意趣上，表现在题材选择上，同时还表现在运笔行文上。

拟话本公案小说的文人色彩还表现在思想理念的表达上。宋元话本公案小说中也有议论，但多是三言两语带过，议论的内容不外乎劝善说教，言语间带有命运不可捉摸的宿命感。明代短篇公案小说集中有不少故事后附有评语或按语，内容也是说教一类，间有对清官的赞美和歌颂，但篇幅较长，且所议论的内容也更为丰富，且有一定的深度，有一种以案说法的姿态，居高临下地向读者指点人生，流露出文人士大夫所特有的那种使命感和优越感。从议论的内容来看，宋元话本公案小说强调遏止欲望，安分守己，随遇而安，而拟话本公案小说则更关注对伦理道德的循依与执法的公平性、有效性。

此外，拟话本公案小说的议论中还带有许多个人化的感慨和情绪，其中有对黑暗现实的抨击，有对世风日下的不满，也有惆怅莫名的身世感言。这在凌濛初的"二拍"和陆人龙的《型世言》中表现得更为明显。

从上述分析可以看出，拟话本公案小说具有较为鲜明的文人色彩。这类作品包含许多个人化、文人化的因素，是一种独立的文学创作，而不是一般的编纂加工。

明代公案小说最具代表性的是《龙图公案》。主要原因是该书所收作品大多选录自先前刊行的短篇公案小说集，可视为明代短篇公案小说的精选本；且该书在明代短篇公案小说集中刊印次数最多，影响也最大。《龙图公案》的编著者不详，版本众多，有繁本和简本之分，繁本皆为100则，简本分66则和62则两种。《龙图公案》一书虽是短篇公案小说集，但各篇皆以包公为核心人物，所写案情多是民间刑事或民事案件，主要为私情、奸情、继立析产、谋财害命等。作品以审案、断案这种较为极端的形式描绘了市井乡村的人生百态和精神世界,着重反映了社会中阴暗、冷酷的一面。该书极力歌颂包公的清正廉洁,具有十分浓厚的清官崇拜意识。书中所写的断案、审案,有些是依靠包公个人的智慧和机巧,但也有不少是靠神鬼显灵、托梦等超自然手段解决,这可理解为一种寄托理想、抒情言志的艺术表现手段。

《龙图公案》大多篇目虽由诸明代短篇公案小说集而来,但并非简单地照搬照抄,不少地方经过文学化的润饰加工,比如删去原作中的诉状判词,不再像法家书那样按类分目,对小说原来的题目也全部进行了加工,两两对应,较为工整。这样,较之先前的短篇公案小说集,文学意味更浓。

《龙图公案》中写的案件不同于唐宋公案笔记中的小说,也不同于晚清的公案侠义小说。唐宋公案笔记中的小说重写案件的发生,即案犯作案的过程,借以反映社会人生。如早期公案小说中的《错斩崔宁》《简帖和尚》等篇均着眼在冤案的产生,对如何破案并不怎样重视。而晚清《施公案》《彭公案》和《三侠五义》等公案侠义合流的小说则多侧重刻画清官的足智多谋、清正廉明。与二者相比,《龙图公案》作案与断案并重。在人物形象的刻画上,《龙图公案》中的包公不仅仅只是秉公执法、不畏权贵的单一性格特征,更为重要的是它成功地刻画出了包公性格中睿智、精明的一个重要侧面。另外,《龙图公案》产生了许多曲折有趣的故事情节,语言也通俗流畅。

二、明代的侠义小说

在明代章回小说中,虽有一些包含侠义因素的作品,如《水浒传》《禅真逸史》《禅真后史》等,但它们还都不是严格意义上的侠义小说,这样的作品要到清代才出现。不过,在拟话本小说和文言小说中有不少侠义小说作品,它们不仅数量多,而且水准高,代表着明代侠义小说的成就和新发展。

明代拟话本小说以"三言""二拍"及《型世言》最具代表性,艺术成就也最高。在这六部拟话本小说集中,可以称作侠义小说或包含侠义因素的作品主要有如下一些:《杨谦之客舫遇侠僧》(《喻世明言》)、《李汧公穷邸遇侠客》(《醒世恒言》)、《赵太祖千里送京娘》(《警世通言》)、《刘东山夸技顺城门十八兄奇踪村酒肆》《程元玉店肆代偿钱十一娘云冈纵谭侠》(《拍案惊奇》)、《硬勘案大儒争闲气甘受刑侠女著芳名》《神偷寄兴一枝梅侠盗惯行三昧戏》(《二刻拍案惊奇》)、《淫妇背夫遭诛侠士蒙恩得宥》(《型世言》)。通过这些作品，可以看到侠义小说在明代的一些新发展。总的来看，上述作品有如下两大特点。

第一，作品塑造了一批面目不同、性格各异、个性鲜明的侠客形象。这些侠客虽然共同遵守着救人之急、解人危难的侠义信条，但其行为方式却迥然不同，其中既有以真实武功见长的英雄好汉，也有那种半人半仙的神秘剑客。作品重点在强调其性格中怪异、奇特的一面，如《杨谦之客舫遇侠僧》中的那位侠僧，他起初以惹是生非、不守规矩的姿态出现，后来为了行侠，竟然让自己的侄女以小妾的身份去保护他人。可以说，每篇作品都展示了一种侠客的形态，绝不雷同，达到了较高的艺术水准。

第二，作品写出了侠客的复杂形态。这些侠客或为僧人，或为盗匪，或为妓女。身份的不同也就带来了其思想观念、行为方式的差异。有些侠客的行为比较容易理解，比如赵匡胤的千里送京娘。有些则迥异于现代人的思想观念，如《淫妇背夫遭诛侠士蒙恩得宥》中就塑造了一位颇为另类的古侠形象。作品中的邓氏，人生得很漂亮，由于不满丈夫的窝囊怯懦性格而一心寻找情人，后来终于勾搭上具有侠士气质的耿埴。有了情夫后，她不断虐待丈夫，想将其除掉。终因行为太过分，被耿埴一气之下杀死。当冤案出现后，耿埴挺身而出，承认了自己的所为。结果，耿埴不但免罪，而且受到人们的尊敬，认为其具有古侠之风。耿埴这个人物形象的出现意味着侠客的形态趋于多元化和复杂化，作品因此而获得了更大的表现空间和更为丰厚的文化内涵。

在明代文言小说中，也有不少侠义题材的作品，它们大多散见于各类文言小说集中，如宋濂的《秦士录》、李祯的《青城舞剑录》、宋懋澄的《刘东山》《侠客》、徐士俊的《汪十四传》、胡汝嘉的《韦十一娘传》、陶辅和周绍濂的《鸳渚志余雪窗谈异》一书中的《侠客传》等。这些作品继承了前代侠义小说的创作传统，颂扬侠义精神，塑造了一批个性鲜明、武功高强、具有传奇色彩的侠客形象，对侠客神奇武功及打斗场面的描写，也时有精彩之笔。值得注意的是，这一时期还出现了一批侠义小说的专集。这些侠义小说集主要有如下两种类型。

第一，专门的侠义小说集，如王世贞所编的《剑侠传》、周诗雅所编的《续剑侠传》、邹之麟的《女侠传》等。这些侠义小说集中的作品并非编者个人所撰，而是历代侠义小说的选集。

第二，类书或小说集中的侠义部类，如《艳异编》《续艳异编》《广艳异编》等书的义侠部，《古艳异编》一书的豪侠部，《情史》一书的情侠类等。其中《情史》的情侠类又细分为侠女子能自择配者、侠女子能成人之事者、侠女子能全人名节者、侠丈夫能曲体人情者、侠丈夫代人成事者、侠客能诛无情者等小类,展现了侠义的丰富形态。

上述侠义小说集的编撰既是对前代侠义小说创作的一次总结,同时也为后世的侠义小说创作提供了素材和典范,在中国小说发展史上自有其意义和地位。

第二节　清代的公案侠义小说

到清代末期,公案小说的最大特点是与侠义小说的合流。本来,公案侠义小说一直都在发展,历代都有单独成篇或相互融合的作品。但以往多为短篇,到清代才出现大量长篇公案侠义小说。公案侠义小说主要人物为清官、侠客与罪犯(包括匪侠盗贼、土豪劣绅、恶僧凶尼等),中心事件为案件的侦破和罪犯的擒拿。作品结构多采用连缀式,由清官和侠客贯穿一系列破案擒盗故事,表现出以奇、险为特色的新奇、阳刚之美。从表面上看,公案侠义小说不过是两个小说流派的合流,但细究起来,"它又是特定时代各种社会文化因素有机融合、相互作用的结果"①。这类新型小说的出现,契合了当时下层民众的文化心理,反映了他们的焦虑和愿望,满足了他们的心理诉求。从清代道光直至民国年间,公案侠义小说的流传非常广泛,影响深远,大大超过同一时期其他流派的小说。清代公案侠义小说有3个系列,包括近20部作品,篇幅庞大,内容丰富。这些作品在成书刊印之前,其主要故事情节曾以戏曲、说唱等艺术形式流传过,后经人改编整理成书,属于累积型成书。清代公案侠义小说3个作品系列指的是《施公案》及其续书,《三侠五义》及其续书,还有《彭公案》及其续书。

一、《施公案》及其续书

《施公案》,原名《施案奇闻》,又名《百断奇观》,正集九十七回,撰作者不详。这是最早出现的一部公案侠义小说。从其卷首序文尾署"嘉庆戊午孟冬月"字样来看,该书成书当在乾嘉之际,故事形成和流传的时间则会更早。全书内容文字简略粗糙,当是根据民间艺人的说唱改编整理而成。小说讲述的是清官施仕伦在黄天霸等豪杰辅佐下破案断狱的故事。作品取材于清代的现实,书中的清官施仕伦实有其人,他是靖海侯施琅之子,真名为世纶,《清史列传》中有比较详细的传记。施世纶出任过泰州

---

① 谭帆.明清小说分类选讲[M].北京:高等教育出版社,2007:188.

知州、湖南布政使、安徽布政使、顺天府尹等职，最后做到漕运总督。施世纶为官清廉、刚直，比较爱护下层百姓。下层民众从自己的生活体验出发认可施世纶，施世纶爱民的事迹，在民间广为流传。陈康祺《郎潜记闻》，阮葵生的《茶余客话》，及佚名的《花朝生笔记》等，都记载了施世纶为官清正的事迹。但《施公案》并不是为施世纶写传记，而是假托其名而宣扬清官和忠义侠客。

《施公案》所描写的案件，摒弃了精怪作祟之类的内容，也没有描写忠奸斗争，基本上都是发生在市井中的刑事案件。全书以施公破案为主，也穿插了一些绿林好汉的活动。施公为了寻找破案线索，常常不畏艰险，化装成百姓的样子深入市井之中微服私访，侦破了许多大案疑案；他因不杀前来行刺而被擒的绿林豪杰黄天霸，并晓以大义，遂使黄天霸弃恶从善，完全归顺于他，帮助他破了许多惊人的案件，制伏了许多为害一方的恶僧、强盗。《施公案》中处理得比较多的还是民事案件，家庭纠纷，但也不乏刑事案。

《施公案》中用相当的篇幅，写了与上层人物有关联的大案，即恶霸豪绅罗似虎、黄隆基、关升欺压百姓的案件。罗似虎等人自身的地位并不是很高，但他们都有强硬的后台和盘根错节的关系网。罗似虎的哥哥是有权势的太监，黄隆基是皇粮庄头，关升的父亲做过本朝的监院。因为有后台的庇护，他们敢于明火执仗地霸占别人的田产，抢掠人家的妻女，连打死人都不许领尸，用来喂狗。百姓深受其害，却投诉无门，就连朝廷命官也奈何不了他们。施仕纶访察他们的罪行时被他们抓获，打得死去活来，全靠侠客救助，才幸免于难。最后，施公上靠当镇海侯的父亲撑腰，下靠众侠客的帮助，才除掉了这些恶霸。小说中还有的案件属于下层社会的民事纠纷，如寡妇崔氏种的茄子经常被偷，卖豆腐王二的一盘豆腐被路人挤翻打碎等。按说，这些东西所值至微，不值得立案。但作品对这类案件的描写颇为郑重，总是让施公想方设法把案件审个水落石出，使受害者得到应有的补偿。它向人们表明：老百姓的寸丝粒粟都来之不易，都应该受到保护。

《施公案》中还有许多案件，是发生在下层社会的刑事案件。例如，土豪郎如豹私造地契，霸占农民的土地；李咸夫妇为谋家产，毒死侄子，嫁祸于侄妇；赶脚的车乔用刀扎死江南陈姓客商，抢走了他的银子；小生意人刁祖谋为独吞本利，害死伙计李成仁……施公也总是千方百计地侦破案子，严惩凶手。这也反映了当时下层百姓的心愿。《施公案》还能站在下层百姓的立场上，否定不合理的法令条文。例如，清代的法律特别强调主子对奴仆的统治权。主人对奴仆可以百般虐待，却不许奴仆有任何反抗行为,甚至也不许告官。《大清律》明文规定:"凡奴仆首告家主者,虽所告皆实,亦必将首告之奴仆照律从重治罪。"《施公案》对这一律令不以为然,小说对含冤受屈的仆人,表示了深切的同情。《施公案》中还有些案子判得不合法度,却合乎人情。第二十八回写农民李白顺在外做生意挣了钱,为了试探妻子,把银子藏在土地庙的香炉里,自己假扮乞丐回家,结果丢失了银子。施公设法为他找到银子,怒斥他"不念糟糠之妻,反怀疑心",并对其进行了惩罚。

《施公案》另一个重要的特点,就是把解除下层百姓苦难的理想,更多地寄托在了侠客的身上。小说中所写的帝王将相,已经失去了以往的威严。施仕纶启用侠客之前,没办一件大案。在与"九黄""七珠"对垒时,靠衙役在强盗饮酒时偷偷下了蒙汗药才侥幸取胜;大盗毛如虎咆哮公堂,一个人就把衙役们打倒一大片。启用了黄天霸等人之后,才开始铲除贪官污吏、恶霸豪绅,剿灭江湖盗匪,为百姓解除苦难。

在艺术风格上,《施公案》最大的特点是贴近市井生活,富有世俗气息。以人物形象塑造为例。以往的小说,所写的大都是历史人物和历史事件。巨大的时间距离,容易使人们对这些人物和事件理念化,并产生神秘感。因此,人物形象的塑造也往往具有偶像化、模式化的倾向。《施公案》取材于现实,人物形象的塑造较多地保留了原型人物的特点;再加上市井小民又按照自己的生活经验,对清官、侠客的形象进行加工改造,这就使得书中的清官与侠客都具有浓郁的世俗色彩。例如,施仕纶是本书中备受赞扬的清官的形象,他的主要特点是不畏强权,清正爱民,但他也有许多常人的特点,如长相很不体面、胆小怕死等。《施公案》中侠客的形象,也是充分世俗化了的。这些侠客武艺高超,但也没有神奇之处,甚至也都不是常胜将军,且还有对功名的强烈追求。这种特点在黄天霸的身上表现得尤为明显。黄天霸狂傲、褊浅,有勇无谋,打了胜仗洋洋得意,打了败仗又羞得恨不能寻死。施公派遣他做事,总要用激将法。作品写得比较多的,还是他对功名的强烈追求。投靠施公后,由于对他的提拔不够及时,他曾两次闹情绪,要离开施公。他甚至为了功名杀死了自己结拜的兄弟濮天雕、武天虬。作品对此多有微词,一再指责他"失了江湖信义之真"。显然,这是个有缺点的英雄,但显得更加亲切可信。

在情节结构上,《施公案》比以往的评书体小说有所发展。描写断案故事时,改变了以往章回小说"欲知后事如何,且听下回分解"的那种链状结构,而是采用穿插腾挪、蟠曲回旋的手法,使判案故事案中套案,案案勾连。例如,小说开篇写的是侦破"九黄""七珠"及莲花院十二盗抢劫案。办案过程中又插进李志顺状告土地、朱有信状告母舅、哑巴诉冤及老妇冯氏状告后夫等案。一个案件侦破之后，其他案件仍没有破，始终给读者留有悬念。再如，李志顺告土地案在十七回开始出现，十八回方讲明案情，二十八回才结案。这样一个接一个的悬念，吸引着人们一回接一回地读下去，直至终篇。

《施公案》的语言，具有民间说书底本的特点。其叙事语言粗糙、陋俗，"几不成文"，但人物对话流利、酣畅，具有浓郁的民间色彩。如第一百零八回写一个强盗抢了东西，非常高兴，说晚上"会会我那得意的人儿去"。一个同伙这样反驳他：

> 四哥，你真也算越老越少心咧，那么一个养汉老婆，也值得这样挂在心上。这算什么事情，还要说出口来。就是那样猪八戒的破货，也称"得意人儿"？要真好，古来说的西施、昭君，生成一朵鲜花样儿的，还许买张八仙桌弄在家里当香花供养呢！你这才叫"情人眼里出西施"。今日说的这好话，比作"见了骆驼容长脸，抱着母猪唤貂蝉"。

话语刻薄、粗俗，但也生动、形象，并且很符合说话者的身份。有些对话纯为市井中的用语，第一百五十一回写真武庙里的六和尚，听说破庙里的强盗与他作对，满脸的瞧不起："我打量哪来的两脑袋的大光棍呢，原是他们……若提起破庙里这伙强盗来，全是酒囊饭桶。亚油墩子李四，小银枪刘虎，这些晚秧子扬风乍刺，身上未必有猫大的力气。非我说大话，瞪瞪眼他们就得变了颜色。"既表现了六和尚的狂傲，也使得作品具有浓郁的民间色彩。

毋庸讳言，《施公案》在叙述中也有许多文理不通之处，特别是小说的前半部分无论在语言上还是在情节设计上都不如后半部分，但这本书在下层群众喜闻乐见的小说中仍有着特殊地位，其出现标志传统公案小说和侠义小说的合流。由于这样的影响力，后来《施公案》还出现了很多续书。光绪十九年（1893），《施公案后传》一百回面世，它是《施公案》第一部也是最有影响的一部续书。其后，三续、四续直至十续《施公案》相继刊行。到光绪二十九年（1903），上海书局、广益书局将《施公案》正集及续书各集合在一起以《施公案全传》为名刊出，全书长达五百二十八回。

二、《三侠五义》及其续书

清末侠义与公案合流成就最高的是《三侠五义》。《三侠五义》

一百二十回,《小五义》《续小五义》各一百二十四回,是《三侠五义》的续书。续书多写五义的子侄"小五义"继承父业,继续协助忠臣铲除朝中奸党的故事。

《三侠五义》,原名《忠烈侠义传》。《三侠五义》上承《龙图公案》。天津说唱艺人石玉昆说唱《龙图公案》的本子被称作《龙图耳录》。后人问竹主人对它进行修订编成《三侠五义》。后来俞樾改写第一回,更书名为《七侠五义》。三书实为一书。《三侠五义》共120回,前27回主要写包公公案故事,后面大部分写的是侠义故事。书中的"三侠"是指南侠展昭、北侠欧阳春、双侠丁兆兰、丁兆蕙,"五义"是指钻天鼠卢方、彻地鼠韩彰、穿山鼠徐庆、翻江鼠蒋平、锦毛鼠白玉堂。与《施公案》一样,《三侠五义》总的主题是侠客在清官的带领下除暴安良。该书极力强化清官包公和颜查散行为的正义性,力图以此为侠客们涂上忠诚义士的色彩。《三侠五义》的前二十七回,主要写包公断案的故事。这些故事大都见于元、明旧作。《三侠五义》将这些故事进行加工改造,并把它们定型化。例如,包拯断的第一大案——狸猫换太子案,就是综合了历史传说和各种戏剧小说中的故事写成的。《三侠五义》将这个故事写成以刘后、郭槐为一方,李妃和陈琳、余忠、秦凤、寇承御为另一方的忠奸两个营垒的斗争。李妃产下太子,刘后买通产婆,以狸猫置换太子,并要将太子害死。寇承御和陈琳冒死救出太子,交八王抚养。刘后又诬李妃产下妖孽,李妃先被打入冷宫,后被赐死。余忠替李妃死,秦凤将其救出宫。最后由包拯审明此案,惩罚了恶人,仁宗母子相认。故事写得一波三折,惊险动人,很有传奇色彩。此后,这个故事得到人们的广泛认可,根据这个故事改编的戏剧《狸猫换太子》和《打龙袍》等,至今仍备受人们的喜爱。第二十八回以后,小说主要写侠客除暴安民、为国除奸的故事。例如,郑新霸占了岳丈周老的财产并将他赶出家中,双侠之一的丁兆蕙,将郑新的银子偷了个精光,全部送给了周老;搜刮民脂民膏的凤阳太守孙珍,将黄金千两藏于八盆松景中,送给奸臣庞太师庆寿,蒋平、柳青等人盗走了金子,并留下了写有"无义之财,有意查收"的象牙签子,使其事败露;太监头子马朝贤叔侄倚仗权势欺压百姓,智化便到皇宫里盗取九龙珍珠冠给他栽赃,将他参倒;襄阳王招兵买马,想要篡夺皇位,也是众侠客齐心协力,将其剿灭。侠客们出山以后,清官的作用便越来越小。小说将这些侠客的故事写得惊险曲折,引人入胜。应该说,《三侠五义》的文学成就,主要体现在第二十八回以后的故事中。

奇是中国古代通俗小说的主要风格,这一风格在《三侠五义》一书中得到了较为充分的展现。

首先，这种奇表现为故事情节之奇。虽然全书所写都是破案、断案，但这些案件却是光怪陆离，无奇不有。其中既有赵大谋财杀人案、郑屠强奸杀人案这样的一般刑事案，也有刘妃谋害太子、襄阳王造反这样的大案要案。在侦破疑案、擒拿罪犯的过程中，更是奇事百出，险象环生，一波未平，一波又起，其中既有展昭二试刺客项福、白玉堂皇宫盗三宝，又有众英雄诛杀采花贼花冲、白玉堂命丧铜网阵，这些都是现实世界中闻所未闻的奇事。

其次，这种奇表现为人物之奇。《三侠五义》塑造了一批新型人物形象，无论是投身官府的官侠，如展昭、蒋平，正邪兼具的白玉堂，还是作奸犯科的采花大盗，如邓车、花冲，都与先前小说中的侠客形象有着很大的不同。这些侠客不仅相貌奇，本领也奇，如混江鼠蒋平，"面黄肌瘦，形如病夫"，"三分不像人，七分不像鬼"，相貌可谓奇丑，但本领却极高，"能开目视物，能在水中整个月住宿"，而且为人风趣幽默，足智多谋。类似的人物在作品中还有许多。

最后，这种奇表现为器物、景物之奇。作品中兵器、阵势的描写，花样百出，翻空出奇，令人眼界大开。例如，险空岛、铜网阵、逆水泉、军山水寨的描写，无不十分奇特，显示了作者丰富的想象力。

《三侠五义》的情节生动、曲折，扣人心弦。作品最感人的一个情节，就是写白玉堂之死。第一百零三回，写白玉堂中了对手的计谋，丢失了巡抚大印，又被公孙策无意中说破，羞愧无比，悄然离去。众人深知他的脾气："除非有了印，方肯回来；若是无印，只怕要生出别的事来"。第一百零四回，卢方等从敌方的小头目口里听到了白玉堂的死讯，但不知详情，且真假难辨。第一百零五回，才详细叙述了白玉堂遇难的经过："这段情节不好说，不忍说，又不能不说。"整个故事采用了倒叙法，一环紧扣一环；惊险紧张，扣人心弦。应该说，这种震撼人心的悲剧场面的描述，是《三侠五义》对以往说书体小说的一大发展。

《三侠五义》的情节设置，往往和人物性格的刻画紧密地联系在一起。白玉堂和颜查散、雨墨相遇的一段故事，就写得十分精彩。颜查散是个穷书生，进京赶考时不仅盘费是借的，连跟随的小厮雨墨也是借的。当他们和白玉堂邂逅时，三个不同性格的人，产生了一系列的富有戏剧性的冲突。白玉堂武艺高超、仪表堂堂，却故意做出一副邋遢、无赖的样子试探颜生；雨墨小心、机灵，又自以为见多识广，处处替颜生设防，但在特殊的情况下总是弄巧成拙；颜生厚道、热情，而又不通人情世故，却歪打正着，经受住了白玉堂的考验，后来在关键时刻一再得到他的帮助。通过这个故事，小说将三个人的性格刻画得十分鲜明。情节又因为符合人物的个性显得合情合理,真实可信。

在语言方面,《三侠五义》绘声状物,保留了宋元以后说话艺术的明快、生动、口语化的特点。刻画人物、描写环境,能与情节的发展密切结合。特别是对侠客义士的描绘,各具特色,富于世俗生活气息。

三、《彭公案》及其续书

《彭公案》,一百回,贪梦道人编著,其生平不详。该书在成书前,其主要故事已在民间有较为广泛的流传,贪梦道人只是进行了收集整理。《彭公案》的续书很多,曾续至二十集,实际上在社会上流传较广的是前三部续集,后面的续书没有什么影响,如今已很难看到。

《彭公案》实际上是捏合了康熙时期三个官员的事迹写成的:用了彭定求的名字;其断案部分,是以当三河县令的彭朋为原型;"征西下"部分,是以任蒙古副都统的朋春征罗刹(俄罗斯)事为素材。《彭公案》在民间故事的基础上,复加虚构渲染,遂成洋洋大观。正集一百回从彭朋出任三河县知县写起,历叙其收录侠客李七侯、张耀宗、欧阳德、黄三太、黄天霸(黄三太之子)等,并在他们的护卫协助之下,陆续惩办了土豪恶霸左青龙、武文华、宋仕奎、花得雨,剿灭了绿林大盗周应龙,查办了图谋叛乱的大同总兵傅国恩。其间彭朋多次微服私访,屡遭危险,均在侠客的帮助下化险为夷。彭朋也多次被人诬陷,终因皇帝英明,一一真相大白,彭朋升任河南巡抚,并受御赐"如朕亲临"金牌和"忠臣爱民"匾额。围绕彭朋的故事,作品还穿插了如下故事:窦尔墩不服黄三太"南霸天"之号,约黄比武,被黄镖打,黄三太为显本领,在京打虎救驾,钦赐黄马褂,以致名闻遐迩,杨香武不服黄三太独霸天下,三盗皇帝的宝物九龙杯,康熙壮其神技,并不加罪;高恒父子为彭朋寒泉捞印等。

《彭公案》所写的故事,和《施公案》相类似。但此书经过文人加工改写以后,文从字顺,没有《施公案》古朴纯真的风格。其具体的不同之处在于以下三点。第一,小说中的公案故事所占的比重比《施公案》小得多,而这些故事所表现的封建观念也比较浓重。第二,小说中侠义故事的比重大大增加。《彭公案》中的侠客,比《施公案》中的更重义气,重是非。例如,朝廷怀疑黄三太盗走"九龙杯",降旨捉拿。彭公知其冤枉,竟违抗圣旨,给他通风报信,令他逃跑。又如,欧阳德捉住劫牢反狱的窦耳墩(书中为窦二墩),又放了他:"他也是一条好汉,我听见他的所作所为,并无奸盗邪淫之事,前者劫牢,是因为贪官害他兄长,人所皆知,这样英雄,你我要拿他送官治罪,深为可惜。"这类描写,当是针对《施公案》中的侠客过于重功名轻信义而发。特别需要指出的是，《彭公案》中还涉及抵御外患的问题，小说中让彭公率领众侠客用从"西洋"学来的"削器"破阵，打败滋事挑衅的十路蕃王，透露出鸦片战争时期广大民众反对外来侵略、忧心国事的心态。第三，作品个别地方出现了神化侠客技艺的倾向。如写欧阳德跟千佛山真武顶红莲长老学"鹰爪力重手法、一力混元气、达摩老祖易筋经，练的骨软如绵，寒暑不侵"。这对后来的武侠小说产生了一定的影响。

《彭公案》假托是《施公案》的前传，作品把江湖好汉的征战厮杀写得惊险曲折、扣人心弦；加上《施公案》原有的影响，使得这部小说继《施公案》之后，又一次在社会上引起了很大的轰动。

《彭公案》的续书，仍以彭朋为中心人物，但他所带领的侠客队伍更加庞大，其故事也更加横枝竖蔓，然而其主旨仍不出断案雪冤、灭寇平叛、除暴安良之类。最后皇帝论功行赏，彭朋官至文华殿大学士，钦赐世袭一等男爵，众侠客也一一被封官赐职，"俱各有升赏"。

第三节　由公案侠义小说演化而来的武侠小说

武侠小说是指以凭借武技、仗义行侠的英雄为主要表现对象的小说。它在清代嘉庆、道光年间兴起，一直延续到清末。其中，"一部分是由公案侠义小说中分化而来，由清官侠义型向武侠型转化。另一部分则由才子佳人小说演化而来"①。乾隆以后的才子佳人小说已与侠义、神怪小说融合，有的已演变为儿女英雄小说，有的则突出"尚义行侠"的内容，进而演变为武侠小说。清代武侠小说有两种类型，一是写实型，一是幻想型，后者把武术与道家术士的修炼之术结合，增加了武侠小说的神奇性。清代比较著名的武侠小说，较具代表性的如《争春园》《绿牡丹》《圣朝鼎盛万年青》《七剑十三侠》《仙侠五花剑》。

《争春园》又名《剑侠奇中奇》，四十八回，不署撰人，卷首有序，署"己卯暮春修禊，寄生氏题于塔影楼之西榭"。柳存仁根据英国博物院所藏《五美缘》书序的题署，断此己卯为嘉庆二十四年（1819）。

小说讲述汉平帝时，洛阳有镇殿将军之后郝鸾，字跨凤，文武双全，行侠好义，人称"小孟尝"。一日遇仙人司马傲，赠以龙泉、攒鹿、诛虎三宝剑，嘱郝自留其一，另二剑可往河南访英雄赠之。郝鸾从其言，在河南开

---

① 齐裕焜.中国古代小说演变史[M].北京：人民文学出版社，2015：509.

封西门外争春园遇太常少卿凤竹及其未婚婿孙佩,凤竹之女栖霞也在园游赏。宰相米中立之子米斌仪,曾求婚栖霞,未遂,便率众来园抢女。正好顺天府人鲍刚亦在园,助郝鸾击退之,凤竹全家得免于难。孙佩留郝、鲍二人居其家,三人结义。米斌仪又遣众至孙佩家寻衅,因鲍刚打死多人,乃捕孙佩下狱。凤竹夫妇闻讯携女避往湖广。米斌仪打听得凤家逃往湖广,遂派恶奴于途中假扮响马,将凤小姐劫去。恰好鲍刚赶到,追赶响马。恶奴被追急,将小姐丢在一破寺之中,鲍刚不知,又追响马不着,遂直往湖广而去。凤竹被司马徽引入铁球山。凤小姐在破寺中,遇到个泼皮,被骗卖至扬州,落入烟花之中。郝鸾至杭投舅父总兵吴韬,又遇东昌人陈雷、吏部右侍郎子常让、兵部左侍郎子柳绪、六合人马俊、山东人周顺、周龙等九人,结义为兄弟,并将攒鹿、诛虎二剑赠鲍刚、马俊。马俊曾受异人传授法术,与周龙往开封劫牢,救出孙佩,同奔铁球山。常让赴京,中途投见舅父扬州太守,为人诱入青楼,欲为栖霞梳栊,及知为孙佩聘妻,乃约定请舅父出面救出。事泄,栖霞又为鸨母骗卖给过路官都察院麻青。麻青问知事由,欲将女送归其父母,恰马俊、郝鸾前来寻访,得相遇,同回铁球山。凤竹即择日为孙佩、栖霞完婚。柳绪亦入京,适公主抛彩球招亲,中柳绪。宰相米中立以诓言吓走柳绪,以他人假冒驸马。马俊知道柳绪被招为驸马,要入府拜见,知为假冒,即入内宫奏帝,又在宫中擒获米中立所遣刺客。平帝大怒,命捕米中立等,付三法司审理,并出榜访寻柳绪。适逢铁球山众英雄已从吴韬征平盗寇,得胜班师,各受封赏。柳绪见榜入京,与公主成婚。米中立等人皆定罪伏法。后郝鸾、鲍刚、马俊三人都活到九十余岁,白日升天。

《绿牡丹》,又名《宏碧缘》《四望亭全传》《龙潭鲍骆奇书》,六十四回,署"二如亭主人"撰。最早版本是嘉庆五年(1800)三槐堂刊本,藏日本国会图书馆。其次有道光九年(1829)厦门文德堂本,藏日本东京大学图书馆狩野文库。《绿牡丹》的创作时间,则在乾隆后期。另有道光十一年(1831)芥子园藏版本、京都文善堂本,以及道光十八年(1838)崇文堂本、道光十九年(1839)忠信堂本、道光二十七年(1847)经纶堂本、咸丰十年(1860)宏道堂本众多版本。小说以唐代武则天时期为背景,以江湖侠女花碧莲与将门之子骆宏勋的婚姻为线索,叙述骆宏勋与定兴县富户任正千结义为兄弟的故事。

大唐武则天年间,佞邪当道,权贵仗势欺人,鱼肉乡里,激起俊杰义士除暴安良、锄奸扶弱。此时,定兴县骆龙之子骆宏勋文武双全,父死之后,寄居世兄任正千家。山东"旱地响马"花振芳带女儿花碧莲周游择婿,见骆宏勋气相非凡,打算把女儿嫁给他。骆宏勋因已定亲,没有同意。花振芳返回山东。吏部尚书之子王伦与任正千妻贺氏私通，反诬骆宏勋。为避免麻烦，骆只好返回扬州故里。花振芳携女到扬州，再次求婚。在扬州四望亭下，因碧莲上亭捉猴，亭角突然塌毁遇险，恰恰被急中生智的骆宏勋救下。面对花氏父女的求婚，骆宏勋依然拒绝。花氏父女再次回到山东。其后，"旱地响马"花振芳和"江河水寇"鲍自安等豪侠协助骆宏勋、任正千铲除武周佞臣及其党羽爪牙，严惩了王伦、贺氏、贺世赖，除掉四杰村地霸朱家"四虎"，几经周折，骆宏勋与花碧莲结为美满姻缘，众豪杰在狄仁杰、薛刚率领下，逼武则天退位，中宗登极，众豪杰俱得封赏。

小说里的骆宏勋和他的仆人余谦、任正千、花振芳和女儿花碧莲，鲍自安与女儿鲍金花、女婿濮天雕等，都是"解祸分忧，思难持危"的义侠或绿林好汉。作品反复强调他们斗争的正义性，不是强盗而是豪侠。这些侠客具有浓厚的民间色彩，他们是为了反对奸佞、恶霸而斗争。作品富有民间文学的气息。在紧张惊险的故事中塑造人物，却能做到人物形象鲜明，甚至相似的人物也有不同的个性色彩。"旱地响马"花振芳仗义耿直，"江河水寇"鲍自安机智爽朗；余谦赤胆忠心，而粗中有细；任正千粗豪质朴，而近于鲁莽；同属侠女，花碧莲深挚而细致，鲍金花骄矜而急躁。小说不是简单地叙述故事，而能注意心理描写。第三十五回花振芳设计劫走骆宏勋之母，假传死讯，逼骆宏勋回家。骆宏勋、余谦赶到灵前祭奠时，知道内情的濮天雕拜也不是，不拜也不是，进退两难。骆宏勋过于哀伤而不觉察；余谦粗中有细，窥破个中秘密。在这一件事中，骆、余、濮三人心理活动描写细致曲折，趣味横生。

小说在结构上，采用复线交叉进行，情节曲折有致，事件此起彼伏，而转换自然，保持着说书体小说的特点。小说语言也保持民间文学的风格，质朴明快，粗犷动人。《绿牡丹》在思想、艺术上都比《争春园》高出一筹。《绿牡丹》可能是从才子佳人小说演化而来，因此仍保留了骆宏勋、花碧莲婚恋这个框架，书名又叫《宏碧缘》，但其主要方面则是比较纯粹的侠义小说。

《圣朝鼎盛万年青》，八集七十六回，不著撰人。前二集十三回，刊行于光绪十九年（1893），"始作者为广东人"。以后有人陆续续作，最后续至八集七十六回，其刊行时间或已在清末民初。此书有两条线索，一条是乾隆将朝政交给刘墉、陈宏谋，为了"查察奸佞、寻访贤良"，自己化名高天赐到江南微服私访；另一条线索是围绕胡惠乾、方世玉的故事，展开峨眉、武当和泉州少林寺的武林门派斗争。五十七回以后，两条线索合一，乾隆下令剿除胡惠乾等，峨眉山白眉道人、武当山八臂哪吒冯道德以及尼姑五枚大师等会聚泉州，击毙至善禅师和他的徒弟方世玉、胡惠乾等，攻破泉州少林寺。乾隆下江南这条线索,一方面,将乾隆神化,把他说成是真命天子,土地神、太白金星等一路护驾,白蛇、黑虎精等俱来朝拜讨封。另一方面,把乾隆侠客化,他到处结交英雄豪杰,削除滥官污吏,惩罚土豪恶霸,救拔受难百姓,动辄豪气冲天,毁公堂,毙命官。乾隆豪爽而又大度,暴烈而又仁慈,好恶出自心裁,赏罚偏合民心,言行颇似豪杰,骨子仍为天子。塑造行侠仗义的皇帝形象,是此书的独创。与《隋唐演义》里的李世民、《英烈传》里的朱元璋等人不同,本书中的乾隆形象不是乱世英雄,而是"仁圣天子"。

武林门派这一线索写出胡惠乾、方世玉、至善禅师等人的复杂性格。胡惠乾父亲开小杂货店,被机房的人欺侮而死。胡惠乾与机房中人理论,反遭毒打,被方世玉所救。胡惠乾遂拜在至善法师门下为徒,学习武艺。因其为报仇而习武,用功最勤,深得至善真传。若干年后,虽习艺未成,但报仇心切,于是私离少林寺回广州。胡惠乾毙杀机房13人,挺身投案,得判无罪。胡惠乾凶性已发,每日横行街头,肆意殴打机劈中人。机房同行先后聘请冯道德之徒牛化蛟、吕英布、雷大鹏等同胡惠乾打擂,均战败身亡。于是胡惠乾更为肆行无忌,乃至故意毁坏机房同行奉钦命设置的超魂祭神大醮,使官兵齐出围剿,死于非命。这是告诫武林人士切不可借武功欺压百姓。方世玉是广东富翁南京店主方德之子,其外祖苗显是白眉道人的徒弟,其母苗翠花遵苗显遗命,将世玉自满月起先用铁醋药水匀身洗浸,次用竹板、柴枝、铁条逐层换打,使其周身骨力筋节血肉坚实如铁,刀枪不入。方世玉自小苦练武功,14岁时十八般武艺件件皆精,力大无穷,性烈如火,专打不平。方世玉陪同其父往杭州收账,见雷老虎搭擂台,扬言"拳打广东全省,脚踢苏杭二州",广东会馆的乡亲多有上台而送了性命的。方世玉义愤填膺,挺身打擂,打死雷老虎。雷妻李小环为夫报仇,击伤方世玉。方世玉脱身后,随父回广州,拜在至善禅师门下学艺,武功极为高强。曾相助胡惠乾大战雷大鹏。最后因同至善禅师为胡惠乾报仇,同朝廷抗衡,在官兵围剿福建少林寺时,死在五枚大师手下。至善禅师也是好人,爱护徒弟,解人危难,做过不少好事,但对徒弟过分溺爱,到了不分青红皂白、一味袒护包庇的地步,最终也落得悲惨下场。人物性格没有简单化、绝对化,描写比较成功。

书中所写的武林门派之争,武当、峨眉、少林三大派之间的争斗,内功外功、梅花桩、八卦掌、点穴法,出少林寺要打一百多个木人等,都为后代武侠小说所承袭。

《七剑十三侠》,又名《七子十三生》,清末桃花馆主人唐芸洲撰,作者身世不详。全书共三集,各六十回,于光绪二十三年(1897)、光绪二十七年（1901）由上海书局、申江书局石印出版。小说写明武宗时，二十位剑客，即以玄贞子、一尘子为首的七子，以凌云生、御风生为首的十三生，帮助以徐鸣皋为首的十二侠士，行侠仗义，除暴安民，并助王守仁平定宁王宸濠叛乱。小说继承了《水浒传》的绪余，对当时社会的黑暗进行了猛烈的抨击。小说中的皇帝，不再是"至圣至明"的天子，而是一个"但知朝欢暮乐，宠嬖阉官；巡幸不时，政事不理"的昏君（一百七十八回）。朝中大权，落在刘瑾、江彬、钱宁等奸邪之手。朝纲紊乱，正气不伸，宦寺专权，社会动荡。故此，保国安民的责任就落到了侠客们的身上。

对于侠客，《七剑十三侠》做出了新的界定。小说的开篇就说侠客的特点：

> 来去不定，出没无迹，吃饱了自己的饭，专替别人家干事。或代人报仇，或偷富济贫，或诛奸除暴，或挫恶扶良。别人并不去请他，他却自来迁就；当真要去求他，又无处可寻。

这就将在侠义公案小说中隶属于清官的侠客，还原为来去无定的游侠。他们以主持正义为己任，却摒弃了建功立业的俗念。

《七剑十三侠》的艺术风格，和以前的英雄传奇小说相比，有明显的创新。

首先，作品在写十二侠士闯荡江湖、行侠仗义时，涉及以往文学作品很少描写的一个侧面——江湖世界。小说通过老江湖苏定方之口讲述江湖上的行当：

> 凡在江湖做买卖的，总称八个字，叫做巾、皮、驴、瓜、风、火、时、妖。……那巾行，便是相面测字、起课算命，一切动笔墨的生意，所以算第一行。那皮行，就是走方郎中、卖膏药的、祝由科、辰州符，及一切卖药医病的，是第二行。那驴行，就是出戏法、顽把戏、弄缸甏、走绳索，一切吞刀吐火，是第三行。那瓜行，却是卖拳头、打对子、耍枪弄棍、跑马卖解的，就是第四行了。这四行所以不犯禁的。若是打闷棍、背娘舅、剪径、响马，一切水旱强盗，叫做"风帐"。还有一等：身上十分体面，暗里一党四五个人，各自住开，专门设计，只用"唬""诈"二字强取人的钱财，叫你自愿把银子送他，还要千恩万谢，见他怕惧。说他强盗，却是没刀的；说他拐骗，却是自愿送他的，此等人叫做"火帐"。至于剪绺、小贼、拐子、骗子，都叫"时帐"。那着末一行，就是铁算盘、迷魂

药、纸头人、樟柳神、夫阳法、看香头，一切驱使鬼神，妖言惑众的，都叫做"妖帐"。

对于读者来说，这的确是闻所未闻之事。小说还结合描写清风镇的黑店和名为"皮行"实是"妖帐"的皇甫良等人的故事，更具体详细地揭示了江湖上邪恶行当害人的惯伎。这些故事都写得惊险、生动，带有神秘、荒蛮的色彩，但又令人觉得真实可信。

其次，《七剑十三侠》把侠客的武艺进行了一定程度的神化。小说中把侠客分为两种：一是侠士，即徐鸣皋、慕容贞（一枝梅）等，这是现实社会中的在野英雄；二是剑客，即七子、十三生，这是半人半神的侠客。两者有一定的区别：侠士虽行侠义之事，犹为世俗中人，而剑客则是不慕名利的闲云野鹤；侠士的武艺虽然高，犹是尘世间的高手，剑客却有超凡脱俗的技艺。他们可以飞剑杀人，降龙伏虎，还可以脱胎换骨。和神魔小说相比，《七剑十三侠》更具现实性：书中的主要人物，不是淡漠世事的神仙，而是以自己的技艺积极介入正邪、是非争斗的侠客。与侠义小说相比，它又更具理想性：侠客们神出鬼没的技艺，所向披靡的勇力，更能反映人们铲除邪恶势力、匡正世事的理想。

《七剑十三侠》也开始注意对武打动作的具体描写。例如，第十回写徐鸣皋打擂时，详细描写了徐鸣皋和严虎所用的"寒鸡独步""叶底偷桃""毒蛇出洞""王母献蟠桃""黄莺圈掌""金刚掠地""泰山压顶"等招式，使故事情节更加生动。

总之，《七剑十三侠》对江湖世界的描写，对侠客武艺的适度夸张，都对后来的武侠小说产生了重要的影响。

《仙侠五花剑》，又名《绣像飞仙剑侠奇缘》，海上剑痴撰，共六卷三十回，光绪二十七年（1901）辛丑八月笑林报馆校印。小说写已经得道成仙的虬髯公，见南宋的奸相秦桧结党营私，祸国殃民，"要想重下红尘，再做些行侠仗义之事，稍做奸邪"。他召集了黄衫客、昆仑摩勒、精精儿、空空儿、古押衙等九位仙侠，商议此事。结果是黄衫客、虬髯公、聂隐娘、红线女、空空儿五位仙侠，持公孙大娘炼就的五把飞剑下凡，各收门徒，共同行侠仗义。红线女、黄衫客、虬髯公、聂隐娘收的徒弟，都是被贪官污吏逼得无法存身的好人。只有空空儿择人不慎，收了采花大盗燕子飞为徒。他们除了许多贪官污吏，又联手除掉燕子飞。他们还到临安行刺秦桧，虽不曾得手，却用仙剑在他的背心暗刺一下，致使秦桧后来背上生疮而亡。至此，众仙侠功德圆满。

《仙侠五花剑》中对侠客的描写，也发生了很大的变化。小说的第一回，就对以往小说中所写的侠客大加批评：

> 那书中也有胡说乱道讲着义侠的事儿，却是些不明理的笔墨，竟把顶天立地的大侠弄得像是做贼做强盗一般，插身多事，打架寻仇，无所不为，无孽不作。倘使下愚的人看了，只怕渐渐要把一个"侠"字，与一个"贼"字、一个"盗"字并在一块，再也分不出来，实于世道人心大有关系。

因此，作者在他所塑造的侠客身上，去掉了草莽之气，加上了更多的政治负荷。他们都是不食人间烟火的神仙，专为惩治卖国贼、投降派而来。他们为国事奔波，一身正气，无半点世俗情态。他们不像以往的侠客，路见不平，便拔刀相助，而是以非常谨慎的态度除暴安良，生怕殃及无辜。

《仙侠五花剑》对侠客技艺的神化超过了唐传奇，且有一定的创新。例如，写红线女因徒弟白素云身体娇弱，给她服用"换骨丹"，"吃了下去浑身三百六十骨节一节节皆须换过，此后便可身轻于叶，纵跳自如"。脱胎换骨，是超现实的描写，但作者并没有采用神魔小说的写法，如只需吹一口仙气便可完成，而是结合人体的结构，结合人的实际感受进行合理想象，使得这种描写既有神奇感，还有一点真实感。这种写法，在后来的武侠小说中被不少人运用。再如，小说写飞剑杀人，想象丰富，颇能引人入胜。例如，小说写众仙侠捉拿燕子飞：

> 再说子飞逃出重围，回头一望，见后面剑光纷起，一道道如闪电一般，相离只有四五丈远近，将次赶上，心中很是着慌。只把芙蓉剑乱摇乱晃，左手的剑诀捏得十二分紧，痴想遁得快了，他们追赶不来。谁知后面众仙也多使起催剑法儿，比着子飞更快。不多时，只差得二三丈路了。子飞急得无法可施，看看前边又是一条大河阻路。这河足有二三十丈开阔，深不见底……子飞……心头一软，手中的剑诀略松，滴溜溜连人带剑竟从半空里跌入河中。

人可以借飞剑而遁，飞剑可以从后追杀，想象奇特。侠客驾剑渡河的景象写得既神奇又逼真，失手堕入河中的情态描述得颇合乎情理。这种虚虚实实、真真幻幻的描写，对后来的武侠小说也产生了很大影响。

从《施公案》《彭公案》《三侠五义》到《圣朝鼎盛万年青》《七剑十三侠》《仙侠五花剑》，武侠小说的各种类型齐备。《施公案》主要是飞镖暗器;《三侠五义》主要是刀法剑术和布设机关;《圣朝鼎盛万年青》主要是门派拳术;《七剑十三侠》《仙侠五花剑》则在武艺中加上了"修仙之一道",侠客成了能口吐飞剑的剑仙。此后的武侠小说,包括近来盛行的台港武侠小说,除吸收西方小说的写法使人物内心描写丰富、作品结构精巧,其武侠们的手段都是承袭前人的。

第九章　描写人情世态的中国古代世情小说

　　鲁迅曾在《中国小说史略》第十九篇中说："当神魔小说盛行时,记人事者亦突起,其取材犹宋市人小说之'银字儿'[①],大率为离合悲欢及发迹变态之事,间杂因果报应,而不甚言灵怪,又缘描摹世态,见其炎凉,故或亦谓之'世情书'也。"所谓"世情"其实就是世态人情,即以描写普通人物的日常生活、恋爱婚姻、家庭关系、家族兴衰为基本内容,主要与神魔的非现实化相比较而言。同时也因题材的改变而带来了一系列审美形态、小说观念及表现方式的改变。世情小说由《金瓶梅》的出现而奠定其地位。《金瓶梅》的故事开头出自《水浒传》,但相对《水浒传》而言,《金瓶梅》是典型的节外生枝,它放弃的是武松日后"替天行道"的主干,而花大量篇幅写西门庆家的琐屑生活。《金瓶梅》之后,明清两代的世情小说或写情爱婚姻,或写家庭纠纷,或描绘广阔的社会生活,或专注讥刺儒林、官场、青楼,内容丰富,色彩斑斓。其中,明末清初的《玉娇梨》《平山冷燕》《好逑传》等作品。这些小说也即所谓的"才子佳人小说"。它的特点是专一描写婚恋嫁娶,而且婚恋双方固定为饱读诗书的才子和貌如天仙的佳人。世情小说发展到清代中叶,出现了一部异峰突起的作品——《红楼梦》,成为世情小说的集大成者。《红楼梦》之后,世情小说逐渐走向末流。另外,受英雄传奇、侠义小说的影响,世情小说出现融合的趋势,产生了儿女英雄小说。它们虽然仍以恋爱婚姻为题材,但其主人公已不全是闺阁小姐与文弱书生,而是具有侠义心肠和高超武艺的英雄儿女。

---

①　宋代"说话"中小说之别称。

第一节 世情小说的开山之作——《金瓶梅》

　　《金瓶梅》常常被看作是世情小说的开山之作。这是我国小说史上第一部由文人独立创作的长篇白话小说,也是我国第一部以家庭日常生活为素材的长篇小说。它所刻画的极具人间烟火气息的人物,其透彻的写实,缜密细致而又构思精巧的叙事结构等,都对我国古代通俗小说的发展产生了重要的影响。《金瓶梅》的出现,标志着中国古代通俗小说由传奇到写实的转变,开创了中国古典小说发展的一个新阶段。

　　关于《金瓶梅》的作者,至今尚无定论。《万历野获编》说作者是"嘉靖间大名士",欣欣子序称作者是"兰陵笑笑生"。明人还提出了"绍兴老儒""金吾戚里的门客"等说法。清人提出了李渔、李开先、王世贞、赵南星、薛应旗、李贽、徐渭等人。如今在市面见到的《金瓶梅》或《金瓶梅词话》,一般作者都题作"兰陵笑笑生"。

　　《金瓶梅》共一百回,约九十万字,写了七百多个人物。小说开头几回,借《水浒传》中武松杀潘金莲一段故事做引子,展开故事情节。作品十分细腻地描写了西门庆一家的日常生活以及这个家庭的盛衰。作者的笔触始终不离西门庆及其家庭生活,但通过对西门庆家庭内发生的一系列事件,以及以西门庆为中心的各种社会活动,特别是西门庆一生的发迹变泰、兴衰荣枯的描写,展示了广阔的社会生活画面。尽管作品以北宋末年为故事背景,但它所反映的是处于封建主义制度末世的明代社会的真实内幕。《金瓶梅》在思想内容上的突出成就,是塑造了西门庆这样一个具有深刻社会历史内容和时代特色的典型形象。西门庆"原是清河县一个破落户财主",一家生药铺的老板。由于他善于钻营趋奉,靠着行贿送礼,交结官府,尤其是投靠朝中权奸,成了一个暴发户,而且还当上了官,有了炙手可热的权势。有钱有势以后,他贪财好色,横行霸道,夺人妻女,无恶不作。

　　西门庆的首要特点是贪财。西门庆开生药铺,却不是一个正经的生意人,他通过各种手段疯狂地聚敛钱财。他娶富商的遗孀孟玉楼做第三房妾,主要就是看上了孟玉楼的财产。娶李瓶儿又发了一笔,李瓶儿原是梁中书的侍妾,水浒英雄大闹东京时,乘乱带了一百颗西洋大珠和二两重一对鸦青宝石逃跑,嫁给花太监的侄儿花子虚。花太监死后一大笔遗产又落到李瓶儿和花子虚的手里。花子虚是西门庆的结拜兄弟,他却以卑劣毒辣的手段，将花子虚气死，娶了李瓶儿。另外，他的女婿陈经济的父亲陈洪是提督杨戬的奸党，杨戬被人弹劾事发，陈洪怕受牵连先将财产转移到西门庆家，这笔财产也被西门庆霸占了。

西门庆的第二个特点是贿赂权奸，交结官府，以此获得权势。然后就依仗这权势，贪赃枉法，巧取豪夺，偷税漏税，投机盐引，等等。西门庆的发迹，本来靠的是提督杨戬，杨戬倒台，在被查处的人中就有西门庆的名字。他给蔡太师蔡京的儿子蔡攸送了五百石白米，给右相李邦彦送了五百两金银，名字就一笔勾掉，逍遥法外。以后又投靠蔡京，送了一份厚礼，就由"一介乡民"被任命为山东清河县提刑副千户，"居五品大夫之职"。后来又多次送重礼给蔡京，被蔡京收作干儿子，升做了正千户。提刑千户是管司法的官，他却目无法纪，贪赃枉法。例如，他买通税务官员偷税漏税；又买通巡盐御史，提前得到三万张盐引，发了一大笔横财；他得知朝廷有一笔利润很大的古董生意，就买通山东巡按，将这笔生意揽到手里。由于手中有权，财富就越聚越多，到他死前，除了生药铺，还开了好几桩生意，缎子铺、绸绒铺、绒线铺等，资产多的有五万两银子，少的也有五千两。

西门庆的另一个鲜明的特点是好色。书中说他"专一飘风戏月，调占良人妇女；娶到家中，稍不中意，就会令媒人卖了，一个月倒在媒人家去二十余遍，人多不敢惹他"。小说处理西门庆败家的结局是值得注意的，他不是败于生意上的挫折，也不是败于官场上（即政治上）的失势，而是败于淫。他是由于过度淫纵，服药过量而死于潘金莲之手的。

《金瓶梅》的主角虽是西门庆，但围绕着这个有特殊身份和地位的男人，小说写出了一个女人世界，一个完整的、涌动着生命活力的，同时又是充满着屈辱和血泪的女人世界。值得注意的是，这些女性形象并不是千篇一律，而是各具面貌，各有性格。一个个有血有肉，嬉笑怒骂，生机盎然，显示出不同的人生追求和独特的命运遭际，而又同时展现了由共同的社会历史条件和文化背景造成的人生悲剧。小说并没有将这些女人当作一个个孤立的个体来描写，去揭发她们身上种种人性的劣根，而是着眼于相互依存的社会关系，尤其是同男性的关系，以及由此而带来的女性间的种种尖锐复杂的矛盾冲突，并以此来展示特定历史条件下的社会风貌。小说题名取义于书中的三位女性："金"指潘金莲，"瓶"指李瓶儿，"梅"指春梅。潘金莲和李瓶儿是西门庆的妾，春梅原来是西门庆的大老婆吴月娘的丫头，后来侍候潘金莲，被西门庆收用。虽然唐传奇和宋元话本中已经出现了一系列闪耀着思想光彩和艺术光彩的女性形象，但在《金瓶梅》之前，女性在长篇小说中始终没有自己的地位。《三国演义》《水浒传》和

《西游记》中也写到女性,但最多不过是一种可有可无的陪衬和点缀。到《金瓶梅》这里,女性形象开始成群结队地走进长篇小说的艺术殿堂,女人世界构成了整部小说中最重要的内容。

在《金瓶梅》所描写的众多女性形象中,潘金莲具有独特的意义,她是这部小说中性格和思想内涵都比较复杂的人物。潘金莲长得漂亮,也够聪明伶俐,但其一生曾被卖过三次。第一次被卖是因家里穷,父亲当裁缝又早死,迫于生计,9岁时,就卖到王招宣府里学弹唱,招宣死后,她随即又被她母亲以30两银子转卖给张大户家。后来硬被嫁给武大,又被西门庆占为小妾。西门庆死后,吴月娘又要王婆把潘金莲领出去卖掉。结果卖到武松手里,她的一生也走到尽头。从作品的实际描写,人们可以看到一个穷家女子是怎样一步步走向堕落的。她被卖到王招宣府,那是个富贵淫荡的安乐窝,潘金莲的淫荡习性在那里栽下了根苗。到了张大户家,当她长到18岁时,就被60多岁的主人"收用"了。主人婆得知后大吵大闹,张大户因之心生诡计,把潘金莲白白地送给了住着他房子、诨名三寸丁谷树皮的武大为妻。但并没有放过她,每当武大挑着担儿出外卖炊饼时,张大户就趁机潜入房中继续占有她。一个偶然的机会,碰上了风月场中的老手西门庆,潘金莲的故事也就进入了主要关节:在王婆撮合下,暗中私通满足不了两人的要求,就不择手段地干出了谋杀武大这样伤天害理的事情。到此,人们看到潘金莲从寻找摆脱不幸婚姻的合理愿望转而走上一条被万人唾骂的邪恶道路。潘金莲到了西门庆家当上第五房妾之后,她性格里的妒忌、冷酷、淫荡无耻的因素得到了恶性的发展。为在封建市侩家庭中立足,潘金莲凭借诱人的美貌取得西门庆的宠爱。同时,除掉有可能夺取她受宠地位的绊脚石,所以,狠毒地害死了官哥儿,气死李瓶儿,逼死宋蕙莲。她彻底地堕落成一个坏女人,当然必不可免地遭到悲惨的结局,最后死在武松手里。作品多层次地展示了她人性被扭曲的过程,反映了在寡廉鲜耻的社会里,市民阶层底层人物的堕落,反映了世风日下的悲哀。《金瓶梅》的艺术描写表明,潘金莲并不是一个天生的坏女人,她的恶德是罪恶的社会造成的。她为恶所欺,便以恶抗恶,终于自己也成为一个恶人,并被恶所吞噬。她的悲剧不仅仅表现在一生的苦苦挣扎、失败、屈辱,以致最后的被惩罚而惨死;更重要的还表现在,是罪恶的社会扭曲了她的灵魂,铸造了她的恶德,她害人终又害己。

痴情是李瓶儿性格的主要内容,痴情的满足也就成了她生活追求的重要目标。李瓶儿的悲剧可以说是一个痴情者的悲剧。李瓶儿虽然跟潘金莲一样同为悲剧人物,但各自的思想性格和命运遭际很不一样。李瓶儿原来是蔡京的女婿大名府梁中书之妾,正妻生性悍妒,婢妾中多有被打死埋在后花园中的。她只能在外边的书旁里居住。后来乘李逵大闹东京之机，携带珠宝逃出，嫁给了花太监之侄花子虚为妻。她的婚后生活并不如意，一是要伺候公公花太监，二是丈夫花子虚每日行走妓院，眠花宿柳，撒漫用钱，时常整三五夜不归家。跟潘金莲不同的是，她有钱，但缺少一个爱她的男人。她的内心孤寂苦闷，她的不安分也就由此而生。比之潘金莲对人生的进取态度，以及以恶抗恶的疯狂报复来，李瓶儿的人生态度就显得较为保守和沉稳：在进入西门庆家以前，她也曾以罪恶的手段来追求自己想要达到的生活目标，而且表现得还相当悍厉和残忍：对丈夫花子虚不仅辱骂，而且在他生病时不拿钱给他治病，活生生把他气死。招婿蒋竹山，嫌其没本事，将其撵出家门。可是，当她得到了西门庆以后，她的性格就有了很明显的改变。有了西门庆，她对生活就有了一种满足感，误以为是从此找到了人生的归宿，处处事事便以一种宽厚和温顺的态度来保护自己已经得到的东西。她不仅对许多人都表现得温顺宽厚，而且有时还显得谦恭卑怯。为了讨好西门庆的妻妾，在还未嫁过来时，就戴着花子虚的孝过来为潘金莲过生日；一进门见到吴月娘便"插烛也(似)磕了四个头"；见了李娇儿、孟玉楼、潘金莲也是赶快磕头礼拜，一口一声称"姐姐"；甚至见到身份地位低贱、"妆饰少次于众人"的孙雪娥，也慌忙起身行礼。她在西门庆家中只是排名第六的小妾，可是她并未为此感到不满。她的满足感表现在两个方面：一是在两性关系上从此安分；二是她虽然得宠，却并未恃宠生娇，依凭西门庆去排挤打击、欺压凌辱别的女人，而是处处想以宽容、忍让来消释妻妾间难解的嫉恨和怨仇，从而达到保护自己，特别是保护西门庆对她的那一份宠爱。当她已经发现潘金莲是处心积虑地有意加害于她和儿子官哥儿时，还总向西门庆隐瞒真情，不肯扩大事态。直到死前才向吴月娘吐露那多日郁积于心的心里话，其目的也只是为了替西门庆保留骨血，而不是为了泄愤报仇。她在得到西门庆的宠爱后，心中就只有西门庆，后来加上她为西门庆生的那个儿子，直到临死之前，她都撇不下对西门庆的眷恋之情。或许正由于她沉迷于对西门庆的痴情里，所以才变得那么温顺，也变得那么愚钝。李瓶儿因得到西门庆的宠爱而遭祸，这是由她所处的时代条件和具体的生活环境决定的。在以男权为中心的一夫多妻制下，妻妾间的嫉妒争宠是必然的，谁最得宠，谁就一定成为众人嫉妒和仇恨的对象。争斗有时甚至达到你死我活的程度。

春梅在《金瓶梅》书名中列为第三，是西门庆收用的一个丫头，并不是正式娶过来的一个妾。她的人生比较独特，既没有潘金莲那样的艰难的挣扎，也没有李瓶儿那样的难言的悲苦。她几乎没有受过什么挫折和磨难。而在被逐之后反而因祸得福，做了十分风光、气派的守备夫人。在西门家族人丁四散、彻底败亡之日，她却独享荣华富贵。但她所经历的，同样是一个悲剧的人生。小说里没有详细交代她的身世，但暗示了她不过是一个不足道的卑微人物。第一回里写到吴月娘叫"大丫头玉箫"如何如何，评点人张竹坡读得很细，他指出这里的"大丫头"三个字就是作者有意用玉箫"影出春梅"：大丫头是玉箫，不待说春梅就只是一个"小丫头"了。一开篇就用这样的方法来点示，用意在反衬出她后来的心高气傲和种种不同寻常的表现。春梅"性聪慧，喜谑浪，善应对，生的有几分颜色"，因此先得到潘金莲的宠爱，而后又得到西门庆的宠爱，特殊的身份地位使她对西门庆家中的尊卑贵贱的等级制度，有一种特殊的敏感和体验：在主子面前她是一个奴才，而在别的地位比她低的奴才面前，她虽不是主子，却可以耍主子的气派和威风。她常常助纣为虐，充当主子的打手和帮凶。第二十二回里写她骂乐工李铭，第七十七回里写她骂歌女申二姐，就是最典型的表现。按说李铭和申二姐都不是西门庆府里的人，身份地位并不在西门庆府内做奴才的春梅之下，但她骂人的威风和气势，却都俨然是一个主子。她那不正常的骄狂和肆虐，是西门庆对她的宠爱和娇纵造成的。表现在她身上的罪恶，是西门庆罪恶的一种反映和延伸。她十分放纵自己的欲望和个性，从来不知拘束和收敛，在追求淫乐和施行报复两方面都是如此。终因淫纵过度，得了骨蒸痨病而死。对她来说，一条胜利之路，就是一条罪恶之路，也是一条走向毁灭之路。

不只是潘金莲、李瓶儿和春梅三个人，围绕着西门庆家里里外外、上上下下，数以百计的女性人物，几乎无一不是经历了一个悲剧性的人生，这些人身份地位不同，但从肉体到灵魂都经受了人生的残酷。

《金瓶梅》直接地，而且是广泛和深入地反映了作者自己生活于其间的社会现实，这是明代通俗小说创作中前所未有的创举。这部作品以反映现实生活为主的题材选择为后来的作家开辟了广阔的创作原野，它围绕现实的日常生活展开故事，不再像以往的小说那样着重描写诸如帝王将相、神仙佛祖一类非凡人物的非凡经历。《金瓶梅》的示范将历来注重传奇性的中国古典小说引入强调写实性的新境界。《金瓶梅》不仅全景式地描绘了西门庆一家的生活画面，它那以西门庆家庭为中心，并以这个家庭的广泛联系来反映社会的各个方面以及整个社会风貌的结构也历来受到评论家的赞叹。张竹坡曾在《金瓶梅读法》中指出："《金瓶梅》因西门庆一分人家，写好几分人家"，"凡这几家，大约清河县官员大户屈指已遍，而因一人写及一县"。在第四十八回里他又批道："且见西门之恶，纯是太师之恶也。夫太师之下，何止百千万西门？而一西门之恶已如此，其一太师之恶为何如也"。若结合第七十回中的批语，张竹坡实际上又指出，《金瓶梅》虽"止言一家"，但作者通过对西门庆一家左右上下前后联系的安排，写到了"天下国家"。

当然，《金瓶梅》的结构也并非已完美周密，过多琐细现象的描绘显得芜杂拖沓，所表现的生活时常缺乏次序感与节奏感，人物举止与相互关系的发展也不尽合理。在作品结构体系的发展过程中，这样或那样的缺陷的存在恐怕难免，一直要到清乾隆年间《红楼梦》问世，才终于出现了精巧、和谐同时又规模宏大的网络状结构。

第二节　世情小说的巅峰之作——《红楼梦》

《红楼梦》的出现，标志着世情小说创作的顶峰，它全景式地再现了一个贵族家族的末世景象。鲁迅在《中国小说史略》中说："明季以来，世目《三国》《水浒》《西游》《金瓶梅》为'四大奇书'，居说部上首。比清乾隆中，《红楼梦》盛行，遂夺《三国》之席。"《三国》的"主旨"是一个"忠"字，《水浒》的"主旨"是一个"义"字，《西游》的"主旨"是一个"诚"字，《金瓶梅》的"主旨"是一个"性"字，而《红楼梦》的"主旨"是一个"情"字——即如作者曹雪芹所云："大旨谈情"。

曹雪芹（1715？—1763？），名霑，字梦阮，号雪芹、芹圃、芹溪。曹雪芹少年时代家世显赫。清初，五世祖曹振彦随多尔衮入关，成为专为宫廷服务的内务府人员，家族开始发达起来。四世祖曹玺曾任江宁织造。曾祖母孙氏做过康熙帝玄烨的保姆。三世祖曹寅做过康熙帝的伴读、御前侍卫，后亦任江宁织造。父辈曹颙、曹頫亦相继接任江宁织造。江宁织造表面上只是负责监造各种衣料及皇家缯帛用品，实际上却是皇帝派驻江南、督察军政民情的私人心腹，同时因其控制着江南的丝织业而获利无数。曹家三代四人担任江宁织造达60年之久，曹寅并其妻兄李煦轮番兼理盐政达十年之久，都是极其能够获利的职位。康熙六次南巡，四次以织造府为行宫。曹家不仅家世显贵，而且是书香门第。祖父曹寅为清代名士、文学家、藏书家。雍正五年（1727）曹頫获罪落职，家产被抄。次年，全家北返，家道遂衰。乾隆初年，似又有一次重大祸变。从此曹家就一败涂地了。曹雪芹晚年移居西郊，生活极其清贫，直到去世。

曹雪芹大约从30岁开始创作《红楼梦》，共"披阅十载，增删五次"，至病逝为止，只整理出八十回，八十回以后，可能也写过一些片断手稿或回目,但在传阅中"迷失"。学术界一般认为,《红楼梦》的后四十回主要是由高鹗续补。《红楼梦》的版本分为抄本和活字排印本两个系统。抄本多是带有脂砚斋等人的评语的八十回本,题为《脂砚斋重评石头记》,简称为"脂本"。排印系统中以程高本为代表,即乾隆五十六年(1791)、五十七年(1792)由程伟元、高鹗先后两次用木活字排印的一百二十回本《红楼梦》,分别为"程甲本"和"程乙本",合称为"程高本"。

《红楼梦》全书以贾宝玉、林黛玉爱情为线索,以大观园的风月繁华为总背景,在此基础上,它通过对"贾、王、史、薛"四大家族兴衰荣辱的描写,展示了一幅广阔无边的社会风俗面卷,其包罗万象,囊括了中国封建社会多姿多彩的世俗人情。《红楼梦》前八十回的故事大致可分为六个部分。

第一至五回是序幕。开头是"作者自云",交代创作意图;然后是石头和甄士隐的故事,交代创作方法,介绍主要人物的关系和命运。

第六至十五回是故事的开端。笔触正式伸进荣国府,主要描写的对象是贾宝玉和王熙凤。通过第六、七、八、九、十四、十五回,描写了贾宝玉这一贵族少年在情窦初开之时与异性及同性的交往接触。第七、十二、十三、十五回则向读者展示王熙凤的生活、胆识、才能和手段。

第十六至二十二回是发展。主要写大观园的建制、进大观园前的准备以及宝黛感情的发展。

第二十三至五十四回是高潮。写贾府兴盛时期的情况,有诸钗的生活情景以及宝黛爱情的成熟等。

第五十五至八十回是转折。通过描写"大小人等都作起反来了",预示贾府走下坡路的开始。第六十四回以后,转向对尤氏姐妹命运的描写。第七十七回以后,贾府中比较高级的人物也开始了悲剧命运,如抱屈而死的晴雯、误嫁中山狼的贾迎春和屈受贪夫棒的香菱。

后四十回是高鹗为《红楼梦》续写的结局。其中最为精彩的是宝黛爱情的结局。这一对有情人终于在封建家长的作用下被彻底分离。爱的理想破灭了,林黛玉抱恨而终。宝玉在与宝钗结婚后,应家人的要求参加了科考,可是在考试结束的路上抛却尘缘,撒手而去。贾母、王熙凤等相继死去,贾府终于不可避免地走上了衰败之路。

小说成功塑造了数以百计的贵族、平民、奴隶出身的侍女的悲剧形象,深刻揭露了封建大家族中的各种错综复杂的矛盾,表现了封建制度下的道德、婚姻、文化的腐朽和堕落,微妙、曲折地反映了那个社会必将走向崩溃、没落的历史趋势。全书歌颂了封建贵族中的叛逆者和违背礼教的爱情,全面而深刻地揭示了贾、林之间爱情悲剧的社会根源,批判了以贾府为代表的四大家族奢侈的用度、虚伪的礼法、长幼的淫乱、骨肉的内讧，以及他们的专横跋扈、残忍无度。

贾府是充分具备 18 世纪中国封建社会政治、经济、思想特征的一个正统的封建大家庭，与上层统治阶级有千丝万缕的关系：长女元春的进宫并册立为妃，成为贾府在政治上的靠山。亲戚中，升了九省检点的王子腾，当过巡盐御史的林如海，皇商薛蟠等，使贾府与朝廷的军事、经济甚至外交活动都有了关联。这样一个封建大家庭，可以看作封建社会的一个缩影。作者冷眼旁观地写了这个显赫家族的衰败过程。贾府衰败的原因，第一，政治上的"一损俱损，一荣俱荣"。统治阶级内部矛盾的风吹草动都给贾府带来不安定因素。元春死后，贾府便失去了政治上最重要的靠山。甄家的查抄治罪，更给贾府蒙上了一层阴影。第二，经济上的入不敷出。贾府的"入"，除了官俸以外，主要靠实物地租。但由于旱涝不定、盗贼蜂起等原因，地租的交纳并不能如意。而另一方面，贾府则习惯了惊人的奢侈。秦可卿出殡的时候，队伍像"压地银山样的"；元春省一回亲，"银子化得象淌海水似的"。不仅在遇到大事情上如此，贾府中人平时的吃穿用度也奢华得惊人。史湘云办螃蟹宴的时候，刘姥姥惊呼："阿弥陀佛！这一顿的银子，够我们庄稼人过一年了！"在穿着上，贾府拿出来的料子，必是"上好的，这是如今上用内造的，竟比不上这个"。平时的用具"去了金的，又是银的"。王熙凤早看出了这种经济上的危机，说："家里出去的多，进来的少，凡有大小事儿，仍是照着老祖宗手里的规矩，却一年进的产业，又不及先时的多；省俭了，外人又笑话，老太太、太太也受委屈，家下也抱怨刻薄。若不趁早儿料理省俭之计，再几年就都赔尽了。"第三，贾府下一代人思想上的安享富贵和离心离德。贾府中的年青一代中，有补台的，以王熙凤、贾探春等人为代表。她们都积极"运筹谋画"、力图补台，本身也有一定的能力。但她们都是女流之辈，终究不能成为封建大家庭的栋梁。另外，她们自身也有种种问题。王熙凤在为贾府这个大家庭打理财政的时候，从来也没有忘记过自己的私利。有补台的，自然也有拆台的。拆台人物分为两类：一类是贾珍、贾琏、贾蓉之辈，他们虽然袭了官，但"那里干正事，只一味高乐不了"。他们表现得特别的短视和肤浅，对个人乃至家族的前程漠不关心，而只是安尊富贵，注重眼前的、个人的享乐。另一类便是贾宝玉。他不仅是"不管事"而且是"行为偏僻性乖张，那管世人诽谤"，表现出一种与本阶级离心离德的倾向。因此，补台的显然无法承担起振兴这个封建大家庭的重任，而只能看着它日渐衰落。还有就是贾府人际关系上的重重矛盾。主子之间矛盾重重，贾母因鸳鸯事件而特别愤怒的时候就直说："你们原来都是哄我的！外头孝顺，暗地里盘算我！弄开了她,好摆弄我！"主子与奴才、甚至奴才之间的矛盾也日渐尖锐。抄检大观园,是主子与奴才、也是主子与主子之间矛盾的一次爆发。司棋、晴雯等女孩成了矛盾爆发的牺牲品。作者从这些方面生动地描绘了这个封建大家庭的衰败过程及其原因,从而深刻地表现出封建王朝盛极而衰的必然趋势。

《红楼梦》在取材上较之《金瓶梅》更有所发展。《金瓶梅》与之前的章回小说相比,已经有了从历史到现实、从英雄到平民、从神魔到凡人的变化,但《金瓶梅》毕竟还是借了《水浒传》中的现成人物来展开故事,背景仍不是当时的社会,而是宋代。《红楼梦》则在一开始就申明是"按迹循踪""实录其事","不假借汉唐名色",也就是说,它的故事背景不是以往的任何一个朝代,然而又并不就是清代,而是"无朝代年纪可考"。也就是说,它的取材既有现实性又有典型性。惜春为大观园作画时,薛宝钗教导她说:"你如照样儿往纸上一画,是必不能讨好的。这要看纸的地步远近,该多该少,分主分宾,该添的要添,该藏该减的要藏要减,该露的要露……安插人物,也要有疏密,有高低。"分主宾,有添减,有藏露,有疏密高低,这也正是作者在创作《红楼梦》时所用的典型手法。在贾史王薛四大家族中,小说以贾、薛为主,余为宾;贾、薛两家,以贾为主,薛为宾;贾家荣、宁二府,又以荣为主,宁为宾。在人物塑造和事件选择上也是如此。

与其他的章回小说相比,《红楼梦》在自然环境描写和心理描写上有长足的进步。在描绘大观园的建制时,不再采用或诗或词笼统描写的形式,而是采用白描手法,将大观园匠心独具的美好景色真实地展现在读者眼前。例如,写稻香村:

> 倏尔青山斜阻。转过山怀中,隐隐露出一带黄泥筑就墙,墙头皆用稻茎掩护。有几百株杏花,如喷火蒸霞一般。里面数楹茅屋,外面却是桑、榆、槿、柘,各色树稚新条,随其曲折,编就两溜青篱。篱外山坡之下,有一土井,旁有桔槔辘轳之属。下面分畦列亩,佳蔬菜花,漫然无际。

作者还善于把自然风景和人物活动结合起来,写出一个个充满诗情画意的场面,如宝钗扑蝶、湘云眠芍、黛玉葬花等。

在心理描写上,《红楼梦》也从描述人物简单的心理活动发展到了刻画人物复杂的内心世界。例如,宝玉挨打之后,让晴雯送了两块家常旧的绢子给黛玉,黛玉体会出绢子的意思来,不觉神痴心醉,想到——

宝玉这番苦心，能领会我这番苦意，又令我可喜；我这番苦意，不知将来如何，又令我可悲；忽然好好的送两块旧帕子来，若不是领我深意，单看了这帕子，又令我可笑；再想令人私相传递与我，又可惧；我自己每每好哭，想来也无味，又令我可愧。

这样细腻的心理描写实为章回小说所罕见。

《红楼梦》林林总总描写了几百个人物，大多形象鲜明，性格生动。不仅贾宝玉、林黛玉等主要角色成了文学史上不朽的典型，一些次要、甚至可有可无的角色也都写得面目生动，如像焦大或傻大姐这样的角色，虽然出场次数不多，但都能给读者留下深刻的印象。不仅性格不同的人物面貌迥异，性格特征比较接近的人也决不雷同。《红楼梦》所描写的已经不是传统小说中的平面型人物，而是生活中的立体型人物，是具有鲜明个性和不完美性的"真的人物"。

《红楼梦》的结构既继承了传统章回小说的某些形式，又有其匠心独具之处。小说的序幕部分形式上接近于话本的"篇首""入话"和"头回"，为整个故事的展开起到了铺垫作用，但又不完全相像，甄士隐、贾雨村和英莲的活动都要延续到最后。《红楼梦》影响极大，各种续书纷纷出现。计有《后红楼梦》三种，《续红楼梦》两种，《红楼圆梦》两种，《新石头记》两种，另有《红楼梦影》《红楼演梦》《红楼后梦》《红楼再梦》《红楼续梦》《红楼圆梦》等不下二三十种。

第三节　世情小说的分支——才子佳人小说

才子佳人小说是世情小说的一种，专以描写青年男女婚恋为题材，婚恋双方一定是饱学书生和美貌小姐。明末清初之际，"历史演义""神魔小说"的浪潮过后，迎来了"才子佳人小说"的繁荣时代，《玉娇梨》《宛如约》《定情人》《平山冷燕》《好逑传》《醒世姻缘传》等作品相继问世。由文人创作，或由书贾制造的大量的才子佳人小说，有了大致相近的体制（章回体中篇）、风格和故事格局，在言情小说中"自成一体"。才子佳人小说"在一定程度上继承了唐传奇描写恋爱婚姻的传统，但摒弃了其中神、灵、鬼、怪、奇的成分，而接受《金瓶梅》表现内容日常生活化的影响，写普通青年男女的婚恋故事"[1]。这些作品几乎无一例外地具备三个特征：一

① 谭帆.明清小说分类选讲[M].北京：高等教育出版社，2007：132.

对郎才女貌的主人公，一段或权贵压迫、或小人捣乱的曲折过程，以及一个洞房花烛、金榜题名的大团圆结局。

《玉娇梨》共有二十回，作者题"荑秋散人（一作荑荻山人、荻岸散人）编次"，其真实姓名和生平均不详。小说女主角为太常正卿白太玄的女儿红玉和白太玄的外甥女卢梦梨，红玉寄居其舅舅家的时候又曾名无娇，合为"玉娇梨"。男主角为贫寒书生苏友白。小说以明正统、景泰年间的政治斗争为背景，说太常正卿白玄有女名红玉（后名无娇），美而有才。奸佞杨御史欲求为子媳，白玄因其子不学无术而予拒绝。杨怀恨在心，便举荐白出使番邦，实欲置之死地，以要挟白就范。白不屈，行前将女儿托付给妻舅吴翰林。吴翰林偶见苏友白题壁诗，爱其才，欲将红玉嫁给苏生。苏生误将丑女当作红玉，加以拒绝，吴翰林怒而黜退了苏生。白出使还朝，不愿与奸臣为伍，遂告病回乡，在金陵为女征诗择婿。苏生题诗大得红玉心意，但中间有小人调换诗卷，又有小人冒名骗婚，婚事一波三折。苏生进京投奔其叔，途中遇一美少年卢梦梨。卢梦梨系女扮男装，以嫁妹为名，向苏生托付终身。苏生进京高中进士，除授杭州推官。南下访卢梦梨不果，拜白玄亦不遇。不料，其上司即奸佞杨御史。杨某要招苏为婿，苏拒辞，因知杨某会寻衅报复，便辞官而去。改名柳生，偶遇白玄，白即以红玉和甥女卢梦梨相许。红玉和卢梦梨心系苏生，闻许嫁柳生皆不从。后苏生改授翰林，误会消除，才子佳人终于结成伉俪。一夫二妻，称为"三才子"。

小说的主题是歌颂真挚的爱情，肯定青年男女对自由爱情的执着追求，抨击那种利用手中权力逼婚的不道德行为。小说的主人公苏友白不畏权势，甚至不惜抛弃功名富贵，始终如一地坚持自己选择妻子的标准。他的标准并不是女方的父母官职有多大，地位有多高，财产有多丰，而仅仅只是姑娘本身才貌双全。由于苏友白抱定了这样一个择偶的标准，因此当翰林院吴大官人要招他为婿时，他并不轻易答应；后来他错把无艳当成无娇（红玉），觉得她不符合自己的标准，就坚决拒绝了吴翰林的求婚；甚至宁可被除掉秀才之名，也决不屈服。不论就故事情节，还是从人物形象来说，这个作品都是非常典型的才子佳人小说。权贵以势压人，小人拨乱其间，才子金榜题名，佳人洞房花烛，这些几乎都成了才子佳人小说的规定套数。美貌而有才华也成为才子佳人们的固定特征。小说一个比较明显的特点，是男女双方对于婚姻的正视和主动。不仅白太玄和吴翰林积极地为女儿、为甥女寻找合适的配偶，红玉自己对此也非常热心。她在丫鬟面前毫不忸怩，公然让她传诗递简，还亲自前去偷看苏友白。这或多或少透露出了一些自由恋爱、自主婚姻的气息，清新可喜。小说总体来说比较紧凑，语言也比较简洁流畅。

《宛如约》全称《新刻才美巧相逢宛如约》，分四卷，共十六回，无作者署名，仅题"惜花主人批评"。书名以二女一男，即赵宛子、赵如子和司空约各取一字而成。在佳人才子书中，此作别开生面。一般佳人才子书，都以男子为"主动的"主人翁，逾墙钻穴，改扮书童，题诗挑引等，皆为男子之行动。但《宛如约》一反其例，以一个才女赵如子为"主动的"人物。她出生在乡村农家，父母早亡，从叔祖诵读，遍阅诸书。十六七岁，出落得美艳绝伦，不愿在乡间苟且就婚，遂更名白非玉，男装出游，自择夫婿。至郡城，为司空学士看中，欲选作东床快婿。而她夜宿学士公子司空约书房，见其《访美》诗，慕其英才，主动和诗，暗订婚约。闻司空约已去西湖访美，即刻追寻至西湖，以期一遇。访而不遇，又题诗要衢，引司空约到自己的家乡列眉村，定下婚盟。司空约入京赴试，赵如子以婚约尚在冥冥之中，恐意中人"一时得意，改变初心"，又男装暗随入京，以防婚变，终缔良缘。赵如子确是中国古代小说史上人物画廊里不可多得的形象，具有独特的意义和审美价值。

另外，书中的司空学士，也是古代小说里少见的开明父亲形象。他不以未来媳妇乔装游学，四方奔走，抛头露面，私订终身为轻薄，反认为赵如子与儿子两相爱悦"乃美事"。他鼓励儿子尽力追求爱情，认为"唯婚姻之事要在尽力图之"。当儿子乡试得中，鹿鸣未饮，家门未进，却先派人往列眉村向赵如子报喜，他得知后，不仅不生气，反而大笑道："好个痴儿子，才中了，连家里也不说一声，转差人先到赵家去报喜，可笑之极。"转而又想道："这女子若果是赵白（即赵如子），却也怪他不得。待他回家时，到不如我替他做成了罢。"他不仅理解处于热恋之中的儿子，而且把选择儿媳的权力下放给儿子，公然告诉儿子，择偶只要两厢情愿，便"自行可也，不必拘拘于我。"

书中男女爱情的基础是"才"。虽然书中第七回，司空约说赵如子其人"自恃才美，只要求人才美，入他之意。又性定情一，始之所注，即终之所存，其余浮艳，似乎动他不得。"仿佛以才美并称，实际上，赵如子见司空约的诗，慕其才已欣然暗许终身，其时并未与司空约晤面，尚不知司空公子长相如何。而司空约也是一见赵如于和诗，"心有灵犀一点通"，慕其才而感其情。此书以诗为青年男女之交流，以才为之关键。显然，作者把"才"作为婚恋的第一要素。不过，此书也没有脱一般才子佳人书的框套，全书缺少引人入胜的复杂情节。

《定情人》全称《新镌批评绣像秘本定情人》，不题撰人，署"素政堂主人题于天花藏"，共十六回。小说主人公四川宦家子弟双星不以"父母之命，媒妁之言"为然，不以门第财产为娶妻标准，而主张婚姻自由，择妻只要其人当对,便是"定情之人"。为此,他不辞劳苦,带书童出四川、经湖广、下闽浙,千里迢迢终于寻访到足以定己之情的"当对"者江蕊珠。后双星中状元,又几经磨难,"死生说破大惊大喜快团圆",故书名《定情人》。小说较为突出的是关于"情"的阐释和描写。男主人公双星和朋友庞襄曾有过一番关于婚姻的讨论,所发的议论的确让人耳目一新。他不仅把"门楣荣耀"排除在择偶的条件之外,甚至连一般才子孜孜以求的"绝色"也不作为唯一条件,说一定要情"为其人所动",才肯论婚娶,"不遇定情之人,情愿一世孤单"。一旦定情江蕊珠,他便一往而深,不仅拒绝驸马屠劳的招婿之请,宁可道远涉险,出使国外,而且即使按蕊珠的遗言娶了彩云,也坐怀不乱,分榻而寝。

《平山冷燕》有四卷二十回,题"荻岸散人编次",有清顺治戊戌天花藏主人序,大文堂刊本。写燕白颔与山黛、平如衡与冷绛雪两对才子佳人的婚恋故事,因其在写燕白颔和平如衡两个才子的同时更用力于塑造山黛和冷绛雪两个才女的形象,故又称"四才子书"。作者所谓的"才",主要就是指诗文上的功夫。全书几乎都围绕比试诗才展开。明朝大学士山显仁十岁幼女山黛有诗才,作《白燕诗》献上,御览大喜,召见,撰"天子有道"新诗三首,后赐玉尺、金如意和"弘文才女"手书,一时名重京师。有江西故相公子晏文物求诗,语出不逊,为山黛所讥,因与朝官窦国一、宋信等谋,参劾山黛徒具虚名。天子乃命与山黛较诗,不料宋信等皆输于山黛。宋信递解还乡至扬州,又知窦国一降为扬州知府,前去拜谒,窦国一十分优待,一时纷纷传言宋信是个大才子。扬州有个村庄大户人家,姓冷名新,女儿冷绛雪,年方十二,生得如花似玉,赋情敏慧,闻宋信大名,便激他前来论诗。不料宋信徒有虚名,冷绛雪乃作诗讥讽。宋信羞愧难当,含怒没趣回去,将受辱之事向窦国一哭诉,怂恿窦国一将冷绛雪送入山府。冷绛雪欣然前往,途经山东汶上县闵子祠,题诗于壁。时有洛阳才子平如衡,年方十六,聪明天纵,适至闵子祠,观冷诗叹服,题诗和咏。冷绛雪入山府后,为山显仁所喜,又为山黛所重,二女甚相洽。天子阅冷绛雪诗,大喜,赐"女中书"之号。时松江华亭县府考,16岁的燕白颔高中第一。燕白颔闻平如衡之名,与之考较联咏,二人诗才相敌,引为知己。后得知山黛显扬诗名事,燕、平欣慕已极,化名赵纵、钱横悄行入京。二人抵京后,于接引庵普惠处探得山黛讯息,以赵纵、钱横题诗于壁欲与山黛考较。山、冷得知,见二生才情精劲,乃假扮侍女分别对考。燕对冷绛雪,平对山黛,起韵奉和,虽二生终不敌二女,然二女亦颇赏二生。二生见求亲无望,归乡赴考,分别得中解元和亚魁。有吏部尚书公子张寅挟私怨使其父参论山、冷与赵、钱淫词勾挑。二人再入京中试毕,恰为接引庵普惠撞见,以为赵、钱而被拘。天子亲审，张寅指明赵、钱即是燕、平。二人俱陈始末。适天门放榜，燕、平分别中会元和会魁。天子旋召山显仁，令择一人与山黛为婚。山显仁又向平如衡为义女提亲，平却言已纳采于人。及至殿试，燕白颔又中状元，平如衡也中了探花。天子欲将燕白颔、平如衡二生分别配山黛、冷绛雪二女，令王衮与山显仁提亲。平如衡闻讯，苦辞，适窦国一与冷新入京，方知两婚乃一婚，欣然同意，惟燕白颔与山黛心下微有不快。及至成婚，洞房花烛之夜，平如衡、冷绛雪俱知为前闵子祠相遇之人，燕白颔与山黛亦知即为阁下相见之人也，夫妻恩爱。后天子赐宴，命四人以各人姓氏为韵各作一首《白燕诗》，京中盛传平、山、冷、燕四才子。

小说情节曲折，吸引人，读者明明知道平、山、冷、燕四人最终会喜结连理，但还是会被作者设计的曲折所吸引。这两对青年男女在生活中都有过接触，但又都不便道出自己的真实身份，因此幻化出许多变身，平如衡和冷绛雪同时又是所谓"题诗女子"和"和诗少年"；燕白颔和山黛又各为"阁上美人"和"阁下少年"；燕白颔和平如衡托名为赵纵、钱横，山黛和冷绛雪又假扮作"青衣记室"。一面是自己钟情的对象、耳闻的佳人，另一面是皇帝钦赐的婚姻。如此种种，令人眼花缭乱。直到最后百川归一，两对才子佳人喜结良缘。小说将山黛和冷绛雪写得既有貌又有才，且其才华大有压倒须眉之势，而且都性格倔强，威武不能屈，这与"女子无才便是德"的鼓吹相比，显然是进步的。

《好逑传》，清同治五年（1866）秋镌萃芳楼藏版题为《第二才子书好逑传》，又名《侠义风月传》，署名"名教中人编次"。全书十八回，写御史公子铁中玉和兵部侍郎小姐水冰心的婚恋故事。故事的总体构思仍在一般才子佳人小说的套中，无非是豪门公子觊觎佳人美貌，豪取巧夺；最后却是佳人得配才子，终成眷属。然一波未平，一波又起，情节颇有吸引人之处。男女主人公虽不脱才子佳人窠臼，但铁中玉的膂力和侠气，水冰心的智慧和胆略则是一般才子佳人所没有的。铁中玉不仅"人品秀美"，而且能使一柄重二十余斤的铜锤，一手能将人"拦腰一把提将起来"。他生就一副侠肝义胆，路见不平，便要拔刀相助。他与水冰心的结识，就产生在这拔刀相助的过程中。水冰心在母亲亡故、父亲远谪边关的情况下，面对蛮横的贵族公子过其祖和为虎作伥的叔叔水运，以及串通一气的知县、按院等官员，从不露一丝怯色。她心机灵活，虑事周到，用自己的智慧挫败了过其祖一次又一次的阴谋。当铁中玉遭人暗算，危在旦夕的时候，她当机立断，把他接到家中养病，敢作敢为，光明磊落。因铁中玉和水冰心俱出生于官宦之家，各种描写多有涉及官场，看似漫不经心之笔，却对官场刻画得入木三分。比如，新按院冯瀛到任，过公子出境远远相迎，又备盛礼恭贺，又治酒相请。冯按院见公子意甚殷勤，主动提出："世兄若有所教，自然领诺。"随即为过公子发下一张牌到历城县来，强令水冰心与过其祖"一月成婚"。历城县知县暗暗上了一角文书，禀明真相，冯按院大怒，又发一牌，词语甚厉。后来，水冰心亲到按院，诉说种种，冯按院连忙下了一道禁止强婚的告示。过公子去找他，他也躲避不见。直到把水冰心的家人找回来，他才叫了过公子来，诉说："连日世兄累累赐顾，本院不敢接见者，恐怕本赶不上，耳目昭彰，愈加谈论。今幸那本章赶回来了，故特请世兄来看，方知本院不是出尔反尔，盖不得已也。"翻覆之间，可见官场一斑。

《醒世姻缘传》，署名西周生撰，全书一百回，成书时间大约在顺治末康熙初。小说以因果报应为主要框架，写一男数女的两世姻缘。第二十二回之前写前世姻缘，第二十三回起为今世姻缘。前世姻缘中的男主人公晁源即为今世姻缘中的男主人公狄希陈。晁源生前射杀了一只仙狐，还宠信其妾小珍哥，迫使妻子计氏自杀身亡。晁源转世为狄希陈后变得非常窝囊，仙狐成了他的悍妻薛素姐，对他百般凌虐；计氏成了他的妾童寄姐，也拼命折磨他，小珍哥成了狄希陈的丫鬟小珍珠，被童寄姐虐待致死。尽管小说很快就能让读者明白姻缘前定，冤冤相报是天意，但作品所提供的明代社会鲜活生动的生活场景还是有较高的阅读价值。作者在《引起》中说，他"拈出通俗言，于以醒世道"，目的就是告诉人们，好婚姻也罢，恶姻缘也罢，"此皆天使令"，因此要人们"顺受两毋躁"。

小说采取的是冷眼旁观的态度和客观叙述的方法，但批判性仍较强。除了晁夫人这个大善人和极少几个好人，上至大小官员，下至市井细民，其基本形象都不那么光彩。例如，无赖秀才汪为露，族中一霸晁无晏，恶厨子尤聪等。小说对官场、衙门等的描写比《金瓶梅》更多、更详尽。比如，狄希陈点卯选官时洛校尉对他说的话，将一本官场经念得清清楚楚。小珍哥迫计氏自尽而坐牢时，晁源"拿了许多银子到监中打点：刑房公礼五两，提牢承刑十两，禁子头役二十两，小禁子每人十两，女监牢头五两，同伴囚妇每人五钱"，结果是"打发得那一干人屁滚尿流，与他扫地的，收拾房的，铺床的，挂帐子的，极其掇臀捧屁"。

在描写家庭生活方面，《醒世姻缘传》比《金瓶梅》要简单得多。前世姻缘主要写晁源宠妾虐妻，今世姻缘则写狄希陈如何被妻妾凌虐。小说最精彩的是对世情的描写，官员、秀才、厨役、银匠、僧尼、道婆、无赖、混混等都写得面目生动，刻画人物心理也十分到位。

第四节　反映旧时文人生活与心态的狭邪小说

狭邪小说，是世情小说的变异，指清咸丰年间逐渐盛行的、以妓女、优伶故事为题材的长篇小说。代表作有陈森的《品花宝鉴》、魏秀仁的《花月痕》、俞达的《青楼梦》、曹梧冈的《梅兰佳话》。这几部作品大都出于旧派文人的手笔，所反映的无非是封建文人的情场生活、人生理想。作品由展示普通人家的人生命运，转向描写青楼女子的人生命运。

《品花宝鉴》，一名《怡情佚史》，又名《燕京评花录》，共六十回。作者陈森（1797？～1870？），字少逸，号采玉山人，又号石函氏，江苏常州人。他原热衷于功名，喜爱古文诗赋，厌薄稗史杂说，只因屡试不第，遂排遣于歌楼舞榭间。年过四十以后，他对科试不复抱有希望，愈感穷极无聊，在友人的劝说下，作《品花宝鉴》以自遣。作品写贵公子梅子玉和旦角男演员杜琴言悲欢离合的故事。梅子玉是个世代簪缨之家的公子。父亲梅士燮，官至吏部左侍郎。子玉是士燮的独子，仪表清俊，性情脱俗，又富有才华，被父母视为掌上明珠。杜琴言是江苏一个穷苦琴师的儿子，十岁时，父亲为豪贵凌辱，因气愤碎琴而死，不久母亲也悲痛而亡，琴言遂沦落为优伶。琴言色艺双绝而又洁身自爱，与梅子玉邂逅后，互生爱慕之心。梅家严禁子玉狎优嫖妓，致使这一对相爱的人不能在一起。后来，卓尔不群的贵公子徐度香为杜琴言赎身；江西通判屈本立又认琴言为义子，琴言也就由一个任人欺凌的优伶，变为一个官宦子弟。屈本立病死，临死前，托他的至交梅士燮照看义子，琴言便顺理成章地来到了梅家。此时，梅子玉已经娶妻，且考中博学宏词科的榜首，授编修之职。于是二人得以长相厮守。小说写了十个"用情守礼之君子"和十个"洁身自好的优伶"，对于伶人的人格给予了充分的尊重，赞美了他们柏拉图式的恋爱。

《品花宝鉴》把狎优的人分为两类：一类是广东阔佬奚十一、无赖潘三等，是些无耻野蛮的人，他们狎优，是对艺人进行肉体上的粗暴蹂躏和践踏；另一类人即梅子玉、徐度香、田春航，他们爱名伶之色，却不及乱。作品对后一种狎优行为多所赞美。《品花宝鉴》反映了封建社会里艺人的悲惨遭遇。书中写的两种狎优的方式，其实都是对艺人人格的摧残和凌辱。许多艺人虽然技艺非凡，品格高洁，但是不能堂堂正正地做人。在封建等级制度的巨大压力下，他们注定要做有钱有势的人的玩物。社会无情地撕破了他们的人格尊严，也扭曲了他们的感情心态，使他们的举止言行异性化。

《品花宝鉴》的语言颇为生动流畅。例如,第九回写元宵节的放焰火:"猛听得台下云锣一响,对面很远的树林里,放起几枝流星赶月来。便接着一个个的泥筒,接接连连,远远近近,放了一二百筒。那兰花竹箭,射得满园,映得那些绿竹寒林,如画在火光中一般。泥筒放了一回,听得接连放了几个大炮,各处树林里放出黄烟来。随有千百爆竹声齐响,已挂出无数的烟火。一边是九连灯,一边是万年欢;一边是炮打襄阳城,一边是火烧红莲寺;一边是阿房一炬,一边是赤壁烧兵。远远地金阗鼓骤,作万马奔腾之势,那些火鸟火鼠,如百道电光,穿绕满园。"由此可见,道光年间的焰火已经颇为绚丽壮观。

《品花宝鉴》真实地反映了乾嘉时期京城梨园鼎盛和狎优之风盛行的社会现象,妓院茶楼等方方面面的生活实景,具有一定的历史和文学价值。鲁迅在《中国小说史略》中认为《品花宝鉴》开创了清末"狭邪小说"的先河。

《花月痕》,一名《花月姻缘》,共五十二回,署"眠鹤主人编次"。作者魏秀仁(1818~1873),字子安,一字伯肫,又字子敦,别号眠鹤主人、咄咄道人等,福建侯官(今福州)人。他出身于书香门第,少年时就很有才气,但科举仕进之路颇为蹉跎,29岁中举后则屡试不第。曾先后在陕西、山西、四川做过幕僚,也曾主讲于渭南象峰书院、成都芙蓉书院。太平天国事起,南方战乱,魏秀仁流落关西。太原知府曹金庚赏识其才华,罗致门下。1873年返回家乡,途经山东莒县时病逝。

魏秀仁博学多才,然其一生坎坷潦倒,著述宏富,惜多散佚。今存者尚有《花月痕》《陔南山馆诗话》《陔南山馆诗集》《咄咄录》《碧花凝唾集》《西征集》《百美试帖诗》等,后人辑录有《陔南山馆遗文》。而闻名于世,则缘其晚年写定的《花月痕》小说。

《花月痕》借鉴《红楼梦》中甄、贾宝玉的写法,写了两个才子和两个名妓的爱情故事。杜采秋、刘秋痕,都是山西名妓,被称为"并州双凤",她们分别钟情于韩荷生和韦痴珠。韩荷生,"文章词赋,虽不过人,而气宇宏深,才识高远",加上他的恩师为三边总制,尽力提携,所以仕途腾达。他先为达官的幕僚,在平寇中建有奇功,被保举为兵科给事中,终至于封侯。杜采秋因而被封为一品夫人。韦痴珠,风流文采倾动一时,却怀才不遇,困顿羁旅之中。他和刘秋痕虽倾心相爱,却无力为她赎身。而秋痕也因钟情于痴珠,不肯接其他客人,而备受鸨儿凌辱。最后,痴珠贫病交加而死,秋痕自缢殉情。

《花月痕》的文学成就,首先表现在人物形象的塑造上。书中的两个女主角——刘秋痕与杜采秋，其实是两个佳人的形象。刘秋痕的身上，有林黛玉的影子；杜采秋的身上，有薛宝钗的影子。刘秋痕是全书塑造得最成功的人物形象。她自幼失去了父母，靠祖母抚养长大。不想遇到灾年，祖母饿死，她被堂叔卖给有钱的人家当婢女，后又被牛氏与李裁缝夫妇拐骗至并州，逼良为娼。秋痕虽然沦落风尘，却清高脱俗。别的妓女都倚门卖俏，追欢买笑，她却不屑以色媚人，追求坚贞不二的爱情。她与痴珠的爱情，除了彼此倾慕对方的才貌，在很大程度上也是两个桀骜不驯、憎伪拔俗的人格的互相吸引，以及同是天涯沦落人的理解与支持。尽管困顿的痴珠不能为她赎身，甚至也支付不起她平日的开销，但她只和痴珠一人来往。痴珠受牛氏等人的冷落，她和牛氏哭闹，为此她被打得遍体鳞伤，却至死不悔。后来，牛氏强行拆散了他们，将秋痕转移到正定府。在正定，她也遭遇各种不测。牛氏夫妇在一场火灾中丧生，秋痕成了自由之身，千辛万苦地赶到并州，但痴珠已经病死。她万念俱灰，也殉情而死。小说把这个美丽多情、出淤泥而不染的形象刻画得颇为感人。杜采秋出身雁门乐籍，鸨儿是她的亲生母亲，境遇比刘秋痕要好些。由于她聪慧美丽，十六岁便声名大振，宾客盈门，家颇饶足。她学问渊博，才华惊人，成为并州有名的"诗妓"。她又生性豪爽，"千万金钱，到手则尽"。她所处的环境虽然龌龊不堪，但她的才干使她在险恶的环境中总能保全自己的清白。总之，杜采秋是一个薛宝钗式的佳人形象。

《花月痕》也写了真正的妓女，比较典型的是原先花榜排名第一的潘碧桃。韩荷生对她的品评是："美而艳，然荡逸飞扬，未足以冠群芳也。"潘碧桃在如花的年华没有生活理想，没有对真挚爱情的追求，心目中只有金钱物欲。被秋痕拒之门外的富翁钱同秀进了她的门，她如获至宝，极力逢迎。但这仍然不能满足她的欲望，所以尽管钱同秀在她家里挥金如土，她还是背着钱同秀与施利仁私通。钱同秀发现后，同她断绝来往，另外花钱买了个妾。碧桃和她的母亲跑去大哭大闹，还要用刀抹脖子，直到对方又拿出一千两银子，才算了结。小说把一个美丽妖冶、不知羞耻的妓女的形象刻画得非常真实。战乱之中她被迫嫁给了一个盗贼。后来盗贼投诚封官，她竟然做了一品夫人。应该说，潘碧桃的形象，对后来的狭邪小说的影响更大。

《花月痕》中两个男主角都不同于贾宝玉。贾宝玉反对科举仕进之路，而韩荷生与韦痴珠都有强烈的功名利禄之心，只是一个飞黄腾达，一个怀才不遇而已。而且，他们对爱情也都不如宝玉那样执着。另外，这两个形象塑造得也不够鲜明。作者为了展示他们的才华，一写诗词，二写征战，而他们的性格，却湮没于诗词与征战中。

《花月痕》的细节描写比较成功，很好地揭示了人物的性格。例如，第十四回写秋痕在酒席筵上对痴珠的关切："入席以后，行了几回酒，上了几回菜，秋痕便向痴珠发话道：'白天你是闹过酒，如今只准清淡。我随便唱一折昆曲，给大家听，可好么？'荷生道：'好的。'秋痕道：'叫他们吹笛子，打鼓板，弹三弦的都在月台上，不要进来。'稷如道：'这更好。'秋痕又道：'只这痴珠的酒杯是要撤去的。'一面说，一面将痴珠面前的酒杯递给跟班。稷如、丹晕都说道：'不叫他喝就是了，何必拿开杯子！'"秋痕对痴珠体贴入微的关切和她天真无邪的性格，都刻画得相当真切。

小说注意营造诗情画意盎然的艺术氛围，作者追求的是情浓韵美，善用清词丽句点染环境。那竹影沁心、水石清寒的园林，绿蔓青芜、无情一碧的庭院，鸟声聒碎、花影横披的楼台，雕楹碧槛、翠盖红衣的水阁……都是韵致天然，秀色可餐。尤其给人留下深刻印象的是那并州城的黄沙漫卷、雨骤风狂。痴珠与秋痕定情之夕：

> 只见痴珠撑开眼，叹一口气道："要除烦恼，除死方休！"秋痕不觉泪似泉涌，咽着声道："不说罢！"就同坐起来。只听得檐前铁马叮叮当当乱响起来，一阵清清冷冷，又一阵萧萧飒飒。飞尘撼木，刮地扬沙，吹得碧纱窗外落叶如潮，斜阳似梦。

那风的狂啸、那黯淡斜阳，都烘托了主人公内心感情的激荡起伏，黯然销魂。

又如，中秋夜彤云阁良朋高会，极尽花团锦簇，待到笙歌散后，众人归去，漏下四鼓，痴珠独携秋痕泛舟柳溪，回目是"销良夜笛弄芙蓉洲"：

> 秋痕吹起笛来，声声激烈。痴珠吩咐水手将船荡至水阁，自出船头站立，见月点波心，风来水面，觉得笛声催起乱草虫鸣，高槐鸦噪，从高爽沃寥中生出萧瑟。秋痕也觉裙带惊风，钗环愁重，将笛停住。

以高旷之笔，写出这一对尘海知音的逸兴遄飞，今夕何夕，共此良宵，忘掉浮生扰攘，远离尘嚣世界，沉浸在这月白笛清的梦幻之夜。

《花月痕》运用了一些超现实的艺术手法，如幻象、谶兆、梦魇等，渲染了浓重的悲剧氛围。作家赋予主人公以双重的悲剧色彩——性格的，也是宿命的。从故事开始，华严庵的签和蕴空的偈，就判定了这段昙花空幻的不了情缘。"孤芳自赏陶家菊，一院秋心梦不成""黄花欲落，一夕西风"，苍苍凉凉，彭泽孤芳，昭示着冥冥中不可抗拒的命运。还有那容华惨淡的宫妆女子，似幻似真，痴珠草凉驿梦中，在连理重生亭畔，"瞥见一丽人，画黛含愁，弯娥锁恨，娇陡怯的立在山坳，将痴珠凝眸一盼，便不见了。痴珠移步下亭……转过山坳，又见那丽人手拈一枝杏花，身穿浅月色对襟衫儿，腰系粉红官裙，神情惨淡，立在那里"（第五回）。这个幻象，就深深镌刻在痴珠心坎。此外，秋痕自缢殉情之际，也有宫妆女子若隐若现，在梅花树下，冉冉而没，竟是阴风惨惨的无常，令人悚然想见荒烟蔓草，泉路幽茫。至于梦魇，小说多有描写，如痴珠梦见碑石仆倒压在身上；"秋心院噩梦警新年"，秋痕所做的大不祥的梦：大山、峭壁，无数的狼后面赶来，她和痴珠拼命爬山，峭壁洞开，将痴珠封在洞中而复合，秋痕和狼一起仆倒在地……小说中这些幻象、谶兆、梦魇一类的描写，不是为了渲染迷信，而是一种切入人物潜意识的艺术尝试，所谓幻由心生，那些神秘、荒诞的征兆，其实都是人的潜意识中深藏的种种爱恨、期盼、焦灼、恐怖……幻化而生，这是人的无法自拔的本性弱点，也就成了宿命。

小说的心理描写也比较出色。尤其是对秋痕的心理描写，合情合理，丝丝入扣。此外，作品一改以往小说重在情节叙述的特点，注重生动细腻的形象描述。语言风格委婉缠绵，富有抒情意味。

《青楼梦》共六十四回，又名《绮红小史》，署"厘峰慕真山人著，梁溪潇湘馆侍者评"。厘峰慕真山人，即俞达（？～1884），一名宗骏，字吟香，别号慕真山人，江苏长洲（今苏州）人。他屡试不第，一生坐馆为业，好作冶游。生平著述甚多，有《醉红轩笔话》《花间棒》《吴中考古录》《闲鸥集》《醉红轩诗稿》《吴门百艳图》等（见于邹弢《三借庐笔谈》《三借庐剩稿》的介绍）。还有一部笔记小说《艳异新编》（一名《新闻新里新》）。《青楼梦》是他的代表作品。

《青楼梦》写长洲的富家公子金挹香，才华横溢，又是个多情种子。他不应科试，亦不娶妻，定要"得天下有情人终成眷属"。于是，他结识了36名妓女。而这36名妓女，个个美貌风流，多情多义。后来，金挹香科举及第，出任余杭知府，娶其中的五个妓女为一妻四妾。他享尽了艳福和荣华富贵以后，看破红尘，修炼成仙。而36个妓女，原是36位花仙降世，至此，也都跟着他成仙去了。小说从形式上是模仿《红楼梦》而作的：《红楼梦》中有三十六钗，《青楼梦》中有三十六妓；贾宝玉神游太虚幻境，金挹香便梦游清虚中院；就连金挹香与三十六妓流连诗酒的生活，也很像宝玉在大观园中的生活。但《青楼梦》的精神内涵和《红楼梦》大异其趣：贾宝玉厌恶仕途经济之道，蔑视富贵荣华，最后遁入空门。而《青楼梦》中的金挹香追求功名富贵，得到功名富贵、娇妻美妾后，再去成仙。

　　小说可取之处在于比较尊重女性,对于那些被侮辱与被损害的烟花女子投以相当的尊重和同情,不将她们视为淫邪。按照当时的世俗观念,青楼之辈,以色事人,缠头是爱,倚门卖笑,朝秦暮楚,所谓"生于贫贱,长于卑污";而作者则一反传统偏见,以为飘茵堕溷,命本无常,"章台之矫矫,不大胜于深闺之碌碌者乎?"书中的青楼女子,大多是天生丽质、冰雪聪明、兰心蕙性、咏絮怜才,如此写来,才不失为一部"可怜、可叹、可敬、可爱"之书;个中人物,甚或卓荦清品,侠骨柔肠,竟有一双识人于穷途末路之中的慧眼。小说也在一定程度上揭示了妓女的不幸遭遇和悲惨命运。书后半部叙说繁华事散,风流歇绝,三十六美零落殆尽,梦断巫峰,云飞水逝。

　　《青楼梦》的很多篇幅用来描写"月地花天留客醉,红情绿意惹人迷"的冶游生活。所谓"三十六宫春一色,爱卿卿爱最相怜",构成作品基调。挹香花国遨游,极鬓影衣香之乐,第九回写道:"这几天挹香无日不在众美家取乐,花间蹀躞,爱彼绿珠;月下绸缪,怜他碧玉。甚至应接不暇,万分踯躅,即众朋友亦羡慕他非凡艳福。"金挹香终于迎娶吴中名妓钮爱卿为正室,连同她的月台花榭、崇阁层楼的挹翠园也归属挹香所有;又纳了四位小星:秋兰、小素、素玉、琴音,一妻四妾,外边还有三十一位美人相怜相伴,红楼贮爱,翠馆藏娇,莺俦燕侣,粉黛成行,倒是颇有一些"过屠门而大嚼,虽不得肉,亦且快意"之概。

　　《梅兰佳话》共四卷四十段(回),清曹梧冈撰。作者的身世不详,从卷首赵小宋的序中,可知他是个落拓的读书人,《梅兰佳话》是他病中的游戏之作。小说写成,未及付梓,他即病故。小说写才子梅雪香与一佳人及一妓女的恋情。梅雪香和佳人兰猗猗,都住在罗浮,自幼由父母做主,为二人订婚。后来猗猗随父母回原籍郑州,为避奸人迫害,改姓贾,又迁居西泠,两家自此不通音信。西泠的无赖艾炙为了娶猗猗,对兰家谎称梅公子另娶,对梅家则说兰小姐改聘,致使两家都重新考虑婚事。先是,梅父往游西泠,许久不返,梅雪香到西泠寻父,改姓秦,与兰家邂逅,因才貌超群,被兰父看中,选为东床。后来兰父听说梅家没有另娶,立刻悔婚,并去罗浮重续前缘,才知秦生即雪香。至此,梅、兰两家联姻。梅雪香又与名妓桂蕊相爱,但鸨儿嫌雪香钱少,后来不许二人见面。而桂蕊非雪香不嫁,拒不接客,被鸨儿卖与富商。富商带她去西泠,她途中投水自尽,为商人山岚所救,将她认为义女,带到杭州经商,也在西泠与梅雪香相遇,嫁与梅雪香为妾。《梅兰佳话》所描写的爱情故事,未脱出才子佳人俗套。但作品所反映的观念,值得人们深思。雪香和良家女子猗猗的婚姻,是恪守封建礼教的。梅雪香与妓女桂蕊之间,则是自由恋爱。作品对妓女的溢美，超过了以往所有的作品。桂蕊虽是个妓女，简直比大家闺秀还要矜持。她独居于销魂院里的延秋馆内："举止端庄，性情幽静。不与群妓为伍，诗词歌赋，无一不佳，书画琴棋，无一不妙。只是欲求一见，便有两不得，两不能……非数十金不得，非文人才子不得……欲荐枕席不能，欲稍与亵狎亦不能。"桂蕊贞静雅洁，与梅雪香一见钟情后，非他不嫁。在鸨儿和巨商的逼迫下，桂蕊宁肯以死殉情。桂蕊是个身处异境的佳人，她与雪香的婚姻，既无父母之命，亦无媒妁之言，完全是两情相悦。

在艺术风格上，《梅兰佳话》追求雅化，连人名、地名都有这样的特点。例如，男主角姓梅，名如玉，字雪香，他的朋友也名松风、竹筠。女主角姓兰，名猗猗，字香谷，丫环名芷馨。妓女为桂为菊。就连他们的父亲也名癯翁、瘦翁，都是文人骚客的雅号。梅母冷氏，兰母池氏，暗合冷梅、池兰之意。地名一为罗浮山，一为西泠，都不是凡俗之地。另外，情节则由于过分理想化，显得不真实。

第五节　具有传奇色彩的儿女英雄小说

后期的才子佳人小说已经开始和侠义小说糅合在一起，到了乾隆以后，"更进一步把儿女情和英雄气结合起来，才于佳人故事逐渐演化为儿女英雄小说"[1]。这类作品都产生在《红楼梦》之后，它们发展才子佳人小说中理想主义的成分，而演变为更加脱离现实的虚假的理想主义，他们塑造封建主义"高、大、全"的理想英雄，艺术上更加公式化和概念化。这类作品产生于清代中叶，较具有代表性的如《野叟曝言》《岭南逸史》《儿女英雄传》。

《野叟曝言》共二十卷，一百五十四回。作者夏敬渠（1705—1787），字懋修，号二铭，江阴人，诸生。他好学多才，知识渊博，自负才学，游历江西江苏、安徽、山东、河北诸省，足迹走遍半个中国，但科场不利，终身不得志。除《野叟曝言》外，还著有《纲目举正》《唐诗臆解》《浣上轩诗文集》《医学发蒙》等。《野叟曝言》是他晚年作品，大概完成于乾隆四十四年（1779）前后。

《野叟曝言》以明代成化、弘治两朝为背景，叙写文白（字素臣）一生的英雄业绩。文素臣文武双全，胸怀壮志，见宦官擅权，政治黑暗，于是游历天下，一路除暴安良，相继救得美貌才女璇姑、素娥和湘灵，后皆纳为侧

---

[1]　齐裕焜．中国古代小说演变史［M］．北京：人民文学出版社，2015：440．

室。入都后,为皇帝及王子治病,钦赐翰林。其时,内乱四起,外患不宁。江西、山东民变未定,四川、广西苗峒又反。东倭入寇,北虏南侵。朝廷有旨:"文素臣免罪,授官谕德,安抚天下。"素臣出山,会集各路英雄,先招安江西民变,又赴广西平定作乱各苗峒,粉碎了靳直、安吉等谋废东宫,迎立景王的阴谋。匹马入宫,只身平乱,诛杀景王。靳党劫驾到海上,又被素臣设计,救出上皇,护驾还朝,将靳直凌迟处死。上皇封素臣为吴江王,使出师平定北虏。素臣施以骄兵之计,大败敌虏。胡虏修表称贡,乃班师还朝。上皇病,传位东宫。素臣又遣将平定浙江,剿杀倭寇。天子封其为太师,赐号素文,并封赏有功之臣。楚王送郡主与素臣,请旨赐婚。上皇驾崩,天子改元新正。素臣长子文龙,少年登第,任巡按。大败倭寇,使天下太平,百姓乐业。后水夫人寿至百岁,文府子孙满堂已达五百多人。小说结尾写除夕之夜,素臣四世同做一梦,意谓素臣当列于圣贤行列,地位当不在韩愈之下。从内容和作品中人物的行踪看,有"自况"(或称"自寓")性特点;从作品所涉及事物的广度看,有"博物"性特点;从作品体现作者创作动机或目的看,有"劝诫"性特点。

《野叟曝言》有天下"第一奇书"之称,它在围绕文素臣发迹而展开的情节中,将古今中外、天文地理、医卜星象、帝王将相熔为一炉,把历史小说、神魔小说、艳情小说、侠义小说合为一体,包括的社会生活面很广泛,如辛巳本《序》所说:"是书之叙事、说理、谈经论史、教孝劝忠、运筹决策,艺之兵诗医算,情之喜怒哀惧,讲道学,辟邪说,描春态。纵谐谑,无一不臻顶壁一层"。这可谓一部包罗万象的封建社会百科全书式的作品,因此被鲁迅誉为"以小说见才学者"之首。

《岭南逸史》共二十八回,题"花溪逸士编次"。作者黄岩,号花溪逸士,嘉应州(约今广东梅县)桃源堡人。生卒年代不详,约为乾隆、嘉庆间人。一生以医为业,著述尚有《医学精要》《眼科纂要》等。小说根据《广东新语》《杂录圣山外记》和永安、罗定、广州府志等地方志有关明代广东瑶军及历次征剿山民武装起义的记载虚构而成。小说记述明万历年间,嘉应州秀才黄逢玉,奉父母之命去从化探望姑母,经罗浮山梅花村,在庄主张翰家投宿,遇贼,以法术保护张翰一家,因而与张女贵儿订婚。后因姑母迁离从化,逢玉在途中经嘉桂岭时,被新瑶王李小环公主强迫成亲。逢玉仍不忘父母之命,继续寻找姑母,又误入天马山,为年轻瑶王梅英所劫,被迫与其姐映雪成亲。逢玉始终怀念贵儿和李公主,趁机逃脱,在仙女的帮助下乘船赶到贵儿家,但其家已遭贼劫,不知去向。逢玉遭诬害,被南海知县以瑶军间谍罪逮捕入狱。梅英姐弟与李小环合力攻广州城,官军难守。只好议和,释放逢玉。张贵儿的经历也颇为曲折。张家被何家午夜焚烧时，贵儿与侍女仓皇逃生，与父亲失散，只得女扮男装，前往程乡县黄逢玉家中。是时接到正在嘉桂山的逢玉家书，遂与逢玉的父母前往嘉桂山。易装为男的张贵儿在龙川途中遭强盗蓝能抢劫，不能脱身，为保全逢玉父母，遂表示愿为蓝能出谋划策，担任军师。蓝能却要强招为婿，张贵儿不允。蓝能大怒，声言要处斩，幸蓝女从旁劝说，乃将贵儿禁闭。原来，该女非蓝能所亲生，其名实为谢金莲，十多年前，其家遭蓝能劫掠，父亲被害，母亲被霸占。金莲母含垢忍辱，抚养金莲成人后告之详情，嘱女为父母报仇。母亲死去后，金莲报仇之心日切，她见贵儿有才，欲借以报仇，遂寻机与贵儿接触，经多次攀谈后，互相逐渐了解信任，二人成为莫逆之交，誓要杀掉蓝能报仇。逢玉出狱后，被朝廷任命为兵部侍郎，率嘉桂、天马二山瑶军征剿蓝能，功成之后，逢玉被封为东安侯。张贵儿、李小环、梅映雪、谢金莲并为黄逢玉之妻，隐居大纲山，后仙去。

《岭南逸史》的文学价值突出地表现在"它保存了大量的客家方言俗谚和客家山歌"[1]。先看人物命名，如"何足像"，乃富翁何肖之子。在客家方言中，"足像"乃是指某些人趾高气扬、盛气凌人、不可一世的神态。以此命名，生动揭示纨绔子弟的性格特征。又如，写蓝能所部的"陈铁牛有将八员，皆骁勇善战，内中两个，一名廖得，一名来得，尤其骄捷"。这两个人名"廖得""来得"在客方言中都是挺厉害的意思。又如一人绰号为"竹篙鬼"，客方言中是指瘦高个儿。

方言土语，在小说中更是屡见不鲜："只愿这帖药，天灵灵，地灵灵，一服就中""拔了萝卜地皮宽""滑溜溜搭不住，来一个鹞子翻身""炙些粥来与逢玉吃""必须下段磨铁成针的细嫩工夫方有巴肥""店主见打得狼""人心不足蛇吞象"等，这里的语言，一般非客籍人士也可读懂意会。至于《岭南逸史》中所引用的大量客家山歌，则是客家文人向民间文学吸取营养的最好证明，它表明了客家文学早就具有雅俗互动的特点。例如，第七回中的：

> 妹相思，不作风流到几时？
> 只见风吹花落地，那见风吹花上枝。
>
> 大头竹笋作三哑（丫），敢好后生冒好花。
> 敢好早禾冒入米，敢好攀枝冒晾花。

---

① 罗可群.广东客家文学史 [M].增订本.广州：广东人民出版社，2015：91.

　　　　山有木兮木有枝,心悦君兮君不知。

　　　　君不知兮妾心苦,妾心苦兮向谁诉?

　　这些山歌中"比兴之工,双关之巧",令人叹为观止。或借物喻人,或托物起兴,或谐音双关,或直抒胸臆,无不情真意切,将男女爱情的缠绵委婉,表现得淋漓尽致,全是客家山歌中的佳作。作者把它们移植到小说中,用以刻画人物性格,增强了人物的真实性,拉近了人物形象与客家读者的距离。

　　《岭南逸史》对人物形象的描写不乏精警之处。如作者以揶揄诙谐的笔法,勾勒了诸葛同的形象:

　　　　长不满三尺,大反有四围。远看极似冬瓜,近瞧却同布袋。乱蓬蓬一部虬须,恍东坡之再世;文绉绉心怀鬼怪,疑吴用之又生。来不是卧龙冈,何来羽扇,辅不是刘玄德,偏带纶巾。

　　把矮胖腐儒矫揉造作的丑态刻画得惟妙惟肖,令人忍俊不禁。又如称人为"山精""竹篙鬼""两头蛇",大得白描之精髓,又有客家特点。

　　小说在描写人物活动的典型环境方面亦颇有特色。主人公黄逢玉的家乡是程乡县桃源堡,乃是典型的客家山区,小说中的长耳山(实即王寿山,客家有一传统说法:"长耳会长寿。"),其古迹名胜、风光景物的描写,再现了客家山区地理风貌。

　　在艺术技巧运用方面,作者匠心独运,"或顺伏,或逆擒,或倒插,或旁衬,或一篇完结一人,或数篇完结一人,皆部中之波澜也"。行文富于变化,而结尾引名人屈大均书石:"父孝子,子孝子,牛塘与山林,两坟隔十里,牛塘不封树,行人罔不知。"使小说增强了真实感,也是作者着意为之。

　　还值得一提的是,作者对女性的态度。在黄岩的笔下,出现了不少女性形象。或豪雄,或忠勇,或孝顺,或侠义,或雄谈惊座,智计绝人,或温柔体贴,风情万种,多为可歌可泣的正面形象。

　　《儿女英雄传》初名《金玉缘》,曾名《日下新书》,原有五十三回,后十三回疑他人赓续,由整理者刊削,今存四十回并《缘起首回》。作者自称"燕北闲人",真名文康,字铁仙,姓费莫氏,满洲镶红旗人,约生于乾隆未、嘉庆初,死于同治四年(1865)之前。后人对其身世知之甚少,只知其少袭家世余荫,门第鼎盛;晚年诸子不肖,家道中落,重遭穷饿。其一生饱经沧桑,晚境凄凉。

　　《儿女英雄传》不是假托历史,针对现实,而是在第一回就声明:"这部书近不说残唐五代，远不讲汉魏六朝，就是我朝大清康熙末年，雍正初年的一桩公案"。书叙少年公子安骥（字龙媒）。因父亲安学海在河工任上被奸人陷害，下在狱中待罪赔修。为了营救父亲，安骥变卖田产，凑集巨款，赶赴淮安父亲任所。而唯一跟随照顾的老奶公，又在中途病倒。安骥只身前往，先是雇用的两个骡夫起了歹心，图财害命。后又误入能仁寺，落入凶僧手中。幸亏侠女十三妹在悦来店与安骥相遇后，探悉骡夫奸谋，一路暗中护助，终于弹毙凶僧，全歼能仁寺强徒，搭救了安骥和另一个蒙难的村姑张金凤及其父母。十三妹做主撮合，将张金凤许配安骥。十三妹原名何玉凤，父亲被大奸臣纪献唐所害，她将母亲安置在义士邓九公处，自己练就一身武艺，伺机为父报仇。后安学海告诉玉凤，大仇人已被朝廷诛戮，对她进行了一通封建说教，何玉凤改变了立志出家的初衷，嫁给了安骥。十三妹和张氏劝安骥攻读诗书，探花及第，又连连升迁，位极人臣。十三妹与张氏各生一子，事亲至孝，书香不断，家庭和美。

《儿女英雄传》写作技巧十分出色。第一，在情节结构上，关节脉络、伏线呼应、行文布局都很紧凑，故事情节曲折生动。尤其是前半部，更引人入胜，蒋瑞藻《花朝生笔记》称其"结构新奇"。例如，叙述安骥一家的故事，线索直露；写何玉凤一家的故事，却"藏头藏尾"，隐约写来，顺叙倒叙，穿插有度，颇显构思功力。第二，绘事状物，细致真切，描写言行，生动传神。例如，悦来店十三妹与安公子相会，处处从安公子眼里看出，把一个从未出过远门的贵族公子的幼稚、呆气，与一个饱经人世沧桑的女侠豪爽、泼辣的性格作了鲜明对照。场景描写也相当壮阔多彩。皇宫、巨宅、市镇、野村、庙前、客店、街景、科场及贩夫走卒、游民强盗、村姑佃妇等等，都写得绚丽夺目，富有特点，摇曳多姿，色彩斑斓，有如鲜明的民俗风情画。第三，人物心理描写比较成功。第三十五回描写安骥中举时，家人的各种情景，十分传神。家人张进宝气喘吁吁跑进来报喜，安学海拿着报单，就往屋里跑，安太太乐得双手来接报单，却把烟袋递给了安老爷，安公子一个人站在旮旯里哭着；丫头长姐儿独自在房里坐立不安，听到喜信，把给安老爷的帽子却错给了安公子；舅太太未撒完溺就跑了出来；安公子的丈母张太太却一个人躲到小楼上，撅着屁股向魁星爷磕头。这一大段描写，把安学海全家上上下下、里里外外、老老少少、男男女女追慕功名、急切复杂的内心世界，都极其准确生动地表现了出来。第四，语言畅达传神，诙谐风趣，特别是北京口语的运用，俏皮活泼，挥洒自如，具有浓厚的平话气息。写人物对话，能选取个性化的语言，使其传神，令读者如闻其声，如见其人，声口传人性格。如张太太的满嘴情话，无故打岔的笨拙，佟舅太太的不时"傲区儿"（开小玩笑），张金凤心宅周密的婉转流利，安学海不苟言笑的迂腐四方,邓九公拙于心计的豪人快语,以及村妇村夫的市井短语等等,都无不一一传神。

《儿女英雄传》把人情和侠义结合起来写,是一种艺术上的创新。人们也可以从一些不太经心描写的场景与人物活动中,感触到作品所表现出的社会问题。像"案里头没有做出弊来"的衙门书办,不顾民命、贪婪误工的河员道台等,使读者看到清王朝的腐败与社会的不安。

《儿女英雄传》前半部写得比较精彩,影响很大。蒋瑞藻《小说考试》引《花朝生笔记》说:"《儿女英雄传》最有名。结构新奇,文笔瑰丽,不愧为一时杰作。其言情部分,对后世武侠与言情合流的小说发展趋势也产生了巨大的影响。"此书问世之后影响颇大,尤其是十三妹的故事,在戏曲、平话中广为演出,流传极广,其续书亦颇多。

参考文献

[1] 张文珍. 中国古代通俗小说发展研究 [M]. 济南：山东教育出版社，2016.

[2] 王振军, 俞阅. 中国古代文学精品导读 [M]. 北京：中国广播电视出版社，2017.

[3] 王恒展. 中国文言小说发展研究 [M]. 济南：山东教育出版社，2015.

[4] 齐裕焜. 中国古代小说演变史 [M]. 北京：人民文学出版社，2014.

[5] 石麟. 古代小说与民歌时调解析 [M]. 北京：光明日报出版社，2015.

[6] 李默. 日暮西山 [M]. 广州：广东旅游出版社，2013.

[7] 边波, 等. 回归与拓展：古代文学研究与教学新思路 [M]. 贵阳：贵州古籍出版社，1998.

[8] 王文琪.《四点导学》丛书：高二语文 [M]. 北京：中国少年儿童出版社，1998.

[9] 刘永强. 中国古代小说史叙论 [M]. 北京：北京大学出版社，2007.

[10] 王平. 中国古代小说叙事研究 [M]. 石家庄：河北人民出版社，2003.

[11] 贾文昭, 徐召勋. 中国古典小说艺术欣赏 [M]. 合肥：安徽人民出版社，1982.

[12] 张稔穰. 中国古代小说艺术教程 [M]. 济南：山东教育出版社，1991.

[13] 金振邦. 文章技法辞典 [M]. 长春：东北师范大学出版社，1991.

[14] 尹均生. 中国写作学大辞典：2 卷 [M]. 北京：中国检察出版社，1998.

[15] 孙芳芳, 温成荣. 魏晋南北朝志怪小说探微 [M]. 太原：山西人民出版社，2009.

[16] 悦读坊. 古老的文化典籍：下 [M]. 湖北科学技术出版社，2015.

[17] 孙新科, 杜茂功. 九都洛阳历史文化丛书·九都典籍 [M]. 北京：中国科学文化出版社, 2001.

[18] 蒋肖云. 志人小说与《世说新语》[M]. 长春：吉林出版集团有限责任公司, 2009.

[19] 宁稼雨. 中国志人小说史 [M]. 沈阳：辽宁人民出版社, 1991.

[20] 芳园. 国学知识一本全：耀世典藏版 [M]. 天津人民出版社, 2015.

[21] 韩洪举. 浙江古代小说史 [M]. 杭州：杭州出版社, 2008.

[22] 齐裕焜. 中国古代小说演变史 [M]. 兰州：敦煌文艺出版社, 2008.

[23] 李维东, 冯春萍. 国学常识一点通 [M]. 北京：中国纺织出版社, 2012.

[24] 任浩之. 国学知识：新世纪普及版 [M]. 北京：当代世界出版社, 2014.

[25] 丽敏. 中国古代白话小说摭谈 [M]. 济南：齐鲁书社, 2014.

[26] 王庆云. 中国古代文学：小说卷 [M]. 北京：华语教学出版社, 2003.

[27] 刘义钦, 史言喜, 梁文娟. 中国历代文学作品选读 [M]. 郑州：河南科学技术出版社, 2013.

[28] 孟祥娟, 沈文凡, 沈文雪. 通赏中国古典小说 [M]. 长春：长春出版社, 2014.

[29] 李子光, 符玲美. 中外古典文学名作鉴赏辞典 [M]. 北京：同心出版社, 2009.

[30] 范中华. 秋垣悲歌–轩亭吟别离：宋代文学故事 [M]. 长沙：湖南人民出版社, 2013.

[31] 东山, 秋名. 中国古代短篇小说精选 [M]. 呼伦贝尔：内蒙古文化出版社, 2012.

[32] 王永恩. 明清才子佳人剧研究 [M]. 上海：上海古籍出版社, 2014.

[33] 陈薛俊怡. 中国古代文学 [M]. 北京：中国商业出社, 2015.

[34] 任中原. 中国通史 [M]. 北京：北京联合出版公司, 2015.

[35] 赵艳红. 中国文学简史 [M]. 北京：中国文史出版社, 2014.

[36] 胡益民. 清代小说史 [M]. 合肥：合肥工业大学出版社, 2013.

[37] 刘洪仁. 古代文史名著提要 [M]. 成都：巴蜀书社, 2008.

[38] 刘洪仁. 古代通俗小说 [M]. 成都：四川人民出版社, 2009.

[39] 段启明. 中国古典小说艺术鉴赏辞典 [M]. 北京：北京师范大学出版社, 1991.

[40] 李微微.国学小书院 [M].北京:中国华侨出版社,2016.

[41] 林格.青少年必读书手册 [M].北京:朝华出版社,2015.

[42] 魏凯,通三,石林.中国文学古籍选介 [M].太原:山西人民出版社,1981.

[43] 闵宽东,陈文新,张守连.韩国所藏中国通俗小说版本目录 [M].武汉:武汉大学出版社,2015.

[44] 侯忠义.名家解读古典名著:历史小说 [M].沈阳:辽宁教育出版社,2013.

[45] 陈桂声,沈董妹.中国古代小说 [M].杭州:浙江古籍出版社,2014.

[46] 陈大康.明代小说史 [M].北京:人民大学出版社,2007.

[47] 丁富生,王育红.中国古代文学新编 [M].南京:南京大学出版社,2016.

[48] 方彦寿.福建古书之最 [M].北京:中国社会出版社,2004.

[49] 韩兆琦.中国古代文学名著人物形象辞典 [M].郑州:中州古籍出版社,2000.

[50] 侯忠义.神怪小说:下 [M].沈阳:辽宁教育出版社,2013.

[51] 姜书阁.中国文学史纲要:下 [M].西宁:青海人民出版社,1984.

[52] 金鑫荣.明清讽刺小说研究 [M].南京:凤凰出版传媒集团,2007.

[53] 宁稼雨,冯雅静.《西游记》趣谈与索解 [M].沈阳:春风文艺出版社,1997.

[54] 李保均.明清小说比较研究 [M].成都:四川大学出版社,1996.

[55] 李汉秋.倾听传统文化的回声 [M].北京:中国文史出版社,2017.

[56] 李默.清朝的文化奇葩 [M].广州:广东旅游出版社,2013.

[57] 李献芳.中国小说简史:古代部分 [M].济南:山东大学出版社,2003.

[58] 李哲.中国文学的历程 [M].北京:中国画报出版社,2014.

[59] 林辰.神怪小说史 [M].杭州:浙江古籍出版社,1998.

[60] 林薇.中国近代小说研究 [M].天津:天津古籍出版社,2015.

[61] 刘洪仁.古代公案文学 [M].2 版.成都:四川人民出版社,2009.

[62] 罗可群.广东客家文学史 [M].增订本.广州:广东人民出版社,2015.

[63] 马瑞芳.中国古代小说构思学 [M].济南:山东教育出版社,2015.

[64] 苗壮 . 中国古代小说人物辞典 [M]. 济南：齐鲁书社，1991.

[65] 彭磊，鲜京宸 . 先秦至唐五代妖怪小说研究 [M]. 重庆：重庆大学出版社，2012.

[66] 人文素养丛书编写组 . 一本书读通中外文学 [M]. 北京：石油工业出版社，2013.

[67] 任访秋 . 任访秋文集：近代文学研究 [M]. 郑州：河南大学出版社，2013.

[68] 石昌渝 . 中国古代小说总目：白话卷 [M]. 太原：山西教育出版社，2004.

[69] 谭帆 . 明清小说分类选讲 [M]. 北京：高等教育出版社，2007.

[70] 谭正璧，谭寻 . 古本稀见小说汇考 [M]. 上海：上海古籍出版社，2012.

[71] 王齐洲 . 中国通俗小说史 [M]. 武汉：武汉大学出版社，2015.

[72] 吴士余 . 清史明鉴录 [M]. 上海：中西书局，2014.

[73] 武润婷 . 中国古代长篇白话小说发展研究 [M]. 济南：山东教育出版社，2015.

[74] 谢冕，李矗 . 中国文学之最 [M]. 北京：中国广播电视出版社，2009.

[75] 徐潜 . 中国古代小说变迁 [M]. 长春：吉林文史出版社，2013.

[76] 许觉民，甘粹 . 中国长篇小说辞典 [M]. 兰州：敦煌文艺出版社，1991.

[77] 薛亚玲 . 从传统走向现代：明清小说研究 [M]. 北京：中国农业出版社，2007.

[78] 程毅中 . 燕丹子校点说明 [M]. 北京：中华书局，1985.

[79] 杨子荣 . 三晋文明之最 [M]. 太原：三晋出版社，2012.

[80] 张兵 . 五百种武侠小说博览 [M]. 上海：上海辞书出版社，2015.

[81] 张德荣 . 小说源流：小说历史与艺术特色 [M]. 北京：现代出版社，2015.

[82] 张燕瑾 . 中国古代小说 [M].2 版 . 北京：高等教育出版社，2008.

[83] 周钧韬，欧阳健，萧相恺 . 中国通俗小说鉴赏辞典 [M]. 南京：南京大学出版社，1993.

[84] 周先慎 . 明清小说 [M].2 版 . 北京：北京大学出版社，2013.

[85] 秦贝臻 . 小说经典 [M]. 北京：现代出版社，2014.